Das Spiel

EINE HEISSE LIEBESKOMÖDIE (CAROLINA CONNECTIONS BOOK 4)

SYLVIE STEWART

ROLLING HEARTS PRESS

Deutsche Erstauflage Feb 2022

Das Spiel: eine heiße Liebeskomödie Copyright © 2022 Sylvie Stewart

Lektorat / Korrektorat: Alexandra Hirsch, Reimund Kube, und Hannelore Weber

www.sylviestewartauthor.com

sylvie@sylviestewartauthor.com

ISBN (ebook): 978-1-947853-39-3

ISBN (paperback): 978-1-947853-41-6

Bücher von Sylvie Stewart

Werke von Sylvie Stewart (mit deutschen Übersetzungen)

E-Book und Taschenbuch (Bei Kindle Unlimited Mitgliedschaft kostenlos)

2022

The Fix / **Die Baustelle** (*Carolina Connections #1*)

The Spark / **Der Funke** (*Carolina Connections #2*)

The Lucky One / **Das Glückskind** (*Carolina Connections #3*)

The Way You Are / **So wie du bist** (*Carolina Connections #5*)

The Runaround / **Ausflüchte** (*Carolina Connections #6*)

The Nerd Next Door / *TBD* (*Carolina Kisses*, Book 1)

New Jerk in Town / *TBD* (*Carolina Kisses*, Book 2)

The Last Good Liar / *TBD* (*Carolina Kisses*, Book 3)

2023

Between a Rock and a Royal / *TBD* (*Kings of Carolina #1*)

Blue Bloods and Backroads / *TBD* (*Kings of Carolina #2*)

Stealing Kisses With a King / *TBD* (*Kings of Carolina #3*)

Game Changer / *TBD*

Then Again / *TBD*

About That / *TBD*

Über das Buch

Gegensätze ziehen sich an, heißt es. Vielleicht könnte das mal einer Emerson Scott sagen.

GAVIN:

Ich wollte nie etwas anderes tun, als Baseball spielen. Dann leistete ich mir eine Dummheit, der Traum platzte, und ich dachte, dass ich mich danach nie wieder fangen würde. Doch dann gab man mir die Chance, ein Nachwuchsphänomen zu coachen, und da bin ich nun mit vollem Einsatz dabei. Die Tatsache, dass ich auf seine mega-heiße Schwester stehe, versüßt mir den Deal. Emerson mag ja zugeknöpft wie eine Schulbibliothekarin sein, aber ich spiele unter Druck immer am besten… und ich bringe *immer* volle Power.

EMERSON:

Volle Konzentration. Immer alles unter Kontrolle haben. Das sind zwei Grundregeln meines ausgetüftelten Erfolgskonzeptes. Nicht vorgesehen war, dass ich die Aufpasserin für meinen kleinen Bruder spielen sollte. Aber ich kann mich Jay zuliebe anpassen; wegen einer kleinen Abweichung werde ich nicht gleich das Ziel aus den Augen verlieren. Jammerschade, dass Jays heißer junger Baseballcoach sich einen Dreck um meine Pläne schert. Er hat ja auch einen – und ich komme darin vor. Mag sein, dass Gavin Monroe das Zeug zum Profi hat, dieses Spiel wird der Junge aber keinesfalls gewinnen.

Für die Träumer

Geduld ist eine Tugend

GAVIN

ICH WUSSTE, dass es vorbei war, noch bevor meine Schulter den Boden küsste – bevor mein Gehirn und meine Haut das Geschepper von Metall und das Brennen von Kies registrierten. Ich hörte nichts als das Knacken und Knirschen meiner Knochen, irgendwie isolierte Geräusche inmitten einer bestimmt schrecklichen Kakophonie reibenden Metalls, quietschender Reifen und Rufe des Erschreckens. Es war vorbei, ehe es angefangen hatte, und nur mir allein konnte ich die Schuld geben.

Stunden später, als ich im Krankenhaus aufwachte, informierte mich der Arzt in guter Absicht, dass ich Glück gehabt hatte, überhaupt am Leben zu sein. Ich erlaubte mir anderer Meinung zu sein, hielt aber den Mund, um sowohl den körperlichen Schmerz als auch den Selbsthass so gut wie möglich zu unterdrücken. Das tränenverschmierte Gesicht meiner Mutter, dank der Erleichterung aber entspannt, bot keinen Trost. So wenig wie der Schwall an Fragen, die mein Vater dem Arzt stellte, als er im Krankenhauszimmer auf und ab schritt. Niemand musste es mir sagen. Sie taten es trotzdem.

In ruhigem, sachlichem Ton beschrieb der Arzt die umfangreichen operativen Eingriffe, denen ich mich würde unterziehen müssen, um die Schäden an meinem rechten Arm und der Schulter zu reparieren. Es würden Metallstifte eingesetzt werden und dann würde der Heilungsprozess einsetzen. Es würde lange dauern und Kraft kosten, mühsam und beschwerlich sein, ganz zu schweigen von den Schmerzen, aber ich würde meine Schulter fast wieder normal benutzen können, wenn ich halbwegs Glück hatte.

Von mir aus hätten sie das verdammte Ding auch abschneiden können, denn ich hatte mir gerade das Einzige vermasselt, auf das ich jemals Wert gelegt oder was mir etwas bedeutet hatte – das, wofür ich mir in den letzten zehn Jahren den Arsch aufgerissen hatte.

Und alles nur, weil ich mir eingeredet hatte, dass mir an meinem Geburtstag nie etwas Schlimmes passieren könnte. Ausgangspunkt: ein heißes Girl, ein kaltes Bier und ein saucooles Motorrad. Ein Ritt konnte nicht schaden. Ich war Gavin Monroe, Star-Pitcher, Goldjunge und auf bestem Wege, kometenhaft einzuschlagen und mir einen Namen in der Welt zu machen. Und hoffentlich auch bei diesem geilen Mädchen. Stattdessen schlug ich nur auf einem einsamen Teilstück des North-Carolina-Highways ein. Und was blieb, war eine , Wunde, die sich niemals würde heilen lassen, eine tiefe Narbe auf meiner Zukunft.

Wenn ich nicht jemand Berühmtes sein konnte, bedeutete das, dass ich ein Niemand sein würde. Und damit konnte ich nicht leben. Ich war am Ende und es hatte mich so richtig durchgebeutelt. Und nicht auf eine gute Art und Weise.

Aber das Leben hat so seine Art, uns zu überraschen.

− Viereinhalb Jahre später −

»He, Junior! Wo willst du denn hin?«, brüllte Mark quer über die Baustelle.

Ich ließ den bescheuerten Spitznamen von mir abperlen, was ich im Laufe der letzten Jahre recht gut zu beherrschen gelernt hatte. Es war ja nicht meine Schuld, dass ich einen knabenhaften Charme ausstrahlte und ein jugendlich gutes Aussehen besaß. Aber wie es bei Kerlen immer der Fall ist, musste man Lehrgeld zahlen und Schikane tolerieren, wollte man sich den Respekt der Vorgesetzten verdienen. Mark war, selbst wenn er als mein Vorarbeiter definitiv eine Autoritätsposition einnahm, auch ein Freund, daher betrachtete ich es als mein Recht und meine Pflicht, ihn ebenfalls auf seinen Platz zu verweisen. Ihm den Stinkefinger zu zeigen erschien in diesem Augenblick die passendste Antwort.

»Hätt'ste wohl gern!«, war seine Antwort, aber ich ging weiter zu meinem Jeep, die halbfertige Hülle des neuesten Wohnblocks hinter mir lassend. Ich nahm den Helm ab, fuhr mir mit der anderen Hand durch meine verschwitzte Haarpracht und löste die Strähnen aus dem feuchten, haubenartigen Gewirr.

Mark wusste sehr wohl, wo ich hinwollte, nur konnte er nicht widerstehen, mich an jenen Tagen, an denen ich auf der Baustelle früher aufhörte, zu verarschen. Obwohl das eigentlich der Sinn von einem Teilzeitjob war. Ich gebe ja zu, dass ich den Jungs vielleicht ein oder zweimal unter die Nase gerieben hatte, dass ich nach dem Mittagessen abhauen würde, während sie unter der heißen Sonne Carolinas weiterschufteten, aber das ist, wie ich schon sagte, so ein Männerding.

Ich konnte nicht widerstehen und schrie zurück: »Ich werde Fiona von dir grüßen!« Dafür bekam ich einen Blick zugeworfen, bei dem ein weniger erfahrener Mann sich in die Hose gepinkelt hätte. Mark war wie ein Linebacker gebaut, und seiner festen Freundin gegenüber war er übertrieben fürsorglich. Er machte es einem viel zu verdammt leicht, ihn zu ärgern.

»Das wirst du ohne Zähne machen!«, knurrte er. Seht ihr? Wie ich schon sagte – viel zu einfach.

Ich sprang in meinen Jeep und raste von der Parzelle, wobei ich an den Sitzgurt erst dachte, als ich mich auf der Hauptstraße befand. Die New Pornographers dröhnten aus meinen Lautsprechern und reizten ihre Grenzen aus, wie auch möglicherweise die der Passagiere in dem Wagen zu meiner Linken. Ich stellte die Lautstärke ein klitzekleines Bisschen leiser, was wahrscheinlich auch meinem Trommelfell das Leben verlängerte. Was soll ich sagen? Ich war in guter Stimmung.

Die Arbeitswoche in meinem Baujob war zu Ende und ich würde den Nachmittag und den Rest der Woche mit meinem Nebenjob verbringen – dem, von dem ich langsam feststellte, dass er für mich wie geschaffen war. Ich arbeitete jetzt seit eineinhalb Jahren für die Baseball Academy, und trotz meiner anfänglichen Bedenken gefiel es mir sehr. Ich konnte meine Zeit mit Baseball spielen verbringen und Elitespieler coachen, von denen einige eine echte Chance hatten, das zu erreichen, was ich einst als meine Zukunft betrachtet hatte.

Das Schicksal und eine schlechte Einschätzung meinerseits waren mir bei der Erfüllung meiner Träume damals in die Quere gekommen, nun konnte ich aber trotzdem ein Teil von all dem sein, indem ich half, diese hochrangigen Spieler zu coachen. Ich sage nicht, dass es nicht wehtat, wenn ich daran dachte, was alles hätte sein können, aber es fiel mir mit der Zeit leichter. Und ich lernte viel durch die Arbeit. Ein Spieler zu sein ist eine Sache, ein Coach zu sein ist etwas ganz anderes. Ich erkannte langsam, wie meine Zukunft aussehen könnte, deren Vorstellung ich mir zuvor immer untersagt hatte.

Vor meiner Anstellung durch die Academy hatte ich mich in einer eher peinlich prekären Situation befunden, was ich auch gerne zugebe. Ich pennte bei meinen Eltern im Keller, nachdem ich das College zur Halbzeit abgebrochen hatte, und die meisten Abende verbrachte ich mit Selbstbemitleidung und Besäufnissen mit Brett, meinem besten Freund. Wie es mir gelungen war, diesen Scheiß zwei Jahre lang durchzuhalten, ist mir ein Rätsel. Aber ich schaffte es schließlich, mit Bretts Hilfe und der meiner Schwester Laney kein eingebildeter Arsch mit Ohren mehr zu sein.

Sie war weitaus besser im Erwachsensein als ich. Das musste sie auch sein. Laney war in ihrem ersten Jahr am College geschwängert worden, schaffte trotzdem ihren Associate Degree, fand einen halbwegs vernünftig bezahlten Job und zog ihren Sohn groß. Ich schäme mich nicht zuzugeben, dass Rocco Brett den Rang als mein bester Freund wahrscheinlich abläuft, obwohl er erst sechs ist. Wir haben eine unglaubliche Beziehung – eine, von der Laney sagt, sie sei nur deswegen so innig, weil wir uns auf dem gleichen Niveau der Reife befänden. Egal. Er ist ein cooles Kind. Ich bilde mir gerne ein, dass das auf meine Rechnung geht.

Ich brachte Rocco sogar das Spiel mit dem Ball bei, obwohl unser Ziel zu diesem Zeitpunkt noch darin bestand, ihm das Fokussieren beizubringen, damit er nicht am Kopf getroffen wurde. Eins nach dem Anderen. Laney ist … wie soll ich sagen? Ach was, das kann man nicht recht – sie ist verdammt unfähig, was den Sport betrifft. Oder bei allem, was eine grundlegende Koordinationsfähigkeit erfordert. Ich halte es nicht mal im Auto aus, wenn sie fährt. Langsam wurde klar, dass Roccos Zukunft als Athlet einzig auf meinen Fähigkeiten als Trainer ruhte, und auf allem, was sein Stiefvater Nate ihm vermitteln konnte.

Ich bog mit meinem Jeep auf den Angestelltenparkplatz der Academy ein und entdeckte Gerry, einen der Chef-Coaches, wie er gerade durch die Seitentür herauskam. Wie gewöhnlich ging sein runder Bauch dem Rest von ihm durch die Tür voraus. Ich parkte und hob beim Aussteigen meine Hand zum Gruß.

»Genau der Mann, den ich sehen wollte!«, begrüßte mich Gerry mit seiner rauen Stimme.

Ich zog meine Tasche hinten aus dem Wagen und nickte ihm zu. »Ach ja?«

»Buzz und ich wollen, dass du dir am Wochenende einen *Pitcher* ansiehst. Schüler an der North – der Name ist Miller. Zwei Uhr. Heimspiel.«

Ich zerbrach mir den Kopf, um mir das Gesicht in Erinnerung zu rufen, aber bei dem Namen klingelte es nicht bei mir. Ich bildete mir etwas darauf ein, die Talente an der örtlichen Highschool alle zu kennen. Das war ja unser Lebensunterhalt. Ich warf Gerry einen fragenden Blick zu, woraufhin er nickte.

»Keine Sorge. Du hast nicht nachgelassen. Er ist neu in der Stadt.« Gerry reichte mir eine Haftnotiz, auf der nur zwei Worte standen: Jay Miller. Wo kämen wir denn da hin, würde er sich ins digitale Zeitalter begeben und mir eine SMS oder eine E-Mail schicken?

»Und die haben ihn mitten in der Saison ins Team gelassen? Muss gut sein.« Ich zog eine Augenbraue hoch.

»Sag du es mir. Ich bin auf dem Sprung, aber wir treffen uns später«, sagte er und eilte an mir vorbei. »Und sprich mal mit Jameson – der Junge wird langsam größenwahnsinnig!«

Ich stöhnte innerlich. Bram Jameson war ein Arschloch, ganz einfach. Verwöhnter Junge mit zu viel Geld und nicht genügend Talent. Wir hatten in den letzten Jahren mehrmals versucht, es ihm schonend beizubringen und ihn auf eine Zukunft vorzubereiten, in der kein Baseball vorkam – außer man rechnete das Coachen der Kinderliga dazu. Aber der Junge wollte nicht hören, und seine Eltern schickten weiter das Geld für sein Training. Irgendwann würde es zur Krise kommen, und ich jedenfalls freute mich nicht darauf.

Aber wenn jemand letztlich die Dinge wieder ins Lot bringen konnte, dann Gerry. Er ist genau so, wie man sich einen Baseball-Coach von früher vorstellt: wuscheliges angegrautes

Haar, stets vorhandene Kappe, Zahnstocher permanent zwischen die Zähne geklemmt, ein schroffes Äußeres und kein Mann der vielen Worte. Er kannte sich aus in seinem Metier und ich hatte das Glück, ihn als Mentor zu haben.

Ich winkte ab und steuerte die Personal-Umkleide an. Ich musste mir in der Dusche den Staub und den Schweiß von der Baustelle abwaschen, ehe ich mir meinen Dress anzog und mit dem Training anfing. Als ich gerade an der offenen Tür zur Spieler-Umkleide vorbeiging, flog ein Gegenstand an meinem Gesicht vorbei, der mich beim Vorbeiflug nur um Zentimeter verpasste und kurzerhand rechts neben mir am Boden landete. Ein Tiefschutz. Da will mich doch wer verarschen.

Ein Blick in den Raum und ich sah, was ich bereits wusste. Ich trat ein und verschränkte die Arme vor der Brust.

»Vielleicht, wenn die mal runterwandern, kriegst 'ne arme Tussi dazu, dass sie dir einen bläst.« Brad Jameson hatte mir den Rücken zugewandt, lachte herzhaft über seinen müden Witz und sah dabei einen der jüngeren Jungs an, dessen Tiefschutz Brad offensichtlich gerade auf den Flur geschleudert hatte. Das war der Inbegriff eines Brad-Moves. Wer in Gottes Namen fasst den Eierbecher eines anderen Kerls an? Das macht man einfach nicht – das ist ein ungeschriebenes Gesetz – ungeschrieben, weil jeder mit einem Schwanz weiß, dass das der letzte Ort ist, wo man seine Hand haben will. Außer Brad, aus irgendeinem unerklärlichen Grund. Es war, als würde der Junge versuchen, den Scheißkerl auf ein ganz neues Niveau zu führen. Es gelang ihm spektakulär gut.

Chris, der jüngere Spieler stand da, ein Handtuch um die schmale Taille gewickelt, das Gesicht knallrot, was die Akne, die ihn leider plagte, noch verstärkte, und erstarrte, als er mich entdeckte. Ich schüttelte aber nur stumm den Kopf – als Zeichen, dass er meine Anwesenheit für den Moment geheim halten sollte.

»Unwahrscheinlich«, war ein weiterer Kommentar zu

hören, von jemandem, der hinter einer Reihe Spinde versteckt war. Aha, Brads Lakai Dell. Der Junge könnte mit keinem eigenen Gedanken aufwarten, und wenn es um sein Leben ginge. Ein paar Spieler rechts von mir beschäftigten sich mit dem Zubinden ihrer Stollenschuhe und taten so, als würden sie den Wortwechsel nicht hören.

»Stimmt … er müsste ihn zuerst hochkriegen. Hattest du schon mal 'ne Latte, *Christian*?", hänselte ihn Brad und beugte sich näher hin, während der Junge sich wand.

Was für ein Arschloch.

»Also die Damen«, so machte ich meine Anwesenheit schließlich bemerkbar, »bin ich froh, dass ihr Zeit zum Schwatzen habt.«

Brad richtete sich auf und fuhr herum, offensichtlich war er überrascht, dass man ihn erwischt hatte. Er zähmte seine Gesichtszüge aber rasch und nahm seinen »Meine-Scheiße-Stinkt-nicht«-Gesichtsausdruck an, verschränkte die Arme vor seiner nackten Brust und zuckte mit den Schultern.

Ich sah auf meine Uhr. »Fünfzehn Minuten bis zum Schlagtraining. Damit sollte euch Mädels genügend Zeit für Pendelläufe bleiben. Ihr habt sechzig Sekunden, um euch anzukleiden und eure Ärsche hier raus zu schaffen.« Ich wusste, dass ich die Situation für Chris nur verschlimmern würde, wenn ich ihn nicht inkludierte, daher achtete ich darauf, alle im Raum zu adressieren. Ich kapierte, wieso Kinder nicht für einander eintraten – ich kapierte es, aber das bedeutete nicht, dass ich es gutheißen musste. Die Hierarchie der Teenager ist eine komplexe und fragile Struktur, und eine, in die man sich nicht unüberlegt einmischt. Ich musste darauf vertrauen, dass die Christians dieser Welt eines Tages den Sieg davontragen würden, und mein Job war es, zu ermuntern und zuzuhören, wenn der Scheinwerfer aus war. Es sah wohl ganz danach aus, als würde ich an diesem Abend mehr als ein Gespräch am Feldrand führen.

»Yo!«, brüllte ich, als ich durch die Eingangstür meines Reihenhauses trat. »Gehen wir heute zu Jake's oder—« Ich blieb abrupt stehen und machte rasch wieder kehrt, die Augen in Richtung Tür gerichtet. Ein kurzer Blick zur Couch hatte genügt und ich war mir sicher, dass ich mehr gesehen hatte, als dem Mädchen lieb war, das rittlings auf Bretts Schoß saß.

»Scheiße!«, sagten Brett und ich gleichzeitig. Hinter mir hörte ich jemanden rascheln und flüstern.

»He, tut mir leid, Leute. Aber ihr wisst schon, dass ihr oben ein Zimmer habt, oder? Arschloch«, sagte ich in die Tür.

Brett knurrte mich nur an, was mich zum Grinsen brachte. Ich muss sagen, das Mädchen war ziemlich heiß, was ich so sehen konnte.

»O Gott, das ist ja so peinlich«, hörte ich ein weibliches Flüstern, kurz bevor das Mädchen an mir vorbeieilte und die Tür öffnete. Ihr T-Shirt hing noch halb herunter, aber der BH war wenigstens wieder drauf.

»Ich werde dich später anrufen, Ginger!«, schrie Brett ihr nach. Irgendwas sagte mir, dass sie ihr Telefon die nächsten Tage nicht abheben würde.

Ich drehte mich schließlich wieder ins Zimmer um, als eine Ausgabe der Zeitschrift *Men's Health* an meinem Gesicht vorbeizischte. Wieso warfen heute alle Leute mit Dingen nach mir?

»Ich hab nicht damit gerechnet, dass du so früh nach Hause kommst«, sagte Brett und kratzte sich ausgiebig am Kinn. Er ließ sich gerade einen Bart wachsen – oder versuchte es – und hatte sich vor Kurzem auch Plugs in die Ohren machen lassen. Wie es schien, standen die Miezen auf seinen neuen Look. Ich muss sagen, vorher hatte er wie etwa achtzehn ausgesehen, nicht wie vierundzwanzig, eine Veränderung war also ganz willkommen.

»Das ist ziemlich offensichtlich«, erwiderte ich, das Lächeln fest im Gesicht. »Also hast du jetzt vermutlich Zeit, um mit zu Jake's zu kommen.« Dieses Mal warf er mit einem Schuh nach mir, den ich allerdings fing. Kein Problem.

»Wieso bist du so früh zu Hause? Ich dachte, du hättest Training.« Brett stand auf und ging in die Küche. Ich trottete hinterher. Wir waren im vergangenen Jahr in ein Reihenhaus in High Point gezogen, und obwohl es nicht so bemerkenswert war, dass man darüber nach Hause schreiben würde, waren wir mit dem Haus bis dahin recht zufrieden gewesen. Man hat immer Spaß, wenn man mit dem besten Freund wohnt, und für mich war es definitiv ein längst überfälliger Schritt hin zum Erwachsensein gewesen. Ich war vom Haus meiner Eltern in das Haus meiner Schwester gezogen, bevor ich mir schließlich die Miete für mein eigenes Heim mit Brett teilte. Ja, definitiv überfällig.

»Ich habe heute früher Schluss gemacht, um mit dem jungen Jameson reden zu können, aber der kleine Saftsack hat mich hängen lassen.« Ich war noch immer angefressen.

Brett reichte mir ein Bier aus dem Kühlschrank und jeder von uns ploppte seines auf. Ich warf meinen Kronkorken über meine Schulter, direkt in den offenen Mülleimer. Bretts landete irgendwo in der Nähe des Spülbeckens. Ich schüttelte den Kopf, als würde ich mich schämen, und er ignorierte mich wie gewöhnlich.

»Jemand muss es diesem Kind mal zeigen«, sagte Brett und schüttelte den Kopf. Er hatte mir schon bei vielen Gelegenheiten geholfen, Dinge zu klären, die dieses gemeine Schwein betrafen.

Ich lachte freudlos. »Mensch, und wie ich mir wünsche, das tun zu können, aber irgendwie gefällt es mir, einen festen Job zu haben. Ich würde ja vorschlagen, dass du es tust, aber, na ja …« Das ließ ich so stehen. Brett war verdammt dürr, und mir machte es riesig Spaß, ihn deswegen zu verarschen. Er konnte aber auch gut austeilen (und Gleiches mit Gleichem vergelten).

»Du würdest dein hübsches Milchgesicht sowieso nicht zerstören wollen«, gab er zurück. »Erzähl mal, wie lange hast du heute Morgen zum Fertigmachen gebraucht, Prinzessin?«

Ich boxte ihn in den Arm und er tat so, als würde es nicht wehtun.

Ich erzählte Brett von Brads beunruhigendem Benehmen im Umkleideraum und er war entsprechend entsetzt. Es war mir nach dem Training zwar nicht gelungen, Brad einzuholen, aber Chris konnte ich beiseite nehmen. Ich versuchte, ein paar Tipps zu teilen, wie man sich vielleicht besser anpassen konnte, ohne selbst zum Arschloch zu werden. Ehrlich gesagt, es reichte manchmal ein neuer Eindruck, schon war die Aufmerksamkeit eines Rüpels abgelenkt. Fast war ich geneigt gewesen, die alte Knast-Strategie zu kommunizieren, dass man an seinem ersten Tag jemanden zu Brei schlagen muss, um sich die anderen vom Leibe zu halten, aber selbst ich wusste, dass das unklug gewesen wäre.

»He, ich werde mir morgen ein paar neue Talente für Gerry und Buzz ansehen. Willst du mitkommen?« Brett und ich hatten immer schon die Liebe zum Baseball geteilt – das war einer der Hauptgründe, wieso wir überhaupt Freunde geworden waren. Er verehrte das Spiel fast so sehr wie ich. Er hatte auch ein verdammt gutes Auge, und deswegen nutzte ich auch oft seine Hilfe, wenngleich er irgendwie leider ein mieser Spieler war.

»Hab ja jetzt nichts Besseres zu tun, nachdem du Ginger verjagt hast.« Er stellte sein Bier ab und zeigte in mein Gesicht. »Dafür wirst du mir büßen, wenn sie meine Anrufe nicht annimmt, Arschgesicht.«

»Werd's mir merken.« Meinen Mund juckte es. Es war schön zu sehen, dass Brett sich bei Mädchen dieser Tage selbstbewusster fühlte. »Aber nur für den Fall, lass uns ausgehen und die Talente im Jake's angucken. Schadet nie, eine Reserve zu haben.« Ich zog eine Augenbraue hoch.

Er seufzte resigniert. »Meinetwegen.«

Ich ging hoch, Getränk in der Hand, um mich schon wieder zu duschen, bevor der Abend zu Ende war. Gefühl hatte ich ein gutes.

DAS GUTE GEFÜHL vom frühen Abend entwickelte sich nicht so, wie ich es mir erhofft hatte. Ich verbrachte eine ganz nette Zeit beim Rumquatschen mit Brett und ein paar anderen Typen, aber ich konnte zu den Mädels an der Bar keinen Rapport aufbauen. Ich beschloss, meine positiven Vorahnungen stattdessen auf den Spieler zu beziehen, den ich mir heute ansehen würde.

Ich fand einen Parkplatz nahe am Feld bei der North High School. Es war ein guter Tag zum Spielen. Der Himmel war klar und die Temperatur ideal, konstant in den niedrigen Siebzigern. Ich schnappte mir mein Notizheft und ging zum Zaun, um mir das Aufwärmen vor dem Spiel anzusehen. Brett hatte vorgehabt, später am Feld zu mir zu stoßen, da ich gerne früh erschien. Ich richtete mir meine Mütze und blickte in das Meer aus Sportdressen auf der Suche nach einer unbekannten Nummer.

Da war er. Nummer 52.

Der Junge war groß gewachsen für sein Alter, wahrscheinlich knapp unter sechs Fuß, und er hatte einen dunkelblonden Haarschopf, der unter seiner Kappe hervorlugte. Er war saumäßig schlaksig, aber seine Haltung zeigte Selbstvertrauen. Sein Handschuh hob und senkte sich ganz natürlich, als er und sein Teamkollege den Ball hin und her warfen. Es ließ sich durch Zusehen bei diesem Spiel unmöglich erkennen, welche Art von Talent er vielleicht hatte oder auch nicht hatte, aber das war ja der Grund, wieso ich bereit dazu war, den Rest des Nachmittags hier an diesem Zaun zu stehen.

Ich kannte den ersten Werfer, den *Starting Pitcher* der North, einen Oberstufenschüler namens Wes Hartfield. Er war vom Talent her nicht wirklich armselig. In dieser Saison lag North bei 4:2 und Wes hatte viel damit zu tun. Wir hatten mit den Coaches gearbeitet und versucht, ein paar extra Trainingseinheiten mit Wes zu organisieren, doch das war indiskutabel. Seine Eltern hatten sich darauf versteift, dass er nach der Highschool in ihr Familienunternehmen einsteigen sollte, und wollten die Kohle für eine Zukunft nicht berappen, die sie so für ihr Kind nicht im Visier hatten. Das war schade, aber Wes schien nicht gewillt, sich deswegen mit ihnen zu streiten, daher ließen wir es bleiben.

Sein bevorstehender Abschluss machte in der nächsten Saison den Weg frei für einen neuen *Starting Pitcher* im Team, und mir fielen einige Jungs ein, die scharf darauf sein würden. Ich musste mich selbst überzeugen, ob dieser neue Junge mit ihnen mithalten konnte.

Der Coach rief die Spieler auf ein Wort zu sich und ich signalisierte einem der Assistenztrainer, einem Kerl namens Kirk. Er joggte herüber, nahm seine Mütze ab und wischte sich mit seinem Ärmel über die Stirn.

Wir gaben uns über den Zaun die Hände.

»Schön, dich zu sehen, Monroe«, begrüßte er mich.

Ich nickte ihm zu. »Dich auch, Mann. Wollte dich nur warnen, dass ich heute für Gerry und Buzz hier bin. Wir sehen uns den Neuen an.«

Einer seiner Mundwinkel verzog sich zu einem vielsagenden Grinsen . »Mensch, ihr seid ja schnell. Der Junge ist erst letzte Woche angekommen.«

»Das heißt, wir sind schon eine Woche im Hintertreffen«, gab ich, selbst grinsend, zurück.

Kirk musste lachen. Er setzte sich die Baseballcap wieder auf den Kopf und sah zur Seite. »Also heute wirst du geduldig sein müssen, weil er wird wahrscheinlich bis zum achten auf der Reservebank sitzen. Wes hat sich seine Zeit verdient, und wir haben schon Anders und Bates, die um den *Relief Pitcher* wetteifern.« Er sah nicht erfreut drein.

»Wie sieht's denn aus?«, fragte ich.

Kirk sah mich eine Weile nicht an und antwortet auch nicht, also wartete ich ab. Schließlich sprach er doch. »Wenn du mich fragst, wir könnten das ganze verdammte Ding gewinnen, wenn wir heute Miller anfangen lassen. Aber du weißt ja, wie das funktioniert – nichts ist so einfach.«

Ich nickte. Der Politik entkommt man nicht, auch nicht bei Amerikas liebster Freizeitbeschäftigung. »Na ja, Kirk, wie du gesagt hast – Geduld.«

Er nickte zurück und wir hörten beide jemanden auf der anderen Feldseite seinen Namen rufen.

»Bis später, Monroe. Mach, dass du in der Nähe bleibst.« Er zeigte auf mich, als er sich umdrehte und zum Team joggte.

Nichts würde mich dazu bringen, heute meinen Platz zu verlassen – nicht nach diesem Gespräch.

Hallo, Montag

EMERSON

»MÖCHTEST DU WAS ESSEN? Ich kann schnell was machen.« Ich hing vor der Schlafzimmertür herum und fühlte mich leicht deplatziert. Was seltsam war, wenn man bedenkt, dass das mein Haus war.

Mein Bruder sah von seinem Buch hoch, die dunkelblonden Haare hingen ihm über ein Auge. Es juckte mich, eine Schere in die Hand zu nehmen und ihm damit auf der Stelle seinen wuscheligen Mopp zu kürzen. »Tschuldigung, was ist?«

Stattdessen spürte ich, wie meine Lippen schmal wurden. Ich erinnerte mich, wie ich oft derart ins Lesen vertieft gewesen war, dass die Umgebungsgeräusche verschwanden. Es war eine Gemeinsamkeit, die wir beide hatten. »Abendessen«, gab ich ihm das Stichwort.

»Ach so.« Verschämt kämmte er sich mit einer Hand die losen Haare zurück, während seine blauen Augen wieder nach unten gingen. »Ich werde mir einfach ein Sandwich oder irgendwas zubereiten. Du musst dir wegen mir keine Sorgen machen.«

Ich machte ein paar Schritte ins Zimmer. »Jay, ich mache dir gerne etwas. Ich werde mir einen Salat machen – dabei kann ich problemlos auch für dich ein Essen zusammenstellen.« Seit seinem Umzug in der Vorwoche hatte er alle meine Hilfsangebote und jede Art echten Engagements abgelehnt. Langsam machte mir das wirklich Sorgen.

Er deutete ein zaghaftes Lächeln an und schüttelte den Kopf.

Ich wollte ihn nicht bedrängen, aber das wurde langsam lächerlich. Er war mein Bruder, um Gottes willen. Na ja, genaugenommen mein Halbbruder, aber ich liebte ihn von ganzem Herzen. Weshalb es auch so schwierig war, ihn so zu sehen – so unsicher, was seinen Platz betraf, und offensichtlich nicht gewillt, auch nur die kleinste Welle in meinem normalerweise strukturierten und geordneten Leben zu machen. Er hatte sich als Kind in seiner Haut immer so wohlgefühlt, dass es nun entnervend war, ihn so verunsichert zu sehen.

»Okay«, gab ich schließlich nach. »Du weißt ja, wo sich alles befindet ...« Ich gab auf und schlug dann einen anderen Kurs ein. »Übrigens, wenn man vom Papier anstatt von einem Bildschirm abliest, steigt der Grad des Verständnisses und des Erinnerungsvermögens. Nur, damit du weißt, dass du eine gute Wahl getroffen hast.« Ich zuckte mit den Schultern.

Er sah erneut hoch und dieses Mal war das Grinsen echt. Mein hirnverbranntes Talent, triviales Zeug zu erzählen, hatte er immer schon unterhaltsam gefunden. Mit Freude sah ich, dass es immer noch Wirkung zeigte.

»Ich werd's mir merken«, antwortete er, sein Ton diesmal wärmer.

»Tu das.« Ich drehte mich um und wollte den Raum verlassen. Doch ein zurückgeworfener Blick, als ich die Schwelle erreichte, zeigte mir, wie seine Schultern bei einem defätistischen Seufzer absackten.

»Plemplem«, murmelte ich vor mich hin. So sollte es nicht sein. Das war nicht das Szenario, das ich mir vor einem Monat vorgestellt hatte, als ich mit meiner Mutter gesprochen hatte und wir uns einig gewesen waren, dass es das Beste sein würde, wenn Jay zu mir zog.

»Wir werden schon zurechtkommen, Mom«, hatte ich zum vierten Mal gesagt. »Du und Aldo, ihr habt das schon so lange geplant. Er wird es weiß Gott genießen, diesen lächerlichen Campervan in jede Richtung zu fahren, die du ihm anzeigst.«

Ich hörte ein Seufzen und ein leises Hm am anderen Ende der Leitung. »Das wird unser zweiter Akt sein, Emmy. Diese Leute, die Aussteller auf den Kunsthandwerksmärkten, das sind meine Leute, wenn du weißt was ich meine.« Ich wollte ihr gestehen, dass ich überhaupt nicht wusste, was sie meinte. Ein Leben auf Tour in Unsicherheit und allerorts unter Fremden war meine Version eines Horrorszenarios. Aber vermutlich hatte sie recht. Dieses spontane und ein wenig flatterhafte Benehmen überraschte keineswegs bei einer Frau, die sich selbst mein »Lebensgefäß« nannte.

»Ich habe bloß nicht verstanden, wie viel ihm das bedeutet«, fuhr sie fort. »Wir sind schon ein paarmal umgezogen und er hat nie ein Wort gesagt.« Ich biss mir auf die Zunge, um ein hämisches Lachen zurückzuhalten. »Ein paarmal« war milde ausgedrückt. Meine Mutter und mein Stiefvater führten praktisch ein Nomadenleben, zerrten Jay immer mit sich herum, wohin auch immer der Wind sie trieb. Mich überraschte es nicht im Geringsten, dass Jay endlich irgendwo Wurzeln schlagen wollte. Ich unterdrückte den Drang zu fragen, wieso sie nicht noch ein paar Jahre warten konnten, bis Jay wenigstens die Highschool abgeschlossen hätte. Jede Antwort, die ich erhalten würde, wäre aber kaum befriedigend, dafür höchstwahrscheinlich ganz und gar verwirrend.

Meine Mutter hatte die Wanderlust im Blut, ohne Zweifel, ich dagegen hatte sie bestimmt nicht geerbt. Allen Indizien zufolge teilte Jay das Gen auch nicht. Gott sei Dank hatte sie Aldo gefunden, der ihre wilden Neigungen mit ihr teilte. Es war der Grund, weshalb er sie anbetete und weshalb ich ihn anbetete, so widersinnig sich das auch anhört.

»Mom, er ist fast sechzehn. Er denkt über seine Zukunft nach – er denkt ans College. Ich meine es nicht böse, wenn ich das sage, aber du kannst doch nicht erwarten, dass er seine Zelte abbricht und trotzdem sein Abi macht, um Himmels willen. Er will ein normales Kind sein.«

Sie seufzte langmütig. »Ich hatte nicht beabsichtigt, dass er sein Abi macht, Emmy. Wir könnten ihn auf Tour homeschoolen. Aldo ist in Chemie eine Kanone.«

Mir blieb fast die Luft im Hals stecken. Ich war eher nicht der Ansicht, dass Colleges Aldos Art der Chemie zu schätzen wissen würden, wenn ihr mich versteht. Und, Gott schütze sie, das Einzige, was ein Unterricht von Naomi Miller beinhalten würde, wären die Nutzung der mystischen Kräfte von Kristallen und vielleicht ein halbwegs vernünftiges Tarotkartenlesen. Wissenschaft bestand in ihrer Welt hauptsächlich aus der fiktionalen Variante, und vermutlich würde sie ihren Unterricht überwiegend den so nützlichen Fächern wie Hexerei und den Heilkräften von ätherischen Ölen widmen.

Einem Zehntklässler, der einfach nur Freunde finden und Baseball spielen wollte, würde das nicht helfen.

»Ich habe genug Platz und ich kann das Rechtliche aufsetzen, kein Problem. Bist du dir ganz sicher, dass es das ist, was ihr alle wollt?«

»Ich will, was er will, und wenn das heißt, dass er bis zum Schulabgang an einem fixen Ort wohnen möchte, dann werde ich es ihm gerne erlauben«, versicherte sie mir und seufzte dann leise. »Aber warum komme ich mir wie eine schreckliche Mutter vor?«, fragte sie.

Das ließ mein Herz weichwerden. Was sie bestimmt nicht war, ist eine schreckliche Mutter. Unkonventionell – ja. Schrecklich? – Nein. Die Liebe in ihrem Herzen kannte keine Grenzen und sie verschenkte sie großzügig. In all den Jahren, in denen ich bei ihr aufgewachsen war, hatte ich niemals bezweifelt, dass sie mich sowohl liebte, als auch stolz auf mich war.

Sie war bloß kein traditioneller Mutter-Typ. Ich hatte meine Elternbriefe nie rechtzeitig unterschrieben bekommen oder die aktuelle Mode getragen. Meine Mittagessen waren eine Kombination aus den Dingen, die sie gerade in der Speisekammer fand, was bei meinen Tischkollegen manchmal Neid auslöste, wenn sie in meinen braunen Papiertüten Schokoladenriegel und Rosinen anstatt Truthahnsandwiches und Apfelspalten entdeckten.

Und nichts brachte sie aus der Fassung, auch Aldo nicht. Eine abfällige Bemerkung eines anderen Elternteils perlte direkt von ihr ab. Eine Bitte eines Rektors, doch bitte auf mein pünktliches Eintreffen in der Schule am Morgen zu achten, wurde mit einem hübschen Lächeln und einem Angebot zur Überprüfung seiner Chakren begegnet.

Nein, Naomi war in keinem Sinne traditionell. Sie war eher eine freigeistige und offenherzige, vergisst-manchmal-Schuhe-anzuziehen Erdmutter.

Und ich hatte das immer akzeptiert. Ich hatte es jedoch nicht nachgemacht. Von jungen Jahren an hatte ich gewusst, was ich wollte und war fest entschlossen auf meine Ziele hinzuarbeiten. Ungefähr ab der dritten Klasse fing ich daher an, mir meinen Wecker selbst zu stellen, mir meine Mittagessen selbst einzupacken und die Unterschrift meiner Mutter auf den Elternbriefen zu fälschen. Für meinen Erfolg würde ich sorgen, und die Welt gehörte mir.

Aber ich konnte all das tun und meine Mutter trotzdem lieben.

»Tom, ich habe dich lieb. Jay hat dich lieb. Du bist eine gute

Mutter. Du machst uns manchmal wahnsinnig, aber es gibt keine bessere.«

Ich konnte die Tränen in ihrer Stimme hören. »Ich habe dich auch lieb, mein süßes Mädchen.«

»Also, wann werdet ihr ihn herbringen?«

Und so erbte ich mein eigenes »Mündel«, wie man früher sagte. Ich war der offizielle vorübergehende Vormund meines fünfzehnjährigen Bruders und ich war fest entschlossen, dass er sich in meinem – unserem – Haus wohlfühlen würde. Es würde sich nur ein bisschen mehr Arbeit ergeben, als ich vorhergesehen hatte.

Und unerwartete Problemchen in meinem Leben waren etwas, mit dem ich überhaupt nicht gut umgehen konnte.

»Fudgesicles!«

Ich hielt mir meine kleine Zehe, die soeben festen Kontakt mit dem Bein meines Bettes aufgenommen hatte. Mein Handy knallte aufs Parkett und ich konnte Aris Stimme am anderen Ende der Leitung nur noch leise hören.

Während ich mir die Haare aus den Augen blies, holte ich mir das Handy wieder und setzte mich aufs Bett. Zärtlich hielt ich meine arme Zehe in den Händen. Hallo, Montag, ich freue mich auch riesig, dich zu sehen.

Ich hob das Telefon wieder an mein Ohr, als Ari hineinbrüllte: »Was zum Teufel?! Hast du gerade dein Handy an die Wand geschleudert?«

»Ich habe es fallen lassen. Mein Bett hat versucht, mich umzubringen.«

»Den kenne ich ja noch gar nicht«, erwiderte Ari. »Bist du okay?«

»Ich bin mir sicher, dass meine Zehe wieder nachwachsen wird, keine Sorge. Pardon, sprich weiter.« Ich testete meine

Zehe, indem ich meinen Fuß sachte auf den Boden setzte und aufstand. Okay, geht so, aber meine Schuhauswahl würde an diesem Tag geändert werden müssen. Mist. Heute hätte ich meine hochhackigen Pumps bei meiner Begegnung mit Craig wirklich gut gebrauchen können.

Aris Stimme am anderen Ende der Leitung wurde lauter. »Also an welcher Stelle habe ich dich verloren?«

»Ich habe den Teil gehört, wo Elliot sich deiner Mamá gegenüber im Garten wie ein A-r-s-c-h benommen hat.« Ich mochte Elliot nicht. Ganz und gar nicht.

Sie seufzte. »Weißt du, du darfst das Wort ruhig sagen. Du bist erwachsen. Arsch! Sage es jetzt mit mir gemeinsam.«

Ich wiederholte ihr Seufzen. Das war eines von unseren ewigen Hin-und-Hers. Ari war meiner Klassifikation zufolge eine auf olympischem Niveau Fluchende. Ich andererseits konnte mir nicht mal vorstellen, dass mir ein Fluch über die Lippen käme. Na klar, innerlich fluchte ich manchmal, aber niemals laut. Da war immer die Stimme meines Vaters im Hinterkopf, die mir sagte, dass wohlerzogene Frauen nicht fluchen.

»Ja, Ari. Sprich weiter.« Sie wusste, dass ich niemals weichwerden würde, also gab sie sofort auf. Ich humpelte weiter ins Badezimmer, um mich für die Arbeit fertigzumachen.

»Natürlich hat Mamá sich die Scheiße nicht gefallen lassen. Sie hat ihm gesagt, er kann sich sein eigenes Abendessen kochen, wenn ihm nicht gefällt, was auf seinem Teller ist. Ich weiß nicht, Em. Er ist so süß, wenn nur wir zwei zusammen sind. Ich verstehe nicht, warum er manchmal so ein Arsch sein muss.« Sie hörte sich niedergeschlagen an.

Das war nicht das erste Mal, dass wir dieses Dilemma genau besprachen. Ich hatte zwar gesehen, dass Aris Freund sie gut behandelte, aber ich könnte sein Benehmen niemals als *süß* klassifizieren. Elliot geht Elliot über alles. Er ist die Art von Kerl, der mit einer Parkuhr zusammenstoßen würde, weil er so schwer mit dem Betrachten seines Ebenbildes in einer Auslagenscheibe beschäftigt ist. Und seine Vorstellung einer Aufmerksamkeit zum Geburtstag waren zwei Tickets für ein Konzert *seiner* Lieblingsband. Süß? Ich denke nicht.

Aris Stimme wurde leiser und sie fuhr fort: »Und du weißt, dass der Sex echt heiß ist.« Dabei schnurrte sie praktisch. Ich legte meine Haarbürste weg und schloss die Augen, um das Wiederauftauchen meines Frühstücks zu verhindern. Ich musste nicht noch einmal hören, wie magisch Elliots Penis war, denn wenn er nicht gerade zur Heilung von Krebs beitrug, musste die Welt das meiner Ansicht nach nicht unbedingt hören.

Aber eine gute Freundin zu sein bedeutete ja mehr Zuhören und weniger Standpauken. »Ja, Ari, mir ist bewusst, dass Elliot ... dich befriedigt.« Meine Hoffnung war, dass meine Anerkennung seiner Schlafzimmerfertigkeiten das Gespräch weiter vorantreiben würde – hin zu anderen Themen.

»Jedenfalls ist er gegangen und ich habe wieder eine Strafpredigt von Mamá erhalten, wie schlecht mein Geschmack bei Männern doch ist.«

Habe ich schon erwähnt, dass ich Aris Mom liebe?

»Ich sage das nur ungern, Ari, aber hast du wirklich damit gerechnet, dass das gut ausgeht? Deine Mutter ist dir doch nicht unbekannt, oder?«

»Klappe, Miststück«, sagte sie lachend. »Ich weiß, aber da ist ein Teil von mir, der spürt diesen Drang, es trotzdem zu versuchen. Eines Tages wird sie brechen.«

Über ihren Optimismus musste ich schmunzeln – und über ihren Mut. »Wo war dein Dad bei all dem?« Ich konnte mir nicht vorstellen, dass Mister Amante einfach nur danebenstand, als jemand die Kochkünste seiner Frau herabwürdigte, egal wie subtil.

»Papá musste spät arbeiten. Wie sich herausstellte, letztlich eine gute Sache. Ich glaube, Elliot wird sich einfach eine Weile nicht blicken lassen. Ich will ihn nicht in die Flucht schlagen.«

Ich musste mir auf die Zunge beißen. Hart. Ariana ist schön, intelligent, talentiert, witzig und rundum wundervoll. Sie verdient einen besseren Kerl als einen Trottel wie Elliot. Wieso konnte sie das nicht erkennen?

Ich machte ein nichtssagendes Geräusch und sah dann auf meine Armbanduhr. Verdammt! Ich würde mich verspäten, wenn ich mich jetzt nicht auf den Weg machte. Und gerade heute durfte ich nicht zu spät kommen.

Ich dachte kurz daran, bei Jay vorbeizuschauen, wusste aber, dass er bereits den Bus genommen hatte und nicht an sein Handy gehen würden. Ich würde ihn am Abend abpassen müssen.

»Tut mir leid, aber ich muss losdüsen.«

»Ach, Scheiße!«, antwortete Ari. »Ich bin irgendwie vom Thema abgekommen und habe ganz vergessen, dass heute besagter Tag ist!« Sie kreischte ein bisschen, was mich zum Grinsen brachte. »Du wirst hammergeil sein! Tritt diesen Craig in den Arsch, Frau!«

»Zu Befehl, *Ma'am*.« Ich salutierte zum Spaß, obwohl sie mich nicht sehen konnte. »Ruf dich später an.«

Ich legte das Handy auf die Badezimmerablage und erwischte meinen eigenen Blick im Spiegel. »Du schaffst das, Emerson. Du bist dafür geboren.« Mit frischer Entschlossenheit trug ich meinen roten Lieblingslippenstift auf und bereitete mich auf den bevorstehenden Tag vor.

ICH ÜBERKREUZTE die Beine und befahl mir stillzusitzen, als ich auf einem Stuhl vor Thomas Wheelers Büro saß. Ein Zappeln wäre wohl ein Zeichen von Nervosität und Schwäche gewesen, daher war es von größter Wichtigkeit, dass ich eine ruhige und gelassene Haltung beibehielt. Mein Kollege und Erzfeind Craig Pendleton belegte den Stuhl zu meiner Linken, als wir beide auf unser Meeting mit einem der geschäftsführenden Gesellschafter in der Rechtsanwaltskanzlei Jefferson, Wheeler und Schenk warteten.

Craig und ich waren beide Sozii im vierten Jahr, und es war kein Geheimnis, dass einer von uns aussortiert werden würde, bevor man dem Verbleibenden eine Teilhaberschaft anbot. Und ich hatte die volle Absicht die Siegerin zu sein, wenn eine Partnerschaft zu vergeben war. Ich hatte alles gegeben, um der Kanzlei ein unersetzliches Asset zu sein, mich immer verfügbar gehalten und mehr Stunden als nötig investiert, während ich auch Zeit abgezweigt hatte für kostenlose Vertretungen. Und damit würde ich weitermachen, egal was.

Ich riskierte einen Seitenblick auf Craig und bemerkte, dass sein Blick starr auf meine Beine geheftet war. Ich spürte das Bedürfnis, meinen Rock hinunterzuziehen, obwohl er auf einer völlig akzeptablen Höhe endete. Würg. Ich drehte meinen Kopf so, dass ich ihn direkt ansah und zwang ihn dadurch, seinen Blick auf meine Augen zu richten. Er hatte nicht einmal den Anstand, rot zu werden. Ein schlaues Grinsen zog sich über seine verwirrend vollen Lippen, und plötzlich fiel mir auf, dass er diesem schleimigen Schauspieler Cillian Murphy verblüffend ähnlichsah. Ich unterdrückte ein Schaudern. Hatte ich erst einmal die Partnerschaft, vielleicht würde Craig ja nach L.A. ziehen und ein Bösewicht beim Film werden. Der Gedanke ließ mich innerlich kichern.

»Mizz Scott, Mister Pendleton, kommen Sie herein.« Die Tür zum Büro von Thomas Wheeler hatte sich geöffnet und er winkte uns beide herein. Mr. Wheeler war mir unter den geschäftsführenden Partnern der liebste. Er war auch der Einzige, der mich mit »Mizz Scott« anstatt »Emerson« ansprach, was mich nicht gestört hätte, wäre Craig nicht von allen drei geschäftsführenden Teilhabern als »Mister Pendleton« bezeichnet worden.

Mr. Wheeler ging auf die andere Seite seines großen Mahagonischreibtisches und ließ sich in seinen üppig gepolsterten Ledersessel sinken. Er war ein großgewachsener Mann und behielt sich seine gute Figur, indem er sich gesund ernährte und einen noch gesünderen Appetit auf Golf und Racquetball bewahrte. Sein kantiges Kinn und sauber getrimmtes, graumeliertes Haar machten viel Eindruck, wie auch seine selbstbewusste Haltung.

Er verschränkte die Hände vor sich auf dem Tisch, ich machte es mir derweil bequem. »Also Ihnen ist beiden bekannt, dass wir Mister Anderson letzte Woche gehen lassen mussten.« Travis Anderson war ein weiterer Sozius im vierten Jahr gewesen, in der Abteilung für Gesellschaftsrecht. Trotz seines scharfen Verstandes und seines Fleißes hatte seine Arbeit im Laufe des vergangenen Jahres nachgelassen, seit er und seine Frau Zwillinge in der Familie willkommen geheißen hatten. Travis war ein toller Kerl, aber bei Jefferson, Wheeler und Schenk gab es kein Nachlassen, ganz gleich wie wichtig der Grund. Es war keine große Überraschung gewesen, als er entlassen wurde. Ich hatte Sozii wie die Fliegen sterben sehen in den letzten vier Jahren. Mir würde das jedoch nicht passieren.

Craig räusperte sich, und ich wusste, dass irgendein arschkriecherischer Kommentar bald folgen würde. »Nun, Sir, manche Menschen haben ihre Prioritäten einfach nicht in der richtigen Reihenfolge.« Ich konnte gerade noch widerstehen, ein Würgegeräusch zu machen.

Mister Wheeler sah Craig mit ausdrucksloser Miene an.

Ha! Gefühlloser Depp. Nimm das!

Unser Chef fuhr fort: »Wie dem auch sei, dadurch bleiben uns mehr Arbeit und weniger Teilhaber, die sie erledigen. Ich habe ein paar Projekte bereits neu zugeteilt, aber ich brauche

Sie beide, damit Sie einen Teil der Arbeit übernehmen.« Das war die Stunde der Wahrheit. Travis hatte an mehreren Fällen gearbeitet, aber nur einer zählte wahrhaftig: das Agrar-Start-up AgPower. Derjenige, der das annahm, würde eng mit Mister Wheeler zusammenarbeiten, und das war eine Gelegenheit, die Gold wert war.

Ein Projekt, das als Beratung für ein einfaches landwirtschaftliches Start-up begonnen hatte, war nun dank der Unterstützung, die die Kanzlei des Klienten von einigen großen Akteuren in der Industrie gewonnen hatte, zu einer kolossalen Geschäftsgelegenheit angewachsen. Die Kanzlei entwickelte eine neue Feldfrucht, die das Potenzial hatte, eine Biotreibstoff-Alternative zu schaffen. Wenn man das richtig anging, konnte das Großes für die Kanzlei und die damit beschäftigten Anwälte bedeuten. In unserer ganzen Kanzlei herrschte deswegen seit Wochen Aufregung, und Travis war vom Ausmaß des Projektes zusehends überwältigt worden.

Ich konnte spüren, wie Craig gleichzeitig mit mir die Luft anhielt, als Mister Wheeler zwei Stapel mit Mappen über seinen Tisch schob, einen für jeden von uns. Mein Atem zischte heraus, als ich das Wort »AgPower« auf dem Etikett meiner obersten Mappe ausmachte. *Ja!* All die Überstunden und die freiwillige Arbeit an unerfreulichen Fällen und mit unleidlichen Klienten hatte sich bezahlt gemacht. Am liebsten wäre ich über den Tisch gesprungen und hätte Mister Wheeler umarmt. Natürlich würde ich so etwas Unschickliches niemals tun. Selbst der Gedanke daran war für mich untypisch.

Ich war derart in meine Gedanken vertieft, dass ich Craigs Reaktion zuerst nicht bemerkte. Er streckte über den Tisch Mister Wheeler die Hand entgegen. »Ich weiß die Gelegenheit zu schätzen, Sir.« Erst da warf ich einen kurzen Blick auf Craigs Mappen. Also nee! Das Etikett auf einem von seinen war mit meinem identisch. Wir waren beide beim AgPower-Start-up.

Ich musste fortan mit dem furchtbaren Craig zusammenarbeiten.

Es gelang mir, ein Lächeln aufzusetzen und ebenfalls meine Hand auszustrecken. »Danke, Sir. Wir werden uns gleich dahinterklemmen.«

»Ich weiß, dass Sie das werden. Bringen Sie sich bezüglich AgPower auf den neuesten Stand für das Meeting am Nachmittag. Wir werden uns im vier Uhr im Konferenzraum treffen.«

So wurden wir entlassen, daher gingen Craig und ich zur Tür. Er trat vor mir hinaus und machte sich nicht einmal die Mühe, mir die Tür aufzuhalten. Das würden angenehme Monate werden.

»Ich kann's nicht fassen, dass sie das euch beiden gegeben haben!« Für ihren entrüsteten Gesichtsausdruck wollte ich Ari umarmen. Sie hatte auf ihrem Heimweg von der Karaoke-Veranstaltung, die sie ein paar Abende pro Woche betreute und die sie zusätzlich zu ihrem Vollzeit-Job als Rezeptionistin in einem Immobilienbüro und ihrem freiberuflichen Web-Design-Job machte, bei mir vorbeigeschaut.

Ich zuckte mit den Schultern, denn: Was konnte ich sonst tun? »Ich weiß, aber ich werde mich hineinknien und mir den Arsch aufreißen müssen. Ich wünschte nur, es wäre Travis anstatt Craig.« Ich rümpfte die Nase, als ich erneut an Craigs selbstgefälliges Gesicht dachte.

»Dieser Kerl ist so ein hinterlistiger Saftarsch.« Sie schob sich eine Handvoll Popcorn in den Mund und bot mir die Schüssel an.

»Pass auf, was du sagst!«, flüster-schrie ich und warf einen Blick in den Flur hinter mir.

»Tausend Mal Verzeihung«, murmelte sie durch ihren mit Popcorn gefüllten Mund. »Ich hasse es, dir das mitteilen zu müssen, Em, aber du solltest dir mal anhören, was die Teenager heutzutage sagen. Das würde dir deine empfindlichen Ohren glatt wegbrennen.«

Ich hob eine Hand, denn ich wollte mir nicht eingestehen, dass ich wahrscheinlich einen Übersetzer brauchen würde, um die Hälfte der Worte verstehen zu können, die aus dem Mund irgendeines Teenagers kamen. »Bitte erinnere mich nicht daran. Er ist bereits einen Fuß größer als ich. Ich brauche nicht noch einen Hinweis darauf, wie erwachsen er ist. Dieser Junge ist eine statistische Anomalie – wie groß ist Aldo? Fünf Fuß und sieben Zoll in etwa?«, fragte ich.

Ari zuckte mit den Schultern und bot mir wieder das Popcorn an. Ich nahm eine Handvoll und spielte mit einem Stück zwischen meinen Fingern. »Alles, was er tut, ist, in seinem Zimmer zu bleiben – wenn er überhaupt hier ist. Er ist so sehr darauf konzentriert, nicht zu stören, dass ich kaum Gelegenheit habe, ihn zu sehen.«

Sie ergriff meine Hand. »Hey, gib ihm einfach Zeit sich einzuleben, dann kommt er schon aus sich heraus.«

Ich schenkte ihr ein trauriges Lächeln. »Ja, vermutlich. Aber ich werde bis über beide Ohren in diesem Fall stecken und Craig im Auge behalten müssen. Es ist ja nicht so, dass ich oft hier sein werde. Ich fühle mich schlecht.«

»Sieh mal. Ihr macht beide das Beste aus einer schwierigen Situation. Du konzentrierst dich auf die Arbeit und den doppelzüngigen Trottel, und Jay wird sich um sich selbst kümmern.«

Ich schlug nach ihr, weil sie wieder geflucht hatte. »Ich weiß, dass er durchaus in der Lage ist, auf sich selbst aufzupassen, aber das heißt nicht, dass er das auch muss. Er ist doch erst fünfzehn, verdammt noch mal.«

»Mit der Seele eines Fünfzigjährigen.« Sie warf mir einen vielsagenden Blick zu. Und sie hatte nicht unrecht.

Ich hatte schon früher an diesem Abend versucht, mit ihm zu reden, aber er hatte mich mit dem Hinweis auf Hausaufgaben, die seine Aufmerksamkeit erforderten, wieder abgewiesen. Ich musste hartnäckig sein, wenn ich wollte, dass er sich wie zu Hause fühlte und nicht das Gefühl bekam, dass ich seine Anwesenheit nur tolerierte.

»Hast du nicht gesagt, er hätte ein Spiel am kommenden Wochenende? Wir werden hingehen und ihn anfeuern – ihn bis auf die Knochen blamieren. So macht man das, wenn man will, dass ein Bruder weiß, wie sehr er geliebt wird.« Ari zwinkerte mir zu. Sie sollte es ja wissen. Sie entstammt aus einer Familie mit vier Kindern, und die scheinen nichts anderes zu tun, als sich ständig zu zanken und zu beleidigen. So war es gewesen, seit wir als Kinder nebeneinander gewohnt hatten.

Der Gedanke, zu Jays Spiel zu gehen, ließ mich lächeln. Baseball war immer schon die Leidenschaft meines kleinen Bruders gewesen. Von dem Augenblick an, als er im Alter von drei Jahren seine winzige Hand in seinen ersten Handschuh steckte, war es zu einer Obsession geworden. Egal, wie viele Male unsere Mom und Aldo ihn in verschiedene Städte und verschiedene Schulen verlegt hatten, das Eine, das konstant geblieben war, war Baseball gewesen. Für Jay gab es in jedem Schul- oder Liga-Team immer ein Zuhause.

Tatsächlich war das einer der Hauptgründe, warum er darum gebeten hatte, bis zum Abschluss der Highschool bei mir zu wohnen. Es gab keine Teams auf Kunsthandwerks-märkten – oder in der Heimschule, die von einer selbster-nannten Hellseherin und ihrem kiffenden Partner geleitet wurde. Und ich war mehr als froh, ihn bei mir aufzunehmen.

»Abgemacht«, sagte ich zu Ari, obwohl wir beide wussten, dass ich Jay nicht in Verlegenheit bringen würde. Das würde sie ganz alleine tun.

Ari gähnte, was ansteckend war.

Ich versuchte, mein Gähnen zu unterdrücken. »Ich muss aber trotzdem noch diese Unterlagen und E-Mails vor Morgen durchgehen, und ich bin mir sicher, dass du ein paar schmutzige SMS zu verschicken hast.«

Sie tat so, als wäre sie beleidigt, doch das hielt nicht länger als eine Sekunde an. »Nun, es liegt mir fern, dich dabei zu behindern, wie du Craig zerquetschst wie so einen unbedeutenden kleinen Quälgeist, der er ist.« Sie beugte sich nach unten und fing an, die Schnalle an ihrem Schuh zu schließen.

Die geistige Vorstellung war erfreulich, das musste ich zugeben. »Außerdem werde ich besonders hart arbeiten müssen, um Wheeler zu beeindrucken. Ginge es nach Jefferson und Schenk, wäre ich nirgends auch nur in der Nähe von so einem wichtigen Fall. Die beiden sind doch Schüler-Alumni-Club durch und durch.« Das war die Realität in meiner Berufssparte – eine, der ich mir vollkommen bewusst gewesen war, bevor ich mich entschlossen hatte, einen Abschluss in Rechtswissenschaften anzustreben. Das war auch der Grund, weshalb ich in allen Ferien Golfstunden genommen hatte und versucht hatte, wann immer es ging, Runden mit anderen Rechtsanwälten einzuplanen. In Wahrheit hasste ich das Golfen, doch das gehörte alles zum großen Ganzen. Zeige, dass du ein Teamspieler bist, dann vergessen sie vielleicht, dass du keinen Penis besitzt.

Soll nicht heißen, dass die Realität in allen Rechtsanwaltsfirmen so aussah, aber gewiss in meiner – und in der Mehrheit der etablierten Firmen wie unserer. Geschäfte wurden immer noch in Umkleideräumen und auf Golfplätzen gemacht, so archaisch das auch sein mag. Aber ich musste daran glauben, dass letztlich ein super Arbeitsethos siegen würde.

»Neandertalermentalität.« Ari schüttelte den Kopf. »Die mag im Schlafzimmer ja Spaß machen, aber dort muss sie auch bleiben.« Sie zog ihre Augenbrauen bogenförmig hoch und ihr Piercing funkelte mir entgegen.

Ich zog meine Nase kraus zur Entgegnung, was sie zum Lachen brachte. »Zu viel Information, Ari.« Nicht, dass ich sie jemals vom Mitteilen abhalten konnte. Das Mädel war immer schon ein offenes Buch gewesen. Manchmal stellte ich fest, dass ich mir wünschte, mehr wie Ari zu sein, doch mir würde es niemals gelingen, die Kontrolle über meine Selbstbeherrschung willentlich zu verlieren, wo ich sie doch stets so fest im Griff zu halten versuchte. Ich hatte ein innerliches Bedürfnis, ernst genommen zu werden.

Sie ließ ihren Schuh stehen. »Jetzt komm schon! Du kannst mir nicht erzählen, dass du nicht gern ein bisschen was von einem Alphamännchen in deinem Leben hättest. Und vielleicht ab und zu Peitschenhiebe?« Jetzt hänselte sie mich mit ihren wackelnden Brauen und dem lächerlichen Grinsen.

»Halt die Klappe!« Ich hielt mir die Ohren zu und sie warf mit einer Handvoll Popcorn nach mir. »Geh du nur und lass dich versohlen, aber ich halte mich da raus.«

Sie lachte meckernd. »Mag sein, dass ich Elliot anrufen muss.«

Ach bäh.

»Oder du könntest einfach hier pennen«, schlug ich vor. Sie wohnte in zwanzig Minuten Entfernung und ich hasste den Gedanken, dass sie nach zwei Arbeitsschichten heute noch nach Hause fahren musste.

»Du klingst wie Mamá.« Sie sah mich mit vorgetäuscht mürrischer Miene an. »Und du bist nur neidisch, weil es … Moment, wie lange *ist* es jetzt schon her, dass du flachgelegt worden bist?«

Ich schmollte sie an. »Das weiß ich nicht. Wann haben David und ich uns getrennt?« In Wahrheit verstand ich nicht, was das Tolle am Sex sein sollte. Manchmal war er angenehm, ein anderes Mal peinlich, und einige Male ausgesprochen krass.

»Mädel, das war vor sechs Monaten. Dein Vibrator macht wohl Überstunden.« Schon wieder mit diesem Hänseln.

Ich bedeckte mir das Gesicht mit einem Zierkissen. »Würdest du bitte den Mund halten!« Ich wusste, dass mein Gesicht hochrot war.

Sie riss mir mit Gewalt das Kissen vom Gesicht. »Ich mache doch nur Spaß. Du arbeitest zu viel und du musst loslassen. Geh aus. Tu irgendwas!«

»Ich werde loslassen, wenn ich tot bin. Im Moment muss ich eine Unmenge an E-Mails durchgehen und versuchen, einen Bruder zu durchschauen.« Und ich wollte nicht über Vibratoren reden. Oder Dates. »Und außerdem kann ich keine Beziehung haben, während dieser Fall läuft. Ich muss vollkommen fokussiert sein – keine Ablenkungen.« Ich zeigte auf sie.

»Na ja, mich wirst du noch dulden müssen – und Jay –, aber ich kapiere schon«, erwiderte sie, während sie mit den Riemen ihrer hohen Riemchensandalen fertigwurde. Sie stand von der Couch auf und richtete sich ihr Trägerleibchen über ihrer üppigen Brust. Ich gestattete mir einen Augenblick lang, auf ihre Ausstattung ein wenig neidisch zu sein, ehe ich den Gedanken verwarf. Ari ist halb Italienerin, halb Puerto-Ricanerin – sie hat die puerto-ricanischen Kurven und die Attitüde beider Kulturen. Das, kombiniert mit ihren weinrot gefärbten Haaren und ihren Piercings und Tätowierungen, und man hatte eine unvergessliche Frau vor sich.

Ich sah hinab auf meinen biederen, babyrosa Seidenpyjama, der meine schlanke aber wenig bemerkenswerte Statur bedeckte. Das einzige Bemerkenswerte an mir waren wahrscheinlich meine natürlichen rotbraunen Locken. Aber daran war nichts auszusetzen. Manche Menschen waren dafür geschaffen, aufzufallen, und andere waren dafür geschaffen, die Rädchen im Getriebe zu sein. Und ich war ein verdammt gutes Rädchen. Und des Weiteren war ich, was meine Karriere betraf, für Höheres bestimmt. Ich musste nur hartnäckig sein und das Spiel mitspielen.

Die Spritztour und die Riesenpistazie

GAVIN

»Er hat was gemacht?!« Ich hielt mir mit einer Hand die Augen zu und lehnte mich zurück an den Kühlschrank, das Telefon noch an mein Ohr geklebt.

»Du hast mich verstanden!«, knurrte Gerry vom anderen Ende.

Scheiße.

»Buzz wird sich gleich vor Angst in die Hose kacken. Willst du mir genau erklären, was du zu diesem Jungen gesagt hast, dass er so etwas Dummes anstellt?«

»Wie kommst du darauf, dass es etwas damit zu tun hat, was ich gesagt habe?!« Ich versuchte mich zu verteidigen, aber das war bei Gerry wirklich sinnlos.

»Vielleicht wegen der Tatsache, dass er gesagt hat, dass *du es ihm aufgetragen hast!*«

»Nein, habe ich nicht!« Und das war keine Lüge. Ich würde einem Vierzehnjährigen niemals sagen, er soll mit einem Auto auf Spritztour gehen – schon gar nicht, wenn dieses Auto jemand anderem gehörte. Mit einem sehr teuren Auto, das jemand anderem gehörte.

Es schien, als hätte Chris meinen Rat bei dem Versuch, sich vor den älteren Spielern zu beweisen, bis zum Äußersten ausgereizt. Er hatte eine Wette angenommen, dass er den Schlüssel zum BMW Z4 von Brad Jamesons Nachbarn stehlen und mit dem Auto eine Spritzfahrt unternehmen würde. Die Ähnlichkeit mit meiner eigenen Jugendsünde war mir nicht entgangen. Glücklicherweise wurde dieses Mal niemand verletzt. Doch das bedeutete nicht, dass niemand in Schwierigkeiten war. Chris Hardacre steckte tief in der Scheiße. Und es schien, als würden Jameson und seine Kumpel keinen Piep mehr bezüglich ihrer Beteiligung an dem ganzen Fiasco von sich geben.

Ich dachte zurück an meine Unterhaltung mit Chris neulich abends. Soweit ich mich erinnern konnte, hatte ich ihm gesagt, er solle cool bleiben und die anderen Jungs nicht sehen lassen, dass sie ihn eingeschüchtert hatten. Wir hatten über das Sich-Anpassen gesprochen, aber das war definitiv nicht das, was ich damit gemeint hatte.

Scheiße.

»Schon gut, Gerry. Reg dich ab. Ich werde die Eltern von Chris anrufen und herausfinden, was genau da los ist. Bestimmt nimmt der Nachbar die Anzeige zurück, wenn er die Umstände erkennt.«

»Du solltest verdammt nochmal hoffen, dass er das tut! Ruf mich sofort an, wenn du irgendwelche Infos hast. Ich will nicht, dass man das dem Jungen allein an den Hals hängt und ihn dafür an den Galgen bringt, hörst du?«

»Laut und deutlich. Ich schaffe das schon.«

Ich schaffte das echt ganz und gar nicht. Scheiße.

DAS ERSTE, was ich nach meinem Anruf bei den Hardacres tat, war, meine gute Fee anzurufen. Nö, ihr habt euch nicht verhört. Ich habe eine echte gute Fee. Sie ist ungefähr fünf Fuß groß, hat das Mundwerk eines Seemanns, und ich verärgere sie niemals, wenn ich es verhindern kann – sie ist es nämlich leibhaftig. Fiona Pierce verwirklicht Dinge. Und wenn es jemals eine Zeit gab, zu der ich es brauchte, dass etwas Gutes passierte, dann jetzt.

»Was gibt's, Gav?«, antwortete sie außer Atem. Ich hörte lautes männliches Fluchen im Hintergrund, gefolgt von weiblichem Lachen.

»Ist das Mark? Folterst du ihn?« Mark ist Fionas Freund – jawohl, mein Chef, Mark – und die beiden gingen sich gern an die Wäsche.

Wartet. Tut mir leid. Okay, ja, so auch.

»Ich bin bei Bailey und wir sehen Jake und Mark beim Zusammenbauen des Kinderbetts für das Baby zu. Es ist urkomisch. Dafür, dass die beiden Jungs den ganzen Tag über mit ihren Händen arbeiten, stellen sie sich bemerkenswert doof an.« Sie kicherte.

Jake ist Marks Bruder, und er und seine neue Ehefrau, Bailey, erwarteten in ein paar Monaten die Ankunft eines Kindes. Das wird sein, als würde man Zeuge bei einer Panne bei einem naturwissenschaftlichen Experiment – oder vielleicht einem Verkehrsunfall. Bailey ist wahrscheinlich der letzte Mensch auf der Welt, den ich als mütterlich bezeichnen würde. Eher noch würde ich Jake als mütterlich bezeichnen, als Bailey so zu beschreiben, und dieser Typ konnte mich mit Links in den Arsch treten. Nichtsdestotrotz, der Zug war abgefahren und wir warteten nur noch auf den großen Tag.

Ich hörte Marks Stimme im Hintergrund. »Verdammt, mit wem redest du denn, *Shortcake*?«

Sie machte sich nicht einmal die Mühe, das Telefon abzudecken. »Es ist Gavin. Möchtest du, dass ich ihn bitte, herzukommen und mitzuhelfen?«

Baileys Stimme mischte sich ein: »Wie viele stramme Kerle sind denn nötig, um ein Kinderbett zusammenzubauen? Irgendwo muss da ein Witz an der Sache sein.«

»Klappe, Irin!« Das musste Jake sein. »Wir orientieren uns nur gerade.«

Das verursachte noch eine Runde weiblichen Lachens.

»Wie es scheint, wollen sie deine Hilfe nicht, Gavin. Tut mir leid. Du hast mich angerufen. Warum nochmal?«

Ich kämpfte gegen ein Ächzen an. Vielleicht hätte ich das alles viel witziger gefunden, wären meine Gedanken nicht mit Chris' Situation belastet gewesen. Ich erklärte Fiona das Dilemma, einschließlich der Tatsache, dass die Hardacres nicht viel Geld für einen Anwalt hatten. Es reichte schon, dass sie für das Training spendierten, aber die Kosten für einen teuren (soll heißen: guten) Rechtsanwalt würden sie ruinieren. Fiona besaß viele Kontakte aufgrund sowohl des gesellschaftlichen Status ihrer Familie als auch ihrer Persönlichkeit und generellen Unfähigkeit, sich aus jedermanns Angelegenheiten herauszuhalten. Tatsächlich war sie es gewesen, die ursprünglich ein Vorstellungsgespräch bei der Baseball Academy für mich arrangiert hatte.

Wie ich schon sagte: Sie ist echt eine gute Fee.

»Bin schon dran!«, sagte sie und legte auf.

Ich ging in der Küche auf und ab und zermarterte mir das Hirn, um auf eine Idee zu kommen, wie ich das aus der Welt schaffen konnte. Ich hätte Brads Eltern anrufen und sie bitten können, sich einzuschalten, aber ich vermutete, dass sie zu sehr damit beschäftigt sein würden, Brad zu beschützen, um helfen zu wollen. Nur war hier eben ein Vierzehnjähriger, der sich mit einer möglichen Strafanzeige konfrontiert sah, nur, weil er sich dumm benommen hatte. Worin ich ja auch bewandert war. Ich musste etwas tun.

Zwanzig Minuten später klingelte mein Telefon, doch diesmal war Jake dran. »Yo, Junior!«, begrüßte er mich.

»Hey, Mann. Hast du das Gitterbett fertig?«

Er murmelte irgendwas, was ich nicht mitbekam.

»Hä?«

»Ich habe gesagt, Bailey hat übernommen.«

Ich konnte nicht anders. Trotz des Shitstorms, der sich an meinem Ende zusammenbraute, war das verdammt ulkig. Ich lachte drauf los.

»Ja, ja. Lach nur, so viel du willst. Die Anleitung war auf Japanisch, Mann! Und jetzt halt die Klappe, sonst werde ich dir nicht helfen.«

Damit hatte er mich, und ich schloss meine Schnauze.

»Fionas Nobelanwalt ist auf Fiji oder irgendwo, aber ich habe einen anderen Anwalt hier aus der Stadt angerufen. Wir haben gewissermaßen schon mal mit ihr gearbeitet, und sie hat zugestimmt, sich das von dir mal anzuhören. Hast du 'nen Stift?«

Ich schnappte mir rasch einen Stift und Papier und notierte mir Namen und Nummer.

Emerson Scott. Was in aller Welt ist das denn für ein Name für eine Frau? Meine unmittelbare Vorstellung war die einer spitznasigen College-Professorin. Oder vielleicht von einer älteren Frau, die sich wie ein Kerl kleidete. Spielte aber keine Rolle. Ich hatte einen Anhaltspunkt, und das war alles, was mich interessierte. Man konnte Chris' Zukunft keinem überlasteten vom Gericht eingesetzten Anwalt überlassen.

Nachdem ich die Information an Hardacres weitergeleitet hatte, wusste ich nicht so recht, was ich mit mir anfangen sollte. Schließlich rief ich Gerry an, um ihn auf dem Laufenden zu halten, und ging dann nach oben zu meinem Computer. Ich hatte Arbeit zu erledigen, und da ich an diesem Abend für Chris nichts Weiteres mehr tun konnte, machte ich mich daran.

AM NACHMITTAG darauf fand ich mich wieder vor der North High School ein und lehnte am Zaun, wie ich es am vergangenen Wochenende getan hatte. Kirk hatte mir keinen Zucker in den Arsch geblasen. Dieser Miller-Knabe hatte tatsächlich eine gute Hand. Ich hatte ihn erst einmal in einem Inning pitchen gesehen, aber sein »*raw talent*« war beeindruckend. Und da es mir nicht gelungen war, ihn nach dem Spiel zu erwischen, hatten Gerry und ich beschlossen, dass ich regelmäßig beim Training und den Spielen unter der Woche erscheinen sollte. Mit anderen Worten, ich sollte Fähigkeiten als Stalker entwickeln.

In Gedanken noch immer bei meinen zahlreichen am Vorabend geführten Telefongesprächen, rieb ich mir meine blutunterlaufenen Augen und wartete darauf, dass das Team am Feld erschien. Es hatte sich kein richtiger Schlaf einstellen wollen, obwohl ich den Abend halbwegs mit der Zuversicht beendet hatte, dass Chris einen guten Anwalt bekommen würde. Mizz Scott traf sich heute mit den Hardacres, und ich war sehr neugierig zu erfahren, wie es gelaufen war. Ich hatte Schuldgefühle wegen meines Anteils an diesem Debakel und deswegen krampfte jetzt mein Magen.

Bald kamen vereinzelt Spieler und Coaches auf das Feld. Ich konnte den Augenblick, als Kirk mich entdeckte, genau festlegen, denn sein Kinn senkte sich an seine Brust und sein Kopf schüttelte sich vor Lachen. Er gab mir ein Zeichen, dass er bald zu mir kommen und mit mir reden würde, also sah ich den Jungs beim Aufwärmen zu.

Ungefähr zwanzig Minuten später musste ich an mich halten, um nicht über den Zaun zu springen und diesen Miller-Jungen so zu umarmen, dass ihm Scheiße aus dem Leib trat. Er hatte dem *Backup Catcher* Bälle zugeworfen, von denen einer besser war als der vorherige. Und das war nur zum Training!

Sein *Fastball* war mega-eng und sein *Curve* fiel echt irre wie eine Bombe, als er die *Strike Zone* traf. Ich musste diesen Jungen an der Academy haben.

Als Kirk dann zu mir herüberkam, sabberte ich praktisch wie Hund bei einem saftigen Ribeye-Steak. Und da ließ Kirk die Bombe platzen.

»Tut mir leid, das sagen zu müssen, Monroe, aber daraus wird nichts. Der Junge hat kein Geld. Der Coach hat auch schon mit ihm gesprochen, aber er bleibt hartnäckig. Ich weiß nichts über sein Familienleben, weil er neu ist, aber er scheint mir ein ehrlicher Kerl zu sein.«

»Scheiße«, erwiderte ich. Die Academy bot natürlich Teilzahlungspläne an, und wir hatten verschiedene Trainingsstufen, aber es existierte kein Stipendien-System.

Kirk schürzte die Lippen zur Seite. »Ich sag dir, was ich tun kann. Ich kann dir nicht seine Personendaten geben, aber ich kann seinen Eltern Bescheid sagen und sie bitten, dass sie dich anrufen und mit dir reden. Das ist das Beste, was ich dir geben kann.«

Ich nickte abwesend, meinen Blick zog es wieder zu dem Jungen, wie er einen perfekten *Slider* warf. Verdammt.

Nach dem Training fuhr ich zur Academy hinüber, um Gerry über das Neueste zu informieren, denn er weigerte sich, sein verdammtes Handy eingeschaltet zu lassen. Doch ehe ich mich zu seinem Büro begeben konnte, entdeckte ich Chris, der aus dem Umkleideraum kam, den Arm mit Sportsachen beladen. Scheiße. Aber vermutlich hätte ich damit rechnen müssen.

»Chris!«, rief ich. Er drehte sich sofort um, und als er mich sah, fing seine Unterlippe ein wenig zu zittern an. Ich sah weg, um ihm Gelegenheit zu geben, sich zu sammeln.

»Meine Eltern warten auf dem Parkplatz«, war alles, was er sagte. Seine Schultern hingen herunter und er hatte dunkle Ringe unter den Augen.

»Mann, das alles tut mir leid.« Ich schüttelte den Kopf. »Ich wollte nie—«

Er unterbrach mich. »Ich weiß. Tut mir leid. Ich hätte nichts sagen sollen. Ich hatte nur echt Panik, weißt du.«

Ich nickte und trat näher heran. »Ja. Kann ich mir denken.«

»Jedenfalls danke, dass du dir diese Anwältin für mich angelacht hast. Sie wird meinen Fall p … pora bono übernehmen.«

Ich grinste. »Pro bono.«

»Ja«, antwortete er und hob seine Sachen wieder auf seine Arme. »Jedenfalls ist sie sich ziemlich sicher, dass sie das aus der Welt schaffen kann, damit nur eine Strafe und wahrscheinlich Sozialdienst bleiben, weil ich das Auto ja nicht wirklich stehlen wollte.«

Ich gestattete mir ein dezentes Grinsen. »Du musstest dir ja ausgerechnet einen Benz aussuchen, nicht wahr?«

Einer seiner Mundwinkel ging daraufhin nach oben. »Ganz oder gar nicht, stimmt's?«

Ich lachte leise und deutete dann auf seine Sportsachen. »Ist das deine Entscheidung oder die deiner Eltern?«

»Na ja, ich kann nicht sagen, dass es mir leidtut, wenn ich nicht mehr mit Brad und Dell abhängen kann, aber es war die Entscheidung meiner Eltern. Sie haben gesagt, dass das Geld für die Strafe und die Gerichtsgebühren von irgendwoher kommen muss, und dass das Teil meiner Strafe ist. Aber ich kann vielleicht nächstes Jahr wiederkommen.« Er zuckte mit den Schultern.

»Ich hoffe, das wird der Fall sein.« Ich packte ihn seitlich am Kopf. »Lass es mich wissen, wenn du was brauchst. Okay?«

Er wechselte nervös das Standbein. »Eigentlich, ähm, meinst du, du könntest ins Gericht kommen? Du weißt schon, nur damit ich einen Freund dort habe?«

Ich lächelte. »Darauf kannst du dich verlassen. Schick mir

einfach eine SMS mit den Details, dann werde ich hinkommen.«

Er hob mir sein Kinn entgegen und drehte sich zur Tür. »Danke, Coach.«

Verdammt.

AM FOLGEN MORGEN dachte ich immer noch an Chris, als ich mir meinen Helm aufsetzte und mich auf die Rückseite des Wohnblocks begab, wo unsere Mannschaft gerade arbeitete. Der Rest des Trupps war bereits dort, zusammen mit Mark und ein paar fremden Bauunternehmern. Ich wollte gerade hinübergehen und Mark wegen des Kinderbettes zusammenscheißen, als mein Handy läutete. Unbekannter Anrufer.

»Hallo?«

»Hallöchen.«

Es war die Stimme einer Frau – eine, die ich nicht erkannte. Als sie nicht fortfuhr, nahm ich das Telefon vom Ohr, in dem Glauben, die Verbindung wäre getrennt worden. Das war sie nicht.

»Hi«, sagte ich misstrauisch. »Wer spricht dort?«

»Naomi. Jupiters Mutter.« Ihre Stimme war hell und klar.

Das löste in keinster Weise meine Verwirrung.

»Jupiter?« Das musste ein Scherz sein.

»Ja. Die haben gesagt, ich soll Sie anrufen. Die haben gesagt, Sie würden mit meinem Anruf rechnen«, sagte sie, als wäre sie ein wenig ungehalten. Ich musste mich fragen, wer mit »die« gemeint sein könnte, und ich befürchtete schon, es könnten »die Stimmen« sein.

»Es tut mir leid, *Ma'am*—«

Sie unterbrach mich. »Naomi.«

Ich hielt inne. Okay. »Es tut mir leid, Naomi, aber ich glaube, Sie haben sich verwählt.«

»Das glaube ich nicht. Ich bin mir sicher, dass ich sie richtig notiert habe. Du bist Gavin. Das ist ein hübscher Name.«

»Danke?« Wer zum Teufel war die Frau?

»Sehr gerne, Gavin.«

»Warum nochmal rufen Sie an?« Ich versuchte es mit meiner nettesten Stimme, aber ich musste zur Arbeit und hatte heute nicht wirklich Zeit für den Crazy Train.

»Hab ich doch gesagt. Es geht um Jupiter. Die haben gesagt, du willst ihn in Baseball coachen.«

Ach so, bei dem Anruf ging es ums Training. Daraufhin fühlte ich mich besser, aber ich wusste nicht, wer zum Teufel Jupiter war. »Äh, Jupiter?«

»Genau«, erwiderte sie und dann schien etwas bei ihr klick zu machen, denn sie lachte. »Ach so, tut mir leid. Dir ist er wahrscheinlich als Jay geläufig. Jay Miller.«

Du heilige Scheiße! Das war der Anruf, auf den ich gewartet hatte. »Ja! Jay – wow. Er ist ein außergewöhnlicher Spieler, *Ma'am*. Sie müssen sehr stolz sein.«

»Danke, Gavin. Und ja, wir sind sehr stolz.«

Ich kümmerte mich einstweilen nicht um die Merkwürdigkeit des Namens des Jungen und fuhr mit meinem besten Verkaufsgespräch fort, wobei ich darauf achtete, ihr alles über unsere Teilzahlungspläne und den guten Ruf unseres Centers zu erzählen. Ich inkludierte sämtliche Statistiken zu ehemaligen Schülern und ihren College-Stipendien sowie jener Handvoll, die es in die Major League geschafft hatte. Sie machte entsprechend beeindruckte Geräusche und ich fühlte mich optimistisch.

»Das scheint eine wunderbare Gelegenheit zu sein«, antwortete sie, als ich fertig war. Sie hörte sich seltsam stolz auf mich an. Aus irgendeinem Grund hatte ich das Bedürfnis, ihr zu danken, ich hielt mich jedoch zurück.

»Also was würden Sie dazu sagen, wenn wir Jay anmelden?« Ich hielt die Luft an.

»Nun, ich denke, wenn er es machen will, sollten Sie ihn definitiv anmelden.«

JAWOHL!

»Großartig! Wann können Sie ihn zur Anmeldung vorbeibringen?«

Sie machte eine Pause. »Was ich? Das wird leider ein wenig schwierig werden.«

Ich runzelte die Stirn. Vielleicht war sie Invalidin. »Oder wir können es auch online machen. Ich könnte sogar zu Ihnen nach Hause kommen, wenn das einfacher sein sollte …«

Sie lachte. »Ich fürchte, das wäre ein ganz schön weiter Weg, Gavin, und würde sich für dich nicht wirklich lohnen.«

Wieso hatte ich das Gefühl, in diesem Gespräch zehn Schritte hinterherzuhinken? Wenn Jay auf die North ging, bedeutete das, dass er in der Gegend wohnte. »Das würde mir gar nichts ausmachen«, betonte ich. »Wo wohnen Sie denn?«

»Im Moment?«, fragte sie seltsam. Dann hörte ich gedämpfte Geräusche und eine männliche Stimme, ehe sie wieder in der Leitung war. »Wir sind in New Mexico. Wunderschönes Land! Warst du schon mal da?«

Was zum Teufel?

»Äh, nein.« Mittlerweile klammerte ich mich schon an meinen Nacken und wollte verzweifelt diesen Jungen an Bord bringen, fühlte mich aber total ratlos im Gespräch mit dieser Frau.

»Oh, das solltest du wirklich einmal machen, Gavin. Hast du eine Freundin?«

Ich musste ein verzweifeltes Lachen unterdrücken, das sich meinen Hals hocharbeitete. Bei mir meldete sich das dringende Bedürfnis, nach Hinweisen Ausschau zu halten, dass dies ein Scherz war. »Nein, zurzeit nicht. Naomi, ich bin ein bisschen verwirrt. Wann werden Sie wieder in der Stadt sein?«

»Na, das ist aber schade, wo du doch so einen hübschen Namen und so eine nette Stimme hast. Du könntest dein

Mädchen auf eine Tour quer durchs Land mitnehmen, wenn du eines hättest.«

Ich hatte null Ahnung, wie ich darauf antworten sollte. Ich öffnete den Mund, es kam aber nichts heraus.

»Ich habe seit einer Ewigkeit nicht mehr in North Carolina gewohnt, aber ich habe Emmy besucht und dort ist es auch noch immer recht schön, also geht es dir vermutlich dort, wo du bist, auch recht gut. Jedenfalls ist Jay jetzt bei Emmy, also werde ich sie bitten, dass sie vorbeischaut und ihn anmeldet. Ich bin mir sicher, dass sie gerne dafür zahlen wird.«

»Emmy?« Das wurde sekündlich verrückter.

»Ich werde sie heute Abend anrufen. Oh, ich muss los! Wir halten gerade vor der größten Pistazie der Welt!« Sie lachte. »Das solltest du dir wirklich ansehen, Gavin. Bis später.«

Und dann legte sie auf, sodass ich mich wunderte, ob dieses Gespräch tatsächlich stattgefunden hatte, oder ob ich vielleicht noch im Bett lag und schlief.

Scheibenkleister

EMERSON

»Gibt es etwas, dass du vergessen hast, mir zu erzählen?«

Jay blieb abrupt stehen. Er war eben in völlig verdreckten Klamotten zur Tür hereingekommen. Seine Sporttasche hing an einer Schulter, sein Rucksack auf der anderen.

Ich hatte soeben ein Telefonat mit unserer Mom geführt. Sie hatte mir erklärt, dass Jay sich für ein zusätzliches Training im örtlichen Center anmelden musste – in einem teuren Center. Als sie es mir sagte, wusste ich sofort, dass das etwas war, über das Jay absichtlich geschwiegen hatte. Mom und Aldo besaßen kein Geld für den außertourlichen Luxus eines privaten Trainings, und Jay hätte sie auch nicht darum gebeten. Mich hätte er ganz bestimmt nie darum gebeten. Mein Herz blutete erneut bei dem Gedanken.

»Ich glaube nicht«, antwortete Jay misstrauisch.

Ich legte den Kopf schief und er drehte sich um, um die Tür zu schließen. Ich wartete, bis er mir wieder seine Aufmerksamkeit schenkte. »Bist du sicher, dass du nicht vergessen hast zu erwähnen – ach, ich weiß nicht –, dass deine Coaches dich fantastisch finden und empfehlen, dass du in der Baseball Academy trainierst?«

Er wurde rot. »Ach, das.«

»Ja, das.« Ich musste einfach grinsen. Ich schenkte es mir, danach zu fragen, warum er es mir nicht erzählt hatte. Ich wusste es bereits. »Die haben länger geöffnet, also werden wir morgen, wenn ich nach Hause komme, hinfahren. Wir werden dich anmelden.« Ich zeigte auf ihn.

»Em, nein«, sagte er. »Du weißt nicht, wie teuer das ist. Ich komme auch ohne aus.«

»Na, dann wirst du *mit* ja noch besser auskommen.«

»Ich bin nicht mal ein *Starter* – ich spiele kaum. Das ist es nicht wert.«

»Du bist der Einzige, der so denkt. Dieses Mal werde ich kein Nein akzeptieren, Jay. Selbst wenn ich dich hinzerren muss.« Ich richtete mich zu meiner vollen Größe auf, was auch bei fünf Fuß und acht Zoll dem Vergleich mit ihm nicht standhielt.

Er warf mir einen Blick zu, der sagte, dass er wusste, dass er es locker mit mir aufnehmen konnte. Na schön. »Mom und Dad können sich das nicht leisten, und von dir werde ich kein Geld annehmen. Du gibst mir ja schon ein Dach übern Kopf und Essen.« Er versuchte an mir vorbeizugehen, aber ich stoppte ihn, indem ich ihm meine Hand auf den Arm legte.

»Na und? Ich möchte das für dich tun. Und außerdem gefällt es mir, dich hier um mich zu haben. Es ist viel zu ruhig hier, wenn ich alleine bin.«

»Na, das ist ja wohl deine Schuld, wenn du so ein riesiges Haus kaufen musstest.« Er hob seine Brauen und sah mich an.

»Ich mag mein riesiges Haus – so groß ist es gar nicht.« Oder doch?

»Wenn du es sagst. Ich werde jetzt Wäsche waschen – meine

Klamotten stinken. Soll ich was von deinen Sachen dazu werfen?«

Ich ignorierte seinen Ablenkungsversuch. »Wenn ich morgen nach Hause komme, werden wir hinfahren, lass mich also ja nicht sitzen.«

Er murmelte eine Antwort und ging den Flur entlang, aber ich war mir ziemlich sicher, das Wort »nein« nicht gehört zu haben.

»MIZZ SCOTT, dürfte ich Sie kurz sprechen?«, ertönte Mister Wheelers Stimme hinter mir. Ich drehte mich abrupt um.

»Selbstverständlich.« Ich setzte mein beflissenstes Lächeln auf. Verflixt. Es war bereits 19 Uhr und ich war schon auf dem Weg zur Tür gewesen, um Jay zu holen.

Als die Tür sich hinter ihm geschlossen hatte, sprach er wieder. »Ich habe soeben mit Dietrich telefoniert, und wir werden die Frist für die Unterlagen zum Gründungsvertrag und der Vertraulichkeitsvereinbarung eine Woche vorziehen müssen.«

Ich war enttäuscht. Dietrich war einer der Hauptklienten beim AgPower-Start-up. Der Termin war ohnedies schon in zwei Wochen, was bedeutete, dass uns nur eine Woche blieb, um alles unter Dach und Fach zu bringen. Mist – das würde uns alle Kraft kosten.

Ich weigerte mich, mir mein Entsetzen im Gesicht anmerken zu lassen. »Das sollte kein Problem sein, Mister Wheeler. Ich werde mich gleich mit Craig beraten und wir werden dafür sorgen, dass es erledigt wird.« Ich war nervlich angespannt. Wie zur heiligen Hölle sollten wir das schaffen?

»Exzellent.« Er nickte. »Ich treffe mich mit Melanie zum Abendessen, daher muss ich jetzt aufbrechen. Ich überlasse das

Ihnen.« Er ging hinaus und ich sank auf meinen Stuhl zurück, in dem Wissen, dass ich Jay anrufen und absagen musste.

Als ich drei Stunden später nach Hause kam, klopfte ich an seine Schlafzimmertür. Es kam keine Antwort, und ich überlegte hin und her, ob ich die Tür aufmachen sollte. Ich beschloss, es zu riskieren.

Ich drehte den Knauf und streckte den Kopf durch die von mir gebildete Öffnung. »Hi«, sagte ich und rümpfte die Nase, während ich mir meine Entschuldigung zurechtlegte.

Er befand sich auf seinem Bett, die Hausaufgaben hatte er in einem wirren Durcheinander vor sich ausgebreitet. Drahtlose Kopfhörer hingen über sein feuchtes Haar und sein Kopf schwang hoch, als er mich seitlich ins Gesichtsfeld bekam. Scheinbar überrascht, hatte er keine Zeit mehr, seine Miene zu Gleichgültigkeit zu formen; das breite Lächeln, dass ich so gut in Erinnerung hatte, nahm sein ganzes Gesicht ein. Mann, wie hatte mir dieses Lächeln doch gefehlt. Ich änderte meinen Gesichtsausdruck, damit er zu seinem passte, als seiner gerade steif wurde.

»Hey«, versuchte ich es.

»Hey.« Er nahm den Kopfhörer ab und sah mir in die Augen.

»Es tu mir so leid wegen heute Abend.« Ich spürte, wie meine Brauen nach oben gingen. »Können wir morgen nach deinem Spiel hingehen?«

»Nö, mach dir deswegen keine Gedanken. Ich habe denen schon gesagt, dass ich es nicht machen werde. Ist völlig in Ordnung.« Er behielt seinen vorgetäuscht fröhlichen Ausdruck bei.

Ich hatte keine richtigen Argumente, denn ich war am Vorabend so lange darauf herumgeritten und dann war ich diejenige gewesen, die abgesprungen war. Also kniff ich einfach die Augen scherzhaft zusammen und sagte: »Werden wir ja sehen.«

Ich war fest entschlossen, das auf den Weg zu bringen, mit oder ohne ihn. Sicherlich würde ich morgen Zeit finden, mich hinauszuschleichen und zum Center hinüber zu fahren. Mit diesem festen Plan tat ich nun so, als wäre die Sache erledigt.

»Also was soll das mit diesem übertriebenen Fleiß?« Ich deutete auf seine Bücher. »Du solltest Mädchen ansimsen und dich durchs Fenster davonschleichen, nicht Hausaufgaben machen um zehn Uhr an einem Freitagabend«, zog ich ihn auf.

»Ach, das habe ich vorhin gemacht.« Er warf mir einen Blick zu und zögerte nicht. »Ich mache das hier nur fertig, damit ich den Rest des Wochenendes damit verbringen kann, Drogen zu verkaufen und Kinder auf Facebook zu belästigen.«

»Haha«, erwiderte ich und fragte ihn dann, ob er schon gegessen habe. Er versicherte mir, dass er sich zusammen mit einem Teamkollegen eine Pizza geholt hatte.

»Du wirst mir jetzt nicht irgendwelche wüsten Fakten über den Nährwert von Pizza vorhalten, oder?«, neckte er mich.

Ich kniff die Augen zusammen. »Nein … außer du möchtest es.«

Er hob die Hände, um mich abzuwehren. »Verdirb mir nicht die Pizza. Ich bin ein Junge im Wachstum – ich brauche so viele Kalorien, wie ich nur kriegen kann.«

»Ja, was das betrifft: Wenn du mir einen Gefallen tun könntest und aufhören könntest, größer zu werden, dann wäre das super. Bei dir fühle ich mich wie ein Wicht.« Der Junge war mindestens drei Zoll gewachsen, seit ich ihn vor sechs Monaten auf einem Trip nach Virginia gesehen hatte. Hätte ich nicht gewusst, wie sehr unsere Mom in Aldo verliebt war, dann hätte ich ihre Treue in Zweifel gezogen. Angeblich törnten sie ja kleine Männer an.

Wieso sie also meinen Vater geheiratet hatte, war mir ein völliges Rätsel. Er war über sechs Fuß groß. Allerdings war seine Größe noch die trivialste jener Eigenschaften, über die ich rätselte, wie sie dazu beigetragen hatten, dass er und meine

Mutter überhaupt jemals eine Beziehung gehabt hatten – geschweige denn eine Ehe, auch wenn sie nur so kurzlebig gewesen war.

»Ich werde mein Bestes geben«, erwiderte Jay und setzte sich dann seinen Kopfhörer wieder auf. Ich verstand das als mein Zeichen und ging auf mein Zimmer, um mich zum Schlafen herzurichten.

Der kurze Gedanke an meinen Vater erinnerte mich daran, dass ich ihm einen Besuch schuldig war. Er hatte im vergangenen Monat in E-Mails und Telefongesprächen immer wieder Andeutungen gemacht, aber ich hatte mich nicht dazu aufraffen können, eine seiner Einladungen anzunehmen. Ich hatte immer dafür gesorgt, eine Ausrede bereit zu haben. Obwohl es nicht so war, dass ich ihn nicht sehen wollte. Zum Henker nochmal, zur Hälfte war es schließlich seine Schuld, dass ich zu dieser Anwaltskanzlei hier in Greensboro gegangen war, anstatt eine von denen in einer anderen Stadt zu wählen, die ich in Erwägung gezogen hatte.

Es war Candy, die ich nicht ausstehen konnte. Okay, ihr Name lautete eigentlich Mandy, aber Ari und ich nennen sie immer Candy. Das passt wirklich viel besser zu ihr, das schwöre ich euch. Sie spricht mit zuckersüß-lieblicher Stimme und redet ohne Ausnahme mit mir, als wäre ich acht Jahre alt.

»Emerson, wie *geeeeht* es dir, Liebes?« – das Wort »gehen« betonte und dehnte sie, als wäre ich ein Hund oder vielleicht einfach nur zurückgeblieben. Ich bin immer geneigt, genauso zu antworten. »Candy, es würde mir *soooo* viel *besser* gehen, wenn du an deiner Dummheit ersticken und *sterben* würdest.« Aber ich halte mich zurück. Meistens.

Na schön, also gut. Ich bin nicht sehr nett zu ihr. Für gewöhnlich ignoriere ich sie ja, aber sie ist nur ein Jahr älter als ich, daher ist das nicht einfach. Sie ist auch Ehefrau Nummer vier, das ist also nicht mein erstes Rodeo. Dennoch muss ich ihr Anerkennung zollen – sie ist am längsten von allen drangeblieben, einschließlich meiner Mutter. Mein Vater und Mandy sind seit fast vier Jahren miteinander verheiratet. Vier sehr anstrengenden Jahren.

Ich bin mir sicher, dass mein Vater auf irgendeiner Ebene weiß, dass ich sie nicht mag, er zieht es nur vor, so zu tun, als wäre das Gegenteil der Fall. Aber vielleicht sollte ich das anders formulieren. Er hat beschlossen, dass seine Ehe mit Mandy etwaige Gefühle meinerseits in dieser Angelegenheit übertrumpft. Was ich in gewisser Weise verstehe und akzeptiert habe. Das bedeutet aber nicht, dass ich sie mögen muss.

Ari liebt es, Mandy das Leben schwer zu machen, wo es nur geht. Sie ist eine treue Freundin, das ist sie. Ari spricht dann Themen an, von denen sie weiß, dass sie Mandys Horizont übersteigen, und fragt sie daraufhin nach ihrer Meinung. Manchmal erfindet sie einfach Dinge, nur um zu sehen, wie Candy, die Vorzeigefrau, sich windet.

Einer der schlimmsten (oder besten, sollte ich sagen) Fälle ereignete sich vor ein paar Monaten, als ich in die Enge getrieben und zu einem Sonntagsessen mit meinem Vater und seiner kindlichen Braut gedrängt worden war. Ich schleppte Ari als meine Begleitung mit. Sobald mein Vater sich entschuldigt hatte, um einen Anruf entgegen zu nehmen, schlug Ari zu.

»Das mit dem Umsturz in Schweden ist schrecklich, nicht wahr?« Ari schüttelte ernst den Kopf und *tss*-te ihre allgemeine Traurigkeit wegen der nicht existenten Krise. »All die armen Schweden, die in der Folge bei den Aufständen niedergetrampelt wurden.«

Mandys Augen wurden groß, dann schüttelte sie mitfühlend den Kopf. »Ja, ich weiß genau, was du meinst. Die armen Schweden. Robert und ich haben dem Roten-Kreuz-Fonds gespendet, der den Opfern hilft«, informierte sie uns. Ich musste mich ins Bein kneifen, um nicht laut auflachen zu müssen.

Wollen wir es mal so sagen: Mein Vater hat sie nicht wegen ihrer Intelligenz geheiratet.

Ich seufzte und holte mein Handy hervor, um ihm eine E-Mail zu schicken. Ich wollte ihn wirklich sehen. Ich wünschte nur, dass wir es ohne die Vorzeigefrau im Schlepptau tun könnten.

Wobei ich es mir kaum leisten konnte, darauf herumzureiten. Ich hatte den AgPower-Klienten zu bearbeiten, eine Anhörung vor Gericht bei meinem neuen Pro-bono-Fall, auf den ich mich vorbereiten musste, sollte bei Jays Spiel zusehen und einen Wechsel zur Baseball Academy auf den Weg bringen. Ich würde wenigstens eine Nacht richtig durchschlafen müssen, denn ich würde jetzt sicher keinen Bock schießen bei irgendeiner meiner Verpflichtungen. Keinesfalls.

»Was'n los, Schiri?! Brauchst du LASIK?! Das war ein *Ball*!« rief Ari.

Ich wählte das etwas weniger antagonistische: »Schon in Ordnung, Nummer zwölf – du schaffst das!«

Ari sah mich aus dem Augenwinkel an. »Das war Blödsinn.«

»Und wenn du den Schiedsrichter beleidigst, wird er den *Call* ändern?«

Ein Mundwinkel ging bei ihr nach oben. »Na ja, nein. Aber ich habe mich dadurch besser gefühlt.«

Ich lachte dezent und sah zu den Tribünen. Es war eine ordentliche Menschenmenge, wahrscheinlich wegen des perfekten Wetters. Wie Ari und ich waren auch die Fans, die vor uns entlang der unüberdachten Tribünen standen, in blau und weiß gekleidet, während die gegenüberliegenden Tribünen eine misslungene Kombination aus Weinrot und Orange aufwiesen, ein Meer des … Hässlichen bildend. Ich nahm einen

Schluck aus meiner Wasserflasche und seufzte. »Ich hoffe, dass sie Jay bald einwechseln. Ich habe ihn seit einer Ewigkeit nicht mehr spielen sehen.«

»Irgendwen müssen sie ja einwechseln. Ihr Werfer hatte bisher einen bescheidenen Tag.« Ari schaute auf ihr Handy und nahm einen Schluck von ihrer Limo.

Ich verlagerte meine Sitzposition, damit mir der Hintern nicht einschlief auf dem harten unüberdachten Tribünensitz, und nickte einfach nur zustimmend. Es war erst das zweite Halbinning vom dritten, aber der »Star«-*Pitcher* von North musste erst noch zeigen, was er draufhatte. Unser Team war im Moment mit dem Schlagen dran, zeigte aber auch nichts, worüber man nach Hause berichten würde. Irgendwas musste sich bewegen, sonst würde ein riesiges Häkchen in der L-Spalte stehen an diesem Tag.

»Vorwärts, North!«, brüllte ich erneut, als würde allein meine Stimme sie zum Sieg antreiben. Jay hatte mir erklärt, dass es eine Hackordnung gab und dass er als der Neue sich hinten anstellen musste. Aber wenn er nur halb so gut werfen konnte, wie ich in Erinnerung hatte, konnte er dieses andere Team fertigmachen – mit einer Hand hinter den Rücken gebunden und einer Piraten-Augenklappe.

Ari gähnte. Ich wusste, dass sie ihren Auftritt letzte Nacht erst irgendwann nach Mitternacht beendet hatte, wonach sie sich, wie ich vermutete, zu Elliot zwecks einer Betätigung gesellt hatte, die ich mir lieber aus der Vorstellung bleichen würde. »Du meinst also, dass Jay dir erlauben wird, ihn doch noch für dieses Zusatztraining anzumelden? Irgendwie verstehe ich ihn, wenn der Coach ihn nicht mal spielen lässt …« Ari verstummte.

Ich nickte. »Ich weiß, aber der Junge verdient etwas Besonders, oder nicht? Und ich schaffe das mit den Zahlungen, das ist also etwas, das ich für ihn tun kann. Hört sich das für dich so erbärmlich an, wie für mich?« Ich schauderte. »Ich versuche wohl total, gutzumachen, dass ich nicht genug Zeit mit ihm verbringe, oder?«

Ari lachte leise. »Mag sein. Aber ich finde es süß.« Sie hob ihr Handy hoch, um mir einen Text zu zeigen. »Ponch wird versuchen, es vor Spielende zu schaffen.«

Das munterte mich ein wenig auf. Aris Bruder ließ früher, als ich ein Teenager war, regelmäßig mein Herz höherschlagen, aber ich hatte mit der Zeit begriffen, dass er nur eines gut konnte, wenn es um Herzen ging – sie brechen. Jede Menge Mädchen hatten einen Ritt auf seiner Amante Express (was passenderweise sowohl sein Gemächt, als auch sein Höschen verglühendes Motorrad mit gleicher Akkuratesse bezeichnen würde) genossen, sodass er sich den Spitznamen Ponch nach der schnulzigen Serie *CHiPS* aus den Achtzigerjahren verdient hatte. Man würde annehmen, dass er aufgrund des Namens ein leichtes Ziel für Spott wäre, doch er hatte die verblüffende Gabe, alles geradezu cool wirken zu lassen. Kaum jemand außer seine eigenen Eltern nannten ihn noch Nick.

Und jetzt mal ehrlich: Wenn es einem nichts ausmacht, dass der eigene Freund einen Namen trägt, der seine Promiskuität zelebriert, dann müssen Sie in sich gehen, meine Damen. Mir war es gelungen, meine jugendliche Schwärmerei zu überwinden und mit dem Bruder meiner besten Freundin mit der Zeit eine platonische Beziehung aufzubauen. Obwohl ihn das nicht davon abhielt, äußerst ungeniert mit mir zu flirten – wie auch mit so ziemlich jedem, dem ein Y-Chromosom fehlt –, und daher habe ich die Situation auch nie ernstgenommen.

Ich stellte mir vor, dass es Jay wahnsinnig freuen würde, Ponch bei seinem Spiel zu sehen. Das heißt, falls er jemals zum Spielen kam. Jay war noch ein kleines Kind gewesen, als wir neben der Familie Amante gewohnt hatten, aber Ponch hatte ihn immer behandelt, als hielte er ihn für das Coolste, was es dort gab. Sie haben fangen gespielt, und Ponch hat ihn, als er vorbeischaute, um seine Eltern zu besuchen, auf seinem

Motorrad auf Ausfahrten mitgenommen. Mir hatte das immer einen Mordsschrecken eingejagt, aber Mom und Aldo haben nie mit der Wimper gezuckt. Meine Mom hat jede neue Erfahrung immer als Abenteuer zur Bereicherung des Geistes hingenommen. Offensichtlich hatte sie noch nie Episoden von *Scenes from the ER* gesehen, in denen abenteuerlustige Motorradenthusiasten dieser Art gezeigt wurden. Jay war allerdings immer heil zurückgekehrt und hatte in Ponch einen Freund fürs Leben gefunden.

Es kam zum Wechsel und North verlor trotzdem 4:0, obwohl es ihnen gelungen war, einen Spieler auf die zweite zu bekommen. Ich hielt die Daumen, als Jays Team aufs Feld kam, allerdings blieb er wieder auf der Spielerbank.

Scheibenkleister!

Willkommen in Miller Town

GAVIN

»Komm schon, Davidson«, murmelte ich leise und ermunterte den Coach von North Miller einzusetzen. Sein Team verlor gerade 4:2 im ersten Halbinning vom siebten, und wenn sie nicht bald auswechselten, würde alles vorbei sein. Das gegnerische Team, Burlington West, war nicht gerade unter den Besten eingereiht, aber sie hatten sehr wohl ein paar wichtige Spieler mit Talent. Die Academy hatte mit dem gesamten Team von Burlington West einen Trainingstag abgehalten, als ich in meinem Job damals anfing, und ich erinnerte mich an ein paar der Jungs. Ich freute mich, als ich sah, dass sich ein paar ihrer Techniken verbessert hatten.

Aber ich sollte mit meinem Blick vollkommen auf Jay Miller fokussiert bleiben, und ich hatte die ganze Woche meine Verfolgungsneigung geschärft. Trotz des surrealen Gesprächs mit Naomi Miller mussten wir erst noch von der schwer fassbaren Emmy hören. Ich war jedoch fest entschlossen, sie heute festzunageln, unter der Annahme, dass sie anwesend war. Wenn ich nicht aufs Feld schaute, scannte ich die Tribünen auf der Suche nach Jay Millers ... was auch immer. War sie eine Stiefmutter? Eine Tante? Nicht, dass das mir etwas nutzte, denn ich hatte null Ahnung, wie sie aussah.

»Miller, du bist dran!« Ich hörte die magischen Worte zur selben Zeit auf meine Ohren treffen, als ein mordsmäßig lautes feminines Aufjaulen von der Heimtribüne herüberhallte. Mein Blick schoss sofort in die Richtung, so wie der Blick von so ziemlich allen Anwesenden. Eine zarte Frau mit dunkelroten Haaren und einem leuchtend blauen Trägershirt sprang auf und ab, während ihre Brüste wippten, als sie schrie: »Los, Jay!! Zeig ihnen, was du draufhast, Miller!« Kichern breitete sich in der Menge aus, begleitet von fröhlichen Rufen der Zustimmung. Ich bemerkte, dass etliche männliche Blicke auf den noch immer wippenden Brüsten hängenblieben, die, wie ich folgerte, niemand anderem als Emmy Wer-auch-immer-zur-Hölle gehörten. Ich bemerkte auch, dass ihre Sitznachbarin ihren Kopf in den Händen hielt, während ihr Rücken sich vor Lachen schüttelte und sie versuchte, bei dem enthusiastischen Ausbruch ihrer Freundin tief in die Tribüne zu versinken.

Hin- und hergerissen, ob ich Jay Miller dabei zusehen, wie er den Hügel betrat, oder diese Frau wegen des Vertrages fest-nageln sollte, entschied ich mich, dem Jungen zuzusehen, dessen Gesicht, wie mir auffiel, ein wenig rot geworden war. »Na ja, mein Junge«, murmelte ich, »sieht so aus, als hättest du einen Fan.«

Im Laufe der nächsten zwei Innings sah ich mit Bewunde-rung zu, wie North das Spiel eindeutig auf den Kopf stellte. Jay gestattete Burlington West, als er das erste Mal auf dem Hügel an die Reihe kam, keinen Punktegewinn, und der zweite Durchgang war fast genauso gut und endete mit dem Ergebnis, dass ein Runner auf Base war und keine Runs erzielt wurden. North gelang es, den Schwung mitzunehmen von Jays flinkem Ausspielen der Batter von Burlington, und sie erzielten drei

Runs, was ihnen das Ergebnis von 5:4 einbrachte, als sie zum zweiten Halbinnung des neunten kamen.

Jay warf den ersten Batter raus und erzwang einen Walk beim zweiten. Burlingtons dritter Batter erwischte einen Teil von Jays Fastball, doch der poppte hoch und wurde von einem der älteren Spieler von North gefangen. Es kam nur mehr auf das letzte Out an und ich beobachtete konzentriert, wie Jay sich in der angespannten Situation verhielt. Ich konnte sehen, wie er tief einatmete, als er den Ball knetete, und den Runner im Auge behielt. Dieser versuchte, sich von der Base zu bewegen und die Gelegenheit zu nutzen, um die zweite zu stehlen. Miller nickte beim Signal des Fängers und warf dann ein super Changeup, dass die äußeren Ecken des Plates in der Strike Zone traf. Der Batter schwang ungefähr eine Stunde zu früh und der Schiedsrichter rief den Strike aus. Ich sah wieder zu Jay und bemerkte, dass sich nicht das leiseste Lächeln in seinem Gesicht zeigte. Er war ein cooler Typ, bis zum Schluss. Sogar als noch ein Kreischen von der Tribüne kam. »Ja genau, Batter! Du bist jetzt in Miller Town! Keine Zeit zum Ausruhen!« Ich konnte nicht anders, als ein wenig in mich hinein zu lachen.

Der nächste Pitch war ein Monster von einem Fastball, der direkt durch die Mitte der Strike Zone flog. Der Batter nahm ihn an und schlug meilenweit daneben. Ich hielt den Atem an, als Jay wieder zu einem Windup ansetzte und dem Spieler auf der ersten die Möglichkeit gab, auf die er gewartet hatte. Er stahl die zweite, als Jay einen Pitch warf, der ein bisschen weit vorbeiging und in einem Ball resultierte. Beide unüberdachten Tribünen brachen in Anfeuerungsrufe für ihre Teams aus, als der Ball zum Mound zurückkam und Jay sich auf das vorbereitete, was ich spürte, dass es nämlich der letzte Pitch des Spiels sein würde. Noch ein paarmal tiefes Einatmen und ein paar Shakeoffs zum Catcher, dann ließ Jay noch einen Fastball los, der mehr Druck hatte, als ich es bisher gesehen hatte. Der Batter war diesmal besser vorbereitet und schwang nur einen

Bruchteil einer Sekunde zu spät. Der Ball traf den Handschuh des Catchers mit einem widerhallenden Klatschen, dann brachen die Fans von North in Jubel aus, als Jays Teamkollegen ihn umschwärmten.

Alle Augen waren auf den Pitchers Mound gerichtet, meine gingen jedoch zurück zur Tribüne, denn ich hatte es noch fester auf mein Ziel abgesehen, nachdem ich den vernichtenden Wurf gesehen hatte, den Jay soeben abgeliefert hatte. Der Junge gehörte mir. Ich musste nur noch meinen Charme spielen lassen und hoffen, was das Zeug hielt, dass diese Frau, diese Emmy darauf einsteigen würde.

Als ich mich wie ein flussaufwärts schwimmender Lachs durch die Menge drängte, verlor ich sie aus den Augen, bis ich das bekannte laute Schreien irgendwo links von mir hörte. »Prima, Jungs! Denen habt ihr's so richtig gezeigt!« Ich drehte mich um und erhaschte einen Blick auf die ruhigere der beiden Frauen, die Emmy von der herumlaufenden Menschenmenge wegzog. Emmy lachte brüllend über etwas, das die andere Frau gesagt haben musste, und ließ sich zur Umzäunung führen. Ich passte meine Spur rasch an und folgte hinterher.

»Ach, komm schon, Ich bin mir sicher, dass es ihm richtig gefallen hat«, beharrte Emmy, wobei ihre roten Lippen zu einem schelmischen Lächeln hochgebogen waren. Sie trug ein Trägerleibchen, dass die Sicht auf ein paar Tätowierungen auf ihrem Schlüsselbein und ihrem Arm freigab, und ich bemerkte mehr als nur ein Piercing. Ich kam nicht dahinter, wer diese Frau in Jay Millers Leben sein konnte.

Die andere Frau hatte ihren Rücken zu mir gewandt, und ich konnte sehen, dass sie mitlachte, obwohl sie offensichtlich ihre Freundin soeben gescholten hatte. Diese Frau hatte ebenfalls rotes Haar, es war jedoch zu einem Pferdeschwanz zusammengebunden und die Farbe war natürlicher und dezenter. Rotbraun würde Laney es wahrscheinlich nennen. Sie trug auch einen züchtigeren kurzärmeligen Pullover und eine maßgeschneiderte Jeans, die ihren kleinen Knackarsch betonte.

Halt. Schluss jetzt, Gavin. Konzentrieren, bitte.

Ich räusperte mich, als ich mich näherte. »Entschuldigen Sie.«

Das machte Emmy auf mich aufmerksam. Sie richtete ihren dunkeläugigen Blick auf mich, ließ ein Schieflegen des Kopfes und ein unverhohlenes Überprüfen meines gesamten Körpers, von meinen abgewetzten Stiefletten zu meinem kappenbedeckten Haar, folgen. *Herrgott.* Ich hatte das plötzliche Bedürfnis, nachzusehen, ob mein Hosenstall zu war. Einer ihrer Mundwinkel hob sich, als hätte sie meine Gedanken gelesen. Ganz bestimmt hatte sie mein Unbehagen mitgekriegt – daher das Lächeln, da war ich mir sicher. Ich öffnete den Mund, um noch etwas zu sagen, als ihre Freundin sich zu mir umdrehte.

Strähnen ihrer rotbraunen Haare waren der Enge des Pferdeschwanzes entkommen und umrahmten ihr Gesicht, ein paar wehten um ihren Mund, als eine Brise einsetzte. Ein Mund, der einen perfekten Rosaton und eine volle Unterlippe hatte, öffnete sich, als würde er eine Frage bilden. Ein paar vereinzelte helle Sommersprossen zierten ihre kleine Nase und warme goldbraune Augen wurden ein wenig schmal, als sie mich fragend ansah.

Ich hatte komplett vergessen, was ich gerade sagen wollte.

Ich *kannte* diese Frau. Also genaugenommen *kannte* ich sie nicht wirklich, aber ich hatte sie schon einmal gesehen. Sowohl im echten Leben, als auch ein paar Mal unter der Dusche, wie ich ohne Reue zugebe.

Vor ein paar Monaten, bei Bailey und Jakes Babyparty, war diese Frau auf das Paar zugegangen und sie hatten sich kurz unterhalten. Sie bekam damals sofort meine Aufmerksamkeit, aber ich war von Fiona abgefangen worden, die versucht hatte, mich dazu zu bringen, geschmolzene Schokolade aus einer Windel zu essen. Was auch für mich zu viel gewesen war. Als ich es dann doch zu Bailey und Jake geschafft hatte, hatte sich die Frau mit ihrem Handy am Ohr zurückgezogen und ich hatte sie nicht wieder gesehen. Weder Bailey noch Jake wollten mir sagen, wer sie war, und gaben an, dass sie sowohl zu alt für mich war als auch in einer anderen Liga spielte.

Pah! Scheißkerle und -innen!

Und da war sie nun, fast als wäre sie aus dem Nichts aufgetaucht. Das konnte doch kein reiner Zufall sein, der sie jetzt wieder meinen Pfad kreuzen ließ.

»H-Hi«, stammelte ich wie ein Idiot und war plötzlich froh, dass mich niemand zum heutigen Spiel begleitet hatte.

Sie sah mich immer noch fragend an. Hatte sie etwas gesagt, das mir entgangen war? Das war durchaus möglich.

»He, Schönling. Brauchst du was?«, fragte Emmy in einem nicht unfreundlichen Tonfall. Meine Augen blieben auf ihrer Freundin kleben, während ich versuchte, mir in Erinnerung zu rufen, was meine Absicht war.

Scheiße. Der Vertrag. Jay Miller.

Ich schüttelte meine Benommenheit ab und zwang mich, wieder zu Emmy hinzusehen. Sie hatte ein blödes Grinsen im Gesicht. Erwischt.

»Äh, heißen Sie vielleicht zufälligerweise Emmy?«

Die zwei Frauen sahen sich an, ehe sie fragte: »Emmy?« in einem leicht amüsierten, leicht misstrauischen Ton.

»Na ja, ich habe Sie wegen Jay Miller jubeln hören und angenommen …« Ich verstummte, als beide Frauen stumm blieben. »Tut mir leid, aber kennt eine von Ihnen Naomi Miller?«

»Ach so«, sagten beide Frauen langsam unisono, als würde das alles erklären. Gott sei Dank.

Die Frau mit den dunkelroten Haaren deutete auf ihre Freundin: »Das ist die *Emmy*«, mit Betonung auf dem Namen. Den Witz kapierte ich definitiv nicht. Offensichtlich zeichnete sich jeder, der mit Naomi Miller verkehrte, besonders im

Verwirren unschuldiger Typen aus. Die Frau mit den rotbraunen Haaren sah ihre Freundin mit zusammengekniffenen Augen an, ehe sie sich wieder mir zuwandte. Ihre Wangen waren ein bisschen gerötet, was die Sommersprossen betonte. »Und Sie sind?« Ihre Stimme war sanft und beinahe musikalisch, trotz des leicht misstrauischen Tonfalls.

»Gavin Monroe. Ich bin von der Baseball Academy.« Ich reichte ihr meine Hand, als ihr Gesicht von fragend zu erfreut wechselte. Verdammt, dieser Look stand dieser Frau aber gut. Ihre Augen wurden groß und ihr Blick warm, sodass ein seltsames Druckgefühl in meiner

Brust entstand.

»Ach, Mister Monroe. Ich bin so froh, Sie kennenzulernen!« Emmy, die *echte* Emmy, nahm meine Hand und schüttelte sie fest. Ihre Haut war warm und glatt und ich wollte ihre Hand nicht loslassen. Ich wollte aber auch nicht wie ein Kriecher aussehen, also ließ ich widerwillig los. »Ich hatte vorgehabt, gleich nach dem Spiel vorbeizuschauen und Jay anzumelden. Was für ein glücklicher Zufall.« Sie lächelte zu mir hoch und das Druckgefühl wurde zu einem dicken Knoten in meinem Brustraum.

»Gavin allein reicht schon«, murmelte ich, während ich das Kichern ihrer Freundin hörte, das diese mit einem Husten zu überspielen versuchte. Na prima, Monroe. Emmy schien überhaupt nicht zu bemerken, wie lächerlich ich mich mit meiner Imitation eines Schoßhündchens machte, beschissensten Dank.

In dem verzweifelten Versuch, es dabei zu belassen, kramte ich in meiner hinteren Hosentasche herum und suchte das gefaltete Paket Dokumente, das ich mit mir herumgetragen hatte. »Ich habe die Formulare dabei, für den Fall, dass Sie hier sind. Aber sie müssen von einem Elternteil oder gesetzlichen Vormund unterzeichnet werden ...« Ich hielt in Gedanken die Daumen, aber sie tat es mit einer Handbewegung ab.

»Ich bin sein gesetzlicher Vormund. Seine Schwester, um genau zu sein.«

Ach, okay, das ergab jetzt mehr Sinn. Sie schien viel zu jung, um eine Stiefmutter oder Tante oder sowas zu sein. Hätte ich raten müssen, ich hätte sie für um die dreißig geschätzt, aber das war vielleicht aufgrund der konservativen Kleidung.

An dieser Stelle mischte sich ihre Freundin ein. »Mit Jay haben sie einen echten Treffer! Er ist unglaublich!« Als ob sie mich noch überzeugen müsste. Sie fing an, in ihrer Tasche herumzuwühlen.

Ich grinste sie an. »Warum, glauben Sie, trage ich diese Verträge mit mir herum?«

Sie erwiderte mein Lächeln und fischte einen Stift heraus, den Sie Emmy gab, die sich nach einer harten Unterlage umsah, auf der sie schreiben konnte. Ohne lange nachzudenken, drehte ich mich um und bot ihr meinen Rücken an. »Nur zu.« Ich blickte über meine Schulter und sah gerade noch, wie die Blicke beider Frauen von meinem Hintern hochfuhren.

Verdammt. Ich würde eine Latte vor der halben Highschool und ihren Eltern kriegen.

Emmy näherte sich und ich spürte, wie sie zögerlich die Blätter auf mein T-Shirt legte und dabei darauf achtete, mich nicht mit der Hand zu berühren. Wie unbequem diese Schreibposition war, wurde schnell klar, und ich spürte den Druck ihrer Schreibhand auf meinem Rücken, während die Finger ihrer anderen Hand die Blätter ruhig hielten.

Mein Gehirn konnte nicht anders, als zu Bildern zu springen, in denen ihre Hände in einer viel intimeren, viel befriedigenderen Position auf mir lagen. Ich hielt ein leises Stöhnen zurück und dachte an Baseball, wie alle Jungs im schwierigen Alter von dreizehn Jahren es lernten.

»Was sollen wir wegen der Zahlungen machen?«, fragte Emmy. »Verstecken Sie ein Kreditkartenlesegerät in Ihrer anderen Tasche?«

»Oder freut es sie bloß, mich zu sehen?«, hörte ich ihre Freundin zu laut flüstern. Darauf folgten ein Ächzen und ein »Aua!« kurz darauf.

»Nein«, sagte ich rasch, denn ich war darauf aus, weiterzugehen. »Das ist in Ordnung. Ich werde diese an die Verwaltung weiterleiten und die werden Ihnen dann eine E-Mail mit den Zahlungsdetails zusenden. Sie können das auch online machen. Eigentlich hätten wir die ganze Angelegenheit online erledigen können, aber Naomi war etwas … vage bezüglich Ihrer Angaben.«

»Sie haben ja keine Ahnung«, erwiderte sie verständnisvoll. Ich spürte, wie der Stift über die Muskeln in der Mitte meines Rückens fuhr, während ihre Finger sich die Blätter weiter hinunter vorarbeiteten. Endlich war sie fertig, mit einem Schwung und etwas, das ich für ihre Unterschrift hielt, und ich musste ein Ächzen zurückhalten, als sie zum Schluss ein wenig zu fest aufdrückte. Offensichtlich hatte sie vergessen, dass ihr Tisch von der menschlichen Sorte war, wessen ich mir nur allzu bewusst war.

»Da«, sagte sie und nahm die Formulare von mir herunter. Ich drehte mich um und wurde wieder von dem strahlenden Lächeln begrüßt.

Ehe ich mir mein weiteres Vorgehen überhaupt überlegen konnte, kam ein großer, stämmiger Kerl mit dunklen Haaren und Augen von hinten auf die beiden Frauen zu, legte seine Arme um ihre Schultern und zog sie an sich. »He, wie geht's denn meinem Lieblingsmädchen?« Sein Kopf neigte sich zu Emmy. Ihre Freundin stieß ihm den Ellbogen in den Bauch und er tat so, als wäre er betroffen. »Was denn? Du weißt doch, dass ich sie lieber mag.«

Sie sah ihn an und verdrehte die Augen, aber er hatte sich bereits wieder Emmy zugewandt. Mir war er sofort verhasst.

Er schob das Kinn vor. »Wer ist das?«

Ich richtete mich gerader auf, denn mir fiel plötzlich auf,

dass dieser Typ ein paar Zoll größer war und ich instinktiv den Abstand irgendwie verkleinern wollte. Ich streckte meine Hand aus und rang mir ein Lächeln ab. »Gavin Monroe.« Halte deine Freunde in der Nähe und so weiter.

Er entfernte seine Hände nicht von den Schultern der Frauen, also ließ ich meine Hand lahm wieder an meine Seite sinken. Daraufhin stieß auch Emmy ihn in die Rippen. »Bist wohl in 'ner Scheune geboren worden, was?«, fragte sie ihn und drehte sich dann unter seinem Arm heraus. Sie deutete auf ihn und sagte: »Das ist Ponch. Und wenn wir schon dabei sind: Das ist Ariana, seine Schwester. Keiner von beiden taugt für den Verkehr in der Öffentlichkeit.« Die Geschwister sahen einander an und zuckten bloß mit den Schultern. Dann streckte Ponch seine Hand aus.

»Tu mir leid, Mann. Wollte dich nur verarschen. Ponch Amante. Freut mich, dich kennenzulernen.« Ich zögerte, weil ich mir sicher war, dass er seine Hand zurückziehen würde, als er es aber nicht tat, nahm ich sie und schüttelte sie zum Gruß. Wenn er auch ein wenig zu fest zupackte, ich ignorierte es. Die Warnung war von Anfang an deutlich genug gewesen. Kein Grund es einzuhämmern.

Kurz standen wir ratlos herum, dann hielt Emmy mir die Bögen entgegen. »Da, Gavin. Wir werden vor der Umkleide auf Jay warten. Möchtest du uns begleiten?«

Ich bemerkte, wie Aris Augen größer wurden, als die von Ponch sich verschmälerten. Es war fast komisch, aber ich konnte es mir nicht leisten, lange zu zögern. »Hört sich gut an. Ladies.« Ich deutete ihnen, mir zum Gebäude vorauszugehen.

Als Emmy vor mir war, nutzte ich die Gelegenheit, einen raschen Blick auf die Formulare zu werfen, die sie ausgefüllt hatte, und peilte die einzige Information an, die ich brauchte: ihre Telefonnummer. Die speicherte ich im Gedächtnis ab, steckte die Formulare wieder in meine hintere Hosentasche und folgte dem Trio.

»Du hast ein tolles Spiel versäumt, Schwachkopf«, warf Ari über ihre Schulter Ponch zu.

»Verzeihung, dass ich versuche, meinen Lebensunterhalt zu verdienen. Manche von uns müssen erwachsen sein, weißt du?« Er warf mir einen Blick aus dem Augenwinkel zu, als wollte er damit andeuten, dass ich mich irgendwie schuldig machte, kein Erwachsener zu sein. Ich wollte wahnsinnig gern fragen, ob er und Emmy miteinander gingen, aber mir fiel nicht ein, wie ich das anstellen konnte, ohne dabei wie ein verzweifelter Dödel auszusehen. Ich würde einen anderen Weg finden müssen.

Trotz der Blicke, die mir dieser überfürsorgliche Neandertaler zuwarf, lächelte ich innerlich, als wir zur Schule gingen. Sicher in meinem Gedächtnis verwahrt befand sich die Telefonnummer einer rotbraunhaarigen Schönheit, und ich war absolut entschlossen, sie zu benutzen.

Die Begeisterung spüren

EMERSON

Ich hatte keine Ahnung, warum ich Gavin Monroe eingeladen hatte, uns zu begleiten, als wir auf Jay warteten, außer dass es mir peinlich war, wie ungeniert Ponch hervorgekehrt hatte, was für ein ganzer Kerl er doch war. Warum waren Männer solche Idioten? Es war ja nicht so, als hätte Ponch ein Anrecht auf mich, und was noch mehr zur Sache tat, es war nicht so, als wäre ich irgendwie an diesem Gavin interessiert. Auch wenn er irgendwie niedlich war und ein ordentliches Hinterteil hatte. Okay, na schön. Er war geil und er hatte einen tollen Arsch. Allein schon der Gedanke ließ meine Wangen hochrot werden. Ich konnte nicht fassen, dass er uns dabei erwischt hatte, wie wir ihm auf den Hintern starrten. Wie peinlich. Und noch mehr, wenn man bedenkt, dass er wahrscheinlich gerade mal zwanzig war. Wenn das nicht unpassend war. Nichtsdestotrotz hatte ich das Bedürfnis, Ponchs idiotisches Benehmen zu kompensieren, deswegen hatte ich Gavin gebeten, uns zu begleiten.

Ari war neben mir im Gleichschritt und ich sah, wie sie mir Blicke aus dem Augenwinkel zuwarf und praktisch erstickte bei ihren Versuchen, ihren Mund sowohl geschlossen zu halten, als auch ein ungeniertes Loslachen zu verhindern.

»Denk nicht mal dran«, warnte ich sie leise, woraufhin sie schnaufen musste. Das Ganze würde glatt zu einem Desaster verkommen, wenn ich nicht einschritt. Doch ehe ich das tun konnte, sammelte Ari sich und schaute hinter uns.

»Und, Gavin? Wirst du Jay trainieren? Wie funktioniert das?«

Ich nutze die Gelegenheit, ihn mir anzusehen – es gehörte sich schließlich, jemanden anzusehen, wenn er sprach. *Was denn?* Er war groß, wahrscheinlich so ziemlich um die sechs Fuß oder einen Hauch größer, hatte natürlich gemeschtes hellbraunes Haar, das unter seiner ausgetragenen, grünen Baseballmütze in alle Richtungen heraussprang. Der Schirm beschattete seine Augen, dennoch konnte ich den dunkelbraunen Farbton umgeben von einem noch dunkleren, fast schwarzen Ring erkennen. Er hatte einen so jungenhaften Gesichtsausdruck, die Augen immer ein bisschen aufgerissen, als würde er ständig auf eine Frage antworten und sich der Antwort nicht ganz sicher sein. Es war wirklich hinreißend, ehrlich.

Wenn knabenhaft sein Gesicht beschrieb, so trug es nicht dazu bei, den Rest von ihm zu beschreiben. Lange, schlanke Muskeln überzogen seine Statur, und die verführerischsten Handgelenke – jawohl, Handgelenke – erstreckten sich unter seinen perfekt proportionierten Bizeps und Unterarmen, als er seine Hände in die Taschen steckte, während er Ari zuhörte. Offensichtlich stimmte mit mir etwas nicht, wenn ich jetzt nach den Handgelenken von Kerlen schielte.

Seine Zunge fuhr über seine Unterlippe, kurz bevor er sprach, sodass mein Bauch aufmerksam zu kribbeln begann. Oh ja – mit mir stimmte definitiv irgendwas nicht. »Ich bin nur ein Mitarbeiter im Coaching-Team, aber ich werde mit Jay zusammenarbeiten, denn Werfen ist meine Spezialität. Sein Haupttrainer wird Buzz Hader sein, aber ich werde viele der laufenden täglichen Aspekte überwachen.«

An dieser Stelle bemerkte ich, wie Ponch seinen Schritt komplett einstellte. Er sah aus, als wäre er von einem Betäubungspfeil getroffen worden, und ich blieb ebenfalls unfreiwillig stehen, wodurch Gavin in mich hineinrempelte.

»Mist, tut mir echt leid«, sagte er und hielt mich fest, indem er mit seinen Händen die Haut meiner Oberarme berührte, kurz unterhalb der Ärmel meines dünnen Sommerpullovers. Ich spürte, wie meine Haut heiß wurde und ich holte rasch Luft. Ich versuchte, die Erinnerung daran, wie sich sein Rücken unter dem T-Shirt unter meinen Händen angefühlt hatte, als ich vor ein paar Minuten die Formulare ausgefüllt hatte, zu verdrängen. Dabei war ich völlig erfolglos und bekam das plötzliche Bedürfnis, mich nach hinten an seinen soliden Körper anzulehnen. Was tat ich da bloß?! Er war ein Kind, um Himmels willen!

»Buzz Hader?«, ertönte Ponchs Stimme. Ich hatte beinahe vergessen, dass er der Grund war, weshalb ich überhaupt stehengeblieben war. »*Der* Buzz Hader?« Ein Blick zurück zu Ponch zeigte, dass er sprachlos dreinschaute, sein Mund praktisch offenstand.

»Wer zum Teufel ist Buzz Hader?«, fragte Ari, die zurückgekommen war, als sie bemerkt hatte, dass wir alle stehengeblieben waren.

Ponch und Gavin drehten die Augen beide zu Ari und ihre Mienen konnte man nur als die des Entsetzens beschreiben. *»Wer zum Teufel ist Buzz Hader?«*, äfften sie sie beide gleichzeitig nach. Ich hielt ein Kichern zurück und war erleichtert, als Gavin meine Arme aus seinem Griff entließ und ich wieder normal atmen konnte. Ich wusste, dass ich den Namen schon einmal gehört hatte, aber ich erinnerte mich auch nicht mehr daran, wer dieser Buzz war. Nicht, dass ich das erwähnt hätte.

Ponch schüttelte den Kopf und murmelte vor sich hin, während Gavin uns aufklärte. »Ehemaliger All-Star First Baseman bei den Kings.«

Ari schürzte nur die Lippen und zuckte mit den Schultern. »Wenn du es sagst.«

»Wenn ich … « Gavin verstummte, als könnte er nicht ganz fassen, was er soeben erlebt hatte.

Ponch legte eine tröstende Hand auf seine Schulter. »Erzähl mir, dass du eine Schwester hast, Mann.«

Gavin riss seinen Blick los von Ari und registrierte schließlich, was Ponch gesagt hatte. »Leider«, erwiderte er, dann schauten beide zu Boden, dem Anschein nach in irgendeiner geteilten Trauer wegen des Besitzes von Schwestern versunken, die das Baseball-Gen nicht hatten.

Es war an der Zeit, in Gang zu kommen. Je eher er Jay sah, desto eher konnte ich diese ärgerlichen, kribbelnden Empfindungen loswerden, die dieser knabenhafte Mann bei mir hervorrief. »Also ich bin zufällig auch eine Schwester, also lasst uns meinen kleinen Bruder suchen und ihm die freudigen Neuigkeiten überbringen.«

Wie geplant holte das alle aus ihren Gedanken und wir bewegten uns alle weiter, begierig danach, Jay zu finden und ihm zu erzählen, dass er von einem ehemaligen Major-League-Spieler und einem scharfen jungen Sexprotz namens Gavin Monroe gecoacht werden würde.

Na ja, vielleicht würde ich Letzteres für mich behalten.

»ICH KANN'S immer noch nicht glauben«, sagte Jay abermals, als wir von der Horse Pen Creek Road auf die Hauptstraße meiner Nachbarschaft einbogen.

»Und *ich* kann noch immer nicht glauben, wie sensationell du in dem Spiel geworfen hast «, erwiderte ich und grinste in seine Richtung.

Er sah mich spaßeshalber finster an. »Buzz Hader. Ich meine, das ist einfach … das ist einfach verrückt.«

Seit wir Jay die Neuigkeiten vor der Umkleidekabine überbracht hatten, überzog ein teils ehrfurchtsvolles, teils ekstatisches Lächeln sein Gesicht. Er war von dem Gedanken, dass eines seiner Idole ihn coachen würde, dermaßen platt, dass er nicht einmal protestierte, weil ich ihn ohne seine Zustimmung angemeldet hatte. Ponch war natürlich derjenige gewesen, der dazwischen geplatzt war und Jay die große Neuigkeit mitgeteilt hatte. Die zwei hatten sich abgeklatscht und einander auf den Rücken geklopft, bis ich mich einmischen musste, um Jay Gavin vorzustellen, der die ganze Sache sehr gutmütig aufnahm. Offensichtlich war auch er einmal ein von den Stars begeisterter junger Spieler gewesen.

Ich war jedoch froh, als wir alle unsere Wege gingen und ich der seltsam entnervenden Anwesenheit eines von Jays zukünftigen Coaches entfliehen konnte. Für mich war es sogar ein wenig peinlich gewesen.

»Aber jetzt mal ehrlich, Jay. Ich kapiere nicht, wieso du nicht der Starting Pitcher bist. Du bist offensichtlich der beste Pitcher im Team.«

Ich konnte in meinem peripheren Gesichtsfeld sehen, wie er den Kopf schüttelte. »Nö, ich hatte nur einen guten Tag. Und ich bin sowieso erst in der zweiten Klasse der Highschool. Die anderen Jungs haben sich ihren Platz verdient, Em. So wird das Spiel eben gespielt.«

»Vermutlich«, räumte ich ein. »Aber wenn ich der Coach wäre, würde ich dich anfangen lassen. Und Ari denkt genauso, falls dir das ihre Reaktion heute nicht schon verraten hat.«

»Sie ist noch nie sehr subtil gewesen, oder?«

Ich drückte die Taste für das Garagentor und fuhr in die

Einfahrt. »Schon was vor heute Abend? Ich wünschte, ich könnte dich ausführen, aber ich habe noch Arbeit zu erledigen.« Ich tat mein Bestes, um den endgültigen Entwurf des AgPower-Gründungsvertrags zusammenzustellen, aber Craig hatte auf meine E-Mails an diesem Morgen nicht geantwortet. Damit hätte ich rechnen sollen, frustrierend war es aber trotzdem. Er wusste, dass ich ohne die Daten, die er sammelte, nicht weitermachen konnte. Und dann war da noch der Pro-bono-Fall, den ich übernommen hatte. Ich hatte am Montagnachmittag einen Termin vor Gericht und hatte mir den Fall noch kaum angesehen, obwohl ich mir ziemlich sicher war, dass er in trockene Tücher zu bringen sein würde. Ich hatte ihn nur angenommen, weil ich das Gefühl hatte, dem Paar, das mich um den Gefallen gebeten hatte, etwas schuldig zu sein.

»Das ist okay«, sagte mein Bruder. »Ich werde wahrscheinlich sowieso vor dem Fernseher einschlafen.«

»Du weißt ja, du kannst einen Freund einladen, wenn du willst.«

»Nö, nicht nötig.« Er zuckte mit den Schultern.

Ich wusste, dass er das sagen würde. Macht nichts. Kleine Schritte.

DREI STUNDEN später hatte ich von Craig immer noch nichts gehört, also machte ich mit dem Pro-bono-Fall weiter. Genaugenommen sollte ich die genehmigen lassen, bevor ich sie übernahm, aber ich wusste, dass ich hin- und wieder allein mit einem durchkam. Es war ja nicht so, dass er von meinen verrechenbaren Stunden etwas abzweigte, und die Familie des Klienten bezahlte die Gerichtsgebühren. Ich sah mir die Akte durch, um mich mit den Fakten vertraut zu machen.

Christian Hardacre, vierzehn Jahre alt, wurde schwerer

Diebstahl und Fahren ohne Führerschein vorgeworfen. Bei dem zweiten Teil konnte ich nicht viel tun, aber der erste Teil war ein Witz.

Christian – Chris – hatte mit dem Auto eines Nachbarn eine Spritztour gemacht, um ein paar ältere Kinder zu beeindrucken. Dumm, aber keine Gefahr für die Gesellschaft meiner Meinung nach. Und außerdem war ihm, wie die Eltern des Jungen gesagt hatten, ein eher nicht so kluger Rat von einem Freund der Familie – einem erwachsenen Freund der Familie – gegeben worden, der ihn überhaupt erst auf die Idee gebracht hatte. Nicht, dass Chris nicht klug genug hätte sein sollen, den Rat zu ignorieren, aber dieser »Freund« hörte sich nach einem Idioten ersten Grades an.

Glücklicherweise würde der Nachbar – das Diebstahlopfer – im Gericht sein, und ich war mir sicher, den Jungen des Anklagepunkts des schweren Diebstahls entheben und ihn mit einer Geldstrafe und Sozialdienst davonkommen lassen zu können. Mir war klar, dass der Nachbar nicht die ganze Geschichte kannte, und ich war nur zu gerne bereit, ihn aufzuklären. Chris war einfach nur ein ungeschicktes Kind mit einem miesen Urteilsvermögen und noch mieseren Freunden.

Ich schenkte mir ein Glas Sauvignon Blanc ein und wollte mich gerade in meine Aufgabe vertiefen, als mein Telefon klingelte und eine unbekannte Nummer aus der Gegend anzeigte. Da ich befürchtete, es könnte mit einem meiner Fälle zu tun haben, nahm ich das Risiko auf mich und hob ab.

»Hallo?«

»Ach, hallo«, sagte eine mir vage bekannte männliche Stimme am anderen Ende. »Emmy?«

Mein Puls schaltete automatisch einen Gang höher, was mich so erschreckte, dass ich völlig vergaß, den Anrufer bezüglich meines eigentlichen Namens zu korrigieren. Stattdessen antwortete ich lahm: »Ja?« Als hätte ich nicht haargenau gewusst, wer da am anderen Ende der Leitung war. Ich schlug die Hand vors Gesicht und wartete.

»Gavin Monroe hier«, sagte er. Und als ich nicht antwortete, da ich immer noch mit meiner eigenen Blödheit beschäftigt war, fügte er hinzu: »Von heute.«

Ich musste mich zusammenreißen. »Ja, hallo. Wie geht es dir?«

»Prima. Wie geht's dir?«

Offensichtlich blickte ich da irgendwie nicht durch. Ich stellte das Weinglas auf den Tresen und atmete ein.

»Großartig«, erwiderte ich. »Äh, habe ich vergessen, etwas zu unterschreiben?« Dann kam es mir. »Ach so! Die Zahlung. Hatte ich komplett vergessen. Du wartest wahrscheinlich darauf, dass ich mich einlogge und bezahle. Tut mir fürchterlich leid.«

Er kicherte. »Nein. Nein, darum geht es nicht.«

»Ach so.« Ich atmete aus.

»Ich rufe eigentlich an, weil ich fragen wollte, ob du nächstes Wochenende Zeit für ein Abendessen mit mir hättest.«

Hä? »Ist das so eine Art Elterneinführung oder sowas?«

»Äh, nicht direkt.« Er schien zu zögern und fuhr erst dann fort. »Es ist mehr wie so ein Date.«

»Ach. In echt?« Ich konnte nicht anders. Es war mir einfach rausgerutscht und meine schlechten Manieren beschämten mich.

»Na ja, nach deiner Reaktion zu urteilen bin ich mir nicht mehr so sicher.« Er lachte bescheiden. »Ich vermute mal, dass ich dich überrumpelt habe.«

»Das kannst du laut sagen. Es ist nur so … « Es ist nur so, dass du quasi minderjährig bist?

»Du isst nichts? Bist du ein halber Cyborg? Scheiße, ich laufe immer den Halbmenschen nach.«

Das brachte mich zum Lächeln. Ich nahm das Weinglas wieder in die Hand und machte einen Schluck, den Rücken an den Tresen lehnend, während ich antwortete. »Nein, ich esse schon. Und ich bin menschlich, nur um das festzuhalten.«

»Okay. Toll! Wie klingt Freitag?« Wow, schüchtern war der nicht, was? Aber ich musste diese Sache beenden.

»Gavin, ich fühle mich wirklich geschmeichelt, aber ich halte das für keine gute Idee.«

»Ach so. Tut mir leid. Ich hatte nicht wirklich den Draht gekriegt, dass du und Ponch zusammen seid.«

»Ponch? Äh, nein. Sicher nicht.« Ich versuchte nicht einmal, es zu erklären, denn das hätte die ganze Nacht gedauert.

»Gut zu wissen. Also warum dann nicht? Ich bin ein Mensch, du bist ein Mensch ... was könnte man sich noch wünschen?« Ich konnte das Grinsen in seiner Stimme hören.

Es platzte aus mir heraus: »Wie alt bist du?« Wieder diese einwandfreien Manieren.

»Hat dir niemand gesagt, dass es nicht höflich ist, jemanden nach seinem Alter zu fragen?« Da war wieder dieses hörbare Grinsen.

»Nicht, wenn es als Straftat angesehen werden könnte, mit einer Person auszugehen.«

»Aua.«

Ich ging zur Couch und machte es mir bequem. »Also?«

»Wie wär's, wenn ich einfach nur sage, dass ich alt genug bin, und ich werde dich auch nicht fragen, wie alt du bist?«, erwiderte er.

»Das musst du nicht. Ich bin neunundzwanzig. Und ich vermute, das ist ungefähr zwei Präsidentschafts-Legislaturperioden älter als du.«

»Ach bitte, ich kann nichts dafür, dass ich keine Falten habe. Was soll ich sagen? Ich lege großen Wert auf Sonnencreme.«

Ich zog ein Deko-Kissen auf meinen Schoß. »Also du bist wie alt? Du bist eigentlich sechzig, hast aber die Haut eines Zwanzigjährigen?«

»Ich werde das Geheimnis mit ins Grab nehmen. Also, was sagst du? Italienisch? Griechisch? Steakhouse? Du suchst aus.«

Dieser Kerl ... dieser *Junge*, rief ich mir in Erinnerung.

»Du bist sehr nett, und ich erkenne, dass du unterhaltsam bist, aber ich bin momentan nicht in der Lage, mit jemandem auszugehen. Selbst wenn du nicht dreißig Jahre älter wärst als ich«, fügte ich hinzu, um die Zurückweisung abzuschwächen.

»Ah, ich verstehe. Du trauerst immer noch deinem Schwarm Buzz Hader nach. Wieso bin ich dem Typen immer unterlegen?«

»Leider nein. Obwohl ich gehört habe, er soll eine richtig gute Partie sein. Es ist nämlich so, dass sich bei mir die Arbeit auftürmt und die Freizeit, die ich noch habe, versuche ich mit Jay zu verbringen. Ich bin mir sicher, dass du das verstehst.«

Er bestätigte nicht, dass er irgendetwas verstand. Stattdessen wechselte er komplett das Thema. »Da fällt mir gerade ein: Ich wollte dich etwas fragen. Heißt er wirklich Jupiter?«

»So schockierend sich das anhört, aber ja. Aber du hast schließlich mit unserer Mutter gesprochen, also.«

»Stimmt. Also wie bist du dann zu einem normalen Namen gekommen? Oder ist Emmy die Kurzform von Emulsion oder sowas?«

Wieder korrigierte ich ihn nicht. Was war bloß mit mir los? Außer meiner Mom nannte mich niemand Emmy. Niemand. Wieso gefiel mir dann der Klang so, wenn dieser Irgendwer es zu mir sagte?

»Nein. Mein Dad hat mir den Namen gegeben. Es ist ein Name in der Familie.« Deswegen und auch, weil er insgeheim einen Jungen wollte, wie ich glaube. Den Teil fügte ich nicht hinzu. Stattdessen faltete ich meine Füße unter meinen Po und nahm noch einen Schluck Wein.

»Und er hat verloren, als es um den Namen für Jay ging?«

»Nein. Unterschiedliche Väter. Jay ist mein Halbbruder.«

»Aha, ich verstehe. Halbbruder, aber ganzer Mensch? Ich

frage nur, denn so wie er wirft, würde es mich nicht wundern, wenn er zur Hälfte eine Maschine wäre.«

Ich spürte, wie meine Lippen sich zu einem Lächeln hochzogen. »Ich werde es ihm ausrichten. Ehrlich, ich weiß nicht, wo er sein athletisches Können herhat. Sein Papa ist nicht gerade der sportliche Typ.«

»Das ist einfach erklärt. Von den Baseball-Göttern«, erklärte Gavin lakonisch.

»Ach nein? Wieso bist du dir da so sicher?«

»Weil sie mir auch dieses Geschenk gemacht haben.«

Da konnte ich mein Loslachen nicht mehr zurückhalten. »Ach ja? Sind wir nicht ein wenig von uns eingenommen? Wenn du so toll bist, wieso spielst du dann nicht in den großen Ligen?«

»Wer sagt denn, dass ich das nicht getan habe? Es gibt nicht mehr viele Sechzigjährige, die noch spielen.«

Es gibt auch nicht viele Sechzigjährige mit so einem Arsch, wollte ich sagen. Da bemerkte ich, dass ich tatsächlich das Kissen auf meinem Schoß streichelte. O Gott. Ich warf das Kissen zu Boden und schlug mir wieder mit der Hand ins Gesicht, als er fortfuhr.

»Also hast du dir das mit dem Date jetzt anders überlegt?«

Ich musste das beenden. »Nein, leider muss ich mich an den Gameplan halten. Aber danke für die Einladung. Es hat Spaß gemacht, mit dir zu reden.«

»Stell dir nur vor, wie viel mehr Spaß es machen würde, mit mir zu essen.«

Ich schüttelte den Kopf, dass er so hartnäckig war. »Das werde ich meiner Fantasie überlassen müssen.«

»Tu das.« Igitt. Wieso hatte ich Vorstellungen im Kopf, die sehr wenig mit einem Abendessen zu tun hatten? Emerson, du Idiotin – hör sofort auf!

Daraufhin war es ungemütlich still. Zum ersten Mal in unserem Gespräch.

»Also okay. Äh, vermutlich werden wir uns irgendwo wieder begegnen«, sagte er schließlich.

»Vermutlich.« Ich wollte nicht auflegen.

»Träum' was Schönes, Emmy.«

Ich hörte, wie die Verbindung abgebrochen wurde. Schöne Träume in der Tat. Ich hob das Deko-Kissen wieder auf und vergrub mein Gesicht darin.

Der Beste aller Zeiten

EMERSON

»Jay, Liebster, wie *geeeht* es dir?«

Meine Backenzähne drohten sich zu pulverisieren, als ich sie bei dem Versuch, gute Manieren an den Tag zu legen, aufeinander rieb. In einem Akt, der zugegebenermaßen voller Feigheit war, hatte ich meinen jüngeren Bruder dazu überredet, mich am nächsten Tag zu dem gefürchteten sonntäglichen Brunch bei meinem Papa und Mandy zu begleiten. Obwohl ich mich, wenn ich Jay so ansah, wie er das opulente Büffet im Club meines Papas beäugte, von Minute zu Minute weniger schuldig fühlte.

Jay schwenkte seinen Blick zu Mandy und antwortete: »Gut, danke«, ehe seine Aufmerksamkeit wieder auf sich gelenkt wurde und hin zudem großen Garnelen-Arrangement, das ihn aus sechzig Fuß Entfernung anlockte. Ich überlegte mir schon, ob ich ihr raten sollte, niemals zwischen einen Teenager und Nahrung zu geraten, da sie sonst Gefahr läuft, eine Hand zu verlieren, dachte mir dann aber, dass sie das auch selbst herausfinden könnte. Mein Dad hatte sich entschuldigt, weil er ein Telefongespräch zu führen hatte, daher war nur das ungelenke Trio am Tisch übrig, das auf seine Rückkehr wartete, bevor wir dann gemeinsam zum Büffet gingen. Manieren, müsst ihr wissen.

Ich überkreuzte die Beine, als ich so dasaß und beschloss, es klaglos durchzustehen, wenn auch aus keinem anderen Grund, als um die Zeit totzuschlagen. Deswegen, und um mich von den Gedanken abzulenken, die immer wieder zu dem Telefonat mit einem gewissen charmanten Typen am Vorabend zurückwanderten. »Was hast du in letzter Zeit so getrieben, Mandy?«

Sie spielte mit ihrer Serviette herum und blickte zu mir herüber. »Ach, du weißt schon. Freiwilligenarbeit, Haushaltsführung. Ach, und ich bin jetzt in einem Buchklub«, sagte sie aufgeregt. Sie streifte sich eine Locke platinblondes Haar hinter ihre Schulter.

Hmm. Das war ja überraschend. Mir war nicht bewusst, dass sie lesen konnte. *Okay, Emerson, das war unter der Gürtellinie.* »Hört sich … interessant an.« Aber mal ehrlich: Was trieb sie so den ganzen Tag lang? Ihr Leben hörte sich so verdammt langweilig an.

»Das ist es! Diesen Monat lesen wir ein Buch über zwei Frauen in Afghanistan. Ich habe erst ein paar Kapitel gelesen, aber bis jetzt ist es wirklich gut.«

Ich erwog, sie um den Titel zu bitten, aber ich war mir ziemlich sicher, dass ich das Buch kannte. Es hatte mich zu Tränen gerührt, als ich es vor etlichen Jahren gelesen hatte. Ich fragte mich, ob sie darauf vorbereitet war. Ich fragte mich, ob ihr makellos geschminktes Gesicht Tränen produzieren konnte.

»Es tut mir leid, meine Damen, Jay«, sagte mein Vater, als er zu seinem Platz zurückkehrte, seine Serviette nahm und sie auf seinem Schoß arrangierte. Er seufzte, als er uns betrachtete. »Na, ist das nicht wunderbar? Sonntagsbrunch mit meinen

beiden Lieblingsmädels und einem zukünftigen Baseball-Star.«
Er zwinkerte Jay zu.

Ich musste es meinem Vater lassen. Er hatte Jay immer sehr
nett aufgenommen. Andererseits war der Junge ja auch so
entspannt, dass es fast unmöglich war, ihn nicht zu mögen.

Solange ich mich zurückerinnern konnte, hatte ich die
Wochenenden und Sommer im noblen Haus meines Vaters in
der Nähe des Brandt-Sees verbracht. Er hatte mich immer
aufgefordert, meine Freunde einzuladen, oft zum Entsetzen
derjenigen Frau, die gerade seine Ehefrau war. In Anbetracht
dessen, dass Ari meist eine der eingeladenen Freundinnen war,
wer konnte ihnen das schon vorwerfen?

Und als meine Mom endlich wieder heiratete und Jay
bekam, wurde die Einladung auch für ihn ausgesprochen. Es
hat Zeiten gegeben, da bin ich erleichtert gewesen, Jay
mitbringen zu können, damit ich auf ihn aufpassen und dafür
sorgen konnte, dass er echte Nahrung bekam und gelegentlich
gebadet wurde. Naomi und Aldo folgten der Denkrichtung,
dass die Toleranz gegenüber Krankheitserregern umso höher
ist, je mehr man den Keimen ausgesetzt ist. Wie vorauszusehen,
war ich vehement anderer Meinung. Es war also eine nette
Belohnung, wenn mein Bruder als Kleinkind mit mir kam, und
es war auch erleichternd und nahm einem die Sorgen.

Doch dann war ich aufs College gegangen, und meine Mom
hatte den Rest der Familie mitgenommen auf eine Reise zu
letztendlich vielen neuen Destinationen – oder »Abenteuern für
die Seele«, wie sie immer sagte. Mir war sehr deutlich bewusst,
dass sie die ganze Zeit über nur wegen mir in Greensboro
geblieben war. Sie kannte mein Verlangen nach Beständigkeit,
auch wenn sie es nicht verstand. Und sie spürte, wie wichtig es
war, mich in der Nähe meines Vaters zu belassen, damit er und
ich eine enge Beziehung haben konnten. Ich war ihr dankbar
dafür, dass sie das getan hatte, obwohl sie in ihrem Herzen

offensichtlich den Staub North Carolinas abschütteln und sich auf Tour begeben wollte.

»Nun, es ist schon eine Weile her«, antworte ich meinem Vater. »Meine Schuld – tut mir leid, ich bin so beschäftigt gewesen.« Ich ließ das Ende dieses Satzes weg, was etwas in der Art von »*damit, deiner Kindsbraut aus dem Weg zu gehen*« gewesen wäre.

»Du eroberst die Welt des Gesellschaftsrechts im Sturm! Wie kann ein Vater sich da beschweren?« Er lächelte in meine Richtung und ich erwiderte das Lächeln, während meine Brust bei dem Gedanken, dass ich ihn stolz gemacht hatte, unwillkürlich anschwoll.

»Ich habe Emerson gerade das von dem Buchklub erzählt«, schaltete Mandy sich ein. Dass sie so verzweifelt versuchte, sich selbst wieder in den Mittelpunkt zu rücken, war dermaßen deutlich, dass sie mir plötzlich ein wenig leidtat.

Mein Vater nahm einen Schluck von seinem Kaffee. »Ach, natürlich. Das ist wunderbar, Darling.« Ich zuckte beinahe zusammen wegen seines herablassenden Tons. Seht ihr? Das geschieht, wenn man sich mit jemandem einlässt, der aus einer anderen Alterskategorie stammt.

Hätte sie mich gefragt, bevor sie sich mit meinem Vater eingelassen hat, dann hätte ich ihr erklärt, dass sie ihn nur beeindrucken könnte, wenn sie das Spiel auf seine Weise spielte. Man konnte entweder die Vorzeigefrau oder die Partnerin sein, aber man musste eines davon wählen. Sie hatte sich gebettet, und musste nun so liegen, Diadem fest auf dem Kopf. Es hatte keinen Zweck, die Rolle jetzt noch wechseln zu wollen. Aber natürlich hielt ich den Mund und lächelte sie halbherzig an, wobei ich mir nicht sicher war, ob es echt war oder nicht.

Ich betrachtete das kleine Tableau, das wir bildeten. Sicher sah es für einen Betrachter so aus, als würde ein alleinstehender Vater – oder vielleicht ein Witwer – seine drei Kinder zum Brunch ausführen. Nicht, dass mein Dad besonders alt aussah.

Nein, er hielt sich recht gut. Sein Haar hatte noch immer die jugendlich hellbraune Farbe und war immer sauber getrimmt. Einzelne Haare im Nacken gab es bei Robert Scott nicht. Und er hielt sich mit den gleichen Sportarten fit wie ich und lud mich manchmal zu einer Runde Golf oder einem Tennismatch in seinem Klub ein. Als geschäftsführender Teilhaber in seiner eigenen Kanzlei für Steuerrecht stellte mein Vater eindrucksvoll etwas dar. Sein Image blieb auch in den schwierigsten Situationen eines der Beherrschtheit und Gelassenheit. Die Ruhe selbst, so war mein Vater, und das war der Eindruck, den ich für den Rest meines Lebens abgespeichert hatte.

Mandy, wie mir auffiel, spielte schon wieder mit ihrer Serviette. Ich konnte praktisch ihr Gehirn hören, wie es daran arbeitete, einen Beitrag zur Unterhaltung hervorzuzaubern. Ich beschloss, Mitleid mit ihr zu haben, und deutete auf das Büffet. »Wollen wir?«

Mandy warf mir einen kurzen Blick der Erleichterung zu und ich spürte noch einen Stich des Mitgefühls. Hmm. Das war seltsam. Aber ich dachte nicht lange darüber nach, denn ich wurde abgelenkt, als mein kleiner Bruder praktisch wimmerte vor Erleichterung, als er sich von seinem Platz erhob und zu dem Stapel strahlend weißer Teller vor dem extravaganten Büffet marschierte.

»Na, das war ja anstrengend«, sagte ich und schloss die Autotür, die Jay und mich in der Stille des Volvo S90 einschloss.

»Fresskoma?«, fragte Jay, der sich anschnallte und es sich bequem machte.

»Diabetisches Koma von Candy kommt eher hin.«

»Ich weiß nicht, warum du dich wegen ihr so aufregst. Sie ist doch harmlos.« Oje, mein lieber Bruder.

»Vermutlich. Sie eckt einfach bei mir an. Kümmere dich

nicht um mich – ich verhalte mich kleinlich.« Ich scherte aus dem Stellplatz aus und manövrierte vom Parkplatz.

Ich wusste, dass ich Mandy übermäßig kritisch betrachtete, aber sie hatte sehr wenig getan im Laufe der Jahre, um sich bei mir beliebt zu machen. Von Anfang an hatte sie mir klargemacht, dass sie bei meinem Vater an erster Stelle auf der Liste stand. Vorzeigefrau kam ihrer Ansicht nach vor Tochter, und sie hatte möglichst immer dafür gesorgt, dass alles auf sie konzentriert war, wann immer wir beisammen waren. Ich versuchte, mich davon nicht aus der Ruhe bringen zu lassen, und ich schwor mir, einfach zu warten, bis es mit ihr aus war. Frauen hielten bei ihm nie lange – und sie hatte mich definitiv damit überrascht, dass sie so lange durchgehalten hatte. Sollte die heutige Interaktion allerdings ein Anzeichen sein, dann, dachte ich mir, waren ihre Tage gezählt. Und das wusste sie.

Auf echte Mandy-Art hatte sie kompensiert, indem sie auf die Kalorienmenge in meinem Salatdressing hinwies (»Es ist so *toll*, dass du dir keine Sorgen machen musst, zuzunehmen, *Liebes*. Ich wünschte, ich könnte so entspannt sein.«) und mich fragte, ob ich ihre Hilfe brauchte bei der Suche nach einem neuen Frisör (»Ich bin ja *soooo* eifersüchtig, dass du morgens nicht lange brauchst zum Herrichten, *Emerson*. Aber eine Veränderung ist immer gut.«). Als ob ich mir von jemandem die Haare zu einem über-drüber Rattennest wie dem, das auf ihrer Kopfhaut ruhte, formen lassen würde!

Ach was, es war jetzt vorbei und ich würde jetzt mehrere Wochen keinen Ausflug wie diesen mehr über mich ergehen lassen müssen.

Ich sah zu Jay hinüber und beneidete seine Fähigkeit, die Kommentare der Menschen beiseitezuschieben und sich einfach um seinen eigenen Kram zu kümmern. Er war wirklich ein toller Junge.

»Also, hast du eine Mitfahrgelegenheit für die Academy diese Woche, oder muss ich etwas arrangieren?« Am Dienstag hatte er sein erstes Training nach der Schule und der Bus war keine Option.

Seine Augen leuchteten auf. »Ich habe alles im Griff. Der Coach wird mich hinbringen, damit ich mich eingewöhnen kann.« Seine Stimme vibrierte praktisch vor Aufregung, und ich dachte wieder an Gavin Monroe und wie hart er dafür gearbeitet hatte, Jay diese Chance zu ermöglichen.

Nein. Keine Gedanken an zu junge Kerle mit sexy Hinterteilen. Da wollte ich nicht hin. Ich würde nach Hause fahren, meinen Pro-bono-Fall vorbereiten und Craigs Namen noch ein paarmal verfluchen. Und Mandys als Draufgabe vielleicht dazu.

»Hört sich gut an, aber lass es mich einfach wissen, falls ich dich abholen soll«, sagte ich zu Jay, als ich auf die Hauptstraße bog, den Klub hinter uns ließ und uns nach Hause fuhr.

Zu jung für dich: Meinung schon geändert?

Mein Handy vibrierte auf dem Couchtisch mit einem unerwarteten Text von einem gewissen jungen Coach. Nach unserer Unterhaltung am Vorabend hatte ich einen Kontaktnamen geschaffen, um mich daran zu erinnern, über den Tellerrand hinauszuschauen. *Zu jung für dich.* Gavin Monroe war verboten. Ende der Geschichte.

Ich würde seine SMS einfach ignorieren und mich auf meinen Laptop konzentrieren.

Aber mein Handy hatte etwas anderes im Sinn. Es vibrierte abermals und erinnerte mich daran, dass ich eine neue SMS offiziell noch nicht geöffnet hatte. Ich nahm meine Lesebrille ab, schloss die Augen und wartete auf die dritte und letzte Erinnerung, von der ich wusste, dass sie kommen würde. Schließlich vibrierte das Handy wieder und blieb danach stumm.

Na bitte. Ich hatte es geschafft. Ich hatte der Versuchung

erfolgreich widerstanden. Ihm würde klar werden, dass es mir ernst war damit, dass ich nicht mit ihm ausgehen wollte, und dann würde er mich in Ruhe lassen.

Das verdammte Telefon knatterte plötzlich schon wieder, sodass ich zusammenzuckte, als wäre Gavin soeben neben mir auf der Couch aufgetaucht. Ehe ich mich eines Besseren besinnen konnte, setzte ich die Brille wieder auf und beugte mich über meinen Laptop, um die neue Textnachricht zu lesen.

Zu jung für dich: *Ich habe mir nämlich ein tolles Date für dich einfallen lassen, das muss ich schon sagen ...*

Verflixt. Jetzt war ich neugierig. Ich knabberte an meiner Unterlippe, während ich mir überlegte, was ich als nächstes tun sollte, doch dann vibrierte das Handy schon wieder mit einem neuen Text.

Zu jung für dich: *Außer du magst keine tollen Dates.*

Ich lächelte. Na schön, es war ohnedies Zeit für eine Pause. Ich stellte den Laptop neben mich auf die Couch und nahm mein Handy in die Hand.

Emerson: *Ich habe an sich nichts gegen tolle Dates. Ich habe jedoch andere Gründe, wie ich es bereits erläutert habe.*

So. Das sollte reichen. Aber natürlich erschienen die drei kleinen Punkte, die mir verrieten, dass er seine Antwort verfasste.

Zu jung für dich: *Wir können diese Gründe umgehen. Ich arbeite sehr hart.*

Wieso hörte sich das leicht unanständig an? Mein Puls beschleunigte einen Tick und ich befahl ihm, sich zu beruhigen.

Emerson: *Das tust du sicher, aber ich muss trotzdem nein sagen.*

Zu jung für dich: *Du willst damit also sagen, dass ich alleine zum besten Date aller Zeiten gehen muss? Harsch.*

Ich lachte trotz allem und tippte meine Antwort ein.

Emerson: *Ach, jetzt ist es das beste Date aller Zeiten, ja?*

Zu jung für dich: *Das wirst du wohl nie herausfinden ...*

Emerson: Ich werde mit der Enttäuschung leben müssen, das beste aller Zeiten nie erlebt zu haben.

Zu jung für dich: Wow. Ich fühle mich geehrt. Ich wusste nicht, dass es sich schon herumgesprochen hat.

Vorübergehend verwirrt las ich meinen letzten Text noch einmal und erkannte, was ich angedeutet hatte.

Emerson: Klappe. Ich meinte das »beste DATE aller Zeiten«, und das weißt du.

Es war Zeit, das zu stoppen und in die Realität zurückzukehren, bevor ich mich noch weiter blamierte. Oder schlimmer noch: fürs Date zusagte.

Emerson: Jay ist schon aufgeregt wegen Dienstag.

Zu jung für dich: Na und was bin ich erst aufgeregt, weil ich ihn trainieren darf. Er ist phänomenal.

Schwesterlicher Stolz ließ meine Brust anschwellen.

Emerson: Ja, ziemlich.

Zu jung für dich: Ich weiß, ich überstürze alles total, aber ich habe das Gefühl, dass er wirklich eine Chance hat.

Emerson: Eine Chance?

Zu jung für dich: Um in die Majors zu kommen. Es ist ein langer Weg dorthin, aber ich habe so ein Bauchgefühl.

Wow. Ich hatte ja keine Ahnung.

Emerson: Im Ernst?

Zu jung für dich: Beim Baseball scherze ich nie.

Emerson: Irgendwie habe ich das Gefühl, das ist das Einzige, wo du nicht scherzt.

Zu jung für dich: Na ja, eine Sache ist da noch.

Nicht nachfragen, Emerson.

Emerson: Erzähl.

Verdammt!

Zu jung für dich: Ich finde dich spitze und ich will ein einziges Date.

Mein Bauch fing an, schwummrig warm zu werden, und ich biss mir auf die Lippe.

Zu jung für dich: Wenn du mich nachher nicht mehr sehen willst, werde ich dich in Frieden lassen. Ich schwöre bei Gott.

Also ehrlich, was konnte es denn schon schaden? Ein kleines Date, dann würden wir feststellen, dass wir nichts gemeinsam haben und unsere getrennten Wege gehen. Tatsächlich war das wahrscheinlich sogar eine gute Idee.

Emerson: Kaffee

Zu jung für dich: Was?

Emerson: Ich werde mir einen Kaffee mit dir holen. Nichts da mit »bestes Date aller Zeiten«.

Zu jung für dich: Das erzeugt eine Menge Druck auf einer Tasse Bohnen, aber ich nehme die Herausforderung an. Kaffee soll es sein. Wie wär's morgen?

Am besten alles schnell hinter sich bringen, dann könnte ich aufhören, an ihn zu denken und an meine dumme, unpassende Anziehung zu ihm. Ich schaltete zu meinem Terminkalender um, ehe ich ihm zurückschrieb, um zu sehen, wann ich Zeit hätte.

Emerson: In den nächsten Tagen bin ich überhäuft mit Arbeit, aber am Mittwoch ginge es.

Zu jung für dich: Wir haben ein Date.

Emerson: Nur Kaffee.

Zu jung für dich: Werden wir ja sehen.

Wieso hatte ich das Gefühl, dass er etwas wusste, das ich nicht wusste?

Rufen Sie die Polizei!

GAVIN

NICHT EINMAL DER nervtötende Lärm mehrerer gleichzeitig auf eine Trockenbauwand schießender Nagelpistolen konnte meine gute Stimmung an diesem Montagmorgen trüben. Ich hatte Emmy irgendwie dazu überredet, mir eine Chance zu geben. Na ja, es war nur zum Kaffee – fürs Erste. Aber ich würde mein Bestes tun, sie umzustimmen und sie zu einem echten Date mit mir zu überreden. Ich wollte sie unbedingt besser kennenlernen. Oder überhaupt eigentlich. Im Moment wusste ich nur, dass sie schön, witzig und eine tolle Schwester war. Ich wusste nicht einmal, wie sie ihren Lebensunterhalt verdiente, und ich biss mir in den Arsch, weil ich an diesem Wochenende nicht mehr Fragen gestellt hatte. Aber es war ja noch Zeit.

»Ha, Junior, wisch dir das vertrottelte Grinsen aus dem Gesicht und komm her und hilf Trey nebenan. Dass du dir einen runterholen wirst, daran kannst du später denken.« Mark kam vorbei und klatschte mir mit einem Klemmbrett auf den Helm.

»He! Nur dass du's weißt: Meine Hände waren die ganze Zeit hinter meinem Kopf – wo sie sein sollten. Ich musste keinen Finger bewegen!«, entgegnete ich ihm.

»Das ist nicht, was ich gehört habe. Es heißt, dass du in letzter Zeit öfters mal ausfällst!«, brüllte er beim Hinausstapfen, sodass ich null Chance hatte, mich zu verteidigen. Die drei anderen Jungs mit den Nagelpistolen lachten alle schallend los.

»Lacht ihr nur, Arschlöcher! Das ist absoluter Quatsch, und das wisst ihr«, murrte ich, als ich nach hinten raus in das Appartement nebenan ging. Und wenn Marks Bemerkung den Nagel auf den Kopf traf – na und? Ich bin beschäftigt gewesen. Was soll ich sagen? Neben den zwei Jobs und meinem Online-Kurs blieb mir nicht viel Zeit für Freizeitaktivitäten.

Das würde sich am Mittwoch jedoch alles ändern. Ich hatte so ein Gefühl. Ich würde die verdammte Zeit gutmachen.

Ich brachte den Rest des Vormittags und des frühen Nach-mittags damit zu, dass ich bei der Montage der Rohre mithalf, danach ging ich nach Hause und duschte. Ich hatte gehört, dass Chris an diesem Nachmittag vor Gericht erscheinen musste und ich war fest entschlossen, hinzugehen und ihn zu unter-stützen. Zugegeben, seine Eltern waren im Augenblick nicht allzu begeistert von mir – aber sie waren so vernünftig, dass sie erkannten, dass ich ihren Sohn nicht wirklich dazu ermuntert hatte, verdammt nochmal, ein Auto zu stehlen. Ich hoffte, dass es ihnen nichts ausmachen würde, wenn ich dort erschien.

Ich hoffte auch, dass der Nachbar zur Vernunft kommen und den Vorwurf des Diebstahls zurückziehen würde. Letztlich hing alles von Mizz Scott, Chris' Anwalt, ab. Ich hoffte echt, dass Jake mich bei der Dame in die richtige Richtung gewiesen hatte. Zu diesem Zeitpunkt gab es aber nicht viel, was ich tun konnte, außer zu erscheinen und vor Chris dort zu sein.

Ich war noch nie in einem Gericht gewesen – ich weiß, ich bin genauso überrascht wie ihr –, daher war ich mir nicht sicher, was mich erwartete. Als ich endlich den richtigen Saal gefunden hatte, hatte ich mich bereits zwanzig Minuten verspätet, und ich schwitzte wie eine Hure in der Kirche. Der Raum war eine kleinere Version desjenigen, den ich oft im Fernsehen gesehen hatte, mit der Richterbank vorne, zwei Tischen für die Anklage und die Verteidigung, und einem mit Stühlen befüllten Zuschauerbereich. Es gab keine Geschworenenbank und die Stühle waren Klappstühle, sonst sah es aber aus wie im Fernsehen.

Die Stühle waren ungefähr zur Hälfte belegt und Chris und seine Eltern, die in einer der vorderen Reihen saßen, waren leicht zu entdecken. Ich setzte mich in eine der hinteren Reihen und war mir nicht sicher, ob ich etwas versäumt hatte. Ehe ich aber lange darüber nachdenken konnte, rief der Richter Chris beim Namen auf und dieser erhob sich von seinem Sitzplatz. Erst da entdeckte ich die Frau, die auf der anderen Seite saß. Sie stand gemeinsam mit ihm auf und führte ihn zu einem der Tische im vorderen Bereich. Ich konnte ihren Rücken sehen, aber die Haare an meinem Nacken standen mir zu Berge und meine Herzfrequenz nahm unwillkürlich zu. Ich kannte diese rotbraunen, zu einem festen Knoten gebundenen Haare, und ich kannte diesen Knackarsch, selbst in einem Bürokostüm.

Was zum Teufel tat Emmy hier? Noch dazu bei Chris? Genau da warf Chris einen Blick hinter sich und entdeckte mich, woraufhin sein Gesicht trotz der auf seiner Stirn sichtbaren Schweißperlen erstrahlte. Er sah noch jünger aus als sonst, herausgeputzt mit einem schlechtsitzenden grauen Anzug und einer blauen Krawatte. Ich rang mir ein ermunterndes Lächeln ab und hob das Kinn, obwohl ich mich in einem Zustand der völligen Verwirrung befand.

Im nächsten Augenblick drehte sich Emmy um, um nachzusehen, wer Chris' Aufmerksamkeit erregt hatte, und ihr Blick weitete sich fast komisch, als sie mich entdeckte. Ich, der vollkommen ratlos war, benahm mich wie ein kolossaler Depp und zeigte ihr ein Daumenhoch. Ein verdammtes Daumenhoch. Gut gemacht, Arschloch.

Ihr Gesichtsausdruck wandelte sich von überrascht zu *»Rufen Sie die Polizei!«*, sodass ich entsetzlich geneigt war, den Ort fluchtartig zu verlassen und so zu tun, als wäre ich niemals dort gewesen. Nur konnte ich das Chris nicht antun.

Herrgott nochmal. Sie hatte wahrscheinlich gedacht, dass ich sie verfolgte und vorhatte, ihre Haut in meinem Keller zu trocknen und dann einen warmen Wintermantel samt Schal daraus zu machen. Chris beugte sich zu ihr und flüsterte ihr etwas zu, dann drehte sie sich um und nagelte mich mit einem tödlichen Blick, der meine Eier schrumpfen ließ. WZT?

Wie es schien, hatte ich soeben jegliche Chance vertan, die ich jemals bei ihr hätte haben können, und ich wusste nicht einmal, wie es dazu gekommen war.

Es gelang mir, das Verfahren durchzustehen, ohne Reißaus zu nehmen oder mich der Richterbank zu nähern und den Richter um eine Gelegenheit zu bitten, im Zeugenstand eine Erklärung abzuliefern. Die Tatsache, dass es keinen realen Zeugenstand gab, war nur eine geringe Abschreckung. Als alles gesagt und getan war, erhielt Chris Strafaussetzung zur Bewährung, eine Geldstrafe und Sozialdienst, wie wir alle gehofft hatten. Er umarmte Emmy, die ihm eines ihrer so hübschen Lächeln schenkte, von denen ich mir jetzt sicher war, dass sie niemals wieder in meine Richtung gehen würden. Dann umarmte er seine Eltern, während ich hinten im Raum stand und mir mein weiteres Vorgehen überlegte.

Emmy unterhielt sich noch mit den älteren Hardacres, während Chris sich durch eine Gruppe Hereinkommender schlängelte und mich suchte.

»Hey, Coach. Vielen Dank, dass du gekommen bist.«

Ich knuffte ihn mit der Faust in den Arm. »Na klar doch. Freut mich, dass alles gut ausgegangen ist.«

Chris schaute zurück zur Richterbank und dann wieder zu mir. »Ja, na ja, ideal ist es nicht, aber ich werde es annehmen.« Er lächelte mich selbstkritisch an. »Das kriege ich nun vermutlich dafür, dass ich ein Esel gewesen bin.«

Ich zuckte mit den Schultern. »Geißel dich nicht zu sehr. Wir haben alle einmal was Dummes angestellt. Auch ich, wenn du's glauben willst.« Ich täuschte einen erschrockenen Gesichtsausdruck vor und lachte.

Der nächste Fall stand vor dem Beginn und ich sah, wie Emmy und die Eltern von Chris sich in unsere Richtung bewegten. Das war jetzt peinlich.

Ich hob die Hand und winkte zaghaft – ihr wisst schon, weil ich mich noch nicht genug blamiert hatte. Die Hardacres lächelten, bestimmt, weil sie erleichtert waren, dass ihr Kind nicht in den Jugendknast musste. Dem Anschein nach war mir für meine Rolle in dieser Scheißshow vergeben worden.

Emmy hingegen sah ausgesprochen empört drein. Was zum Teufel hatte ich ihr angetan?!

»He, Gavin.« Mister Hardacre streckte eine Hand aus und ich musste meinen Blick losreißen von Emmys vernichtendem Blick, wodurch ich mich einer Gefahr aussetzte, falls sie angreifen wollte oder so. Unter diesen Umständen war alles möglich.

Ich nahm seine Hand und wir schüttelten uns die Hände. »Ich bin so froh, dass das alles vorbei ist«, sagte ich.

»Ohne Witz«, antwortete Missiz Hardacre. »Und wir stehen definitiv in deiner Schuld, weil du Mizz Scotts Mitwirken arrangiert hast.« Sie drückte Emmys Arm und einige Teile fügten sich zusammen in meinem Kopf.

Dass ich Emmy das erste Mal bei Jake und Baileys Party gesehen hatte und dann von ihnen die Empfehlung für eine Anwältin namens Emerson Scott bekam. Auf die Idee war ich nicht gekommen, dass ich mir ihren Nachnamen auf den Formularen der Academy angesehen hätte, denn in meiner Vorstellung war sie Emmy Miller. Wie doof! Sie hatte ja gesagt, dass sie und Jay verschiedene Väter hatten. Das erklärte aber immer noch nicht, wieso sie mich plötzlich zu hassen schien, wenngleich ich mir sicher war, dass sie das nur zu gerne erläutern würde.

»Moment«, sagte Emmy – Emerson – in überraschtem Ton. »Was hat *er* denn damit zu tun, dass wir einander vorgestellt wurden? Ich wurde von Jake und Mark Beckett empfohlen.«

Die Hardacres sahen einander an und dann wieder zu Emmy. Emerson. Mizz Scott. Wem zum Teufel auch immer! »Wir kennen keine Becketts. Gavin hat uns angerufen und uns deine Daten gegeben.« Alle richteten sie ihre Blicke auf mich.

Ich kratze mich im Nacken und versuchte es zu erklären. »Das sind Freunde von mir. Mark ist eigentlich mein Chef.« Ich sah wieder zu Emmy und fühlte mich noch immer verwirrt. »Ich dachte, es wären Jake und Bailey, die dich kennen. Woher kennst du Mark?«

Sie holte Luft und stieß sie aus, als würde sie die Geduld verlieren und nur verdammt schnell von dort wegkommen wollen. »Lange Geschichte. Aber egal, Ende gut, alles gut, oder?« Sie setzte sich ein Lächeln ins Gesicht und schüttelte allen drei Hardacres die Hände. »Ich werde mich morgen noch einmal melden«, sagte sie.

Ohne ein weiteres Wort oder einen Blick in meine Richtung verließ sie den Gerichtssaal und ließ mich noch verwirrter zurück als zuvor.

Ich musste bleiben und Smalltalk mit Chris und seiner Familie machen, sonst hätte ich wie ein Arschloch ausgesehen. Als ich es dann auf den Hauptflur hinaus geschafft hatte, war Emmy längst weg. So wie unsere Verabredung zum Kaffee es sein würde, mutmaßte ich.

»Also, erzähl mir mal, woher genau du Emerson Scott kennst.«

»Scheiße«, sagte Mark, als ich durch die Tür raste, die er gerade geöffnet hatte. »Ach, komm doch rein und fühl dich wie zu Hause.«

»Was meinst du mit ›Scheiße‹?« Ich wandte mich ihm wieder zu, als er die Tür hinter uns schloss. Er musterte mich, die Hände an den Hüften und mit seinen lächerlichen Popeye-Muskeln, die praktisch die Arme von seinem T-Shirt abrissen. Herrgott, kauf dir einfach ein größeres T-Shirt, Mann.

»Ich glaube, die bessere Frage ist, woher *du* Emerson Scott kennst«, erwiderte er.

Es war einer meiner seltenen freien Abende, und ich hatte zwar Hausaufgaben zu erledigen, hatte mich jedoch nicht konzentrieren können. Ich brauchte Antworten. Ohne lange darüber nachzudenken, hatte ich mich in mein Auto gesetzt und war zu Marks Wohnung gefahren. Na ja, Fionas Wohnung eigentlich, aber sie und Mark waren an der Hüfte verbunden – oder wahrscheinlich genauer gesagt am Unterleib –, daher war es nicht schwierig gewesen, ihn zu finden. Fiona besaß eine schicke Eigentumswohnung in einem Hochhaus in der Innenstadt und ich, wenn ich Mark wäre, hätte das gemietete Haus, in dem er wohnte, verlassen und wäre dort eingezogen. Diese Wohnung war geil. Fenster bis zur Decke und zum Boden, auf einer oberen Etage, eine Küche aus Granit und Stahl, und die Möbel einer Frau. Schicke Scheiße.

»Ich habe sie gerade im Gericht gesehen. Du weißt schon, sie hat meinem Vollpfosten von Spieler geholfen, der meinte, er sei Mario Andretti.«

»Verdammt. Ich wusste, dass das eine schlechte Idee ist«, kam eine weitere männliche Stimme aus Richtung Küche.

Ich drehte mich um und entdeckte Jake und Bailey, die

beide am Küchentresen lehnten und Getränke in der Hand hielten. »Wo zum Teufel kommt ihr beide denn auf einmal her?«

»Äh, Gratisessen bei Fiona? Hast du mich schon kennengelernt?«, fragte Bailey und zeigte unnötigerweise auf ihren vorgewölbten Bauch, der aussah, als würde er gleich explodieren. Ihre blonden Haare waren zu einem lockeren Pferdeschwanz zusammengebunden und sie sah aus, als würde sie Jakes Kleidung tragen.

Na, das erklärte ja vermutlich die Lage. Fiona leitet ein Catering-Unternehmen mit der Mutter von Mark und Jake, und sie kocht die absolut besten Speisen. Ich war plötzlich ein wenig verärgert darüber, dass ich nicht eingeladen worden war.

Fiona reckte ihren Kopf um die Ecke und gab mir einen Mordsschrecken, während sie gleichzeitig meine Gedanken las. »Du bist immer bei Spielen oder Trainingseinheiten abends an den Wochenenden. Woher sollte ich denn wissen, dass du einen freien Abend hast?«

Ich sah sie an und schnitt eine Grimasse, dann fiel mir meine Mission wieder ein und ich kam darauf zurück. »Und du weißt, dass *was* eine schlechte Idee war?«, fragte ich Jake vorwurfsvoll.

»Diese Frau irgendwo in die Nähe von dir und deiner adoleszenten Libido zu lassen.« Er näherte sich, ließ sich auf die Couch fallen und gab Bailey ein Zeichen, sich neben ihn zu setzen. Das tat sie mit einigen Schwierigkeiten und sah eher wie eine ältere Person aus, die einen Riesenkürbis auf dem Schoß balancierte.

Ich stemmte die Hände in die Hüften. »Das nehme ich dir übel. Meine Libido ist eine sehr reife Vierundzwanzigjährige. Saumäßig besser als dein uralter Arsch, vermute ich mal.«

Er legte seinen Arm um seine Frau. »Wie du meinst, Junior. Ich habe noch keine Beschwerden erhalten.«

Bailey tat so, als würde sie kurz überlegen müssen, ehe sie antwortete: »Das stimmt«, und sein Knie tätschelte.

Oje. »Okay, lassen wir das. Ich habe Emerson kennengelernt, wir wurden uns vorgestellt, es ist also sowieso schon zu spät. Ich möchte wissen, woher ihr sie alle kennt.«

Bailey sah wieder zu mir und seufzte. »Na schön. An dir hätte sie ja sowieso kein Interesse. Wir wollten dir nur die peinliche Situation ersparen, dass du wie ein Welpe hinter ihr her hechelst. Glaube nicht, dass wir dich bei der Party nicht gesehen haben, und wie dir die Zunge heraushing.«

»Ahhh! Ich erinnere mich an sie. Ich mochte sie.« Fiona tauchte aus der Küche auf und war plötzlich viel zu sehr an dem Thema interessiert.

Bailey nickte ihr schelmisch grinsend zu, dann erklärte sie mir: »Erinnerst du dich an meinen Ex, den Mistkerl – an den, der versucht hat, Mark zu verklagen? Sie war seine Anwältin.«

Hä? »Moment mal. Ich dachte, Fionas Typ war dein Anwalt.«

Mark herrschte mich von hinten an. »Nicht *mein* Anwalt, du Idiot. Der Anwalt von dem Mistkerl-Verflossenen.«

Ich sah jeden von ihnen ungläubig an. »Was zum Teufel? Du hast mir jemanden empfohlen, der nicht nur versucht hat, dich zu verklagen, sondern auch verloren hat?! Was für Freunde seid ihr zur Hölle nochmal?«

Mark und Jake zuckten mit den Schultern, und daraufhin brüllten alle vor Lachen. Herrgott nochmal.

Endlich schien Fiona etwas menschlichen Anstand heraufzubeschwören. »Oh nein. Hat dein Junge den Fall verloren?«

Da hielten sie alle die Klappe. Scheißkerle.

Ich scharrte ein wenig mit den Füßen und sagte: »Nein«, woraufhin sie noch stärker lachten. Ich musste brüllen, um gehört zu werden. »Aber darum geht es nicht!«

Fiona tätschelte nur meinen Arm. »Komm und iss ein paar Reste. Sie sind noch warm.« Sie führte mich in die Küche.

Ich blickte sie finster an. »Du kannst mich nicht mit Essen milde stimmen, damit du's weißt.«

Sie nickte nur und tätschelte wieder meinen Arm. »Es sind gefüllte Schweinekoteletts mit Bratäpfeln und einer Sauce Dijonnaise.«

»Oh«, antwortete ich und ließ mich von ihr hinführen.

NACHDEM FIONA MICH ABGESPEIST HATTE, brachte ich meinen Arsch nach Hause und erledigte einige Arbeiten. Auch wenn ich das College verlassen musste, als ich mein Baseball-Stipendium verlor – okay, dem Stipendium kann ich nicht die Schuld geben; ich war's, weil ich mir selbst leidtat –, aber ich hatte die Credits für die zwei Jahre, die ich angesammelt hatte, behalten können. Und als ich dann aufhörte, mich wie ein verwöhnter Bengel zu benehmen, wurde mir klar, dass ich mich auf halbem Weg zu einem Abschluss in Sportwissenschaften befand. Das war nicht zu verachten. Und nichts, das man vergeudete.

Es war eigentlich Gerry gewesen, der mich ermuntert hatte, mich weiterzubilden und mein Examen zu machen. Assistenz-Coach an der Academy zu sein machte Spaß und war voller wertvoller Erfahrungen. Allerdings war es nicht allzu gut bezahlt. Beim Bau verdiente man mehr Geld, aber das konnte ich nicht in Vollzeit machen, und das hatte ich auch nicht auf längere Sicht für mich geplant. Ein akademischer Abschluss in Sportwissenschaften in Kombination mit der Erfahrung, die ich als Coach sammelte, könnte zu einer soliden Zukunft im Coaching führen – hoffentlich auf College-Ebene, irgendwann einmal.

Ich hatte mich für den Online-Unterricht im Januar angemeldet und hoffte, mein Examen in ein paar Jahren machen zu können. Brett war der Einzige, der zu diesem Zeitpunkt davon wusste, denn er ist mein bester Freund, und weil es irgendwie schwierig war vor ihm zu verbergen, was ich ständig am Laptop machte. Natürlich hatte er anfangs angenommen, dass ich eine Pornosucht hatte, er kam dann aber letztendlich zu dem Schluss, dass nicht einmal ich die Aufmerksamkeitsspanne für so viel Fickerei hatte. Ich war mir nicht sicher, wieso ich nicht wollte, dass noch andere darüber Bescheid wussten. Vielleicht hatte ich das Gefühl, dass alle noch immer darauf warteten, dass ich versagen oder in meine jämmerlichen alten Manieren verfallen würde. Vielleicht hatte ich selbst davor Angst. Ich wollte mich dieser Art von Druck nicht aussetzen.

Ich sandte meinem Professor eine E-Mail mit meiner jüngsten Aufgabe und schloss den Laptop für die Nacht. Sofort war ich in Gedanken wieder bei der Szene im Gericht, die zuvor an diesem Tag stattgefunden hatte. Sollte ich ihr eine SMS schicken?

Ehe ich es mir selbst ausreden konnte, schnappte ich mir mein Handy und verschickte eine Nachricht.

Gavin: Hallo.

Brillant, Gavin. Du bist ein echter Shakespeare.

Crickets.

Ich fand, dass ein Bier angebracht sei, weil ich eine Wahnsinns-Aufgabe abgeliefert hatte – und etwas brauchte, dass mich vom leeren Display meines Handys ablenkte. Ein Bier und zwei Episoden von *Archer* später – *Was denn? Das mag ja ein Zeichentrickfilm sein, aber er ist für Erwachsene –*, dann ertönte mein Handy endlich mit einer Textnachricht.

Emmy: Hallo, Gavin. Was kann ich für dich tun?

Was kann sie für mich tun? Was sollte das? Ich kam mir vor, als wäre ich im Büro des Rektors oder so. Hmm, warte mal. Ich glaube, ich hatte einmal eine schmutzige Fantasie dazu ... nö. Ist futsch.

Ich stand auf, um mir noch ein Bier zu holen, während ich mir meine Antwort überlegte. An den Tresen gelehnt tippte ich sie ein.

Gavin: Ich glaube, wir hatten eine Art Fehlkommunikation. Wie wär's, wenn wir das am Mittwoch nach unserem Kaffee aufklären?

Emmy: *Ich glaube nicht, dass das eine gute Idee ist. Tut mir leid, aber ich werde absagen müssen.*

WZT?

Gavin: *Ich finde, dass ich zumindest eine Erklärung verdient habe, findest du nicht?*

Emmy: *Es ist einfach besser so. Belassen wir es dabei. Viel Glück, und ich bin mir sicher, dass ich dich bei einem von Jays Spielen sehen werde.*

Hm. Na ja, darauf konnte ich wohl nicht viel antworten, oder?

EMERSON

IGITT.

Ich legte mein Handy zurück auf den Nachttisch. So. Ich hatte es ihm schonend beigebracht und es war erledigt. Ich atmete erleichtert auf, ohne dass mir bis zu diesem Zeitpunkt klar gewesen war, wie überdreht ich wegen des bevorstehenden Kaffee-Dates gewesen war. Kaffee-*nicht*-Date.

Ich hätte von Anfang an auf meinen Instinkt vertrauen sollen. Ich hatte absolut kein Recht, irgendeine Art von Freundschaft – schon gar nicht eine romantische – mit einem Typen anzufangen, der sich immer noch wie ein Teenager benahm.

Als ich mich im Gericht umgedreht und Gavin hinten im Zuschauerbereich entdeckt hatte, wurde das Blut in meinen Adern heiß. Dann gefror es. Mein Gehirn konnte kein plausibles Szenario generieren, bei dem er im Gerichtssaal auftauchte. Meine Gedanken drehten sich sofort darum, dass er dort war, um mich zu sehen. Aber wie hätte er wissen sollen, dass ich dort sein würde? Ich hatte ihm nicht einmal erzählt, dass ich

Anwältin war. Da schossen meine Gedanken dann sofort zur Psycho Town und ich zog in Erwägung, dass er ein verrückter Stalker sein könnte. Das war typisch für mich.

Doch als ich dann bemerkte, dass Chris ihn offensichtlich kannte und Chris mir erklärte, *woher genau* er ihn kannte, dämmerte es mir. Es hätte mich wirklich nicht wundern sollen, als ich herausfand, dass Gavin Monroe auch wirklich so verdammt kindisch war, wie ich es befürchtet hatte. Er war besagter »Freund« der Familie gewesen, der Chris geraten hatte, er solle bei den Späßen der anderen Teenager mitmachen und das Nötige tun, um dazuzugehören. Was war das denn für ein Ratschlag? Verdammt idiotische Kinder. Gavin eingeschlossen.

Das war genau der Grund, wieso ich immer auf mein Bauchgefühl hörte und über den Tellerrand hinausschaute. Ich hatte nicht die Zeit oder die Freiheit, um unerwünschte oder unpassende Menschen in mein Leben zu lassen.

Seufzend versank ich in meinem Kissen und zog die Decke bis zum Kinn. Ich spürte, wie die weichen Fasern meinen Hals streiften, und fühlte mich sofort ein bisschen besser. Das war mein Komfort, auf den Verlass war. Ja, mir war bewusst, welche Ironie dahintersteckte, dass ich kindisches Benehmen verachtete, mich aber gleichzeitig an etwas festhielt, dass im Grunde genommen die Decke eines Kleinkindes war. Aber sie war eben weich. Was soll ich sagen?

Jedoch konnte nicht einmal meine Decke die Unruhe in meinem Kopf völlig stillen. Meine Gedanken schweiften zurück zum Auslöser für das ganze Debakel letzten Herbst. Ich wusste, dass dieses verdammte Pro bono sich irgendwann rächen würde. Und ich hatte recht behalten.

Letztes Jahr hatte ich einen anderen Pro-bono-Fall angenommen, auf Wunsch von Bradford Schenk, einem der geschäftsführenden Sozii. Es war ein Fall von Körperverletzung, bei dem der Freund seiner Tochter angegriffen worden war und im

Verlauf auch persönlicher Besitz beschädigt worden war. Der Klient ist damals ein Künstler namens Anton Germaine gewesen, der mir sowohl aufrichtig als auch verzweifelt erschien, als ich ihn das erste Mal traf. Er erklärte mir, dass er sich von einer Frau getrennt hatte und dass ein Freund der Frau verärgert darüber gewesen sei. Der Freund hatte sogar reagiert, indem er Anton bedroht hatte und ihn dann geschlagen und auch ein teures Gemälde ruiniert hatte, das Anton gerade dabei war, für viel Geld an einen Kunden zu verkaufen.

Mister Schenks Tochter, Amber, erklärte mir, dass Mister Germaine ein beliebter Künstler aus der Umgebung war, der zum Zeitpunkt des Anschlags erfolgreich in der örtlichen Galerie ausstellte. Nicht nur, dass er geschlagen und sein Besitz zerstört worden war, er sorgte sich auch um seine Sicherheit, und er konnte seine gegenwärtige Arbeit wegen des ständigen Stresses nicht fortführen.

Zwar hatte ich ihm das mit dem Nicht-arbeiten-Können nicht ganz abgekauft, aber ich war nicht gerade der kreative Typ, also was wusste ich schon? Also ich werde euch erzählen, was ich wusste. Bradford Schenk hatte mich gebeten, diesen Typen zu vertreten, also tat ich das. Ich informierte die Partei, die wir verklagen wollten – und dessen Name Mark Beckett war – und vereinbarte einen Termin für eine Schlichtung, in der Hoffnung, ein Gerichtsverfahren vermeiden zu können.

Nicht gewusst hatte ich allerdings, dass Anton Germaine sich nicht nur als mieser Künstler, sondern auch als mieser Lügner herausstellen würde. Zum Schluss fiel seine Geschichte schneller in sich zusammen als ein Kartenhaus. Soweit ich das feststellen konnte war er zwar schon geschlagen worden, ja, aber er hatte es auch verdient. Tatsächlich hätte ich ihm gerne selbst einen Hieb verpasst, nachdem alles gesagt und getan war. Er hatte den Teil mit der Zerstörung von Besitz und der Arbeitsunfähigkeit erfunden. Und dann griff er auch noch die Ex-Freundin vor meinen Augen an. Bailey Murphy – nein, jetzt

Beckett, seit sie den Bruder ihres Freundes geheiratet hat – war ohne dieses Arschloch von einem Künstler definitiv besser dran.

Aber ich hatte ein schlechtes Gewissen wegen meines Mitwirkens an der Sache, daher zögerte ich nicht lange, als der Beckett-Clan mich letzte Woche um Hilfe bat. Und außerdem war der Klient ein Vierzehnjähriger, der sich von einem Freund der Familie schlecht beraten lassen hat – eben jenem mir jetzt bekannten Gavin Monroe. Ich dankte den Göttern, dass mein kleiner Bruder genügend Selbstbeherrschung hatte, um auf lahme Lebensweisheiten eines erwachsenen Kindes nicht hereinzufallen.

Ich drehte mich zur Seite, verpasste meinem Kissen einen Schlag und schnaufte gewaltig. Vielleicht sollte ich mich eine Weile fernhalten von Pro-bono-Fällen. Ja, das sollte ich. Ich atmete tief ein, pustete die Luft wieder aus und schlief schließlich mit der Decke als Kissen unter meiner Wange ein.

»ICH FASSE es immer noch nicht, was das für ein Zufall war«, sagte Ari, als wir am nächsten Morgen in der Schlange bei Starbucks warteten. Sie trug eine enge schwarze Hose und eine luftige rote Bluse, die das Weinrot in ihren Haaren hervorhob. Ihre Nasen- und Brauen-Piercings fehlten, ein Erfordernis ihres Jobs als Rezeptionistin in dem konservativen Immobilienbüro, wo sie nach dem Kaffee hingehen würde.

Ich hatte sie an diesem Morgen in der Notrettungs-Mädelszeit angerufen, damit ich mir die Merkwürdigkeit und den Frust der ganzen Situation von der Seele reden und mich wieder konzentrieren konnte.

»Ich weiß. Und ich fasse es nicht, dass er mich tatsächlich zum gemeinsamen Kaffeetrinken überredet hat.«

Sie neigte den Kopf und sah mich mit hochgezogener Braue an. »Im Ernst?«

»Was?« Ich hatte keine Ahnung, worauf sie hinauswollte.

»Also.« Sie hob eine Hand und zählte an den Fingern ab. »Er ist niedlich. Er hat diesen Hintern. Du bist seit einer Dekade nicht mehr flachgelegt worden.« Daraufhin sah ich sie mürrisch an und versuchte sie abzustellen, aber sie fuhr unbeeindruckt fort. »Er hat dir unverfroren nachgestellt, was geil ist. Und, ach ja, dieser Arsch!«, sagte sie abschließend und schob mir ihre Handfläche ins Gesicht.

Ich schlug sie weg. »Meinetwegen. Nur danke ich Gott, dass ich meinen Fehler erkannt habe, bevor ich tatsächlich mit ihm ausgegangen bin. Ich glaube, ich brauche Urlaub.«

»Auf jeden Fall. Das sage ich dir schon seit zwei Jahren. Aber machen wir uns mal nichts vor. Du machst niemals Urlaub. Du hast diese AgPower-Sache und all deine anderen Fälle noch dazu. Du wirst an deinem Schreibtisch sterben und wir werden dich mit einem Leichentuch zudecken und den Raum versiegeln.«

»Halt die Klappe. Das werde ich nicht. Aber du hast recht, in absehbarer Zeit kann ich keinen Urlaub nehmen. Muss mich an den Plan halten: Craig fertigmachen, Partner werden, Arsch treten und mit fünfzig auf Aruba in Rente gehen.« Ich zählte die Punkte an meinen eigenen Fingern ab.

»Dann kauf dir lieber eine Tiki-Hütte für zwei, denn ich komme mit, Mädel.«

Ich umarmte sie, als wir uns dem Tresen näherten, um unserer Bestellung anzusagen. »So und nicht anders will ich es.«

Als wir uns dann mit unseren Getränken an unseren Tisch gesetzt hatten, fragte ich Ari nach ihrer Familie. Ich musste mich auf etwas Anderes konzentrieren.

»Es geht ihnen gut. Ich habe es immer noch nicht gewagt, Elliot wieder mitzubringen, aber Mamá hat gesagt, *du* solltest dafür demnächst mal deinen Arsch zum Essen vorbeischwingen.«

Ich stellte meinen Becher hin und seufzte. »Ich weiß. Ich habe deine Eltern schon seit Monaten nicht mehr gesehen. Sag ihr, dass ich verspreche, bald zu kommen.«

Ari nahm einen kleinen Schluck von ihrem Kaffee und spielte mit der anderen Hand mit ihrer Halskette. Ihr Tonfall verwandelte sich zu einem, der üblicherweise in irgendeiner Form von übermäßigem Teilen ihrerseits begleitet wird. »Und Ponch hat auch nach dir gefragt. Ich habe ihm erzählt, dass du mit dem Basball-Coach gehst, dann ist er fast an die Decke gegangen. Zugegeben, damals wusste ich nicht, dass du *tatsächlich* mit Gavin ausgehst, aber das macht es noch lustiger. Ich glaube, das Flirten wird bei Ponch zu einem echten Lustfest.«

Ich rückte sie zurecht. »Nein, wird es nicht. So ist er bei jedem, der einen Busen hat.«

»Ich weiß nicht ...«, sie verstummte und spielte weiter mit den Beads um ihren Hals.

»Und ich gehe nicht mit Gavin aus. Wir haben ein wenig über SMS geflirtet und uns überlegt, ob wir im gleichen Raum Kaffee trinken sollen. Das ist etwas ganz anderes als Daten.«

»M-hm. Rede dir das ruhig ein.«

Ich bewarf sie mit meiner Serviette, sie lachte und ließ endlich die verdammte Halskette los, dann beugte sie sich nach vor über den Tisch.

»Ich zettle ungern was an. Okay, also ich liebe es, etwas anzuzetteln. Ich gebe es zu.« Sie grinste mich schelmisch an, ehe sie fortfuhr. »Aber ich kapiere nicht ganz, was Gavin getan hat, dass so schlimm gewesen sein soll.«

Ich sah sie sprachlos an. »Er hat zu einem Vierzehnjährigen gesagt, er soll ein Auto stehlen!«

»Nein, hat er nicht. Das ist lächerlich.« Diesmal rückte sie mich zurecht. »Er hat einen Rat erteilt, der komplett falsch verstanden wurde und zu einer beschissenen Situation geführt hat.« Sie lehnte sich auf ihrem Stuhl zurück, nachdem sie ihren Streit soeben mit einem ihrer Ansicht nach todsicheren Argument beendet hatte. Wieso war nicht sie die Anwältin?

Vermutlich hatte sie recht. Ich spielte mit der Papplasche meines Kaffeebechers und dachte einen Moment nach, ehe ich antwortete. »Wie dem auch sei, er ist immer noch bei Weitem zu jung, um in Erwägung gezogen zu werden. Und ich habe, wie ich hinzufügen möchte, schon kaum Zeit dich zu treffen, woher sollte ich dann die Zeit nehmen, mit jemandem auszugehen?«

»Arbeit allein … wollt's nur erwähnen.« Sie zuckte mit den Schultern und zeigte auf mich. »Und vergiss nicht den Arsch.«

Ich sah mich nach einer neuen Serviette um, mit der ich sie bewerfen konnte, musste mich aber stattdessen mit einem bösen Blick begnügen.

Scher dich zum Teufel, Ari, dachte ich mir an diesem Nachmittag, als ich zum dritten Mal versuchte, mich auf die langweilige Schreibarbeit vor mir zu konzentrieren. Ich prüfte Unterlagen zu einer Übernahme, die einer unserer Kunden dabei war abzuschließen, doch mein Kopf schien bei Aris Worten von diesem Morgen hängenzubleiben.

Ich gebe zu, vielleicht war ich ein wenig unhöflich gewesen in meinen Texten an Gavin am Vorabend. Ich holte mein Handy heraus, um den Wortwechsel nachzulesen.

Nö: *Hi.*

Ich hatte seinen Kontaktnamen von *Zu jung für dich* zu *Nö* geändert, sobald seine SMS am Vorabend eingetroffen war. Ich hatte nicht mal vorgehabt, auf diese Nachricht zu reagieren, aber nach einer Stunde erschien es mir als unhöflich, es nicht zu tun.

Emerson: *Hallo, Gavin. Was kann ich für dich tun?*

Nö: Ich glaube, wir hatten eine Art Fehlkommunikation. Wie wär's wenn wir das am Mittwoch nach unserem Kaffee aufklären?

Emerson: Ich glaube nicht, dass das eine gute Idee ist. Tut mir leid, aber ich werde absagen müssen.

Nö: Ich finde, dass ich zumindest eine Erklärung verdient habe, findest du nicht?

Emerson: Es ist einfach besser so. Belassen wir es dabei. Viel Glück, und ich bin mir sicher, dass ich dich bei einem von Jays Spielen sehen werde.

Hmm. Das war ein bisschen abrupt, nicht wahr? Ich rief die Tasttatur des Handys auf und überlegte, was ich zurücksimsen konnte, um mich für meine Unhöflichkeit angemessen zu entschuldigen und gleichzeitig zu kommunizieren, dass zwischen uns nichts laufen würde. Ich fing an zu tippen.

Emerson: Tut mir leid, ich

Weiter kam ich nicht, denn Craig stürzte in mein Büro – ohne anzuklopfen – und fing an, mich wegen eines Details zu beschimpfen, das ich in der Rohfassung der Vertraulichkeitsvereinbarung übersehen hatte. Bis ich ihn dann beruhigt und ihm erklärt hatte, dass das kein Versehen gewesen war, sondern sich um absichtlich fehlende Angaben handelte, war mehr als eine Stunde vergangen. Endlich ließ er mich dann in Frieden und ich setzte meine Lesebrille ab, schloss die Augen und drückte gegen meine Nasenwurzel, um die Kopfschmerzen zu lindern, die sich bei einem Treffen mit Craig meist einstellten.

»Du siehst geschafft aus«, sagte eine Stimme vom Eingang. Eine sehr vertraute Stimme.

Meine Augen flogen auf und Gavin Monroe stand auf meiner Schwelle. Er sah hinreißend und sexy aus in seiner kurzen Sporthose, dem grauen T-Shirt und der vertrauten grünen Baseballmütze auf dem Kopf. In einer Hand hielt er eine Tasse Kaffee, und er trug ein verlegenes Lächeln im Gesicht.

»Wa-Was tust du hier?«

»Ich habe deine SMS bekommen«, sagte er irrsinnig lässig.

»Meine …« Ich sah mich auf meinem Schreibtisch um, bis ich mein Handy ausgraben konnte, und tat den Sperrbildschirm weg. Und wirklich, da waren ein Text von mir an Gavin und zwei Antworten. Ich hatte die verdammte SMS irrtümlich abgeschickt. Ich schob es Craig zu.

Emerson: *Tut mir leid, ich*

Nö: *Was tut dir leid? Kaffeetrinken abgesagt?*

Nö: *Übrigens vergebe ich dir. Ich werde auf meinem Weg zum Training sogar bei dir im Büro vorbeischauen und dir einen Becher mitbringen.*

Mein Blick traf wieder den seinen und ich war sprachlos. Wie war ich bloß da hineingeraten?

Scheinbar ohne eine Einladung zu brauchen, schlenderte er in mein Büro und stellte mir den Kaffee vor die Nase. »Ich wusste nicht, wie du ihn magst, also habe ich wild geraten und du hast einen Skim Vanilla Latte bekommen. Den mag Marks Freundin, also hab ich es riskiert.«

Ich sah hinunter auf den Kaffee und wieder zurück zu ihm. Ich erinnerte mich an die Freundin. Fiona, glaube ich. »Ja. Ich meine, das ist perfekt. Danke.«

Wieder ohne gebeten werden zu müssen, setzte er sich gegenüber an meinen Schreibtisch und sah sich ausgiebig um. »Das ist schön. Du musst ziemlich wichtig sein.«

Ich sah mich ebenfalls kurz um, um die Umgebung aus der Perspektive eines Neuankömmlings zu betrachten. Es war tatsächlich ein schönes Büro. Ein kleines Sofa und ein Tisch standen in der Ecke und zwei passende Stühle standen vor einem Ahorntisch. Farblich abgestimmte Bücherregale füllten eine Wandseite aus und ich hatte sogar ein kleines Fenster, das einen Blick auf den Hof bot.

Mein Blick fiel wieder auf ihn. »Ich weiß nicht so recht. Ich bin nur ein Associate im vierten Jahr. Du solltest die Büros der Partner sehen.« Ich blieb sitzen, denn ich hatte keinen Schimmer, was ich in dieser Situation tun sollte. Ich hatte nicht gewollt, dass er herkommt. »Also«, fing ich ungeschickt an, »vermutlich musst du zum Training. Wann fängt es an?«

Unglaublich subtil, Emerson. Mensch.

Er sah auf seine Uhr. »Erst in fünfundvierzig Minuten. Ich habe dafür gesorgt, dass ich genügend Zeit habe.«

Wofür denn? wollte ich fragen, hielt aber den Mund.

»Also ich habe mir gedacht – wenn das in deinen Terminplan passt natürlich –, dass wir uns im Starbucks um die Ecke treffen könnten, wenn du morgen mit der Arbeit fertig bist. Außer natürlich du hast es dir anders überlegt und willst lieber was essen gehen. Ich weiß nicht, ob ich das »beste Date aller Zeiten« in der kurzen Zeit zusammenstellen könnte, aber ich kann etwas organisieren.«

Als ich nicht antwortete, fuhr er fort und deutete auf den Kaffee, der vor mir stand: »Ich meine, genaugenommen haben wir schon Kaffee getrunken, also könnten wir mit einem Abendessen als zweite Verabredung weitermachen, wie es sich gehört.«

»Verabredung?« war alles, was ich herausbrachte, bevor noch ein Besucher den unpassendsten Moment wählte, meinen Eingang auszufüllen.

Mister Wheeler stand auf der Schwelle, den Kopf zum Handy geneigt. »Mizz Scott, wäre es möglich, dass wir das verschieben …« fing er an, bevor er aufsah und erkannte, dass ich bereits Gesellschaft hatte. Er richtete sich auf.

»Oh, tut mir schrecklich leid. Mir war nicht bewusst, dass ein Klient bei Ihnen ist.«

»Ach, er ist kein Klient«, platzte es aus mir heraus, bevor mein Gehirn es mitkam und mir sagte, ich solle den Mund halten.

Mister Wheeler ging locker mit der ganzen Situation um und trat vor, die Hand Gavin entgegengestreckt, woraufhin dieser aufstand und die Hand meines Chefs nahm.

»Gavin Monroe. Es freut mich, Sie kennenzulernen.«

»Thomas Wheeler. Ganz meinerseits«, erwiderte mein Chef förmlich, und dann, als er Gavins Hand gerade losließ, weitete sich sein Blick ein wenig und schoss zurück zu Gavins Gesicht. »Sie sind Gavin Monroe!« Sein Ton war plötzlich enthusiastisch und er lachte leise. »Aber natürlich. Sie haben sich ja gerade vorgestellt. Ich habe Ihre Karriere mitverfolgt, seit Sie in der Highschool waren. Meine Tochter ist auf die State gegangen und hat kein Spiel versäumt.«

Gavin schien völlig unbeeindruckt zu sein von diesem herzlichen Gefühlsausbruch meines Chefs, der mich geistig vor Schock in Ohnmacht fallen ließ. Mein verdammter Chef musste doch echt mein Nicht-Date total fangirlen. Wer zum Teufel war der Typ?

»Das freut mich«, erwiderte Gavin. »Die Fans sind es, die das Ganze ermöglichen.«

»Also ich war definitiv einer davon, das kann ich Ihnen sagen. Es tut mir wirklich leid, dass ihrerseits nichts daraus geworden ist.«

Gavin lächelte bescheiden und zuckte mit den Schultern. »Träume sind Schäume. Ich bin weitergezogen.«

Mister Wheeler nickte anerkennend und wandte sich dann zu mir. »Wieso haben Sie mir nicht erzählt, dass Sie mit einer hiesigen Legende ausgehen?«

O Gott! »Nein, wir—«, setzte ich an, aber Gavin unterbrach mich.

»Das ist noch neu. Sie wollte wahrscheinlich ihr Privatleben nicht im ganzen Büro bekanntmachen.«

»Das ist wahr. Immer der vollendete Profi, Mizz Scott.« Er nickte abermals und ich hatte keinen blassen Schimmer, wie ich darauf antworten sollte. Gavins Bemerkung zu widerlegen würde nur noch weitere Diskussionen zu dem Thema auslösen und mich unschlüssig oder flatterhaft aussehen lassen. Das konnte ich niemals zulassen.

»Nun, da die Katze aus dem Sack ist, können wir die Situation ja gleich nutzen«, bemerkte Mister Wheeler, während sein Blick zwischen mir und Gavin hin und her ging.

Nein, nein, nein!

»Wie Mizz Scott weiß, steht unser Softball-Turnier der Bar Association bevor und wir laden immer bedeutende Gäste ein, mitzumachen.« Er sah Gavin mit gehobenen Augenbrauen an und ich wünschte mir, das größte Piano, das es gibt, möge mir auf den Kopf fallen. Oder auf Gavins. Ich konnte mich nicht entscheiden.

Zusammenspiel

GAVIN

ICH WAR ZIEMLICH STOLZ auf mich, dass ich die Situation so gemeistert hatte. Thomas Wheeler hat das Büro ein paar Minuten später verlassen, nachdem ich zugestimmt hatte, im Softball-Team der Kanzlei mitzuspielen, und ich bin mir sicher, dass ich ein selbstzufriedenes Grinsen im Gesicht hatte. Ein Blick zu Emmy verriet mir allerdings, dass ich meine Lenden lieber gürten und mich wappnen sollte, denn es würde gleich Scheiße regnen und mir in die Parade gefahren werden. Äh, vielleicht habe ich da ein paar Redewendungen zu viel vermischt, aber ich kriegte langsam Panik.

Emmy stand hinter ihrem Schreibtisch auf, sodass ein weiteres konservatives Kostüm zum Vorschein kam – dieses aus einer Art grauem Tweed mit einer weißen Bluse darunter. Sie war zu einem perfekten Paket zugeknöpft und ich wollte nichts so sehr, wie jedes einzelne noch so kleine Stück von ihr aufknöpfen. Alles, was ich tun konnte, war, meine Hand nicht zu beißen, als ich sie an ihrem Schreibtisch sah mit dieser Brille auf. Stichwort Träumen von sexy Bibliothekarinnen – ich würde heute Abend ganz bestimmt Zeit für mich alleine buchen.

Ihre Stimmung entsprach nämlich nicht meiner, als sie mich am Ärmel meines T-Shirts packte und praktisch aus ihrem Büro und den Flur entlang zu den Liften bugsierte. Ich dachte kurz daran, sie zu bitten, diese Brille mitzunehmen, hielt aber klugerweise die Klappe.

Sie kochte und ich bin mir sicher, dass ich kapieren sollte, wieso, aber wieder einmal wusste ich nicht mehr weiter, was diese Frau betraf. Obwohl ich die Möglichkeit schon in Erwägung zog, dass ich ihrem Kollegen vielleicht nicht hätte erzählen sollen, dass wir miteinander ausgingen. Ich gebe zu, dass ich ein wenig vorschnell gehandelt habe.

Der Lift ging auf und sie zog mich hinein. War es ein Fehler, dass ich von ihrer energischen Art ein bisschen angetörnt wurde? *Platz, Junge,* sagte ich zu mir. Die Türen schlossen sich und sie wandte sich mir zu, öffnete den Mund und zeigte mit dem Zeigefinger in mein Gesicht. Ich wartete, aber es kam nichts heraus. Sie schloss ihn, öffnete ihn dann wieder und atmete tief ein. Noch immer nichts. Ihre Augen durchbohrten mich mit Wut oder Frust, oder vielleicht ein bisschen von beidem. Als sie den Mund schloss, ohne diesmal etwas zu sagen, entschied ich, dass sie ihre Chance gehabt hatte. Jetzt war ich dran.

Ich trat nah an sie heran, beugte mich hinunter und bedeckte ihren Mund mit meinem. Sie war so steif wie ein Brett, aber davon ließ ich mich nicht abschrecken. Ich legte eine Hand auf ihr Kreuz, die andere an ihren Nacken und zog sie an mich heran. Der Kuss fing sanft an, als ich ihre Unterlippe umschloss, dann zur oberen wechselte und sie dabei mit den Zähnen leicht streifte. Ihre Lippen waren weich und perfekt, wie ich es geahnt hatte. Ich wich einen Bruchteil eines Zolls zurück und spürte ihren warmen Atem auf meinem Mund, als sie ausatmete. Als sie mich nicht ohrfeigte oder zurückwich, neigte ich den Kopf und vertiefte den Kuss, behutsam mit der Zunge über ihre Unterlippe fahrend und um Einlass bettelnd.

Ihre Lippen öffneten sich einladend und ich zögerte nicht, sondern glitt mit der Zunge auf ihre, um sie besser kosten zu können. Sie roch unglaublich – wie Zitrone und Vanille – und sie schmeckte noch besser. Eine Kombination aus Kaffee und Minze und noch etwas, dass, wie ich vermutete, eben Emmy war. Sie stöhnte leise und ich adjustierte unsere Position, wobei ich meiner Hand gestattete, ihren Rücken hochzuwandern, damit ich ihre Brüste an meine Brust drücken konnte, während mein Mund mit dem Angriff fortfuhr.

Schließlich spürte ich, wie ihre Arme mich umfassten und zwei Fäuste voll von meinem T-Shirt an meinem Rücken parkten. Die Wut war so gut wie verflogen und war ersetzt worden durch ein Begehren und / oder das Verlangen, mir das Shirt vom Rücken zu reißen. Nicht, dass ich mich beschwerte. Das spornte mich an, sodass ich meine Hand zurück nach unten wandern ließ, bis sie ihren Hintern erreichte. Ich zog sie noch fester an mich, damit sie spüren konnte, welche Wirkung sie auf mich hatte.

In diesem Augenblick pingte der Lift und wir sprangen beide zurück, weil wir vollkommen vergessen hatten, wo wir uns befanden.

Sie murmelte etwas wie »Scheibenkleister« und streifte sich dann hektisch die Haare und Kleidung glatt, als die Türen des Lifts sich gerade öffneten. Zwei Frauen in Kostümen, die Emmys ähnelten, traten ein, und beide nickten uns zu, bevor sie mit ihrem Gespräch fortfuhren. Emmy zeigte ihnen ein angespanntes Lächeln und zischte, als die Frauen ihre Rücken zu uns gewandt hatten, mir leise zu: »Ich *fasse* es nicht, dass du das eben getan hast.«

Ich neigte mich hin und hörte ihren Atem stocken, als würde sie denken, dass ich sie abermals küssen wollte. »Dass ich was getan habe?«

»Das alles«, flüsterte sie kurz angebunden.

Die Lifttüren öffneten sich in die Lobby und sie stolzierte hinter den Frauen hinaus. Ich rannte, um sie einzuholen, und war beeindruckt, wie schnell sie mit diesen hohen Stöckelschuhen gehen konnte. Apropos Stöckelschuhe: Gott, die ließen ihre Beine meilenlang wirken und trugen auch zu ihrem Hüftschwung bei, als sie vor mir aus dem Gebäude praktisch sprintete. Mir war schmerzhaft bewusst, dass meine Sporthose wenig dazu beitrug, meinen Zustand zu verbergen, und ich wünschte, ich hätte irgendeine Art Mappe oder Tasche gehabt, die ich mir vorhalten konnte. Ach, na ja. Kann man halt nichts machen. Jedenfalls nicht in der Nähe dieser Frau, soviel war verdammt sicher.

Als sie das Gebäude verlassen und den halben Bürgersteig hinter sich gelassen hatte, hatte ich genug von der Jagerei. Ich holte sie ein und legte eine Hand auf ihre Schulter. »Emmy, warte.«

Sie wirbelte herum. »Emerson. Ich heiße Emerson. Nicht Emmy. Emerson.« Sie strich sich ein Haar aus den Augen und stand steif da.

Ich nahm den Kopf zurück. »Wirklich? Du magst Emmy nicht?«

»So nennt meine Mutter mich. Sonst niemand.« Sie sah zur Seite, denn sie war offensichtlich noch immer beunruhigt.

»Na du hättest mich ja verbessern können.«

»Ich weiß.« Sie schüttelte den Kopf und richtete ihren Blick dann wieder auf mich. »Aber egal, darum geht es nicht. Die Sache ist die, dass du dich bei *Weitem* zu familiär mir gegenüber verhältst. Du hast gerade meinem Chef erzählt, dass wir miteinander ausgehen und du hast dich selbst in das Softball-Team meiner Kanzlei eingeladen, um Himmels willen! Ganz zu schweigen von diesem unglaublich unangebrachten Kuss im Fahrstuhl!« Sie schnaufte und ich wäre nicht überrascht gewesen, wenn sie mit dem Fuß aufgestampft hätte. Ich fand, das ganze Schauspiel war irgendwie geil. Dieses ganze Ding mit der aufgebrachten sexy Bibliothekarin machte mich echt an. Mega.

Ich konnte das Grinsen, das sich in meinem Gesicht bildete, nicht verhindern. »Ich habe nicht gehört, dass du dich dabei beschwert hast.«

Sie starrte mich böse an, doch das prallte an mir ab.

Vor Verzweiflung streckte sie die Hände aus. »Jetzt werde ich eine glaubwürdige Erklärung erfinden müssen, die nicht dazu führt, dass mein Chef wegen mir verärgert ist, weil ich die Spielerliste durcheinandergebracht habe, wegen der er in diesem Augenblick zweifelsohne voller Eifer sabbert.« Aufgeregt gestikulierte sie zurück in Richtung des Gebäudes.

Ich hob die Hand, als würde ich um Erlaubnis bitten, sprechen zu dürfen. Ja, wie ein Fünfjähriger. He, wenn sie die Bibliothekarin sein durfte, dann melde ich mich freiwillig als der Schüler. Damit erntete ich wieder einen bösen Blick, also schaltete ich auf stur. »Oder ich könnte auch einfach im Team mitspielen. Klingt einfacher.«

Sie seufzte. »Du verstehst nicht, Gavin. Ich kann nicht zulassen, dass es sich herumspricht, dass ich mit jemandem gehe, der so viel jünger ist als ich. Das würde meinen Ruf in der Kanzlei ernsthaft beschädigen. Ich wäre ein gefundenes Fressen für die Klatschbasen und den Flurfunk im Büro. Verstehst du denn nicht? Ich habe eine Laufbahn als Partner vor mir und darf mir jetzt nichts zuschulden kommen lassen.«

»Dein Chef schien es für kein Problem zu halten.«

»Das ist, weil er verblendet war. Woher sollte ich denn wissen, dass du so eine Art lokaler Held bist?« Da blickte ich finster, aber sie fuhr fort: »Er hat sich vorgestellt, wie er die Meisterschaftstrophäe hochhält, er hat nicht an meine Karriere gedacht. Und glaube mir, die anderen beiden Managing Partner würden sich keine Gelegenheit entgehen lassen, mir einen Dämpfer zu verpassen, und von den anderen Associates will ich gar nicht erst reden. Das ist eine Ellbogengesellschaft da drinnen. Du kannst das nicht verstehen.« Sie hörte sich geschlagen an, aber ich fühlte mich unweigerlich ein wenig beleidigt.

»Ach so, ich kann das keinesfalls verstehen, ja? Wieso, weil ich so ein stumpfsinniges Kraftpaket bin, der aufm Bau arbeitet und Ball spielt?«

»So habe ich das nicht gemeint. Du bist einfach … jung.« Ihre Stimme hatte zu diesem Zeitpunkt etwas von ihrer Schlagkraft verloren.

»Emmy. Tut mir leid. Emerson, ich bin vierundzwanzig, nicht zwölf. Ich arbeite hart und ich baue mir eine Karriere auf. Ich verdiene diese Anspielungen von dir nicht. Du kennst mich nicht einmal.« Ich würde mich von niemanden so leicht abweisen lassen, schon gar nicht von dieser Frau, auf die ich anscheinend total stand.

»Ich weiß genug.« Der kritische Blick kehrte zurück.

»Was soll das denn bedeuten?«

Sie zog die Augenbrauen hoch. »Ich weiß, dass du einen Vierzehnjährigen dazu angestiftet hast, alles zu tun, was nötig ist, um bei den ›coolen Kids‹ dabei sein zu können. Mir fällt nichts ein, was so kindisch und kurzsichtig wäre.«

Kacke. Die Teile des Rätsels fügten sich jetzt langsam zusammen. »Geht es also darum? Herrgott. Ich habe dem Jungen ein paar Hinweise gegeben, damit er nicht tyrannisiert wird. Ich habe ihm nicht befohlen, ein verdammtes Auto zu stehlen!«

»Nicht so laut«, zischte sie.

»Und alles was recht ist, aber ich sollte stocksauer auf dich sein!«, warf ich ihr entgegen. Jawohl, sie hatten nicht das Patent auf Verdruss.

»Auf mich?!« Sie hätte nicht schockierter dreinschauen können.

»Ja! Du hast meinen Freund verklagt, der zufälligerweise mein Chef ist, und beinahe sein Leben ruiniert!«

Erschrocken saugte sie Luft an. »Das habe ich nicht! Das war viel komplizierter, als du es darstellst.«

Ich legte den Kopf schief, sah sie an und neigte mich zu ihr. »Hmm, irgendwie so wie meine Situation mit Chris?«

Das brachte sie zum Schweigen.

»Was ist jetzt mit deiner großen Anwaltsklappe?«, bemerkte ich spöttisch.

An der Stelle knurrte sie tatsächlich. Verdammt, ihre Augen waren entbrannt. Goldene Sprenkel funkelten im Braun ihrer Regenbogenhaut, sodass ich mich fragte, wie sie wohl aussehen würden, wenn sie erregt war.

Scheinbar jeglicher Argumente beraubt, fragte sie: »Also was tun wir jetzt?«

Ich stemmte die Hände in die Hüften. »Ich weiß es nicht. Sag du es mir. Wie es scheint, bin ich dein schmutziges kleines Geheimnis, ob es dir gefällt oder nicht. Dein Chef wird mich in dem Team nicht missen wollen, und das weißt du.«

Ihre Schultern sackten ab. »Ich weiß.«

Ich stand nur da und starrte zurück auf das Gebäude. Vermutlich hatte ich ihr das versaut, aber mir war nicht klar, was das Problem war. Ich bin nur fünf Jahre jünger als sie. Ich lenkte meinen Blick wieder auf Emmy und war unglücklich, weil ich diese niedergeschlagene Miene verursacht hatte. »Du weißt doch, dass Männer andauernd jüngere Frauen daten. Was ist denn schon dabei, wenn es einmal andersrum ist?«

Sie winkte ab. »Das ist eine komplette Doppelmoral, ich weiß, aber dadurch wird es nicht weniger real. Sie werden mich dafür auf den Spieß nehmen.«

»Selbst wenn wir sie beim Turnier in den Arsch treten?«, fragte ich und grinste sie schelmisch an.

Das entlockte ihr ein zartes Lächeln. »Nun, es kann nicht schaden zu gewinnen, nehme ich an«, gab sie zu.

»Weißt du, was ich glaube? Ich glaube, dass du dir zu viele Sorgen machst.«

Sie verdrehte die Augen. »Du hast mit Ari gesprochen, nicht wahr?«

»Nein, aber wenn wir uns zusammentun könnten, um dich aufzulockern, dann rufe ich sie möglicherweise an.«

Sie seufzte und hielt inne. »Hör zu, Gavin. Es tut mir leid, wenn ich dir gegenüber explodiert bin. Ich will eben nur, dass alle in der Kanzlei mich wirklich ernst nehmen. Ich kann es mir nicht leisten, nachlässig zu werden.«

Langsam kapierte ich, dass sie nicht nur von ihren Kollegen wollte, dass sie sie ernst nahmen. Jeder war gemeint. Und ich war definitiv bereit, sie ernst zu nehmen. Wahrscheinlich nur nicht so, wie sie es meinte.

»Ist schon okay. Ich sehe, dass du unter großem Stress stehst. Ich kenne Methoden, wie ich dich entspannen kann, weißt du?« Ich wackelte mit den Augenbrauen auf übertriebene Weise, damit sie weiter lächelte. Ihr Gesicht war brillant, wenn sie es tat.

»Da bin ich mir sicher.« Sie rempelte mich am Arm und schien sich dann wieder zu zügeln. »Musst du nicht zum Training? Ich glaube, mein Bruder wartet schon mit angehaltenem Atem.«

Ich schaute auf meine Uhr und sah, dass sie recht hatte. Ich hatte meine Freizeit aufgebraucht und ich würde zu spät kommen, wenn ich mich nicht sofort aufmachte.

»Ich werde mir also vermutlich alle meine Stress senkenden Fertigkeiten für unser zweites Date aufheben müssen.«

»Gavin.« Sie beließ es bei einem Wort, doch das sprach Bände.

So leicht würde ich nicht nachgeben. »Was ist? Wenn doch eh schon jeder denkt, dass wir miteinander ausgehen, was spielt es dann für eine Rolle?«

Sie schürzte die Lippen, wodurch sie meine Aufmerksamkeit sofort wieder auf sich lenkte, während mein Gehirn diesen Hammer-Kuss im Lift noch einmal abspielte.

Ich beugte mich nahe zu ihr. »Und erzähl mir nicht, dass dir dieser Kuss nicht gefallen hat.«

Ihr Gesicht fing an zu glühen und sie machte sofort auf dem Absatz kehrt, um zum Büro zurückzugehen.

Ich lachte nur, woraufhin sie schneller zu gehen anfing und mir abermals einen fantastischen Blick auf ihren Arsch in diesem züchtigen kleinen Rock bot.

ICH VERBRACHTE die Fahrt zur Academy hinüber damit, sowohl den heißen Kuss im Fahrstuhl noch einmal zu durchleben, als auch zu planen, wohin ich Emmy am nächsten Abend zum Essen ausführen würde. Genaugenommen hatte sie nicht ja gesagt, aber nein hatte sie auch nicht gesagt. Und ich fand, dass ich ein gutes Argument zu meinen Gunsten vorgebracht hatte. Sie war offensichtlich schüchtern, wenn es um das Körperliche ging, aber daraus konnte ich was machen. Ich konnte es kaum erwarten, sie wieder in meinen Mund zu kriegen.

Es war Zeit, meine Gedankenmuster zu ändern, als ich auf den Parkplatz der Academy einbog und Jay und Coach Davidson dabei entdeckte, wie sie auf einem der Übungsfelder mit Buzz sprachen. Es ließ mich an mein erstes Interview mit Buzz und Gerry denken, und ich erinnerte mich, dass auch ich ein bisschen fasziniert war von den Berühmtheiten. Mittlerweile hatte ich den ehemaligen First Baseman aus der Major League kennengelernt und die Ehrfurcht hatte sich gelegt. Er war ein netter Kerl, aber um ehrlich zu sein, bevorzugte ich die Gesellschaft und das Mentorat von Gerry.

Da ich annahm, dass die Jungs es nicht gerne sehen würden, wenn ich mit einem auch noch so kleinen Ständer ankam, ging ich direkt nach Drinnen und zog mir meine aus einem Polohemd der Academy und einer khakifarbenen Hose bestehende Traineruniform an, ehe ich mich zu dem Trio am Platz gesellte.

»Coach«, begrüßte ich Davidson, als wir uns die Hände gaben. Ich drehte mich zu Jay und reichte auch ihm die Hand, während ich mich weiter an Davidson wandte. »Sieht aus, als hättest du mit ihm das große Los gezogen.«

Das ließ beide Männer höflich schmunzeln, während Jay versuchte, es abzutun. »Nö, ich hab noch 'ne Menge zu lernen. Grad hab ich Mister Hader erzählt, wie froh ich bin, die Chance bekommen zu haben, von Ihnen allen zu lernen.« Verdammt, was war dieser Junge doch höflich. Und bescheiden. Ich war in seinem Alter bestimmt ein eingebildetes Arschloch.

»Also dann. Was du heute kannst besorgen … Wenn alle bereit sind.«

»Ich muss los. Hat mich gefreut, Buzz, Monroe.« Davidson nickte uns beiden zu. »Viel Glück, Junge. Wir sehen uns beim morgigen Spiel«, sagte er zu Jay und entschuldigte sich dann.

Buzz klopfte Jay auf die Schulter. Hader hatte etwas Größe eingebüßt im Alter, aber er war immer noch ein recht durchtrainierter Kerl. Seine stets vorhandene Sonnenbrille bedeckte seine Augen und eine Baseballmütze der Academy saß auf seinem Haupt. »Ich werde euch dann mal machen lassen fürs Erste. Coach Monroe wird heute ein paar Bewertungen vornehmen, wie wir es besprochen haben. Wir treffen uns dann wieder am Donnerstag.« Buzz nickte uns beiden zu und ging zurück zum Hauptgebäude, sodass Jay und ich zurückblieben, um Ball zu spielen. Mensch, war mein Leben schön.

Wow

EMERSON

Ich senkte den Kopf und arbeitete wie verrückt für den Rest des Nachmittags und frühen Abends. Ich wagte es nicht, auf langsamer zu schalten, sonst hätte ich an diesen verdammten Kuss denken müssen. Dieser verdammte Kuss, der meinen gesamten Körper entfacht hatte und mich sehr, sehr schmutzige Gedanken denken ließ, die ich nicht denken sollte. *Nö. Zu jung für dich.* Aber ich war noch nie auf diese Weise geküsst worden – sodass ich es in jeder Pore und Zelle spüren konnte. Leider war sogar der denkwürdigste Sex, den ich jemals gehabt hatte, nichts im Vergleich zu diesem einen simplen Kuss. Wie jämmerlich war das denn?

Ich nahm die Brille ab und presste auf meine Nasenwurzel. Das funktionierte nicht. Mein Bauch fing an zu kribbeln, als meine Gedanken sich wieder dem Fahrstuhl widmeten. Ich war mir ziemlich sicher, dass das da drinnen keine Schmetterlinge waren – sie kamen mir eher wie Klammeraffen vor, die kreischten und herumschwangen und mich auslachten wegen meiner misslichen Lage.

Ich hatte erkannt, dass es keinen einfachen Weg gab, aus der Situation mit dem Softball-Turnier rauszukommen, also würde ich es irgendwie hinkriegen müssen. Worauf es ankommen würde, war, dabei einen Weg zu finden, meinen Ruf als ernste, professionelle Scharfschützin zu behalten. Ich war überfragt, wie ich das bewerkstelligen sollte. Gavin hatte recht gehabt: Der Altersunterschied sollte im Großen und Ganzen keine Rolle spielen, doch das änderte nichts. Es war ein Klub für ehemalige Jungs und ich war sehenden Auges eingetreten und hatte zugestimmt, ihr Spiel nach ihren Regeln mitzuspielen. Wenn ich mich entscheide, sie zu brechen, dann auf meine eigene Gefahr.

Aber abgesehen von dem Teil mit dem Image war da auch noch die Sache, dass ich mir doof vorkam, weil ich tatsächlich daran dachte, mit Gavin auszugehen. Na schön, er war nur fünf Jahre jünger, nicht neun, wie ich befürchtet hatte, aber zwischen vierundzwanzig und neunundzwanzig spielt sich viel ab im Leben. Karrieren werden geschmiedet, Ziele ändern sich, die Verantwortung nimmt zu. Davon hatte er noch nicht viel erlebt, soweit ich das beurteilen konnte. Wir befanden uns in unterschiedlichen Lebensabschnitten und somit wurde das zu einer schrecklichen Idee.

Ich musste mir nur meinen Vater ansehen und all seine misslungenen Beziehungen zu jüngeren Frauen, um mir diese Wahrheit zu verdeutlichen. Ich hatte geschworen, seine Beziehungsfehler niemals zu wiederholen. Und dann war da auch noch die Notwendigkeit, mich auf die Arbeit und auf Jay zu konzentrieren. Das durfte ich auch nicht vergessen.

Nein. Mit Gavin Monroe auch in Wirklichkeit auszugehen, nicht nur des Turniers wegen so zu tun, war eine durch und durch schreckliche Idee. Also wieso sagten mir die Klammeraffen ständig etwas anderes? Verdammte Hormonbiester.

Ich schloss meinen Laptop und packte zusammen, um nach

Hause zu gehen. Es war nach sieben und ich war offensichtlich nicht mehr in der geistigen Verfassung, um an diesem Abend noch produktiv sein zu können. Was ich brauchte, war Netflix und ein Becher Eiscreme.

Nur leider hatte ich mich gewaltig geirrt zu glauben, dass die Zeit zu Hause mich von der unerwünschten Versuchung eines jüngeren Mannes ablenken würde. Kaum war ich durch die Tür getreten, laberte Jay mich voll mit einem dreißigminütigen Monolog darüber, wie unbeschreiblich toll sein Nachmittag in der Baseball Academy gewesen war – er hatte den berühmten Buzz Hader getroffen, eine Führung durch die Anlage gemacht, und, das wollen wir nicht vergessen, hatte mit Coach Monroe abgehangen, der angeblich der coolste Typ auf Erden war. Ich lächelte und nickte und sagte Jay, wie glücklich ich darüber war, dass die Dinge so gut gelaufen waren. Er konnte nicht damit aufhören, schief zu grinsen. Letztlich fiel ihm dann kein weiteres berichtenswertes Detail mehr ein und er ging auf sein Zimmer, um seine Hausaufgaben zu beenden.

Erst als Jay gegangen war, fiel mir auf, dass das das erste Mal war seit dem Umzug, dass er sich wie der alte Jay benommen hatte. Glücklich, unbekümmert, des Lebens froh und seiner Rolle darin gewiss. Und wie es aussah, hatte ich das, und das ist verflixt, einem *Nö/Zu jung für dich* zu verdanken.

Ich war gerade in der Hälfte meiner zweiten Episode von *The Crown* angekommen und wusste, dass ich die Fernbedienung weglegen und noch mehr Papierkram durcharbeiten sollte, als mein Telefon läutete. Mein Pulsschlag machte einen Satz, als wäre mein Körper in ständigem Alarmzustand wegen jeglichen möglichen Kontakts zu Gavin. Ich wollte nicht abheben und wollte es gerade auf die Mailbox schalten lassen, als ich einen Blick auf mein Telefon machte und sah, dass es gar nicht Gavin war. Es war Ponch. Mich überkam eine Enttäuschung, die ich gar nicht so genau analysieren wollte. Natürlich würde ich das Ponch nicht erzählen – selbst wenn sein Ego damit klarkäme.

»He«, sagte ich ins Telefon.

»He, meine Schöne, wie geht's?«

Ich fragte mich kurz, ob er überhaupt wusste, wen er anrief, oder ob er immer Koseworte benutzte an Stelle von Namen – für den Fall, dass er sich mal verwählte. »Mir geht's gut. Wie sieht's aus in der Welt des Motorradzubehörs?« Ponch besaß einen unabhängigen Zubehörladen für alles, was mit Motorrädern zu tun hatte. Ich war schon ein paarmal dort gewesen, aber die Schwingungen dort konnten mehr als nur ein wenig einschüchternd sein.

»So wie immer. Die Geschäfte könnten zwar noch besser laufen, wie immer, aber ich kann mich nicht wirklich beklagen«, antwortete er. »Und? Was hast du dieses Wochenende vor?«

Das kam überraschend für mich. Ich meine, nicht dass Ponch mich niemals anrief, sondern dass es normalerweise um etwas ging, das Ari oder den Rest der Familie betraf. Vielleicht hatte seine Mom ihm aufgetragen, mich zu ihrem Haus rüber zu kriegen.

»Äh, ich bin mir eigentlich nicht sicher. Ari und ich hatten über ein Essen am Freitag gesprochen, weil sie da nicht arbeitet …« Ich verstummte. »Wieso? Hat deine Mom dieses Wochenende die Familie zu Besuch?«

»Nein, nichts dergleichen.«

Jetzt war ich wirklich verwirrt. »Ach so«, war das Einzige, was mir als Antwort einfiel.

»Ich möchte, dass wir zum Essen ausgehen.«

Äh, okay. Das konnte nicht das sein, wonach es sich anhörte. »Du kannst sehr gerne am Freitag kommen. Je mehr, desto besser.« Ich bin mir sicher, dass mein Tonfall viel zu fröhlich war.

»Tut mir leid«, bellte er praktisch ins Telefon. »Vergiss, dass ich was gesagt habe. Gute Unterhaltung mit Ari und wir unterhalten uns später nochmal.«

Dann legte er auf.

Ich starrte eine gute Minute lang das Telefon an und versuchte herauszubekommen, was zum Teufel eben geschehen war. Hatte Ponch Amante mich soeben zu einem Rendezvous eingeladen? Was war das für ein Paralleluniversum, in dem mich nicht nur einer, sondern gleich zwei heiße Typen ausführen wollten? Ich sah an mir herab, sah nach, ob meine Brüste in letzter Zeit vielleicht gewachsen waren, aber nein, sie waren immer noch bescheidene B-Körbchen.

Ich musste da was falsch verstanden haben, und ich beschloss so zu tun, als hätte das Telefongespräch nie stattgefunden, so wie Ponch es erbeten hatte. Ich verstand das auch als Zeichen, dass ich mich wieder an die Arbeit machen sollte, also stürzte ich mich in Papierkram und vergaß bald den seltsamen Anruf.

Eine SMS erschien, als ich mich gerade fürs Bett herrichtete. Ich erstarrte und biss mir auf die Lippe, denn ich war mir nicht sicher, welcher Name am Display mich mehr verunsichern würde. Fünf Sekunden, in denen ich mir selbst etwas vormachte, dass ich sie nicht lesen würde, dann hatte ich das Handy auch schon in der Hand. Ich schluckte schwer und mein Bauch fing an zu kribbeln. Zum dritten Mal in dieser Woche hatte ich den Kontaktnamen geändert.

Sei vorsichtig: *Steht unsere Verabredung zum Essen morgen Abend noch?*

Ich schnaufte missbilligend. Gar nicht dreist, was?

Sei vorsichtig: *Ich dachte mir, ich werde dich zu Gia ausführen, denn ich weiß, dass du das Lokal magst.*

Woher wusste er das? Vielleicht hatte er *doch* mit Ari gesprochen.

Emerson: *Woher weißt du das?*

Sei vorsichtig: *Dort habe ich dich zum ersten Mal gesehen.*

Was? Wie war das möglich? Wir hatten uns bei Jays Spiel kennengelernt.

Emerson: Wir haben uns bei Jays Spiel kennengelernt??

Sei vorsichtig: Richtig. Aber ich habe dich das erste Mal im Gia gesehen – bei Jake und Baileys Babyparty.

Er war dort gewesen? Ich war vor ein paar Monaten im Gia gewesen und hatte bemerkt, dass die Becketts eine Party feierten. Ich hatte mich dem Paar leise genähert, um ihnen meine Karte zu geben und sie wissen zu lassen, dass ich helfen konnte, falls dieser furchtbare Anton Germaine nochmal sein hässliches, verlogenes Haupt erhob. Mir war nicht bewusst gewesen, dass Gavin auch dort gewesen war, aber das ergab vermutlich einen Sinn.

Emerson: Wie um alles in der Welt kannst du dich an das erinnern?

Sei vorsichtig: Vertrau mir. Dich kann man nicht so leicht vergessen.

Bei dem Kompliment spürte ich, wie mein Körper entflammte, und die Klammeraffen meldeten sich wieder zu Wort. Noch nie zuvor hatte mir jemand ein so schmeichelhaftes Kompliment gemacht. Ich war an professionelle Komplimente gewöhnt, aber nicht an persönliche. Ich glaube, das beste Kompliment meines letzten festen Freundes war : »Hervorragend eingeparkt.« Mann, war ich mitleiderregend.

Emerson: Oh. Danke schön.

Sei vorsichtig: Nichts zu danken. Es ist wahr. Also, was ist jetzt mit dem Gia? Es wird um 20 Uhr herum sein müssen, weil ich arbeiten muss, aber ich habe mir gedacht, dass du ohnedies zu später Stunde auf bist.

Ich biss mir auf die Lippe und sah mich in meinem Schlafzimmer um, als läge die Antwort irgendwo unter einem Kissen oder hinter einem Vorhang. Ein Teil von mir wollte unbedingt hingehen und der andere Teil war bereit, mir mit einem Lineal auf den Handrücken zu schlagen, weil ich es überhaupt in

Erwägung zog. Bestimmt konnte ein einziges Date nicht schaden, oder? Ach was, es war doch so, wie Gavin es gesagt hatte – alle in der Kanzlei würden sowieso denken, dass wir miteinander gingen. Warum nicht die Gelegenheit nutzen? Ehe das Lineal auf mich einschlagen konnte, tippte ich meine Antwort ein.

Emerson: *Okay. Wir treffen uns dort um 20 Uhr.*

Ich drückte auf abschicken und machte einen Aufschrei, was für mich unglaublich untypisch war. Ich hatte das dringende Bedürfnis, Ari anzurufen, aber ich hielt mich zurück und gab stattdessen kurz dem Gedanken an das bevorstehende Rendezvous die Chance, sich in meinem Kopf und meinem Bauch festzusetzen. Mein Handy vibrierte erneut.

Sie vorsichtig: *Kann's kaum erwarten.*

So sehr ich es auch befürchtete und mir wünschte, dass es nicht wahr wäre, konnte ich das ebenfalls nicht. Was in Gottes Namen war bloß mit meiner früheren Entschlossenheit geschehen? Ach ja, Gavin Monroe war geschehen.

»Wow.« Gavin atmete aus.

Noch eine Premiere. Noch nie hatte jemand wow zu mir gesagt, und ich spürte, wie mein Gesicht sich erhitzte. Verdammt. Ich war erst fünf Sekunden da und schon verlor ich die Kontrolle über meine gut beherrschte Welt. Ich überredete meine Haut, mich nicht zu verraten, als Gavin mich am nächsten Abend in der Lobby des Gia von Kopf bis Fuß musterte. Ich hatte eine Ewigkeit hin und her überlegt, was ich anziehen sollte, und schließlich aufgegeben und Ari angerufen.

Nachdem sie mit den Ich-hab's-dir-doch-gesagt-Wiederholungen fertig war, waren ihre ersten Worte: »Himmel Herrgott, sag mir nicht, dass du in deinem Schrank stehst und dir ein

Kostüm ansiehst.« Daraufhin hängte ich den Haken mit meinem roten Kostüm von Elie Tahari wieder auf die Stange.

»Nein«, sagte ich wenig überzeugend.

»Das ist eine Verabredung mit einem scharfen jungen Typen. Du musst dich verführerisch anziehen – soll heißen: tiefer Ausschnitt oder kurzer Rock.«

Ich war mir nicht mal sicher, ob ich überhaupt einen Rock besaß, der nicht zumindest den oberen Rand meiner Knie bedeckte. Und tiefen Ausschnitt? Mit wem, glaubte sie, dass sie sprach?

Das schien sie einzusehen, denn sie fuhr fort mit: »Macht nichts. Geh ganz bis in die rechte hintere Ecke deines Schrankes.« Ich liebte meinen Wandschrank. Es war ein riesiger begehbarer mit einem eingebauten Schuhgestell, das für zwanzig Paar Schuhe Platz bot. Und glaubt nicht, dass ich nicht den gesamten Scheißkerl gefüllt hätte. Ich blickte in die rechte hintere Ecke und mir wurde sofort klar, was Ari vorhatte.

»Ari, das sind deine Klamotten.« Sie bewahrte gerne ein paar Sachen in meinem Haus auf, für den Fall, dass sie einmal zu viel dem Wein gehuldigt hatte oder einem Freund entfliehen wollte, der sie gerade nervte. »In welchem Universum glaubst du, dass ich etwas von dir anziehen könnte?«

Ich konnte praktisch durchs Telefon hören, wie sie mit den Schultern zuckte. »Also das Oberteil wird vielleicht ein bisschen lose am Gestell hängen – na und? Dort sollte ein grünes ärmelloses Top sein mit Pailletten vorne draufgenäht. Nimm das.« Ich tat wie befohlen und hängte es sofort wieder zurück.

»Willst du mich verarschen?!«, kreischte ich. Das Oberteil hatte in der Tat Pailletten vorne drauf – was davon vorhanden war. Ich schwöre, der Halsausschnitt war so ein tiefes V, dass es wahrscheinlich die Sicht auf meinen Bauchnabel freigeben würde, ganz zu schweigen von dem, was ich oben rum hatte.

»Ich meine es todernst. Er wird seine Zunge verschlucken, und es würde hinreißend zu deinen Haaren passen.«

»Das wird keine Rolle spielen, denn ich werde noch vor Betreten des Restaurants wegen unsittlicher Entblößung verhaftet werden!«

»Okay, nun übertreib mal nicht und beruhige dich.«

»Darunter könnte ich nicht mal einen BH anziehen!«, fuhr ich mit meinem Protest fort.

»Ja, und?«

»Ja, und ich bin eine neunundzwanzigjährige arbeitende Frau. Ich bin von Gesetzes wegen dazu verpflichtet einen BH zu tragen. Ich würde wahrscheinlich einen im Bett tragen, wenn er mir bequem genug erscheint.«

Darauf musste sie kichern. »Dürfte ich ein Gegenargument vorbringen, Frau Anwalt?« Sie wartete meine Antwort nicht ab. »Du hast soeben bestätigt, dass ich recht habe. Du bist neunundzwanzig und deine Titten stehen immer noch stramm. Das wird nicht auf ewig so sein. Nutze die Gelegenheit und lass den Mädels ihre Freiheit.«

Ich konnte nicht fassen, dass ich das in Erwägung zog. Obwohl ich mir dachte, dass ich das Oberteil allerdings schon so hochstecken konnte, dass nicht allzu viel zu sehen war. »Meinetwegen. Also, Kelly Osborne, was soll ich dann zauberhaft mit diesem nuttigen Oberteil kombinieren?«

»Du wirst definitiv keinen von meinen Röcken dazu tragen können mit deinem winzigen Hintern, also würde ich sagen, nimm einfach deine dunkelste Jeans und ein Paar mörderische Hacken.«

»Wirklich? Jeans zum Abendessen? Mein Vater wäre entsetzt.«

»Du gehst ins Gia, nicht ins Weiße Haus. Du wirst fantastisch aussehen. Ach, noch was: Lass die Haare locker herunterhängen.«

Mist. Ich wusste, dass sie das sagen würde.

»Bist du sicher, dass ich nicht einfach das tragen kann, was ich zur Arbeit anhatte?«

»Muss ich rüberkommen und dich in den Arsch treten? Das würde ich tun, aber dann würde ich zu spät zur Arbeit kommen. Ich eröffne heute Abend mit Adele.«

Ari hatte eine wunderbare Singstimme. Ich persönlich fand ja, dass sie weit damit gekommen wäre, doch sie hatte North Carolina nie verlassen und den Gedanken weiterverfolgen wollen. Ich würde demnächst mal an einem Abend Zeit herausschinden müssen, um sie mir bei der Arbeit anzusehen. »Ich werde bald mal zu einem deiner Auftritte kommen müssen. Es ist schon zu lange her. Wo wirst du heute deine Zelte aufschlagen?« Sie bringt Karaoke-Abende in eine Reihe örtlicher Bars, und die Besetzung ändert sich ständig.

»Im Pinky's. Wird bestimmt lustig. Aber egal, wir haben also das Outfit. Oder muss ich mich feuern lassen, damit ich dich in etwas Verführerisches kleiden kann?«

»Nein, Meisterin. Ich werde tun, wie mir befohlen.«

»Oh, ich wette, das würde Mister Baseball gefallen, wenn du das zu ihm sagst.«

Die Kinnlade fiel mir herunter. »Ari! Manchmal frage ich mich, wie wir jemals Freundinnen werden konnten.«

»Das ist, weil meine schmutzigen Gedanken sich erst herausgebildet haben, als es schon zu spät war, um mich abzuservieren.«

Stimmt. Ich holte das grüne Top wieder hervor und hielt es mir hin, um es noch einmal zu inspizieren.

»Okay, Mädel«, sagte Ari. »Ich muss los. Viel Spaß und ruf mich später an und erzähl mir alles. Länge, Umfang, du weißt schon: das Übliche.«

Ich legte auf, aber erst, als ich ihr gackerndes Lachen hörte.

Und hier war ich nun, in der Lobby des Gia, und war soeben von einem unglaublich geilen Typen bewundert worden. Gavin trug ebenfalls eine Jeans, wie ich erleichtert feststellte, und dazu hatte er ein blau-kariertes Button-down-Hemd kombiniert, die Ärmel hochgerollt, sodass sie diese sexy Handgelenke und Unterarme zeigten, die ich bei unserer ersten Begegnung bemerkt hatte. Nach der Aktivität in meinem Bauch zu urteilen, schienen den Affen Handgelenke auch zu gefallen.

»Hallo, Gavin.« Ich brachte ein Lächeln zusammen, das er erwiderte, ehe er sich zu mir beugte und mich auf die Wange küsste. Er roch ganz köstlich und in mir kam das lächerliche Bedürfnis auf, mein Gesicht an seinem Hals zu vergraben und mich an ihn zu kuscheln. Was war bloß los mit mir? Stattdessen schaute ich rasch nach unten, um sicherzugehen, dass Aris Oberteil nicht von dem Punkt verrutscht war, an dem ich es angeheftet hatte. Ich hatte nicht gewagt, es tiefer als an den vorderen Hakenverschluss meines BHs gehen zu lassen, trotz Aris Drängen, hinsichtlich meiner »Mädels« und deren Bedürfnis, ein Leben in Freiheit zu leben.

»Du siehst bezaubernd aus«, sagte Gavin beim Zurückweichen.

»Danke. Du siehst auch nicht übel aus.« Untertreibung des Jahres. Er sah zum Anbeißen aus.

»Unser Tisch ist schon bereit.« Er deutete der Empfangsdame, die neben der Theke stand, zwei Speisekarten in der Hand.

Ich ging voraus und spürte die Wärme seiner Hand an meinem Kreuz. Sie ging glatt durch das dünne Shirt und sandte ein herrliches Kribbeln über mein Rückgrat hoch. Ich fing langsam an zu begreifen, dass ich mich in großen, großen Schwierigkeiten befand, was diesen Mann anging. Zum dritten Mal in den letzten zehn Minuten zweifelte ich im Nachhinein meine Entscheidung an, hergekommen zu sein. Nichtsdestotrotz lächelte ich und dankte der Empfangsdame, als ich mich Gavin gegenübersetzte. Wir hatten einen ruhigen Tisch in der Ecke, der einen Grad an Privatsphäre bot, der mein Unbehagen noch verschlimmerte.

»Alles in Ordnung?«, fragte Gavin, während er seine Serviette auffaltete und sie sich auf den Schoß legte. Seine Züge waren von Sorge verhüllt und ich schämte mich sofort. Ich hatte schließlich diesem Rendezvous zugestimmt. Ich musste meine Frau stehen. Einen reinigenden Atemzug später zauberte ich mein bestes Lächeln hervor und antwortete: »Ja. Tut mir leid. Ich hatte nur gerade so einen Aussetzer.«

Ehe Gavin antworten konnte, kam unser Kellner und fragte nach unserer Getränkebestellung. Das gab mir die zusätzliche Zeit, die ich brauchte, um den Kopf frei zu kriegen und wieder zum Augenblick zurückzukehren. Ich hörte Gavins Bestellung nicht, aber ich bestellte einen Sauvignon Blanc, von dem ich wusste, dass er viel zu schnell hinuntergekippt sein würde. Ich hatte aber keine Lust, mir deswegen Sorgen zu machen.

»Also, gibt's irgendwelche aufregenden Pro-bono-Fälle? Vielleicht einen Bankräuber, der klagt, weil er auf der Flucht Verletzungen davongetragen hat?«

»Haha. Sehr witzig.«

Er grinste und zuckte mit den Schultern.

»Glücklicherweise habe ich jetzt wieder mit den einfachen Dingen zu tun. Ich trete eigentlich nicht so oft vor Gericht auf. Meine Arbeit spielt sich hauptsächlich hinter der Bühne ab.«

»Gesellschaftsrecht, stimmt's?«

»Ja. Überwiegend Verträge, Käufe und Übernahmen … viel Papierkram und Kleinkram.« Ich zeigte ein bescheidenes Lächeln und legte mir meine Serviette auf den Schoß.

Er schaute nachdenklich. »Kann man davon ausgehen, dass du Einserschüler seit der Vorschulklasse gewesen bist?«

»Basierend auf deiner Frage, kann man annehmen, dass du das nicht warst?«

»Touché. Ich habe mich mehr mit dem Ballspielen beschäftigt, als mit Hausaufgaben machen.«

Der Kellner brachte unsere Getränke und Gavin erhielt ein hohes Glas mit bernsteinfarbener Flüssigkeit, dass offensichtlich ein Bier war. Wir informierten ihn, dass wir noch ein paar Minuten bräuchten.

»Apropos Ballspielen: Mir ist da offensichtlich etwas entgangen. Woher kannte mein Chef dich? Bist du berühmt?« Ich neigte mich vor und war ehrlich neugierig.

Er lachte und nahm einen Schluck von seinem Bier. »Absolut nicht. Ich habe in der Highschool gespielt und ein Stipendium für die State bekommen, aber dann ist die Sache nicht aufgegangen.«

Ich richtete mich wieder gerade. »Na, du musst ja ein toller Spieler gewesen sein, so wie du Thomas Wheeler erregt hast. Dieser Mann würde selbst bei der spanischen Inquisition nicht schwitzen.«

Er tat es mit einer Handbewegung ab. »Das ist ein Männerding. Ich würde meinen letzten Dollar verwetten, dass er einmal gespielt hat, und er hat wahrscheinlich ein oder zwei Kinder, die in der Schule gespielt haben. Die Leute sehen es gerne, wenn Spieler aus der Gegend sich hocharbeiten.«

»Aber bestimmt kriegen doch viele Highschool-Schüler Sport-Stipendien.«

Er machte ein Gesicht, als würde ihm unwohl. »Wir sollten uns lieber unsere Bestellung überlegen, bevor der Kellner zurückkommt.« Er öffnete seine Karte und ich tat ihm den Gefallen und tat es ihm gleich. Nicht, dass ich mit meiner Fragerunde schon zu Ende gewesen wäre. Die Anwältin in mir wollte das nicht zulassen.

Wir entschieden uns für eine Auswahl kleiner Teller, die wir uns teilen konnten, und hatten unsere Wahl getroffen, als der Kellner zurückkam. Ich nahm einen Schluck von meinem Wein und sah Gavin erwartungsvoll an.

»Was ist?«

»Du warst wenig subtil bei deinem Versuch, mich abzulenken.«

Er sah mich scherzhaft durch zusammengekniffene Augen an. »Langsam begreife ich, wieso du lauter Einser bekommen hast.«

»Hmm«, war meine Antwort. »Du hast ein Stipendium bekommen. Bitte fahre fort.«

Er erfasste meinen Gesichtsausdruck und resignierte. »Okay. Also die Sache ist die, die Scouts waren interessiert, bevor ich an die State ging.«

»Scouts? Was für eine Art von Scout?« Ich war verwirrt. Natürlich würden die College-Scouts hinter ihm her sein, wenn er ein Stipendium bekam.

»Scouts der Major League.

Beinahe ließ ich mein Weinglas fallen. »Machst du Witze?«

Er wischte nichtexistierende Brotkrümel von der Tischdecke und lächelte mich gequält an. »Vergiss nicht, über Baseball mache ich keine Witze.«

»Genau«, antwortete ich abwesend. »Also was ist passiert?«

»Langer Geschichte kurzer Sinn. Meine Eltern haben mich angefleht, aufs College zu gehen – meine Mom ist College-Professorin – und ich habe mitgemacht, weil ich mir dachte, dass ich im College wohl besser werden und danach einberufen werden würde. Die Scouts waren alle noch da und der Plan funktionierte. Aber ich habe alles versaut, also bin ich jetzt Coach und arbeite beim Bau.« Er hob sein Glas und ich nahm noch einen Schluck, während er seinen Blick durch das Restaurant schweifen ließ.

Ich wusste nicht, wie ich antworten sollte. Ich hatte massenhaft Fragen, aber er fühlte sich unbehaglich und ich wusste nicht, wie sehr ich ihn bedrängen konnte. Ich begnügte mich mit dem stets brillanten: »Wow.«

Der perfekte Kuss und die Clorox-Dusche

GAVIN

MEINE MIENE VERZOG sich spürbar bei ihrer Antwort. »Ja, das kann man so sagen.« Ich wollte wirklich nicht zur Sache kommen, was meine Vergangenheit betraf, also drehte ich den Spieß um, ehe sie mir noch mehr Fragen stellen konnte. »Also genug von mir. Was hat dich bewogen, Rechtsanwältin zu werden?« Ich nahm noch einen Schluck von meinem Bier, während sie ihr Weinglas an ihre Lippen führte, offensichtlich, um Zeit zu gewinnen.

»Ach, du weißt schon, das Übliche. Mein Vater ist Anwalt, ich wurde da also in gewisser Weise hineingeboren.«

Ich nickte. »Darauf basierend, was ich bisher erfahren habe, ist es ziemlich eindeutig, dass du nicht deiner Mutter ähnelst. Klingt logisch, dass du deinem Vater ähnelst.«

Sie blies ein Lachen heraus und dieses strahlende Lächeln zeigte sich wieder auf ihren Lippen. Ich wollte mich über den Tisch beugen und sie küssen, zur Hölle mit den anderen Gästen. Ich hatte sie schon von dem Moment an küssen wollen, als sie in diesen hohen Stöckelschuhen und der hautengen Jeans das Restaurant betrat. Ich war praktisch sprachlos gewesen, als ich sie sah, wie ihre Haare lose ihr Gesicht umspielten und ihre Augen scheinbar aus Nervosität weit geöffnet waren. Ein wenig hatte es mir ein Gefühl der Befriedigung gegeben, dass ich nicht der Einzige war, der verunsichert war.

»Ja, Naomi und ich könnten kaum unterschiedlicher sein«, bestätigte sie.

Ich ermahnte mich, mich nicht wie ein wildes Tier zu benehmen, sondern stattdessen zu demonstrieren, dass ich sehr erwachsen und zivilisiert sein konnte, obwohl es Bedenken gab hinsichtlich unseres Altersunterschieds. Ich meine, was glaubte sie denn? Dass ich, nur weil ich vierundzwanzig war, nicht wusste, wie man sich wie ein Erwachsener benahm? Ich verdrängte den Gedanken. »Was macht sie beruflich?«, fragte ich.

Emmy lachte wieder, was meinen Schwanz zucken ließ. »Ich glaube ›beruflich‹ ist ein wenig übertrieben, aber sie und Aldo, ihr Ehemann, touren momentan durchs Land im Tross der Kunsthandwerksmärkte.«

Ich legte den Kopf schief. »Ich habe absolut keine Ahnung, was damit überhaupt gemeint ist.«

Sie beugte sich vor und ihr tief ausgeschnittenes Oberteil verschob sich, sodass die obere Wölbung einer milchweißen Brust zum Vorschein kam. Gott stellte mich offensichtlich vor Prüfungen. »Das bedeutet, dass sie in einem Campervan herumfahren und ihren Stand auf Kunsthandwerksmärkten an verschiedenen Orten im Land aufbauen. Meine Mom verkauft Kristalle und legt Tarot-Karten. Aldo fungiert dabei als ihr Packesel und betätigt sich an Aktivitäten, von denen ich wegen meiner Mitgliedschaft in der Bar Association nichts wissen will. Das überlasse ich deiner Fantasie.«

Ach, meine Fantasie war bereits im vierten Gang und überlegte sich, in den fünften zu schalten, aber ich zügelte mich.

»Ich glaube, ich habe eine Vorstellung davon.« Ich grinste sie an, sie verzog gutmütig das Gesicht.

Also ehrlich, der Gedanke, dass jemand, der Emmy nahestand, im Marihuana-Handel mitmischte, war eine solche Ironie, dass es schon wieder witzig war.

Sie schüttelte den Kopf, als würde sie das ganze Thema abtun. »Er macht meine Mom glücklich und er ist ein toller Vater, also versuche ich, nicht daran zu denken.«

Der Kellner traf mit unseren Speisen ein und stellte eine Reihe hübsch dekorierter Teller vor uns ab. Alles sah unglaublich toll aus. Ich war froh, dass Emmy nicht bei Salat geblieben war, sondern sich bei ihrer Auswahl abenteuerlustig gezeigt hatte. Wir hatten alles, angefangen bei einer Art Salat auf Getreidegrundlage bis hin zu gegrillter Wachtel. Ich gab ihr das Zeichen, zuerst zu wählen.

»Also Aldo ist Jays Vater, stimmt's?«

Sie nickte, während sie ein Chip mit Olivenaufstrich überzog.

»Wie lange sind er und deine Mom schon zusammen?«

Sie dachte kurz nach und ich nutzte die Gelegenheit, mir meinen Teller mit einer Auswahl an Portionen zu belegen. »Ich glaube, er ist das erste Mal zu uns gekommen, als ich elf war. Aber meine Eltern haben sich getrennt, als ich noch ein Baby war.«

»Oh«, war das Einzige, was ich dazu sagen konnte. Ich kam aus einer Familie, in der das größte Problem darin bestand, dass Laney und ich uns um die Fernbedienung stritten. Ich konnte mir ihre Kindheit nicht vorstellen. Vielleicht erklärte sie zum Teil ihr Bedürfnis, so vorsichtig zu sein.

»Ich habe viel Zeit mit meinem Dad verbracht, aber ich habe hauptsächlich bei meiner Mom gewohnt. Dann erschien Aldo, sie haben geheiratet und Jay kam.« Dabei fing sie an zu lächeln. Sie war offensichtlich verrückt nach ihrem Bruder.

»Hat dein Dad jemals wieder geheiratet?«

Ihr Lächeln gefror. Oje. »Ja. Mehrmals sogar.« Sie nippte an ihrem Wein.

Zeit, unser Gespräch in eine andere Richtung zu lenken.

»Da! Probier mal die Wachtel.« Ich schob ihr den Teller hin. »Die ist köstlich.«

Sie lächelte dankbar, denn sie war sich offenbar bewusst, dass ich sie vom Haken gelassen hatte, und nahm mir den Teller ab.

Unsere Unterhaltung beim Abendessen ging noch weiter, es war eine lockere Konversation bis zum Nachtisch und einem zweiten Glass Wein und Bier. Meine Instinkte, was sie betraf, bewahrheiteten sich haargenau und ich fühlte mich im Laufe des Abends immer mehr zu ihr hingezogen. Ich wusste nicht, was ich mir mehr wünschte – dass sie weiter in diesem lyrischen Ton zu mir sprach, oder dass sie mir gestattete, sie zu ihrem Wagen hinauszubegleiten und sie besinnungslos zu küssen.

Die Wahl wurde mir abgenommen, als sie anfing zu gähnen, wobei sie ein niedliches kleines Quieken von sich gab und sich peinlich berührt den Mund bedeckte. »Tut mit schrecklich leid!«

Ich musste lächeln. »Macht nichts. Scheint, als hätte ich dich über deine Schlafenszeit hinaus hier festgehalten.« Ich sah auf meine Uhr und bemerkte, dass es bereits zehn Uhr dreißig war. Die Zeit war im Flug vergangen und ich hoffte, dass sie so viel Spaß gehabt hatte wie ich. Ich signalisierte dem Kellner, dass ich zahlen wollte, und beglich rasch die Rechnung. Emmys Versuch, sie unter uns aufzuteilen, ignorierte ich. Für welche Art von Mann hielt sie mich? Ach so, ja richtig. Sie hielt mich für einen Jungen, gar keinen Mann. Plötzlich war ich ein wenig ernüchtert. Vermutlich musste ich mich noch mehr anstrengen, um mich ihr gegenüber zu beweisen, denn nach dem heutigen Abend würde ich sie nicht so einfach davonmarschieren lassen.

Sie stand auf und ich versäumte es, ihr zu sagen, dass ihr

Oberteil sich wieder bewegt hatte, dieses Mal so weit nach unten, dass ich einen Blick auf schwarze Spitze und noch mehr Haut werfen konnte. Ich zwang mich, wegzusehen, denn ich wollte nicht pervers sein. Stattdessen begleitete ich sie zur Tür, meine Hand an ihrem Rücken. Sie zeigte auf ihr Auto und ich folgte ihr, auch dann noch, als sie versuchte, sich umzudrehen und sich vor der Tür des Restaurants zu verabschieden.

Ich gestattete ihr schließlich, sich umzudrehen, als wir die Fahrerseite des Volvo erreichten. Echt? Ein Volvo? Sie war viel zu jung und sexy für dieses Auto. Ihr stand ein Sportwagen. Schnittig, schnell und elegant.

»Also«, setzte sie an. »Vielen Dank für das Abendessen. Ich habe mich wunderbar unterhalten.«

»Ich auch«, erwiderte ich und fuhr mit der Hand zu ihrem Gesicht, um ihr eine Haarsträhne hinter das Ohr zu streichen. Die Brise blies sie ihr gleich wieder ins Gesicht, woraufhin ich lächelte.

Sie erwiderte das Lächeln und ich verstand das als mein Zeichen, mich vorzubeugen und ihr einen Gute-Nacht-Kuss zu geben. Er fing genussvoll und sanft an, unsere Lippen berührten sich kaum, doch dann steigerte er sich, sobald ihre Zunge über meine Lippe glitt. Ich hatte nicht damit gerechnet, dass sie diejenige sein würde, die den Kuss vertiefte, aber ich zögerte nicht beim Mitmachen. Ich hielt ihre Hüfte mit der einen Hand, während die andere sich hinter ihren Rücken schlängelte. Ihre Hände umfassten meinen Hals beidseitig und ich konnte spüren, wie mein Puls in ihre Handfläche pochte, während unsere Münder in einem feuchten Gleiten miteinander verschmolzen. Sie schmeckte nach Wein und der Schokolade aus unserem Nachtisch, trotzdem schmeckte ich diesen Hauch von Süße heraus, der einfach ihr eigen zu sein schien.

Ich stöhnte in ihren Mund und verrückte meine Position, damit ich sie weiter an mich ziehen konnte. Sie wich zurück, um Luft zu holen, und ihre Augen waren wild vor Lust, ihre

Wangen rosarot und heiß, und ihr Mund von unserem Kuss angeschwollen. Ihr Blick flatterte von meinen Lippen zu meinen Augen und wieder zurück, während ihr Gesichtsausdruck sich beinahe zu einem des Staunens wandelte.

»Du küsst wirklich sehr gut«, sagte sie bei einem raschen Ausatmen.

Ich grinste. »Gleichfalls.«

Sie trat zurück und löste sich aus meiner Umarmung. Ich wünschte mir nichts so sehr, als sie wieder an mich ziehen und sie dann mit mir nach Hause nehmen zu können, wo wir eine hervorragende Verwendung für mein großes Bett hätten finden können. Doch sie war nervös, das wusste ich. Daher holte ich Luft und lächelte sie weiter an.

»Ich sollte mich aufmachen.« Mit einer Hand glättete sie ihr Haar.

»Okay.« Ich wehrte mich nicht. »Aber ich habe noch zwei Fragen an dich, ehe du gehst.«

Sie schien unentschlossen, fragte aber dennoch: »Welche wären das?«

»Erstens, wann fängt das Turnier an?«

Sie entspannte sich. »Nächstes Wochenende, glaube ich. Ich werde nachsehen müssen und es dir dann mitteilen.«

Ich hielt die Hand in die Höhe, zwei Finger ausgestreckt. »Und zweitens, wann hast du Zeit für unser nächstes Date?«

Der Zweifel war zurück, wie ich es vorhergesehen hatte. Ich versuchte mich nicht entmutigen zu lassen und sagte mir, dass ich an den Kuss denken musste, den wir soeben ausgetauscht hatten. Der saugeile Kuss, bei dem sie sich so gut wie hatte gehen lassen in meinen Armen.

»Oh.« Sie versuchte, noch einen Schritt nach hinten auszuweichen, stieß jedoch an die Wagentür. »Ich glaube, das werde ich dich auch noch wissen lassen müssen.« Sie drehte sich um, um ihre Autotür zu öffnen, und warf nur einen Blick über die Schulter, um mir noch einmal für das Abendessen zu danken.

Diese Sache stellte sich als schwieriger heraus, als ich es erwartet hatte. Aber ich war bereit für die Herausforderung. Hoffentlich.

»Wo ist die kleine Furzfabrik?«

Ich benutzte meinen Schlüssel an der Tür meiner Schwester, ohne zuerst anzuklopfen. Es war vielleicht nicht mehr mein Zuhause, aber sie ist meine Schwester, also ist es meine Aufgabe, sie bei jeder Gelegenheit, die sich mir bietet, zu ärgern. Dieses Mal ging das Ganze jedoch total nach hinten los. Ich würde eine Clorox-Dusche nehmen müssen, um mich von dem Anblick zu befreien, der mich erwartete, als ich auf der Suche nach meinem neuen Neffen Rocco die Küche betrat.

Das Kind war nicht in der Küche. Laney und ihr Mann Nate waren es allerdings schon. Meine Schwester lag auf der Insel und Nate war … nun ja, ich will nicht wieder daran denken, was Nate tat. Wollen wir mal sagen, ich würde bis ans Ende der Zeit nie wieder etwas essen, dass in dieser Küche zubereitet wurde. Was echt ärgerlich war, weil Fiona oft im Haus meiner Schwester kochte.

Ich zog mich auf die Holzterrasse hinter dem Haus zurück, setzte mich auf eine Liege und schaukelte vor und zurück, bis Nate herauskam und mir ein Bier reichte. Er setzte sich auf eine Liege neben mich und kratzte sich im Nacken. Wir starrten beide ein paar Minuten lang stumm das Baumhaus an, bis er herübergriff und mir das Bier aufmachte. Ich meine, das war doch echt das Mindeste, was er für mich tun konnte.

Ich hörte mit dem Schaukeln auf und nahm einen großen Schluck von der kühlen Flüssigkeit zu mir.

Ich konnte aus dem Augenwinkel erkennen, dass Nate etwas sagen wollte, also streckte ich eine Hand zur Seite, um ihn davon abzuhalten. »Nee.« Das Arschloch besaß doch die

Frechheit zu grinsen. Wäre er nicht einer meiner Chefs, ich hätte ihn in die Kehle gehauen. Er stand schließlich auf und klopfte mir beim Vorbeigehen zurück ins Haus ein paarmal auf die Schulter. Ich blieb, wo ich war, und trank mein Bier.

»Ach, um Himmels willen. Sei nicht so eingebildet«, ertönte die Stimmer meiner Schwester hinter mir. Sie zog die Liege, die Nate soeben verlassen hatte, näher an meine heran und streckte sich darauf aus. Sie trug ein T-Shirt und eine Jeans, wie ich mit Erleichterung feststellte.

Ich sah sie finster an. »Du schuldest mir Therapiekosten für die nächsten dreißig Jahre. Ich hoffe, das ist dir klar.«

Sie stieß mich in den Arm. »Wie, glaubst du, dass *ich* mich fühle? Jetzt hast du wenigstens gelernt, nicht in die Häuser anderer Leute zu marschieren.«

»Betrachte die Lektion als gelernt.«

Sie lachte. Ich musste zugeben, dass es schön war, sie so glücklich und sorglos zu sehen. »Sei unbesorgt, Gav, Rocco wird bald zu Hause sein, dann kannst du dich bei Gesprächen über Kacke und Echsen ablenken.«

Gott sei Dank für Gefälligkeiten. Ich war zu Besuch, weil ich meinen Neffen sehen wollte, in meinem verzweifelten Versuch, mich von den unbeantworteten Botschaften an Emmy abzulenken, die sich auf meinem Handy über mich lustig machten. Wie immer spürte Laney die »Störung der Macht«.

»He, was ist denn los?« Ihre Miene war jetzt die einer großen Schwester.

»Nichts.« Ich versuchte, abschätzig dreinzuschauen, das gelang aber bestenfalls halbherzig.

»Herrgott. Es geht um eine Frau, nicht wahr?« Sie richtete sich auf, nach meinem Geschmack viel, *viel* zu begierig.

Ich kniff zur Antwort die Augen zusammen und trank den letzten Tropfen meines Biers, woraufhin sie wie eine Grinsekatze grinste.

»Gavin hat eine Freundin, Gavin hat eine Freundin«,

sang sie wie die unglaublich reife Mutter, die sie war. Das brachte ihr noch einen finsteren Blick ein und eine Schnute, um den Einsatz attraktiver zu machen. Sie lachte aber lediglich, bis sie schließlich wieder sprechen konnte. »Tut mir leid«, sagte sie, was sich jedoch ganz und gar nicht so anhörte. »Das ist einfach zu gut. Komm schon. Erzähl mir was darüber.« Sie machte es sich wieder flach auf der Liege bequem.

Der Gedanke war wenig verlockend, aber ich pfiff wirklich auf dem letzten Loch. Ich hatte mir Ablenkung durch Rocco erhofft und, wie ich ein wenig beschämt zugebe, vielleicht auch Ratschläge, und meine Schwester war hier und bot sich an. Situationen der Verzweiflung und so weiter.

»Na schön. Es gibt diese Frau, an der ich interessiert bin.« Ich stoppte und ging zurück zum Anfang. »Nein, das ist es nicht. Ich bin nicht nur interessiert. Sie ist unglaublich und wahrscheinlich unerreichbar für mich, aber das ist mir scheißegal. Da ist etwas zwischen uns, und ich habe das Gefühl, dass sie dem nicht mal eine Chance geben will.«

Laney sah mir zuliebe ein wenig beleidigt drein, wofür ich ihr sehr dankbar war. Nicht so weit, dass ich ihr für die Szene in der Küche vergeben würde, aber dennoch. »Wie oft seid ihr ausgegangen?«

»Das ist es ja. Wir hatten eigentlich erst ein offizielles Rendezvous, aber das war erstaunlich. *Sie* war erstaunlich. Und ich weiß, dass sie mich mag … sie scheint nur nicht gewillt zu sein, sich das einzugestehen.«

»Also das ist einfach bizarr.« Laney sah mich fragend an. »Du glaubst aber nicht, dass sie eine andere Beziehung hat, oder?«

Ich schüttelte vehement den Kopf. »Nein. Absolut nicht. Sie ist nur … vorsichtig.« Mein Kinn sank auf meine Brust. »Sie ist ein bisschen älter als ich.«

Laney setzte sich wieder aufrecht auf ihren Stuhl, das Metall quietschte am Holz des Decks. »O mein Gott! Es ist diese Anwältin von der Babyparty, nicht wahr?«

»Herrgott. Macht ihr Frauen nichts anderes als tratschen?«

Sie schaute beleidigt drein. Mit diesem Ausdruck war ich mehr als vertraut. »Bitte. Wir teilen Tritte aus und merken uns die Namen. Wir tratschen nur in unserer Freizeit.« Sie lehnte sich zurück und legte die Beine hoch. »Außerdem bringen wir interessante Informationen ans Tageslicht in unseren Lästerrunden. Tatsächlich müsstest du deine Anwältin, um sie zu durchschauen, nur für zwanzig Minuten mit Fiona in einen Raum stellen.«

Hmm. Dieser Gedanke hatte was an sich, das musste ich zugeben. Fiona konnte im richtigen Kontext einen Stein zum Bluten bringen. Ich studierte Laney, während ich mir das überlegte.

»Lade sie in die Gruppe ein – weniger Druck. Wenn du möchtest, dass sie deine Freundin wird, wird sie es sowieso mit uns aushalten müssen. Da kannst du ihr auch gleich zeigen, worauf sie sich einlassen würde.« Sie öffnete eine Wasserflasche und nahm einen kleinen Schluck.

Wieder hatte sie nicht ganz unrecht. Mir fiel auch auf, dass außer Brett so ziemlich alle, mit denen ich abhing, älter waren als ich. Vielleicht wäre das zu meinen Gunsten, falls Emmy weiterhin Bedenken wegen meines Alters hatte.

»Du könnest da an was dran sein«, sagte ich zu meiner Schwester. »Ich glaube, ich werde ihr eine SMS schickten und schauen, ob sie und ihre Freundin uns dieses Wochenende treffen können. Habt ihr alle morgen Abend Zeit?«

Sie zuckte mit den Schultern und strich sich ihre langen dunklen Haare hinter die Schulter. »Ich kann versuchen, einen Babysitter zu finden, aber auch wenn ich es nicht schaffe, kann einer von uns ausgehen. Lass mich mal Fiona fragen.« Sie holte ihr Handy aus ihrer hinteren Hosentasche.

Ich nutzte die Gelegenheit, um Emmy eine Nachricht zu schicken.

Gavin: Hallo. Ich weiß, dass du schwer bei der Arbeit bist, aber ich werde morgen Abend mit meiner Schwester und ein paar Freunden ausgehen. Wollt ihr, du und Ariana, uns treffen?

So. Das klang lässig genug. Und bestimmt konnte sie sich einen Samstagabend von der Arbeit freinehmen. Ich hatte mir eingeredet, dass sie auf meine Kommunikationsversuche nicht reagierte, weil sie in Arbeit versank. Ich war noch nicht bereit, mir einzugestehen, dass sie mich einfach nicht mehr sehen wollte.

Mein Telefon zeigte beinahe sofort eine Antwort an.

Emmy: Hört sich gut an. Ari muss aber arbeiten. Hättet ihr Lust auf Karaoke?

Ich war mehr als überrascht von der schnellen Reaktion, und sie löste ziemlich gemischte Gefühle aus. Karaoke? Himmel.

Gavin: Na klar. Nenn uns nur den Ort.

In der Not frisst der Teufel Fliegen, schätzte ich.

Emmy: Ari spielt morgen Abend Gastgeberin beim Karaoke im Tate in der Innenstadt. Ich werde um 20:30 dort sein, um ihr beim Aufbauen zu helfen. Werdet ihr kommen?

Gavin: Ganz bestimmt. Wir sehen uns morgen.

Ich hatte mir ein Pseudo-Date klargemacht. Hervorragend.

»Also, Laney, ich hoffe, du hast Lust auf Karaoke, weil ich dich nämlich gerade angemeldet habe.«

Daraufhin lachte sie auf eine Art, die für meinen Geschmack ein wenig zu böse klang. »Warte, bis ich das Fiona erzähle.« Sie tippte wie wild in ihr Handy und lachte weiter über das, was auch immer Fionas Antwort war. »Das wird phänomenal werden.«

Ich war mir da nicht mehr ganz so sicher.

Auch Verräter singen Karaoke

EMERSON

»Okay, ich bin fertig. Wohin gehen wir?«, fragte ich Ari und Jay, als ich in mein Wohnzimmer zurückging. Ich hatte mich gezwungen, meine Arbeit für die nächsten paar Stunden wegzulegen und ein Abendessen mit meinem Bruder und meiner besten Freundin zu genießen.

Jay warf Ari einen Blick zu, den ich nicht entziffern konnte, und Ari schien … irgendwie süffisant. Nicht unbedingt ungewöhnlich leider.

»Was ist los?« Beinahe traute ich mich nicht, danach zu fragen.

»Das würde ich auch gerne wissen«, erwiderte Jay, der immer noch Ari beäugte.

»Nichts ist los«, sagte sie naserümpfend. »Ich bin am Verhungern. Lass uns ins Rio Grande gehen – ich hab einen Riesenbock auf ACP und eine Margarita.« Sie erhob sich von der Couch und schnappte sich ihre Handtasche vom Couchtisch. Sie nahm auch mein Handy von seinem Platz am Tisch und reichte es mir.

»Danke«, sagte ich noch immer ein wenig misstrauisch.

»Du solltest dir vielleicht dein Handy ansehen, Schwesterchen. Ich habe Ari auf frischer Tat ertappt.«

Sie schnappte entrüstet nach Luft und tat so, als würde sie ihm eine überziehen. »Verräter!«

»Ich weiß wenigstens, wem meine Loyalität gilt«, war seine Antwort, woraufhin ich lächeln musste, ehe ich mein Handy durchging, um zu sehen, welche Schwierigkeiten Ari verursacht hatte. Nichts sprang mir sofort ins Auge.

»Kommt schon, ihr zwei. Gehen wir.« Ari zog mich am Arm in die Richtung der Garage. »Ich habe nur herumgespielt. Es ist nichts geschehen«, erklärte sie.

Da ich mir dachte, dass sie wahrscheinlich meinen Klingelton zu irgendwas Peinlichem geändert hatte, stellte ich die Lautstärke auf ganz niedrig und steckte mein Handy beim Hinausgehen in meine Handtasche.

Eine Margarita und einen vollen Bauch später lehnte ich mich zurück in der Nische in unserem Lieblingsmexikaner und seufzte. »Ich werde diesen letzten Korb Chips später bereuen, aber im Moment bin ich im Himmel.«

Jay verschlang noch weitere Chips mit Salsa, und Ari deutete dem Kellner, noch einen Drink zu bringen. Ich schüttelte den Kopf, als er mir ein Zeichen gab. Ich

musste fahren und wie es aussah, würde Ari bei mir übernachten.

»He«, sagte sie und drehte sich in der Nische zu mir. »Meinst du, du könntest mir morgen Abend beim Aufbau fürs Karaoke helfen? Ich arbeite im Tate's und ich scheine nie einen richtig nahegelegenen Parkplatz zu kriegen. Wenn du mitanpacken könntest, wäre das echt toll.«

Ich hatte Ari in der Vergangenheit schon ein paar Mal geholfen, als sie damit anfing und in ihrer Routine noch nicht so eingespielt war, aber das war schon eine Weile her. Ich bekam

Schuldgefühle, als ich daran dachte, wie lange es schon her war, dass ich ihr bei ihrer Arbeit zugesehen hatte. Ich musste mich bessern, was die Balance zwischen meine Karriere und meinem Privatleben anbelangte, sonst würde ich Gefahr laufen, alle zu vergraulen, die mir etwas bedeuteten.

Ich lächelte und stieß sie mit der Schulter. »Mache ich sehr gerne. Aber erwarte nicht von mir, dass ich auf die Bühne gehe.«

Sie spottete zum Spaß. »Das möchte ich einmal erleben.«

»Ich werde mich sicher nicht dafür entschuldigen, dass ich mich nicht öffentlich zum Narren mache.«

»Sie tut dir einen Gefallen, Ari. Ich habe sie in der Dusche singen hören, und den Ton trifft sie nicht immer«, steuerte Jay bei. Ich deutete über den Tisch und flehte sie an, auf die Stimme der Vernunft zu hören.

»Und ich sage dir immer wieder, dass man nicht gut singen können muss, um bei einem Karaoke-Abend Spaß zu haben. Du hast doch gesehen, wie schrecklich manche der Leute sind, aber sie unterhalten sich gut und geben mir Arbeit.«

»Trotzdem keine Chance.« Ich nahm einen Schluck von meinem Wasser, als der Kellner Aris Margarita abstellte. Sie lächelte dankend zu ihm hoch und ich hätte schwören können, dass er rot wurde. Das reizte mich ein wenig zum Lachen.

»Was ist?«, fragte sie.

Ich hob mein Kinn dem sich entfernenden Kellner hinterher. »Der Kellner. Ich glaube, er ist verknallt.«

Ihr Blick flog zu ihm. »Echt? Er ist so jung, er könnte mein Kind sein. Jay ist wahrscheinlich älter als er.«

»Okay. Das ist mein Zeichen, Pause zu machen.« Jay erhob sich von seinem Sitz und rieb sich die Hände an seiner Jeans. »Ich komme gleich wieder.« Er ging fort, wahrscheinlich, um die Toilette aufzusuchen.

»Ich wollte nicht suggerieren, dass du mit ihm ausgehen sollst. Ich habe nur darauf hingewiesen, dass er dich zu mögen scheint. Herrgott.« Obwohl ich in diesem Moment jeden gegen Elliot eingetauscht hätte.

»Na ja, sobald du einem weiteren Date mit Mister Baseball zusagst, werde ich in Erwägung ziehen, mit dem zwölfjährigen Kellner auszugehen.« Verdammt. Da war wieder dieser selbstgefällige Gesichtsausdruck.

Ich hatte in den letzten paar Tagen Gavins Nachrichten schamlos gemieden. Ich meine, gehört es nicht zum guten Ton beim Daten, dass man ein paar Tage wartet, ehe man sich nach dem ersten Date SMS schreibt? Ich half ihm nur dabei, die Regeln einzuhalten.

Okay, das war ein Haufen Quatsch. In Wahrheit hatte mir das Abendessen mit Gavin weitaus besser gefallen, als ich es erwartet hatte. Viel besser. Und dann erst der Kuss. Ach! Der war … es gibt keine Worte dafür. Ich spürte, wie ich bei der Erinnerung daran Gänsehaut bekam. Das war nicht gut. Tatsächlich befürchtete ich, dass ich, wenn ich ihm simste, so ziemlich allem zustimmen würde, was er vorschlug.

»Na dann ist es ja gut, dass ich nicht will, dass du mit dem Kellner ausgehst.« Ich zeigte Ari mein eigenes selbstzufriedenes Lächeln und zügelte meine abwegigen Gedanken.

Sie schürzte die Lippen zu einer Schnute, mit der sich eine Zweijährige sehen lassen konnte. »Komm schon! Du hast selbst gesagt, dass Date wäre perfekt. Ich glaube mich sogar an ein Seufzen erinnern zu können, das die Geschichte begleitet hat. Er ist ein scharfer junger Kerl, der auf dich steht. Du musst ihn ja nicht heiraten. Geh einfach nur aus mit ihm und unterhalte dich gut. Und um Gottes willen, lass dich flachlegen, ja? Du hast bestimmt schon Spinnweben angesetzt da unten rum.«

Ich spürte, wie meine Lippe sich vor Abscheu kräuselte. »Bäh. Bitte kümmere dich nicht um meine … da unten. Ich habe immer noch nicht so recht entschieden, was ich mit Gavin anfangen soll. Ich habe nicht mal auf seine SMS geantwortet, um Himmels willen.« Ich schlug die Hand vors Gesicht. »Gott, ich bin verkorkst. Noch ein Grund, weshalb ich nicht ausgehen sollte.«

»Hat dir nie jemand gesagt, dass es unhöflich ist, Textnachrichten zu ignorieren? Du bist doch immer so verdammt höflich, dass ich jetzt schockiert bin.« Sie nahm einen ordentlichen Schluck von ihrem Getränk und schmatzte mit den Lippen.

»Ich weiß. Ich weiß.«

Jay wählte diesen Augenblick für seine Rückkehr. »Ist es jetzt sicher?«

»Ja. Leider«, sagte Ari, die mir einen wütenden Blick zuwarf, ehe sie sich wieder Jay zuwandte. »Findest du nicht, dass es an der Zeit ist, dass Emerson einen Freund bekommt?«

Mein Bruder kniff die Augen zusammen und sah sie an. »Ihr habt gesagt, dass es sicher ist!«

Ich gab ihr einen Stups mit dem Ellbogen. »Lass ihn in Frieden. Jay, erzähl Ari von deinen Spielen diese Woche. Ein Themenwechsel ist angesagt.«

Als wir nach Hause kamen, beschlossen Ari und Jay, sich *Game of Thrones* anzuschauen, während ich mich in mein Schlafzimmer verkroch, um in meinen E-Mails nachzusehen, ob irgendetwas dabei war, dass ich vor dem Morgen erledigen musste. Craig hatte, wie erwartet, ein Rundschreiben an die Gruppe verschickt. Darin ging es um ein paar Änderungen, die er vorgenommen hatte, um die Rohfassung des Gründungsvertrages zu verbessern. Änderungen, die *er* vorgenommen hatte, trotz der Tatsache, dass wir beide an den Anpassungen gearbeitet hatten. Ich knirschte meine Mahlzähne aufeinander und versuchte mir in Erinnerung zu rufen, dass das Karma eine B-i-t-c-h war.

Ich wollte mich gerade wieder zu dem blutrünstigen Duo im Wohnzimmer gesellen, als ich mein Handy auf dem Nachttisch neben mir scheppern hörte. Ich bemerkte, dass ich die

Lautstärke nicht wieder hochgedreht hatte und betete, dass ich nichts Wichtiges verpasst hatte.

Aber als ich mein Handy in die Hand nahm, sah ich nur einen einzeiligen Text von *Bis nächste Woche ignorieren*.

Bis nächste Woche ignorieren: *Freue mich schon auf morgen. Träum was Schönes.*

Hä? Was sollte das bedeuten? Ich wischte, um den Nachrichtendienst zu öffnen, und spürte, wie sich das Blut aus meinem Gesicht zurückzog.

»Ari!!!«

»ACH, bitte. Du hast schon alle deine heutigen Punkte für die rechtschaffene Entrüstung aufgebraucht. Lass. Es. Einfach. Ich habe sogar den Song, falls du es vertonen möchtest.«

Ich sah Ari über den Lautsprecher, als wir diesen am nächsten Abend an seinen Platz in der Ecke der kleinen Bühne des Tate schoben, wütend an. Die Affen turnten wieder in meinem Bauch und ich war erfüllt von einem verrückten Gefühlscocktail. Die Tatsache, dass Ari mein Geschimpfe wegen ihres kleinen SMS-Stunts nicht zu kümmern schien, hat die Sache auch nicht besser gemacht.

Ich würde einfach meine Miederhose hochziehen müssen und die reife, vernünftige Erwachsene sein, die ich war. Es war nicht so, als würde ich Gavin nicht sehen wollen. Ich hatte mich richtig gut unterhalten bei unserem Rendezvous, und er war witzig und liebenswert und clever. Aber ich musste bei der ganzen Sache auch an seine Gefühle denken. Er mochte mich offensichtlich, was an sich sehr schmeichelhaft war, aber was, wenn er anfing, mich wirklich zu *mögen*?

»Hör auf.« Ari sah mich kritisch an. »Du denkst zu viel nach.«

»Raus aus meinem Kopf.« Wie machte sie das? Natürlich dachte ich zu viel nach. Das ist mein Job.

»Er ist ein vierundzwanzigjähriger Mann. Er findet dich heiß und will dich knallen. Das ist keine Raketenwissenschaft und du wirst ihm nicht sein armes kleines Babyherz brechen, weil du einen Job und Verantwortung hast.« Sie richtete den Mikrofonständer. »Geht was trinken, flirtet ein bisschen, und du schau, dass du was kriegst. Ende der Geschichte. Ich zahl dir auch deinen ersten Drink.« Sie lächelte ein wenig zu lieb.

»In der Hölle gibt es einen besonderen Ort für Leute wie dich, Ari.«

Als Antwort zeigte sie mir die Zunge.

Tate war mehr so eine Spelunke, aber das Personal war freundlich und die Menge enthusiastisch. Ari setzte ihren natürlichen Charme ein, um die Gäste hereinzubekommen und dafür zu sorgen, dass sie sich wohlfühlten. Sie hatte ihre Anmeldeliste halb gefüllt, als sie mit ihrer ersten Nummer anfing. Ich machte es mir an dem großen Stehtisch vor der Bühne bequem, den wir uns gesichert hatten, und nahm einen Schluck von meinem Gin-und-Tonic, als gerade die bekannten Klänge von »*Mrs. Robinson*« von Simon und Garfunkel aus den Lautsprechern ertönten. Ari zwinkerte mir zu und fing an zu singen, während ich mir einen langsamen und schmerzvollen Tod für sie ersann.

Glücklicherweise endete Aris kleine Ode an alle *Cougars*, und danach schmetterte ein Trio Frauen in ihren Dreißigern Rihanna, als ich eine warme Hand auf meiner Schulter spürte. Ich sah auf und entdeckte Gavin, der in einem verblichenen Band-T-Shirt und abgewetzten Jeans und den Lichtreflexionen von Aris Deko in den Haaren so scharf wie immer aussah. Ich konnte das Lächeln, das sich auf meinen Lippen bildete, nicht verhindern, und er verstand das als Einladung, sich herunter zu beugen und mir einen zarten Kuss auf den Mund zu setzen.

»He, Emmy«, war alles, was er sagte, aber seine Augen

vermittelten eine Botschaft in der Art von »Könnten wir uns davonmachen, damit ich dich so richtig hart rannehmen kann?« Ich musste schlucken und ließ ihn damit davonkommen, dass er mich Emmy nannte, wie immer. Mann, er hätte mich in diesem Augenblick auch Carl nennen können, mir wäre es egal gewesen.

»Lange nicht gesehen«, sagte eine helle weibliche Stimme hinter mir.

Ich schüttelte die Gavin-Betäubung ab und drehte den Kopf. Ich erkannte ein Gesicht, an dass ich mich erinnerte. Glücklicherweise fand ich meine Stimme und sie klang normal. »Ach, hallo. Fiona, stimmt's?« Die sehr zarte kleine blonde Frau hatte an der Abfindungsverhandlung für diesen grässlichen Probono-Fall im letzten Jahr teilgenommen. Sie war dort gewesen, um ihren Freund Mark zu unterstützen, den mein Trottel von einem Klienten zu verklagen versuchte. Das fühlte sich alles ein bisschen bizarr an.

Sie lächelte. »Stimmt. Schön, Sie wiederzusehen, Emerson.«

Ich rümpfte ein bisschen die Nase. »Die Umstände sind ein wenig angenehmer als die bei unserem letzten Treffen.«

Sie lachte liebenswürdig und zog Mark Beckett an ihre Seite. Er schien von der Situation völlig unbekümmert zu sein und schüttelte mir freundlich die Hand. Gavin stellte mich seiner Schwester Laney und deren Mann Nate vor. Ich hoffte, alle Namen richtig behalten zu können. Ich entdeckte an der Bar noch eine Person, die ich erkannte, die gerade eine Bestellung aufgab. Es war Marks Bruder Jake, derjenige, der mich im Fall Chris Hardacre angerufen hatte.

Alle nahmen rasch Sitzplätze ein und mir blieb nicht unbemerkt, dass Gavin der erste war, der einen Platz für sich belegte – den direkt neben mir. Ari winkte uns von ihrem Platz neben der Bühne aus zu, wo sie die Musik für den nächsten »Künstler« vorbereitete, und ich nutzte die Gelegenheit, um ihr noch einen letzten wütenden Blick zuzuwerfen.

»Laney!«, rief Fiona über den Tisch Gavins Schwester zu. »Singen wir Taylor Swift oder Britney Spears?«

»Du kannst ausflippen, so viel du willst. Ich werde mich erst in die Nähe dieser Bühne begeben, wenn ich zwei Drinks intus habe. Und ich werde nur den Begleitgesang übernehmen.« Laney zeigte auf ihre Freundin.

Fiona erwiderte mit einer Schnute.

»Ich glaube, Ari hat bereits zwanzig Leute auf ihrer Liste. Vielleicht solltet ihr euch jetzt anmelden, damit ihr nicht leer ausgeht«, steuerte ich bei.

Fiona drehte sich zu mir. »Möchtest du die Leadsängerin mit mir geben?«

Ich schüttelte heftig den Kopf. »Du willst mich nicht singen hören. Aber warte, bis du Ari hörst. Sie ist sagenhaft.«

Ari rief den nächsten Namen auf der Liste auf und ein übergewichtiger Mann mit feuerroten Haaren und einem Glas Bier in der Hand betrat die Bühne. Alle klatschten aufmunternd. »Ich möchte dieses Lied meinem Mädchen Tina widmen! Ich liebe dich, Baby!« Die Musik fing an und er machte sich daran, die peinlichste, falsch gesungene Interpretation aller Zeiten von Seals »*Kiss from a Rose*« zum Besten zu geben. Ich musste mir auf die Lippe beißen, um nicht loszulachen bei dem armen Kerl. Ich warf einen Blick zu Gavin hinüber, und er sah aus, als hätte ihn ein Kantholz am Schädel getroffen.

»Atmen«, sagte ich zu ihm gebeugt. »Es wird bald vorbei sein.« Er sah mich an, die Augen groß, und fragte sich sichtlich, ob das meine Vorstellung eines perfekten Samstagabends war – und wenn ja, wie er aus der Situation unauffällig herauskam. Der Gedanke, dass er den Abend beenden wollte, nachdem ich mir so viele Sorgen gemacht hatte, löste tatsächlich das Lachen. Ari hatte recht. Ich durfte wirklich nicht so eitel sein. Ich lehnte mich an seinen Arm und erlaubte mir zu lachen, was ihn ein wenig auflockerte.

Sein heißer Atem strömte gegen mein Ohr, als er sagte:

»Wenn du glaubst, dass ich da raufgehe, dann bist du mehr als verrückt.« Ich kicherte wie ein Teenager, als der arme Kerl auf der Bühne endlich seine Nummer beendete und das Publikum leicht applaudierte. Das war also doch unterhaltsam, wie sich herausstellte.

»Herrgott«, sagte Jake, reichte eine Runde Getränke herum und setzte sich dann uns gegenüber. »Was zur Hölle war das denn?«

Alle Frauen schienen zu lachen und die Männer sahen drein, als wären sie gerade von der TSA gefilzt worden.

»Willkommen beim Karaoke-Abend!« Laney klopfte ihm auf die Schulter.

»Du bist bald dran, Jake. Wir haben dich angemeldet, als du uns die Getränke geholt hast. Du und Mark, ihr werdet ein Duett singen«, sagte Fiona mit einem recht lieblich wirkenden Lächeln.

Jake kniff die Augen zusammen und sah sie an. »Ich wusste, ich hätte Bailey als Beschützerin mitbringen sollen.«

»Wo ist sie heute Abend?«, fragte ich.

»Sie hat sich angeboten, auf unseren Sohn aufzupassen«, antwortete Laney für ihn. »Sie ist ungefähr im einhundertsten Monat schwanger, sie hatte daher keine Lust auf die Bar-Szene.«

Ich nickte verständnisvoll, als Ari das Mikro mit auf die Bühne nahm. Ihr tief ausgeschnittenes Kleid umschmiegte jede Kurve und sie stemmte eine Hand in die Hüfte. »Also Danke, Ken, für diese … Hommage, die von Herzen kam. Tina ist wirklich zu beneiden.« Sie konnte sich ihr Lächeln nicht verkneifen. »Ich habe heute ein paar besondere Menschen zu Gast hier.« Ari deutete herunter zu unserem Tisch und ich zuckte zusammen. Was zum Teufel tat sie nun schon wieder? »Meine hübsche Assistentin, Emerson, und ihre neuen *Freunde*.« Sie betonte das letzte Wort gerade so stark, dass es eine zweideutige Zusatzbedeutung bekam, und fuhr fort, mein verzweifeltes

Kopfschütteln ignorierend. »Ich werde sie später heraufholen, und wenn es das Letzte ist, was ich tue. Aber zuerst wollen wir Sharon und TJ auf der Bühne willkommen heißen!« Sie reichte einem Paar Mikrofone, als dieses auf die Bühne kletterte, dann kam sie zu unserem Tisch herüber.

»Hallo, Leute. Ich bin so froh, dass ihr alle kommen konntet.« Sie legte eine Hand auf die Brust. »Ich bin Ari, die beste Freundin. Hallo, Gavin.« Sie zwinkerte, woraufhin Laney und Fiona Gavin ansahen und grinsten. Alle wurden vorgestellt und Ari, wie immer, unterhielt sich mühelos mit allen, bis es Zeit für sie war, wieder an die Arbeit zu gehen. Alle am Tisch redeten und tranken und schienen Spaß zu haben.

Aber die gesamte Zeit über war das Einzige, woran ich denken konnte, die Empfindung, die Gavins Knie, das an meines gepresst war, in mir auslöste, und das Gefühl in meinem Inneren, dass mir riet, die Sache einfach zu wagen.

*Gib deine Würde an der Tür ab und
komm doch rein*

~∾~

GAVIN

Nur ein Blinder hätte all die bedeutungsvollen Blicke ignorieren können, die Laney, Fiona und nun auch Ari mir zuwarfen. Du lieber Himmel, es war, als hätten sie noch nie zuvor zwei Menschen verschiedenen Geschlechts interagieren sehen. Ich wartete darauf, dass gleich ein Universum-artiger Filmkommentar anfangen würde. Wollte ich jemals weiterkommen, würde ich Emmy da rausholen müssen.

»Lust, mich an die Bar zu begleiten? Ich spendier dir noch 'nen Drink.« Ich beugte mich zu ihr, damit sie mich durch das Gekreische, das die betrunkenen College-Schüler auf der Bühne von sich gaben, hören konnte. Sie nickte, ich stand auf und half ihr, indem ich ihr den Stuhl in der Enge zurückschob. Das Lokal hatte sich zunehmend gefüllt, seit wir dort waren. Ich deutete ihr, sie solle vorausgehen, und sorgte dann dafür, dass entschlossene »Halte-dich-fern-Signale« an das sich stets einmischende Pärchen an unserem Tisch abgegeben wurden, ehe ich Emmy zur Bar folgte.

Von meiner Aussichtsposition hatte ich den direkten Blick auf ihre Klamotten, wenn auch nur von hinten. Sie war wieder ins Konservative verfallen – eine hellblaue Bluse und eine schwarze Hose, die eng an ihrem Hintern anlag, die Haare mit einem Pferdeschwanz hochgebunden –, doch das hatte auf mich die Wirkung eines totalen Antörnens, weil ich meine Fantasie einsetzen musste. Und das gelang mir verdammt gut, wenn ich es doch sage.

»Also, haben wir dich jetzt davon überzeugt, öfters zum Karaoke-Abend zu kommen?«, fragte Emmy scherzhaft, als wir endlich einen Platz an der Bar gefunden hatten.

»In diesem Moment ziehe ich in Erwägung, einen dritten Job anzunehmen, nur damit ich Ari dafür bezahlen kann, dass sie diese Nummer aufgibt. Wie hält sie das bloß aus?«

Emmy lachte. »Es gefällt ihr sogar, wenn du's glauben kannst. Ich komme nicht sehr oft her, und jetzt fällt mir wieder ein wieso. Ich bin mir ziemlich sicher, dass man betrunken sein muss, um die volle Wirkung mitzubekommen.«

»Na ja, dann lass mich dir diesen Drink spendieren.« Ich zog eine Augenbraue hoch und sah sie an.

»Wie machst du das?«, fragte sie, hob die Hand zu meinem Gesicht und fuhr mit dem Finger über meine Augenbraue. Mein Schwanz zuckte schon bei dieser leichten Berührung. Verdammt.

»Was denn?«

Ein träges Lächeln zeigte sich in ihrem Gesicht. »Nur eine Augenbraue hochziehen.«

Ich kniff die Augen zusammen und spürte, wie meine Lippen zogen.

Sie ließ ihren Finger auf meiner Haut verweilen und fing an, ihr Gesicht so zu verziehen, dass es wie bei einem Schlaganfall-Patienten aussah, der zu blinzeln versuchte. Beide Augenbrauen gingen nach oben und sanken wieder, während sie konzentriert versuchte, sie einzeln zu bewegen.

»Bitte verletze dich nicht«, flehte ich sie an.

Sie nahm die Hand aus meinem Gesicht und lachte über sich selbst. »Siehst du. Ich kann's nicht.«

Ich nickte, aber alles, was ich sah, war, wie verdammt hinreißend sie war.

Ich konnte nicht anders, neigte mich vor und gab ihr noch einen kleinen Kuss. Der, den ich ihr bei unserer Ankunft gegeben hatte, war nicht annähernd ausreichend gewesen, und ich brannte darauf, sie richtig zu küssen. Ich wich jedoch zurück, denn ich war mir bewusst, dass wir uns an einem öffentlichen Ort befanden, und sah, dass ihre Augen noch immer geschlossen waren. Dann flatterten ihre Augenlider auf und ich war mir in diesem Augenblick ziemlich sicher, dass ich geliefert war.

Der Barkeeper wählte diesen Moment, um uns nach unserer Bestellung zu fragen, und ich bat um eine weitere Runde Getränke für den Tisch. Es hätte mich nicht im Geringsten gestört, wenn Emmy sich hätte berauschen und dann von mir nach Hause fahren lassen wollen, denn ich hatte ein Zwei-Bier-Limit. Ich wusste aber, dass das nur ein Wunschgedanke war – sie hatte gewiss schon ein anderes Arrangement getroffen, so vorsichtig wie sie immer zu sein versuchte. Aber ich hatte kleine Einblicke bekommen, was sich unter ihrer sorgfältig gepflegten Schale verbarg, und ich würde dafür sorgen, dass sie irgendwann lockerer wurde. Oder aber ich würde bei dem Versuch sterben.

»He«, sagte Emmy. »Ich wollte mich entschuldigen, weil ich nach unserem Date nicht auf deine Nachrichten geantwortet habe. Das war unhöflich.« Sie blickte mich ernst an.

Ich zucke mit den Schultern. »Ich habe mir gedacht, dass du mit der Arbeit beschäftigt bist. Du hast zugestimmt, dass wir uns heute Abend treffen – das ist das alles, was zählt.«

Sie öffnete den Mund, um darauf etwas zu sagen, schien es sich dann aber anders zu überlegen. Stattdessen lächelte sie mich nochmals an und ich bekam dieses Engegefühl in der Brust.

»Herrgott, hast du ein schönes Lächeln, Emerson Scott.«

Sie errötete und die Sommersprossen auf ihren Wangen zeichneten sich stärker ab.

»Du neigst auch dazu, öfter rot zu werden als jedes andere Mädchen, dass ich jemals kennengelernt habe, glaube ich.«

Ihre Hände fuhren zu ihren Wangen und sie schlug mir auf den Arm. »Na wenn das nicht unhöflich ist!« Aber sie lächelte weiter.

Der Barkeeper stellte ein paar Drinks vor uns hin und Emmy nahm einen Schluck von ihrem. »Deine Freunde scheinen nett zu sein. Nicht, dass wir uns hier drinnen sehr leicht unterhalten könnten angesichts all des Lärms, aber sie sind offensichtlich recht amüsant.«

Ich ließ meinen Blick zurückschnellen zum Tisch, wo Fiona dem Anschein nach mit ihrem eigenen Handrücken rumknutschte. Himmelherrgott. Was hatte sie denn intus heute Abend? Ich wandte mich wieder zu Emmy.

»Langweilig sind sie jedenfalls nicht, das muss ich ihnen lassen.«

»Ja, ich habe schon ein wenig übereifrigen Enthusiasmus bezüglich unserer … Freundschaft bemerkt. Andererseits habt ihr Ari kennengelernt, also ist eigentlich nichts anderes zu erwarten.«

Pah. Freundschaft, dass ich nicht lache. Fürs Erste ließ ich es darauf beruhen.

Ich schüttelte den Kopf. »Jetzt, wo du es erwähnst, frage ich mich irgendwie, warum die Frauen überhaupt eingeladen wurden.«

»Ich dachte mir, du könntest Verstärkung gebrauchen, falls ich dich versetze oder so.« Sie spielte mit dem Strohhalm in ihrem Drink und warf mir einen verschmitzten Blick zu.

»Aud keinen Fall. Das würdest du nicht tun. Ich bin viel zu unwiderstehlich.«

Sie verdrehte die Augen, was sie sehr jung aussehen ließ. Es war verdammt niedlich und ich war froh, dass sie sich wieder in der Komfortzone bewegte, die wir bei unserem Abendessen gefunden hatten.

Wir unterhielten uns noch weiter und ich hatte unsere Freunde schon fast vergessen, als Mark dann herüber geschlendert kam und uns unterbrach. »He, Junior, fermentierst du den Alkohol selbst? Was dauert denn so lange?« Er grinste Emmy an und warf mir einen finsteren Blick zu.

»Ich plaudere nur gerade mit einem hübschen Mädchen, also danke, dass du deine Riesenbirne reinsteckst.«

»Der Junge meint, er sei charmant. Lass dich nicht täuschen, Emerson«, erklärte ihr Mark in verschwörerischem Tonfall, während einer seiner großen Arme sie streifte und ich rotsah.

Ich wollte ihm sagen, er solle verdammt nochmal die Klappe halten, aber ich fand keinen Weg, das zu tun und gleichzeitig den guten Draht beizubehalten, den wir etabliert hatten. Ich wusste, dass er nur herumalberte und nichts von Emmys Bedenken wusste, was mein Alter betraf. Ich würde es einfach klaglos durchstehen müssen.

Glücklicherweise bot sich eine Ablenkung, ehe Emmy antworten konnte. Fiona war auf der Bühne, das Mikro in der Hand, und sang sich die Seele aus dem Leib zu Def Leppards »*Pour Sugar on Me*«. Mark drehte sich gerade rechtzeitig um, als sie den Shimmy tanzte und sich dabei mit der Hand bis hinunter an den Saum ihres kurzen Kleides fuhr. Ich hörte ein Knurren und etwas Gemurmeltes, das sich anhörte wie: »Das denke ich nicht, Shortcake«, ehe er sich zur Bühne aufmachte.

Emmy schlug sich die Hand vor den Mund, um nicht herauszulachen, als Mark direkt vom Lokalboden auf die Bühne stieg, die Stufen komplett auslassend. Fiona hatte sich in diesem

Moment umgedreht und schüttelte nun ihren Hintern vor dem Publikum. Sie stieß ein lautes Kreischen aus, als sie herumwirbelte und direkt mit Marks Brust zusammenstieß. Dieser nahm ihr das Mikro ab und reichte es Ari, die ihrerseits auf die Bühne getrippelt war und ihr imposantes Hinterteil zur Schau stellte, dann warf er sie sich in einem Gamstragegriff über die Schulter. Eine seiner großen Hände bedeckte ihren Po und verbarg alles, was interessant hätte sein können, und trampelte schnurstracks von der Bühne herunter und durch die Hintertür der Bar hinaus, während Fiona ihm den ganzen Weg entlang auf den Arsch schlug und ihn anbrüllte. Gejohle und Beifall schallten durch die Bar und meine Schwester und Jake sahen aus, als würden sie sich anpissen, so sehr mussten sie lachen. Nate zog Laney an sich und lachte in ihre Haare, als die rückwärtige Tür der Bar hinter dem sich entfernenden Paar zufiel, dann sprach Ari ins Mikrofon.

»Na ja, es ist eben erst dann eine Party, wenn jemand seinen Hintern versohlt bekommt!«

Emmy neben mir schüttelte den Kopf, und ich nahm einfach nur einen langen Schluck von meinem Bier und fand, dass der Abend doch noch ziemlich saumäßig geil wurde.

»Zeit für etwas Spaß der anderen Sorte, bevor unsere nächste Entertainerin die Bühne betritt. Ich hoffe, es gefällt euch allen!«, sagte Ari, dann drückte sie auf ein paar Knöpfe und fing an »*Titanium*« zu singen und die Menge damit tatsächlich vom Stuhl zu reißen.

»Ach du heilige Scheiße«, hörte ich mich sagen.

»Ich weiß«, war Emmys Antwort.

Ich sah zu ihr hinab und ihre Augen waren auf ihre Freundin geheftet, ihr Stolz deutlich in ihren Gesichtszügen zu erkennen.

Als Ari die letzten Noten beendet hatte, stand so ziemlich jeder in der Bar auf und klatschte, woraufhin sie verspielt knickste, ehe sie den nächsten Sänger hinaufbat. Ich würde jedenfalls im Leben nicht nach so einer Vorstellung drankommen wollen, nicht einmal wenn ich den Verstand verloren und zugestimmt hätte, an einer der unbestritten schlimmsten Erfindungen der letzten Jahrzehnte teilzunehmen.

Wir begaben uns schließlich mit den Getränken für alle zurück an unseren Tisch, und Ari gesellte sich in ihrer Pause zu uns. Mark und Fiona waren in die Bar zurückgekehrt und sahen beide frisch gefickt aus, wenn ihr mich fragt. Ein weiterer Beweis war der selbstzufriedene Ausdruck in Marks Gesicht und der auffällige rote Lippenstift an seinem Ohr – nicht, dass ich etwas sagen würde. Brett war ebenfalls aufgetaucht und zog sich einen Stuhl an unseren Tisch. Anders als einige Leute, die ich erwähnen könnte, verhielt er sich total cool Emerson gegenüber, und ich zahlte ihm aus Dankbarkeit ein Bier. Soweit ich das beurteilen konnte, waren Brett, Emmy und ich die bei Weitem reifsten Menschen an dem ganzen verdammten Tisch. Mark war ein übergroßes Tier, und die anderen beiden Jungs in ihren Dreißigern debattierten mit Ari darüber, welches Superhelden-Filmfranchise das beste war. Jawohl, mein Plan, Emmy mit meinen ach-so-erwachsenen Freunden zu beeindrucken, war komplett im Arsch.

Nicht, dass ihr das überhaupt aufzufallen schien. Ihr wunderschönes Lächeln erstrahlte fast den ganzen Abend lang, und in den meisten Fällen war es auf mich gerichtet. Ich behielt sogar meine Hand die ganze Nacht hindurch auf ihrem Knie, ihrem Arm oder ihrem Rücken, und sie schlug mich nicht und versuchte nicht, mich abzuschütteln. Ich betrachtete den Abend als rasenden Erfolg, bis *es* dann geschah.

Fiona und Laney hatten soeben eine extrem peinliche Interpretation von »*Hold On*« von Wilson Philips beendet, zu der Ari und Emmy sie die ganze Zeit angefeuert hatten. Ari holte sich das Mikrofon, um den nächsten Teilnehmer anzukündigen. »Lasst uns Nick auf der Bühne begrüßen. Nick, komm doch zu mir!« Versprengtes Klatschen ertönte und ein großgewachsener Kerl mit dunklem Haar schritt vom hinteren Ende der Bar auf die Bühne, auf den Stufen nur leicht wackelnd. Es sah so aus, als würden wir mit noch einem betrunkenen Kerl beglückt werden, der eine Wette verloren hatte. Außer, dass Aris Miene von lächelnd zu überrascht wechselte – sogar misstrauisch wirkte –, als sie das Gesicht des Kerls sah. Zögernd reichte sie ihm das Mikro und entfernte sich dann langsam, um das Lied zu starten.

Als er sich umdrehte, erkannte ich ihn sofort. Es war Ponch, Aris Bruder. Was zum Teufel? Ich fragte mich für einen Moment, wieso er sich nicht zu uns an den Tisch gesellt hatte, da er sich, nach dem Grad seiner Stockbesoffenheit zu urteilen, offensichtlich schon eine Weile an der Bar aufhielt. Ehe ich noch weiter darüber nachdenken konnte, fing die Musik an und er trällerte die ersten paar Zeilen irgendeines Songs aus den Achtzigern, den ich vage erkannte. Ich sah Emmy an, doch sie unterhielt sich mit Laney und hatte Ponch nicht bemerkt. Das heißt, bis er dann den Refrain erreichte von dem, was ich endlich als »*Can't Fight this Feeling*« von REO Speedwagon erkannte, und ins Mikro brüllte: »Emerson, ich mein's ernst, Baby!« und dann mit dem gottserbärmlichen Gesang über eine Freundschaft, aus der mehr geworden war, weitermachte.

Fick. Mich.

Unser gesamter Tisch wurde sofort ruhig und alle Augen richteten sich auf die Bühne. Außer meine. Meine Aufmerksamkeit galt Emmy. Ich musste ihre Reaktion sehen auf das, was im Grunde eine Liebeserklärung von einer Person war, die sie ihr ganzes Leben kannte. Ihre Kinnlade fiel fast bis auf den Tisch und ihr Gesicht wurde blitzartig hochrot. Aus dem Augenwinkel sah ich Ari zu ihrem Bruder hinschießen, und es folgte ein Gerangel um das Mikrofon. Ich sah nicht, wie es ausging – ich hörte nur, wie die Musik abbrach und Aris Stimme aus den Lautsprechern ertönte.

»Tut mir leid, Leute! Wie es scheint, hat mein Bruder seine Würde irgendwo zwischen der Bar und der Bühne abgelegt.«

Ein wütender Unterton durchzog ihre Stimme und ich war plötzlich ein riesiger Fan von Ari Amante.

Von ihrem Bruder nicht so sehr.

DER NÄCHSTE TAG war ein Sonntag und ich hatte nur Lernen auf meinem Stundenplan. Die Ereignisse des Vorabends hatten kurz nach Ponchs Darbietung ein Ende gefunden. Emmy und Ari hatten sich mehrere Minuten lang bei der Bühne beraten, dann wandte sich Emmy zu mir und erklärte mir entschuldigend, dass sie Ari begleiten und den Arsch des betrunkenen Ponch nach Hause bringen würde. Na ja, ganz so hat sie es nicht formuliert, aber sie wollte nicht mit mir nach Hause kommen, und nur da war der wichtige Teil. Ich hatte keine Ahnung, was los war, aber sie versprach mir, mir am nächsten Morgen eine SMS zu schicken. Später am Vormittag dann hatte ich immer noch keine Nachricht von ihr erhalten, ich wollte aber nicht schon wieder, so wie letztes Mal nach unserem Date, den Kreislauf der unbeantworteten Texte wiederholen.

Angesichts meines Geisteszustands entschied ich, dass es ein guter Tag für die Batting Cages war. Ich musste etwas Dampf ablassen und nachdenken, was ich nicht wirklich tun wollte, und ich kannte genau die richtige Person, die ich zur Ablenkung mitnehmen würde.

»Ja, genau«, sagte ich. »Den rechten Ellbogen schön oben lassen. Da kommt er schon.«

Rocco holte mit all der Kraft eines dürren Sechsjährigen aus und schlug meilenweit daneben, wobei ihm auch noch der Helm verrutschte und das halbe Gesicht abdeckte.

»Guter Versuch, Kumpel. Denk dran, dieses Mal nicht die Augen schließen.«

Er nickte und richtete sich den Helm auf auf seiner dunklen Mähne. Der nächste Pitch kam tief herangeschossen und er erwischte ihn zum Teil, sodass der Ball hochsprang, an die Decke des Käfigs schlug und dann zu Boden fiel. »Hast du das gesehen?«, rief er aufgeregt.

»Absolut. Bald wirst du sie aus dem Ballpark schlagen.« Ich hielt die Maschine an und nahm ihm den Helm ab. »Du brauchst einen größeren Kopf.«

»Du brauchst einen kleineren Helm«, erwiderte er.

Ich grinste ihn an. »Lust, was trinken zu gehen? Ich glaube, die haben Limonade im Automaten.«

Er sah mich mit großen Augen und einem Lächeln an, was ich als ein Ja betrachtete, und wir gingen zur Seite des Hauptgebäudes, unter einen Überbau, wo die Warenautomaten standen. Die Academy war mucksmäuschenstill, wie ich es erwartet hatte. Leute würden im späteren Verlauf des Tages eintrudeln, aber an den Sonntagmorgen war es immer ruhig. Während die anderen Leute sich zum Frühstück und in die Kirche begaben, zog ich es weitaus mehr vor, die Stille in mich aufzusaugen, während ich Pitches auf einen Training Screen warf oder die Batting Cages traf. Laney scherzte, dass es meine Kirche für Heiden war, und dem konnte ich nicht wirklich widersprechen.

»Ich sag's dir, Rocco: Sei mit Freude ein Kind, solange du kannst. Hab's nicht eilig mit dem Erwachsenwerden, hörst du?«

»Ja, okay.« Er leckte die Seite seiner Flasche ab, wo ein feuchter Tropfen ausgetreten war. »Aber ich will einen Sattelschlepper fahren und das kann ich erst, wenn ich erwachsen bin. Sollte ich nicht wenigstens erwachsen werden wollen, um einen Führerschein zu kriegen, oder so?«

Ich zuckte mit den Schultern und sah auf ihn hinab. »Ja, na klar. Ich verstehe, was du meinst. Und Fahren macht Spaß. Aber achte auch darauf, dass du einen Ersatzplan hast, falls das mit dem Sattelschlepperfahren nichts wird.« Es wäre gut, wenn wenigstens eine Person aus meinen Fehlern lernen könnte.

»Ach, den habe ich schon.« Er nickte und nahm noch

einen Schluck von seiner Limonade. »Ich werde Raketentechniker werden oder Astronaut. Ich hab mich noch nicht entschieden. Das LKW-Fahren ist nur für meine Freizeit.« Er streckte eine Hand zur Seite, als wäre das alles ein alter Hut für ihn.

Ich sah ihn bewundernd an. »Gute Wahl. Ich habe gehört, dass die Mädels auf Astronauten echt abfahren. Ich weiß nicht, wieso ich nicht darauf gekommen bin.« Ich meine, echt wahr, Astronauten waren doch echt krass.

Aber Rocco schürzte die Lippen. »Ich hoffe nicht. Die Mädels umarmen dich dauernd und die verstreuen überall ihren Glitzer. Vielleicht ist Raketentechniker dann doch besser.«

Ich musste einfach lächeln. »Ich glaube, das Umarmen wird dich nicht stören. Das heißt, solltest du beschließen, älter zu werden.«

Er schüttelte heftig den Kopf. »Nö. Meine Mom darf mich umarmen – und Tante Fiona, weil sie gut riecht – ach ja, Oma und Gigi auch, aber ich bin mir ziemlich sicher, dass das reicht.« Dann schien ihm etwas einzufallen und er sah nachdenklich und wieder mit diesen geschürzten Lippen zu mir auf. »Moment mal. Magst du's, wenn die Mädchen dich umarmen?«

Ich stieß ihn mit meiner jetzt leeren Plastikflasche am Arm. »Ich sage es dir nur ungern, aber ja, das tue ich irgendwie.«

»Aber was ist mit dem ganzen Glitzer?« Er kniff die Augen zusammen und sah mich an.

»Na ja, die Mädchen, die ich mag, hinterlassen eher keine Glitzerspur. Außer es handelt sich um einen besonderen Anlass wie einen Junggesellenabschied oder … vergiss es.« Ich stoppte, denn mir fiel plötzlich ein, mit wem ich redete. »Tatsächlich gibt es ein nicht glitzerndes Mädchen, dass ich mag, von der ich mir wünsche, dass sie mich umarmt, aber ich befürchte, dass sie jemand anderen umarmt.«

Er zuckte mit den Schultern, völlig unbeeindruckt. »Na

und? Wieso kann sie euch nicht einfach beide umarmen? Hört sich für mich nicht so kompliziert an.«

Ich tippte ihn wieder an den Arm. »Siehst du, deswegen solltest du Kind bleiben. Und die Schwierigkeiten beim Teilen von Umarmungen werde ich dir ein anderes Mal erklären – vielleicht dann, wenn du den Führerschein für Fernkraftfahrer kriegst. Vertraue mir einfach, wenn ich sage, dass ich möchte, dass sie sich alle ihre Umarmungen für mich aufhebt.«

»Wenn ihre Umarmungen so toll sind, dann hört sich das ein bisschen egoistisch an, aber egal.« Er nahm noch einen Schluck Limonade, ehe er fortfuhr. »Wenn du dich dann besser fühlst, dann verspreche ich dir, dass ich mich von ihr nicht umarmen lassen werde.«

Ich legte eine Hand auf seinen Kopf. »Danke, Mann. Das weiß ich zu schätzen.«

»Kein Problem.« Er stand auf, denn er war sichtlich fertig mit dem Gespräch. »Schlagen wir noch ein paar Bälle, oder was?«

»Definitiv.« Ich stand ebenfalls auf. »Gehen wir, Neil Armstrong.«

Vielleicht hatte Rocco recht und es war egoistisch von mir, zu hoffen, dass Emmy ihre Kindheitsfreunde aufgeben und mich wählen würde, aber ich konnte mich nicht dazu durchringen, deswegen ein schlechtes Gewissen zu haben. An dieser Stelle kam es auf sie an, also musste ich mich darauf konzentrieren, meinem Neffen beizubringen, wie man mit einem geworfenen Ball Kontakt aufnahm, und mir alle Gedanken an das »Umarmen« für später aufheben.

*Oh, Barry Manilow, Say It
Ain't So*

EMERSON

»OKAY, jetzt habe ich, glaube ich, die ganze Geschichte«, sagte Ari seufzend, als sie ihr Gästezimmer betrat, zwei Tassen Kaffee in der Hand. Ich kletterte rasch unter der Decke hervor, denn ich benötigte dringend Kaffein. Der Schlaf hatte sich nicht recht einstellen wollen und ich bin mir sicher, dass es nicht hilfreich war, dass meine Decke nutzlos zu Hause auf meinem eigenen Bett lag. Ja, ich habe es gesagt.

Wir hatten irrsinnig viel zu tun gehabt, Ponch nach seiner unglaublich peinlichen Zurschaustellung am Vorabend wieder hinzukriegen. Ich meine, also wirklich, was hatte er sich dabei bloß gedacht?! Jake und Nate hatten mitgeholfen, Ponch auf den Rücksitz von Aris Honda CR-V zu manövrieren, während sie ihren Auftritt beendete. Ich war nicht bereit, mit dem betrunkenen, idiotischen Troubadour alleine zu sein, daher blieb ich in der Bar und verabschiedete mich von der Gruppe. Der Abend war so gut gelaufen, dass Ponchs Stuntnummer mich nicht nur hat ausflippen lassen, sondern auch zutiefst enttäuscht hatte, da keine Zeit für Gavin übriggeblieben war. Ich hatte das Gefühl, dass wir uns kurz vor einer Entwicklung in unserer Beziehung befanden, und die Störung durch meinen Freud aus Kindheitstagen gab mir das Gefühl, irgendwie betrogen worden zu sein. Ich entschuldigte mich überschwänglich und sagte Gavin, dass ich mich am Morgen melden würde. Keinesfalls konnte Ari alleine mit ihrem Bruder zurechtkommen, und ich wollte diesen Schlamassel im Keim ersticken, bevor Ponch mit seinen unangebrachten Verkündigungen noch weiterging.

Wir fuhren zu Ari, damit sie über Nacht ein Auge auf ihn haben konnte. Ich blieb die ganze zwanzigminütige Fahrt über stumm, während Ponch sich abwechselnd entschuldigte, sang und Komplimente austeilte. Auf jeden Ausbruch folgte ein von Ari gebrülltes *Halt's Maul, sonst setzt's eine!* Sie wurde recht kreativ, bis wir in ihre Einfahrt einbogen. Einmal beschrieb sie im Detail, wie sie seine Hoden entfernen und sie mit seinem Körper an einer anderen Stelle wieder zusammenführen würde.

Anzurechnen ist Ponch, dass er es unterließ, mich zu begrapschen, als wir ihn teils hineintrugen und auf der Couch deponierten, und er hörte endlich auf zu singen, als wir beide damit drohten, seine Mutter anzurufen. Wollen wir mal sagen, dass betrunken oder nüchtern, Ari die musikalischen Gene in der Familie besaß. Wenigstens hatte der Abend dieses bewiesen.

Ich zog mich in Aris Zimmer zurück, um mir ein T-Shirt und eine kurze Hose zu borgen, und als ich dann zurückkehrte, war Ponch völlig weggetreten. Ich war bereit zu bezeugen, dass es der Alkohol und nicht Aris Faust gewesen ist, der ihn dorthin gebracht hatte. Ich erzählte Ari von dem seltsamen Anruf, den ich zuvor in dieser Woche von Ponch erhalten hatte, und sie teilte mir wiederum ein paar merkwürdige Kommentare mit, die er von sich gegeben hatte, als er gehört hatte, dass ich vielleicht mit Gavin ausgehen würde.

Die ganze Sache ergab keinen Sinn. Wir kannten einander alle seit fast dreißig Jahren, und obwohl ich mir sicher war, dass er von meiner Schwärmerei als Teenager wusste, war ich mir auch sicher, dass er wusste, dass diese Gefühle längst verflogen waren. Und außerdem war er nicht der Typ, der sesshaft werden, sich erklären und seine Liebe beim Karaoke bekennen wollte. Gar nicht. Ich dachte mir immer, dass er als der geile alte Mann enden würde, der vor der Schönheitsklinik Annäherungsversuche machen und sich für den Hugh Hefner seiner Generation halten würde.

Weder Ari noch ich konnten uns einen Reim auf die seltsame Wende in den Ereignissen des Abends machen, daher beschlossen wir, Wein zu trinken, uns HGTV anzusehen und uns das große Rätsel für eine Auflösung am Morgen aufzuheben. Indirekt Villen zu shoppen und die Käufer und Immobilienverkäufer durch Zwischenrufe fertig zu machen, war immer eine gute Ablenkung. Nachdem das Paar in der Show das absolut schlechteste Haus gewählt hatte, rief ich Jay an, um ihm mitzuteilen, dass ich nicht zu Hause sein würde, und um sicherzugehen, dass es ihm gutging. Dann stellten Ari und ich einen Eimer neben die Couch, für den Fall, dass Ponchs Nacht sich rächen wollte, und gingen zu Bett.

Ich gähnte und nahm meinen ersten Schluck des kaffeinreichen Nektars der Götter. »Also, wo ist Romeo?«, fragte ich Ari. »Ich hoffe, dass er Kopfschmerzen hat.«

Ari saß im Schneidersitz am Bett und grinste wie eine echte böse Schwester. »Ach ja, er hat ordentlich Schmerzen. Und er ist momentan unter meiner Dusche und versteckt sich vor dir und versucht, sich die Scham abzuwaschen.«

Ich kicherte und deutete ihr, dass sie mir erzählen solle, was sie erfahren hatte.

Sie stellte ihre Tasse auf den Nachttisch und verschränkte die Hände auf ihrem Schoß. »Hör dir das an.« Sie legte den Kopf schief und achtete darauf, dass sie meine volle Aufmerksamkeit bekam. »Mein Bruder, König der Schnepfen, Meister der One-Night-Stands, Financier von Kondomfabriken auf der ganzen Welt, Dummchen-Herzensbrecher überall … ist abserviert worden.«

Ich schnappte nach Luft. Buchstäblich. Mein Einatmen war so heftig und plötzlich, dass ich vergaß, dass ich den Mund voller Kaffee hatte, und dadurch die nächste Minute mit Spucken und Husten verbrachte.

Ponch wurde verlassen? Das ergab keinen Sinn.

Nach ein paar gut platzierten Rückenklopfern und noch einem Hustenanfall kam bei mir schließlich die Fähigkeit zu sprechen zurück. »Aber … Aber das würde bedeuten, dass er eine Beziehung hatte.«

Ari streckte die Hände aus. »Und wie! Glaub mir, ich bin so überrascht wie du.« Sie machte es sich bequem, um die schmutzigen Details zu teilen. »Ihr Name ist Holly und laut Ponch war sie anscheinend immun gegen seine übliche schäbige Anmache. Sie hat ihn total dafür arbeiten lassen, und er dachte sich, sie würde sich nur zum Schein zieren. Also hat er sich ein Bein ausgerissen. Das Problem ist, dass er wirklich auf sie abgefahren ist.« Aris Miene wurde ein wenig gereizt. »Wie er mir das vorenthalten konnte, ist mir schleierhaft.«

Ich schüttelte den Kopf, denn ich stand genauso vor einem Rätsel wie sie.

»Jedenfalls hat diese Holly schließlich zugestimmt, mit ihm auszugehen, aber dann hat sie irgendwie das mit all den Kerben in seinem Bettpfosten herausgefunden – ach, wem machen wir was vor? Die würden niemals auf einen mickrigen Bettpfosten passen.« Ari schüttelte den Kopf und kicherte.

Ich trieb die Geschichte voran. »Also sie hat ihn abserviert. Ist es falsch, wenn ich sie deswegen ein bisschen mag?« Ich verzog das Gesicht.

»Machst du Witze? Ich überlege mir gerade, *dich* als beste Freundin abzuservieren und sie anzuheuern. Ich meine, es ist echt an der Zeit, dass er einen Weckruf kriegt, die große Schlampe. Ehrlich gesagt wundert es mich, dass er sich nie eine schlimme Krankheit zugezogen hat, bei der ihm die Eier abfallen.«

»Ihhh. Vielen Dank für die bildliche Darstellung.«

Sie verbeugte den Kopf leicht, ignorierte meinen Sarkasmus und schnappte sich ihren Kaffee. »Wie das alles dazu wurde, dass er um dich herumschnüffelt und vor einer ganzen Bar verkündet, dass du die ›Kerze in seinem Fenster‹ bist, ist mir völlig unklar.« An dieser Stelle konnte sie sich nicht mehr zusammenreißen. Ich befürchtete, der Kaffee würde ihr aus der Nase austreten, so heftig lachte sie. Zwischen tiefem Luftholen lachte und sang sie abwechselnd den Text, der mich wahrscheinlich für den Rest meines Lebens erschaudern lassen würde.

»Er hat mir REO Speedwagon vermiest«, sagte ich mit Schmollmund.

»Pah! Er hat sie zu meiner Lieblingsband aller Zeiten gemacht. O Gott, ich kann es kaum erwarten, es Tony und Gabe zu erzählen«, sagte sie, womit sie ihre anderen Brüder meinte.

O Gott, sie würden Ponch vernichten. Ich grinste, beruhigte mich aber rasch wieder. »Na toll. Jetzt wird das zwischen Ponch und mir peinlich und unangenehm werden.«

Sie schüttelte den Kopf, war noch am Auslachen. »Nein. Wird nicht passieren. Ich habe ihm gesagt, dass er so lange in seiner eigenen Beschämung schwelgen kann, wie er zum Duschen braucht, aber dann wird er reinen Tisch machen und wir werden wieder zur Normalität zurückkehren.«

Ich hoffte, dass es so simpel sein würde.

»Aaal-so.« Ponch Stimme ertönte hinter mir am Küchentisch, wo ich saß, um meine E-Mails auf meinem Handy zu checken.

Er kam herüber und zog sich einen Stuhl heraus, den er umdrehte, damit er sich rittlings daraufsetzen konnte. Sogar mit einem Kater und unterwürfig behielt er einen Teil seiner Großtuerei bei. Obwohl sein schönes Gesicht ein wenig grün war, wie ich mit nicht allzu großer Verstimmung feststellte. Mist, das war unangenehm.

Ich presste meine Lippen zu einer schmalen Linie zusammen und hob die Augenbrauen. »Also.«

Dann legte er den Kopf in die Hände und seufzte. »Es tut mir so verdammt leid, Emerson. Ich weiß nicht mal, wie ich das erklären soll, außer dass ich sagen kann, dass ich ein totales Arschloch bin.« Er wischte sich mit den Händen übers Gesicht und sah mich an. »Ich habe nur ... Ich habe ein Mädchen kennengelernt. Na ja, sicher hat Ari dir das schon erzählt.« Ich nickte und er fuhr fort. »Ich bin mit etwas Gutem auf den Geschmack gekommen, etwas Speziellem, von dem ich nicht einmal wusste, dass ich es haben könnte. Und dann war es fort.«

Sein Gesicht hatte einen Ausdruck, den ich bei ihm nicht nie zuvor gesehen hatte. Er sah wehmütig und todunglücklich aus. Ein Teil von mir wollte ihn umarmen, aber ich hielt noch an ein wenig Wut und Frust fest, also ließ ich ihn fortfahren.

»Der einzige Weg, um bei Verstand zu bleiben, der mir eingefallen ist, war auszugehen und es wieder zu finden. Daher habe ich vermutlich an dich gedacht.«

Ich öffnete den Mund und wollte etwas sagen, aber es gab absolut nichts, das ich dazu hätte sagen können. Selbst die Vorstellung war Quatsch.

Er deutete nach oben und nach unten. »Ich meine, du bist heiß auf eine untertriebene Art und Weise, und wir sind befreundet. Ich dachte mir, du würdest mich niemals sitzenlassen, weil du so nett bist und, ich weiß nicht, pflichtbewusst vermutlich?«

Er fragte mich? Die Vorgänge in seinem Gehirn waren mir

neuerdings so fremd wie Suaheli. Ich blinzelte langsam, sodass er auf eigene Kosten kurz auflachen musste.

»Ich weiß, dass ich mich wie ein Verrückter anhöre, aber dieser Tag am Spielfeld – als ich gesehen habe, wie du den Baseball-Typen angesehen hast – da dachte ich mir, hey, vielleicht ist Emerson nicht nur an Nerds und Langeweilern interessiert. Nichts für ungut.« Sein Blick huschte wieder zu meinen Augen, als ihm plötzlich auffiel, dass seine Worte nicht unbedingt taktvoll waren.

Die ganze Sache war so merkwürdig, dass ich es einfach mit einer Handbewegung abtat und ihn weitermachen ließ. Seine Mundwinkel hoben sich kurz und er fuhr sich mit der Hand durch die Haare.

»Na ja, jedenfalls fing ich an, mich total doof dir gegenüber zu benehmen. Und dann, gestern Abend, war ich auf dem Weg zu euch an eurem Tisch, als ich gesehen habe, wie du diesen Typen angelächelt hast.« Unsere Blicke trafen sich und er wich nicht aus, während er den Kopf schüttelte. »Ich habe dich noch nie so lächeln sehen.«

Ich schluckte und wollte nicht zugeben, dass er möglicherweise recht hatte. Daran konnte ich im Moment nicht denken, also saß ich einfach wortlos da.

»Also den Rest kennst du ja, glaube ich. Ich habe gesehen, wie sich mein Plan in Rauch aufgelöst hat, und ich hatte etwas zu viel gebechert – und, na ja.« Er ließ das kurz so im Raum stehen, und ich wusste, dass wir beide die Szene aus der Bar als die kolossale, unabwendbare Katastrophe abspielten, die sie gewesen war. »Es tut mir so leid, Emerson. Es war nicht fair von mir, dass ich dich in diese Situation gebracht habe, und es war dumm von mir, dass ich gedacht habe, dass ich einfach ein Mädchen so mir nichts, dir nichts durch ein anderes ersetzen könnte – als ob Menschen austauschbar wären und Gefühle einfach so übertragbar.« Er schnipste mit den Fingern und lachte unfroh. »Ich weiß, dass es nicht so einfach ist, und ich verdiene es wahrscheinlich, mich beschissen zu fühlen, so wie ich mit Frauen immer war. Weißt du?« Er rieb sich mit beiden Händen die Haare, sodass sie in alle Richtungen stehenblieben. Er sah ein wenig verloren drein, und diesmal stand ich auf und ging auf seine Seite des Tisches, um ihn zu umarmen.

»Dieses ganze Herzen-und-Gefühle-Zeugs ist viel schwieriger, als es aussieht, nicht wahr?« Ich drückte ihn noch ein letztes Mal und zog mich dann zurück.

»Sag bloß. Ich komme mir wie vierzehn vor. Ich sollte wahrscheinlich Jay um Rat fragen.«

Ich lächelte. »Nun, er ist schließlich weiser als wir alle zusammen.« Ich tätschelte Ponch am Oberkopf und ging zurück zu meinem Sitzplatz, von wo aus ich ihn musterte, während ich an meinem Kaffee nippte. Schließlich sagte ich: »Du weißt schon, dass du die ganze Sache aufklären musst, nicht wahr?«

Er legte den Kopf in den Nacken und ächzte. »Ich weiß. Ich habe gehört, dass sie jetzt aber mit einem anderen Kerl geht. Wahrscheinlich irgendeinem Deppen«, sagte er und bekam dann meinen missbilligenden Blick mit. »Okay, na schön, wer auch immer er sein mag, er ist wahrscheinlich um einiges besser als ich.«

»Das kommt der Sache schon näher, Barry Manilow«, kommentierte Ari, als sie zur Küche hereinspazierte. »Schön zu sehen, wie du deine Sichtweise änderst, Brüderchen.« Sie stellte ihren Becher ab und lehnte sich mit dem Rücken an den Tresen, die Arme verschränkt. »Alles geklärt hier?«

Ponch zog eine Augenbraue hoch und sah mich an. Ich spürte, wie meine Lippen sich anspannten. »Ja. Alles gut.«

Und das war es auch schon. Außer, dass da dieses ungute Gefühl am Fuße meines Nackens war, das mir sagte, dass ich mich, wenn sogar Ponch – die am wenigsten emotional geschulte Person im Universum – die Verträglichkeit und die

Verbindung zwischen Gavin und mir wahrnahm, in großen Schwierigkeiten befand. Die Frage war: Wollte ich das sein?

Emerson: Hallo

Vielleicht: *He – bist du okay?*

Emerson: *Ja. Endlich zu Hause.*

Verflucht. Mir wurde zu spät bewusst, wie sich das anhörte. Ich biss mir auf den Daumen. Sollte ich es erklären? Verdammt. Keine Antwort.

Emerson: *FYI – was auch immer das für ein Dämon war, der Ponch da gestern Abend geritten hat, der ist ausgetrieben worden. Dachte mir, du würdest das gerne wissen.*

Na bitte, das war schon besser.

Vielleicht: *Er wird dir also keine Achtzigerjahre-Ständchen mehr singen?*

Emerson: *Ganz bestimmt nicht. Und er hat zur Strafe auch einen mordsmäßigen Kater.*

Vielleicht: *Ich könnte zwar behaupten, dass ich ein schlechtes Gewissen habe, aber eigentlich war er mir bei unserem Date irgendwie im Weg.*

Emerson: *Ach, das war ein Date, ja?*

Vielleicht: *Äh, ja. Du bist eine clevere Frau – definitiv clever genug, um diesen ganzen Bockmist mit dem ungezwungenen Abhängen in der Gruppe zu durchschauen.*

Emerson: *Willst du damit sagen, dass du dir ein zweites Date bei mir erschlichen hast?*

Vielleicht: *Drittes Date.*

Emerson: *Wie kommst du darauf?*

Ich war mir ziemlich sicher, dass das Abendessen und dann das Karaoke die einzigen beiden Dates waren.

Vielleicht: *Kaffee in deinem Büro, Abendessen im Gia, Karaoke-Albtraum – das sind drei.*

Emerson: *Du zählst Kaffee in meinem Büro zu den Dates? Du hast mit meinem Boss länger geredet als mit mir!*

Vielleicht: *Jaja, aber es endetet mit einem Kuss. Definitiv als Date zu werten.*

Emerson: *Hmm.*

Vielleicht: *Also ich habe mir gedacht, dass wir uns treffen sollten, um dich auf dein Turnier vorzubereiten.*

Emerson: *Vorbereiten?*

Vielleicht: *Ich muss mir deine Bewegungen ansehen. Vielleicht kann ich dir zeigen, wie's geht.*

Emerson: *So verlockend sich das anhört, ich habe dieses Wochenende zu viel Zeit mit Herumhängen vertrödelt und ich habe über die nächsten paar Tage noch Berge von Arbeit zu erledigen.*

Vielleicht: *Wirst du bei einem von Jays Spielen diese Woche dabei sein? Er hat morgen Abend eines und eines am Donnerstag.*

Er kannte den Terminplan meines Bruders besser als ich.

Emerson: *Ich kann versuchen, es am Donnerstag zu schaffen, aber morgen auf keinen Fall.*

Vielleicht: *Okay, dann werde ich zusehen, dass ich beim Donnerstagsspiel bin. Und lass es mich wissen, falls sich bei dir Zeit findet, damit wir zwischenzeitlich mit unserem eigenen Training anfangen können.*

Langsam war ich schon so weit, dass ich mir die Zeit nehmen würde, wenn sie nicht frei verfügbar war. Dabei hätte die rote Warnflagge in meinem Kopf gehisst werden müssen. Nur waren mein Herz und andere Teilen zu sehr damit beschäftigt, die riesengroße grüne zu hissen.

Emerson: *Okay, hört sich gut an.*

Vielleicht: *Wir reden später, Emmy.*

Die Tatsache, dass ich ihn – wieder einmal – bezüglich meines Namens nicht korrigierte, zeigte an, dass seine Kontaktdaten sich bald von *Vielleicht* zu einem großen dicken *Ja* ändern würden.

Jay ging auf seinem Weg in die Küche an der Couch vorbei.

Ich hatte mir Sorgen gemacht, weil ich ihn in der vorigen Nacht alleine gelassen hatte, aber er hätte gelacht, wenn ich es ihm erzählt hätte.

»He, ich werde versuchen, es am Donnerstag zu deinem Spiel zu schaffen. Um wieviel Uhr fängt es an?«

Er schien überrascht zu sein, dass ich überhaupt wusste, dass er ein Spiel hatte, aber dann gingen seine Mundwinkel nach oben und daran erkannte ich, dass ihm der Gedanke gefiel.

»Muss nachsehen, aber meistens fangen die um 6:30 Uhr an.«

»Okay, ich werde mich bemühen, dort zu sein.«

»Mach dir keine Gedanken, falls du es nicht schaffst. Es wird noch andere Spiele geben.«

Hätte ich mir doch denken können, dass er das sagen würde.

»He, hat Mom dir erzählt, dass sie in ein paar Wochen durch die Stadt fahren werden?«

»Nein.« Ich war ein wenig erstaunt. Sie waren erst seit einem Monat fort.

»Ich glaube, sie machen sich insgeheim Sorgen um mich oder so, aber sie werden auf einem Volksfest in Ashville sein.«

»Ich werde sie anrufen und mir die Details geben lassen. Bestimmt fehlen sie dir.« Ich beobachtete ihn genau, um seine Reaktion abschätzen zu können. Er schien in letzter Zeit glücklich zu sein, aber ich musste ihn im Auge behalten.

Er zuckte mit den Schultern. »Na ja, schon, aber du bist auch nicht übel.« Ich sah das verschmitzte Lächeln und es beruhigte mich.

Ich krümmte den Finger. »Komm her. Ich muss dir was zeigen.«

»Ne ne! Darauf falle ich nicht rein.« Er flüchtete in die Küche, bevor ich meine schwesterliche Rache ausüben konnte.

Schläger

GAVIN

MIR FIEL DANN im Laufe des Tages die Decke so ein bisschen auf den Kopf, obwohl ich Emmys SMS erhalten hatte, dass die Sache mit Ponch erledigt war. Denn das bedeutete nicht direkt, dass die Sache mit *mir* erledigt war. Ganz und gar nicht. Glücklicherweise würde ich sie wenigstens am Samstag sehen, denn da war das erste Spiel des Softball-Turniers der Bar Association. Emmy hatte mir im Tate's erklärt, dass jede teilnehmende Kanzlei ihre Spielerliste mindestens zu einem Drittel mit weiblichen Spielern besetzen musste, und dass Familienmitglieder und Angehörige in den Teams erlaubt waren, vorausgesetzt sie hatten das entsprechende Alter. Sie hatte mir auch erklärt, dass ich mich gewaltig irrte, wenn ich dachte, das wäre so eine fröhliche Bindungs- und Kameradschaftsübung der Anwälte. Sie nahmen diesen Blödsinn ernst.

Ich hatte das auch ernst gemeint, dass wir uns zum Vorbereiten treffen sollten, und es hatte nur zu einem geringen Teil damit zu tun, dass ich sie wieder in meine Hände kriegen wollte. Okay, streicht das. Es ist nur so, dass ich, als sie mir erzählte, sie sei im Team, doch nachdenklich wurde. Bestimmt macht mich das zu einem Arschloch, aber dieses Mädel schien nicht gerade besonders muskulös – sie schien nicht viel von irgendwas an sich zu haben, außer ein paar wahnsinnig niedliche Sommersprossen, einen rotbraunen Haarschopf und eine große Fläche blasser Haut, auf der ich gerne meinen Mund verweilen lassen wollte.

Ich dachte mir, dass sie, wenn ich ihr ein paar Tipps gab, ihren Chef beeindrucken und ein paar Pluspunkte und so bescheuertes Zeug sammeln konnte. Es war offensichtlich, dass ihre Arbeit erste Priorität bei ihr genoss, und das respektierte ich. Ich hoffte natürlich schon, sie würde sich ein wenig Zeit herausschlagen können, damit wir feststellen konnten, ob es zwischen uns funkte, aber ich war auch beeindruckt davon, wie hart sie arbeitete, um ihre Ziele zu erreichen.

Brett lud mich ein, ihn und ein paar Jungs zu treffen, die Flügelspieler sein wollten, aber ich dachte mir, ich würde mir eine Scheibe von Emmy abschneiden, mich reinknien und lieber ein Projekt für einen meiner Kurse fertigstellen. Was mich allerdings nicht davon abhielt, ein paar Pausen zu machen, um ihr ein paar lässige, aber charmante SMS zu schicken. Auch wenn wir nur für solche Dinge Zeit hatten, dann würde ich das voll und in jeder sich mir bietenden Hinsicht nutzen.

»Hey, du. Ich habe gerade an dich gedacht«, sagte ich, als ich das Telefon mit meiner freien Hand nahm und den Anruf beantwortete.

Es war Mittwoch und ich hatte Emmy seit dem Wochenende nicht mehr gesehen.

»Oh. Hallo«, erwiderte Emmy und klang fast so, als wäre sie überrascht, meine Stimme zu hören, obwohl sie diejenige war, die mich anrief.

Sie holte diesbezüglich nicht aus, also fuhr ich fort: »Lass mich raten. Du steckst unter einem Haufen Kundenakten und willst, dass ich dich vor dem sicheren Erstickungstod retten komme.«

Ich konnte das Lächeln in ihrer Stimme hören. »Nein, obwohl das wahrscheinlich wirklich eines Tages meine Todesursache sein wird, also bleib wachsam.«

»Betrachte mich als abrufbereit.« Ich richtete mir meine Academy-Mütze und stülpte noch ein paar orangefarbene Markierungs-Hütchen übereinander.

Ich konnte hören, wie sie tief Luft holte, ehe sie rasch sagte: »Eigentlich rufe ich an, weil ich heute früher Schluss machen werde und herausfinden wollte, ob dein Angebot mit dem Softball-Training noch steht.«

Das ließ mich abrupt stehenbleiben. Hatte Emerson Scott mich tatsächlich eingeladen? Ich war definitiv vom ersten Tag an der Verfolger gewesen, und ich sah das auch entspannt, aber es fühlte sich me-ga-geil an, dass sich das Blatt auf diese Weise gewendet hatte. Es bedeutete, dass ich ihr an die Nieren ging. Ich spürte, wie ein Grinsen mein Gesicht überkam. »Absolut. Aber ich habe Training bis 7:00. Glaubst du, du könntest dann zur Academy kommen?«

»Sicher. Äh, wie werde ich dich finden?«

»Keine Angst. Ich werde dich finden.«

»Na dann okay. Wir sehen uns dann wohl in ein paar Stunden.«

Wir legten auf und ich fing an, ein kleines Lied zu summen und vielleicht sogar ein bisschen zu stolzieren auf meinem Weg zurück ins Gebäude.

»Ich will es gar nicht wissen«, murmelte Gerry, als ich an der Seitentür an ihm vorbeiging.

»Nein, willst du nicht, mein Guter.«

»Mannomann.« Er ging weiter.

Ich brachte die Pylonen, die ich mitschleppte, zum vorgesehenen Korb zurück und begab mich zur Trainingshalle, wo Jay sich vor einem Pitching Screen aufwärmte.

»Da ist er ja! Bereit für dein Spiel morgen?«

Er zuckte nicht und schien mich auch nicht zu bemerken. Der Ball flog von seiner Hand in einer sauber kontrollierten Bewegung. Erst, als er auf den Screen klatschte und zur Seite wegrollte, nahm er von mir Notiz.

»So bereit, wie ich sein kann, nehme ich an, aber wir werden ja sehen, ob ich spielen werde.«

Dieser Gedanke kotzte mich richtig an, trotz meiner aufgekratzten Stimmung und guten Laune, aber ich ließ es mir nicht anmerken. Ich hatte ihn am Montag nicht spielen sehen und als ich mir seine Zahlen anschaute, sah ich, dass er den ganzen Abend auf der Bank gesessen hatte. Es war, als würde Davidson *es daransetzen*, dass die Saison dahin war. Sie verloren um zwei Runs.

»Alles, was du tun kannst, ist bereit zu sein, deine Spielermiene aufzusetzen, und auf das Beste hoffen.« Ich durfte ihn meinen Frust nicht erkennen lassen. Das war nicht meine Aufgabe, und ich konnte es mir nicht leisten, das Coaching-Personal einer der örtlichen Schulen zu vergraulen, wenn ich ihn behalten wollte.

»Ich habe verstanden, Coach.« Jay nickte.

Wir gingen ein paar Übungen durch und es gesellten sich noch ein paar andere Pitcher, mit denen ich arbeitete, zu uns. Am Schluss waren sie alle erschöpft, der Adrenalinspiegel jedoch hoch, wie er auch sein sollte. Ich schickte sie unter die Duschen, während ich aufräumte. Dann sah ich auf meine Uhr und bemerkte, dass mir nur ungefähr fünf Minuten bis zu Emmys Ankunft blieben.

Ich schnappte mir ein paar saubere Batting-Helme und

einen Schläger, der ihr passen würde, und begab mich hinaus auf den Parkplatz. Ich winkte ein paar Spielern, als diese zu ihren Autos oder denen ihrer Eltern gingen, bis ich einen bestimmten weißen Volvo entdeckte, den ich wiedererkannte. Dass ich zu lächeln anfing, hätte ich nicht verhindern können, selbst wenn ich es gewollte hätte.

Sie parkte und stieg aus, als ich auf den Wagen zuging. Ihre Haare waren zu einem hohen Pferdeschwanz zusammengebunden, ihre Augen von einer großen Sonnenbrille bedeckt. Mein Blick wanderte ihre Figur hinunter, die von einem enganliegenden T-Shirt und einer dunklen Jeans verhüllt war, die Füße von dünnen Stoff-Turnschuhen. Sie griff nochmal hinein und beugte sich vor, um etwas zu packen, und ich stoppte alle Bewegungen beim Anblick ihres Hinterns, wie er sich dabei in die Luft hob. Fick mich. Ich war im Allgemeinen nicht sehr wählerisch, was den Frauentyp betraf, aber langsam war ich der Meinung, dass schlank, konservativ und keck mein neuer Lieblingstyp war.

»Em? Was machst du denn hier?«, erklang eine Stimme hinter mir, woraufhin ich meinen Kopf herumwirbelte und Jay entdeckte, der auf Emmys Auto und dann zu mir schaute. Ich war kalt erwischt worden, wie ich seiner Schwester auf den Arsch guckte. Scheiße.

Emmy stieß sich mittlerweile den Kopf am Türrahmen ihres Wagens, als sie durch die Stimme ihres Bruders auf seine Anwesenheit aufmerksam wurde. Sie drehte sich um, richtete sich auf und rieb sich den Hinterkopf an der Verletzungsstelle.

»He!«, sagte sie ein wenig zu laut, denn sie war offensichtlich überrascht ihren Bruder zu sehen, und die unerwartete Situation bereitete ihr Unbehagen.

Ich persönlich war neugierig, wie sie mit der Situation umgehen würde. Sie blickte von mir zu Jay, während Jays Blick weiterhin zwischen seiner Schwester und mir hin und her pendelte. Ja, das war eine Spur peinlich.

»Ich dachte, du hast heute Abend Training«, steuerte sie bei.

Jay kniff plötzlich die Augen zusammen, während er mich ansah, und ihr antwortete er, ohne sie anzusehen. »Ich hatte es schon vorhin, und Coach Davidson hat gemeint, eine Trainingseinheit würde reichen, weil wir morgen ein Spiel haben.«

Ich hob meine Hand an meinen Nacken und kratzte mich dort, während ich versuchte, ein nichtssagendes Gesicht zu machen.

»Ach, äh, soll ich dich nach Hause chauffieren?«, fragte Emmy lahm.

Endlich sah er sie wieder an. »Ich werde bei einem der Jungs mitfahren. Er wohnt in der Richtung. Du hast mir immer noch nicht gesagt, was du hier machst, Schwesterchen.«

Sie zappelte herum. »Gavin wird mir ein paar Tipps für das Turnier geben. Es fängt dieses Wochenende an.«

Jays Augenbrauen gingen hoch bis zu seinem Haaransatz. »Tipps?« Der Junge durchschaute alles viel zu gut.

»Sicher. Es ist immer gut, sich von seiner besten Seite zu zeigen, stimmt's?«, sagte sie mit einem falschen Lächeln. Täuschen beherrschte sie so gar nicht. Ganze Nationen würden zusammenbrechen, sollte sie den Beruf wechseln und Spionin werden.

»Aha«, war alles, was Jay dazu sagte. Dann schaute er zurück zu mir und seine Stimme wurde hart. »Dann werde ich dich mal ranlassen.« Es lag eine deutliche Warnung in seiner Stimme.

Herrgott, diese Frau war von Kerlen umgeben, die anscheinend das Bedürfnis hatten, sie vor mir zu schützen. Was hatte ich bloß angestellt? Ich war doch nur ein Heini, der sich um seinen eigenen Kram kümmerte und versuchte, eine Verabredung zu kriegen.

»Okay«, sagte Emmy, unbeholfen lächelnd. »Wir sehen uns dann in einem Weilchen zu Hause.«

»Ja. Bis bald.« Ein Spieler namens Mason stieß zu uns, dann

gingen die beiden Jungs zu Masons Wagen. Kurz bevor er einstieg, sagte Jay: »Weißt du, Em, wenn du ein paar Hinweise brauchst, dein Bruder ist keine Niete.« Mich sah er wieder mit schmalem Blick an und stieg dann ein, die Tür hinter sich schließend. Was war aus »Ja, Coach« und »Danke, Coach« geworden? Scheiße. Ich hoffte, dass mir das nicht um die Ohren fliegen würde.

Emmy beobachtete, wie sie weggingen, und schlug sich dann die Hand vors Gesicht. »Ist das eben geschehen?«

Ich ging näher hin und packte ihre freie Hand. »Leider ja.« Ich zog sie an mich. »Jetzt komm.«

Sie hob den Kopf und sah mich an. »Sollte ich nach Hause fahren und mit ihm reden?«

Ich schüttelte den Kopf. »Gib ihm ein bisschen Zeit, um es zu begreifen, und sprich dann heute Abend mit ihm.«

Sie verzog den Mund, in Gedanken versunken. »Na gut.«

Ich zog wieder an ihrer Hand und fing an, in die Richtung zu gehen, wo ich das Zubehör hatte liegen lassen. »Lass uns in die Käfige steigen. Ich werde dir beibringen, wie man beim Schlagen ausholt.«

Sie folgte, aber ich hörte ein Schnauben. »Wieso glaubst du, dass ich nicht weiß, wie man schlägt?«

Ich musterte sie von oben bis unten, machte dabei Inventar, und bestätigte meine früheren Beobachtungen bezüglich ihres Körperbaus. »Ist nicht böse gemeint, Emmy, aber ein starker Wind könnte dich umhauen. Wir werden uns auf die Technik konzentrieren, damit du aus der Stärke, die du hast, das Meiste herausholen kannst.«

Sie kniff die Augen zusammen und sah mich an, ich ignorierte das und führte sie zu dem gleichen Schlagkäfig, den Rocco und ich vor ein paar Tagen benutzt hatten. Ich stellte den Pitch auf die niedrigste Stufe und setzte ihr den Helm auf. Ich setzte mir ebenfalls einen auf, dann stellte ich sie auf das

Schlagmal, während ich mich hinter sie stellte. Sie ließ mich. Noch nie in meinem Leben hatte ich Schlagunterricht aus dieser Position gegeben, aber ich tat so, als wäre das ein alter Hut. Ich hoffte nur, mein Schwanz würde nicht beschließen mitzuspielen. Ich hatte ihn nämlich nicht unter Kontrolle, wenn Emmy in der Nähe war.

»Okay, dann wollen wir uns zuerst einmal deinen Griff anschauen.« Ich kam mit der Hand um sie herum und hielt ihr den Schläger vorne hin. Ich dachte, ich hätte sie seufzen hören, aber ich konnte mir nicht sicher sein. Sie nahm den Schläger in beide Hände und hielt ihn fest, sodass die Fingerknöchel sich auf einer Linie befanden. »Gut«, sagte ich. »Und jetzt stell deine Füße etwas breiter als schulterbreit auseinander und beuge die Knie.« Unnötigerweise fuhr ich mit meinen Händen ihre Beine hinab, um sie genau so hinzustellen, wie ich mir das vorstellte. Ich wollte gerade zu ihrer Armhaltung weitergehen, als sie den Kopf drehte und mich unterbrach.

»Du weißt schon, dass ich meinem Bruder seit mehr als zehn Jahren beim Spielen zusehe, oder?«

Ich nickte. »Natürlich, aber zusehen und spielen sind zwei grundverschiedene Dinge. Vertrau mir.«

Sie knabberte an ihrer Lippe, was meinen Schwanz auf einen Höhenflug lenkte, und dann drehte sie sich wieder zurück und befolgte meine Anweisungen zur Gewichtsverteilung und Armposition. Ich ging ein paar Übungsschwünge mit Anleitung mit ihr durch und trat dann aus dem Käfig, denn ich wollte nicht getroffen werden, falls die Dinge schiefgingen.

»Bist du bereit?«

»Na klar, Coach«, antwortete sie ein wenig frech, ehe ich den Schalter umlegte und ein langsamer Pitch in einem Bogen auf das Schlagmal zukam, direkt auf die *Strike Zone* gerichtet. Sie behielt ihre Position bei, genau wie ich es ihr gezeigt hatte, und ich wartete darauf, dass sie einen Schlag versuchte.

Als der Ball sich gerade dem Schlagmal näherte, verlagerte sie ihre Position und holte in einer präzisen Bewegung mit dem Schläger aus. Der Ball traf fest auf den idealen Punkt auf, flog flach über dem Boden nach vorne und traf das Netz mit einer Wucht, die ihn zweifelsohne mehr als zweihundert Fuß weit geschleudert hätte. Ich legte den Schalter um, ohne den Blick von der Stelle abzuwenden, wo der Ball auf dem Erdboden lag. Ich wandte den Blick erst ab, als ich aus dem Augenwinkel bemerkte, wie Emmy sich in meine Richtung drehte. Mit einem Blick erkannte ich, dass ihr Gewicht auf einem Bein ruhte, die Hand an der Hüfte war und der Schläger die andere Hand stützte.

»Noch irgendwelche Tipps, *Slugger*?«

Fick. Mich.

Ich war mir ziemlich sicher, dass ich die perfekte Frau gefunden hatte.

Eine Stunde und unzählige Schläge später hatte ich alle Bälle eingesammelt – sowie mein Ego. Emmy und ich hatten ein paar Mal einen Ball hin und her geworfen, und sie bestätigte, dass ihr Können nicht beim Schlagen alleine lag. Wir ruhten uns auf einer Bank vor den Käfigen aus, nachdem Emmy bewiesen hatte, dass sie und Jay ohne den geringsten Zweifel miteinander verwandt waren.

»Woher sollte ich denn wissen, dass du ein Tennis- und Golf-Superstar bist?«, fragte ich, als ich meine Mütze abnahm und mir mit der Hand durch die Haare fuhr.

»Nicht ganz.« Sie lachte. »Ich bin nicht schlecht, aber ich bin kein Profi. Und es hat mir immer Spaß gemacht, mit Jay zu den Schlagkäfigen zu gehen, wenn wir einander besucht haben. Das war so unser Ding.«

»Also warum hast du dann meine lahme Einladung zu der Vorbereitung fürs Spiel angenommen?«

Sie sah zu mir auf. »Abgesehen von der Gelegenheit, dir

dabei zuzusehen, wie du die bittere Pille schluckst?« Ich sah sie finster an und sie grinste und zuckte dann mit den Schultern. »Ich weiß es nicht.«

»Du weißt es nicht?« Ich zog eine Augenbraue hoch, was ihren Blick anzog.

»Ja.«

»Ich glaube, *ich* weiß es.«

Sie sah mich grüblerisch an. »Also okay. Sag es mir.«

»Du wolltest mich sehen.« Ich neigte mich zu ihr.

Sie kniff die Augen zusammen, widersprach mir jedoch nicht.

»Ich bin froh, dass du angerufen hast«, sagte ich zu ihr, und sie zeigte mir wieder so ein strahlendes Lächeln, das komische Dinge mit meiner Brust anstellte. Ich wollte sie küssen, doch das hätte ihr Lächeln abgedeckt – und ich erfreute mich gerade riesig an diesem Lächeln. Nach einer kurzen Pause fuhr ich leise fort: »Date Nummer vier. Du weißt, was das bedeutet, oder?« Ich streckte die Hand aus und fuhr mit dem Daumen über ihren Wangenrand.

Sie hielt still und ihr Atem stockte. Ihre Miene wurde ängstlich und ihre Wangen röteten sich bei meiner Andeutung. Ich hätte ein schlechtes Gewissen haben sollen, aber ich konnte mich nicht dazu durchringen – nicht nach dem Schlag, den sie meinem Ego in diesem Käfig soeben verpasst hatte.

»Hör zu, Gavin, es tut mir leid, wenn ich die falschen Signale ausgesendet habe …«

Ich unterbrach sie. »Eiscreme.«

Ihr Blick ging zu meinen Augen und ihre Augenbrauen zog es bis ganz nach oben. »Eiscreme?«

»Ja. Was hast du denn gedacht, was ich sagen würde?« Ich lehnte mich wieder zurück und machte auf unschuldig.

Sie schürzte die Lippen. »Tequila. Ich dachte, dass du Tequila sagen würdest. Du weißt schon, den klassischen Viertes-Date-Tequila. Ich kann das Zeug nicht ausstehen. Ich dachte mir, das solltest du vielleicht wissen.«

»Ich werde es mir merken.« Ich nahm ihre Hand und zog sie von der Bank. Dann holten wir uns Eiscreme, und als ich sie dann im Auto küsste, schmeckte sie dieses Mal nach Erdbeeren und Emmy.

Gründe, warum du mit mir gehen solltest

EMERSON

»Okay, sag es mir offen. Ich bin bereit.« Ich stand im Eingang zur Küche, wo Jay sich das wahrscheinlich längste Sandwich der Welt zusammenstellte. Er sah nicht auf.

»Was genau, meinst du, werde ich denn sagen?«

Ich hustete ein Lachen, das wenig Humor enthielt. »Äh, mal gucken.« Ich fing an, an den Fingern abzuzählen. »Er ist mein Coach, Emerson. Er ist zu jung für dich, Emerson. Ihr habt nichts gemeinsam, Emerson. Du hast kaum Zeit für mich, aber du nimmst dir Zeit für ihn, Emerson. Er ist im Grunde ein großes Kind, Emerson. Er ist kein Anwalt oder Anlagebankier, Emerson.« Ich ließ die Hände sinken und ging zur Insel. »Muss ich fortfahren?«

Er blickte schließlich kurz zu mir herüber, ehe er zu seinem kulinarischen Konstruktionsprojekt zurückkehrte. Als er fertig war, nahm er den Teller und stellte ihn auf die Insel zwischen uns. Dann hob er die Hälfte der Monstrosität hoch und schaffte es irgendwie, seinen Mund drumherum zu kriegen und ein großes Stück abzubeißen – während er mich die ganze Zeit über beäugte.

Ich sah ihm beim Kauen zu und ich muss sagen, dass war verdammt krass. Der Junge mochte ja erwachsen sein für sein Alter, aber er ist immer noch ein Teenager – eine Tatsache, die es ihm fast unmöglich machte, gute Manieren an den Tag zu legen, wenn es um Nahrung ging.

Der riesige Bissen hatte zur Folge, dass er ungefähr eine Minute lang nicht sprechen konnte. Dadurch bekam ich genügend Zeit, mich unter seinem Blick zu winden. Was bedeutete dieser Blick überhaupt?

Schließlich schluckte er und wischte sich den Mund mit dem Handrücken ab – igitt. Ich unterließ es, den Serviettenhalter zu holen und signalisierte ihm stattdessen ungeduldig, dass er sprechen solle.

»Ist das *deine* Ansicht?« Endlich sprach er.

Ich stutzte. »Nein«, sagte ich schnell – zu schnell. »Ich meine, ich habe nur so Sachen geäußert. Du darfst eine Meinung zu dieser Sache haben, Jay.«

Er nickte. »Ich habe auch eine Meinung.«

Ich gestikulierte diesmal etwas verzweifelt. »Und?«

Er griff wieder nach dem Sandwich und ich zog den Teller zu mir. Ich konnte keinen weiteren Bissen von ihm erdulden. Er sah mich finster an und gab dann nach. »Ich glaube, du solltest tun, was du willst. Ich meine, ich wünschte, du hättest es mir erzählt, aber das einzige Problem, das ich habe, ist er, nicht du.«

Meine Stirn legte sich in Falten. »Was soll das denn bedeuten?«

Er griff wieder nach dem Teller und ich zog ihn von der Insel und hielt ihn hinter meinen Rücken.

»Ich bin ein wachsendes Kind. Ich brauche Nahrung, Emerson!«

Ich seufzte und gab den Teller auf. Dabei sah ich Jay ernst an. Er antworte, ehe er einen weiteren Bissen nahm. »Es bedeutet, dass ich seinen Kopf zum Schlagtraining verwenden werde, sollte er dich verletzen.«

Ich kniff zum Zeichen der Missbilligung die Augen zusammen, aber gleichzeitig spürte ich, wie mein Herz ein wenig weich wurde. »Schraub's ein wenig runter, Babe Ruth. Es wird niemand verletzt werden. Es werden nur gelegentliche Treffen sein bei Gavin und mir, und dabei wird's auch bleiben.«

Er zog die Augenbrauen hoch und hörte auf zu kauen. Langsam sollte ich lernen wegzusehen, sonst würde ich meine Eiscreme wieder loswerden. »Und wieso?«, murmelte er.

»Warum wird es bei gelegentlichen Treffen bleiben?« Als er nickte, sagte ich nur: »Du weißt schon.«

Er zuckte mit den Schultern. »Ich weiß, was du vor ein paar Minuten von dir gegeben hast. Sei ehrlich, Em. Zum Teil hat sich das nach deinem Dad angehört, und der Rest klang nach einem Haufen Bullshit.«

Ich verzog die Miene, wegen seiner Ausdrucksweise und wahrscheinlich auch wegen des Rests. Ich wusste, dass er recht hatte. Aber er war jung – er wusste nicht, wie die Welt außerhalb Baseballs und der Highschool funktionierte. Er wusste nicht, dass einige der Dinge, die ich gesagt hatte, auch wenn ich mich dafür schämte, dass ich sie gesagt hatte oder auch nur die Gedanken gehabt hatte, Fakten in meinem Leben waren, so wie es war – so wie ich es mir sorgsam aufgebaut hatte.

Doch ich zog es vor mit: »Ich weiß,« zu antworten. Dann ließ ich ihn sein Sandwich beenden, während ich mich umzog und meine Eiscreme in mir behalten durfte.

Ich hatte gelogen, als ich Gavin erzählt hatte, dass es mir gelungen war, heute früher Schluss zu machen. Er hatte mich total drangekriegt, als er gesagt hatte, dass ich ihn nur hatte sehen wollen. In Wahrheit war es mir die ganze Woche lang verdammt schwergefallen, mich auf meine Arbeit zu konzentrieren. Ich vermutete, dass das etwas mit dem Zustrom an SMS zu tun hatte, die er mir jeden Tag geschickt hatte. Sie waren eine perfekte Kombination aus lieb, flirtend und witzig, und ich befürchtete, dass jede einzelne einen benebelten Ausdruck in meinem Gesicht hinterließ, wenn ich sie las. Gott sei Dank war ich meistens alleine, als sie ankamen.

Aber eine meiner besonderen Lieblinge war gestern gekommen, während ich mich auf das Geleier eines meiner Kollegen in einem Meeting hätte konzentrieren sollen.

Vielleicht: Ich stelle gerade eine Liste mit Gründen zusammen, warum du mit mir ausgehen solltest. Es ist eine laufende Arbeit, aber hier ist das, was ich bisher habe:

1. *Ich kenne die besten Take-Away-Lokale allesamt.*
2. *Ich bin groß genug, um an Glühbirnen ranzukommen.*
3. *Die Menschen werden dich immer als die Hübsche bezeichnen.*
4. *Ich werde dich meinen Po berühren lassen.*

Beinahe hätte ich laut aufgelacht, ehe ich mich entsann, wo ich mich befand. Ich war mir ziemlich sicher, dass das der Text war, der mich dazu bewegt hat, meinen Laptop wegzupacken und diesen Kerl anzurufen. Aber die große Pause war jetzt rum und es hieß nun, die Stunden aufzuholen, in denen ich mit meinem neuen Coach abgehangen hatte. Ich ließ mich auf der Couch nieder und machte mich an die Arbeit.

AM NÄCHSTEN MORGEN wurden Craig und ich von Mister Wheelers Chefassistenten gerufen, der uns darüber informierte, dass wir bei einer in letzter Minute geplanten Runde Golf mit unserem Chef und einem potenziellen Klienten erwartet wurden. So wie ich war auch Craig kein Idiot – er war gerissen und hatte immer ein Set Schläger im Kofferraum seines Wagens dabei. Man wusste ja nie, wann sich die Gelegenheit bot. Wir machten beide nicht viel Federlesen dabei, unsere Sachen zu holen und uns schleunigst in den Klub zu begeben. Ich zog in der Damenumkleide die Wechselklamotten für den Notfall an, die ich ebenfalls in meinem Kofferraum hatte. Gekleidet in einen sehr seriösen Golfrock und ein Shirt, die passende Schildkappe fest auf der Stirn, gesellte ich mich zu Mister Wheeler und unserem baldigen Klienten, Mister Weston, bei den Golfwägen. Insgeheim – und kleinlicherweise – freute ich mich, dass ich Craig zuvorgekommen war. Doch er traf kurz darauf ein und wir fingen mit der Runde an.

Ich spielte ganz gut, Craig ebenfalls, aber Mister Weston, der darauf bestand, dass wir ihn Brett nannten, schlug uns beide haushoch und verdrängte sogar unseren Chef. Obwohl es mir schon in den Sinn kam, dass Mister Wheeler seinen letzten Schlag möglicherweise mit Absicht geschnitten hatte.

Als wir ein paar Details zu der Hilfe diskutierten, die Brett bei seinen rechtlichen Angelegenheiten benötigte, hörte ich, wie ich gerufen wurde. Als ich mich umdrehte, sah ich mit Überraschung und Freude, dass mein Vater auf uns zugeschritten kam und lächelte.

»Dad«, begrüßte ich ihn und erwiderte sein Lächeln.

Er umarmte mich kurz und wich dann zurück, um sich meinen Begleitern zuzuwenden. »Thomas«, er reichte seine Hand, »schön, Sie zu sehen.«

Die beiden Männer kannten sich seit Jahren, aber Craig und Brett zuliebe wurde er vorgestellt und Höflichkeiten ausgetauscht.

»Ich hoffe, meine Tochter macht ihren Alten Herrn stolz«, sagte mein Vater und legte eine Hand auf meine Schulter. Ich bekam aus irgendeinem unerklärlichen Grund einen momentanen Anfall von Nervosität, als wäre ich noch immer ein Kind, das Bestätigung brauchte.

»Absolut«, versicherte mein Chef mit einem höflichen Lächeln. »Sie ist eine Bereicherung für die Kanzlei.«

Ich spürte, wie meine Wangen sich erwärmten, und zwang sie, damit aufzuhören. Ich bemerkte auch, dass Craig ein wenig ungeduldig zappelte, wahrscheinlich verärgert, dass er nicht im Mittelpunkt der Aufmerksamkeit stand – nicht, dass ich es sein wollte. Aber es war immer schön zu hören, dass man gute Arbeit leistete, egal in welcher Situation.

»Also sie ist immer entschlossen und arbeitet hart, soviel steht fest. Ganz der Vater«, das befand mein Vater für mitteilenswert, und es kümmerte ihn nicht im Geringsten, dass er bei Weitem zu dick auftrug.

Dennoch war Mister Wheeler huldvoll wie immer, und bald wurde, zu meiner großen Erleichterung, das Geschäft zum Gesprächsthema. Erst als wir alle unsere getrennten Wege gingen, erwähnte Mister Wheeler das bevorstehende Turnier, an dem die Kanzlei meines Vaters immer teilnahm. »Pass lieber auf, Robert. Deine Tochter wird diesmal ihre Geheimwaffe auf das Feld mitbringen.«

Mir wurde schwummrig. Mein Vater sah verständlicherweise perplex drein. Wie in Gottes Namen würde ich mich da wieder rausreden?

»Ich wette, du wünschst dir, du hättest sie für dich angeheuert, jetzt wo sie einen Ringer datet«, verhöhnte ihn Mister Wheeler in guter Absicht.

Ich suchte krampfhaft nach etwas, das ich sagen konnte, konnte jedoch nichts anderes tun, als mir ein falsches Lächeln aufzusetzen. Glücklicherweise war mein Vater blitzgescheit. Es ging nicht an, dass der Chef seiner Tochter mehr über ihre privaten Verabredungen wusste, als er. Der Mund meines Vaters formte sich zu einem Lächeln, das mit meinem identisch war, und er sagte nur: »In der Tat«, und ging dann.

Ich seufzte erleichtert, aber ich wusste, dass ich in meiner sehr nahen Zukunft in das Scott-Haus zitiert werden würde. Ich fragte mich, wen ich dann mitschleppen konnte.

»Ach, Mizz Scott«, stoppte mich Mister Wheeler am späten Nachmittag nach einem Treffen zu AGPower auf dem Weg aus dem Konferenzraum. »Wie es scheint, ist einer der Patentanträge noch nicht eingereicht worden. Ich bin mir nicht sicher, wieso sie uns das nicht mitgeteilt haben, aber wir müssen das sofort erledigen.«

Ich nickte. »Absolut. Ich bin überrascht, dass sie das so lange vernachlässigt haben, wo sie doch so viel Aufsehen erregen.«

Er knöpfte sich seine Anzugjacke zu. »Wie ich es mir auch dachte. Das ist nur eine kleine Sache, aber dennoch. Sehen Sie in ihrem Postfach nach.«

»Ein bisschen unbekümmert von denen. Glücklicherweise haben sie ja uns, die dafür sorgen, dass die Dinge nicht außer Kontrolle geraten«, steuerte Craig bei, als er und ein weiterer Sozius ihre Sachen vom Konferenztisch einsammelten.

»Dafür werden wir bezahlt, Mister Pendleton.« Mister Wheeler nahm seine Tasche und schlenderte aus dem Zimmer. Ich folgte und löste mich von ihm, um wieder nach rechts zu meinem Büro zu gehen. Wie es aussah, würde ich Jays Spiel doch verpassen. Ich hasste das.

Craig tauchte zwanzig Minuten später bei meiner Tür auf, Aktenkoffer in der Hand. Er lehnte sich an den Türrahmen und machte einen nicht erkennbaren Gesichtsausdruck. Ich lehnte mich auf meinem Stuhl zurück. »Kann ich dir irgendwie behilflich sein, Craig?« Ich spielte mit meinem Stift herum, während er darüber nachzudenken schien.

»Ich habe mir nur gerade überlegt, dass wir vielleicht das Kriegsbeil begraben sollten, du und ich.«

Ich musterte ihn und versuchte festzustellen, ob das eines seiner Spielchen war.

»Sieh mal, ich weiß, dass du mich nicht magst.« Er richtete

sich auf. »Und vielleicht habe ich dir Grund dazu gegeben. Aber dieser Account ist zu wichtig für uns, als dass wir uns von persönlichen Gefühlen beeinträchtigen lassen dürfen. Wie wär's?«

Das war wahrlich überraschend, dass so etwas von Craig kam. Ich hätte eher angenommen, dass er nicht in einer Million Jahren irgendein Fehlverhalten seinerseits zugeben würde. Die Schuld wurde immer abgewälzt, wenn Craig mitzureden hatte. Was hatte er vor? Oder war ich paranoid, weil ich das Schlimmste vermutete? Ich beschloss, mit Vorsicht vorzugehen.

»Ich denke, das hört sich nach einer exzellenten Vorgehensweise an, um vorwärtszukommen«, antwortete ich schließlich.

Sein Mund bildete ein sehr moderates, professionelles Lächeln, gruselige Lippen inbegriffen. Dann nickte er und klopfte mit den Handknöcheln an den Türrahmen, ehe er mir einen guten Abend wünschte. Sollten wir einen Waffenstillstand vereinbaren, dann würde ich damit aufhören müssen, ihn mir wie Cillian Murphy vorzustellen.

Ich speicherte das Gespräch für eine spätere Analyse und rief eine der Kanzleimitarbeiterinnen zu mir ins Büro, damit wir für den Patentantrag einsammeln konnten, was wir schon hatten.

Ein paar Minuten später vibrierte mein Telefon auf meinem Tisch und ich entschuldigte mich, denn ich wusste, dass es wahrscheinlich Gavin war. Wie gewöhnlich konnte ich mich nicht durchringen, es zu ignorieren. Ich gestand mir kurz ein, dass der neue Name, den ich ihm zugeteilt hatte, bewies, dass ich langsam weich wurde, und las dann seinen Text.

Slugger: *Bist du da? Ich habe dich nicht gesehen.*

Verdammt. Ich hatte vergessen, Jay und Gavin mitzuteilen, dass ich nicht beim Spiel sein würde.

Emerson: *Nein. Ich stecke in der Arbeit fest. Falls du mit Jay sprichst, sag ihm, dass es mir wirklich leidtut!*

Slugger: Er wird's verstehen. Vielleicht wird er heute Abend gar nicht spielen.

Na das stank ja. Jay hat die anderen Pitcher davongefegt – der Coach musste verrückt sein, dass er ihn nicht spielen ließ. Ich spürte, wie sich mein Mund zusammenzog.

Emerson: Ich werde mit diesem Coach reden müssen!

Slugger: Reg dich ab, Bombe. Das bringt nichts. Obwohl ich zugeben muss, dass die Vorstellung, wie du ganz heiß und aufgeregt bist, nicht ohne ist.

Ich spürte, wie ich rote Wangen bekam. Wie gelang ihm das bei mir bloß immer wieder?

Slugger: Bist du rot geworden?

Ich erschrak. Woher wusste er das? Ich schaute mich kurz um, nur damit er nicht vielleicht irgendwo auf dem Flur versteckt herumhing. Tat er natürlich nicht.

Emerson: Klappe.

Slugger: Ich wünschte, ich könnte dein Gesicht sehen.

Emerson: Geh zurück zum Spiel, Blödmann.

Slugger: Bis später, Emmy.

Trotz der Röte, die immer noch meine Wangen verfärbte, lächelte ich, als ich mich wieder an die Arbeit machte.

»Habt ihr gewonnen?«, rief ich, als ich hörte, wie sich die Eingangstür öffnete und wieder schloss. Es folgte nicht sofort eine Antwort, daher trat ich aus der Küche, um einen Blick ins Vorzimmer zu werfen.

»Nur, weil sie ihren besten Pitcher für die letzten drei Innings eingesetzt haben.« Es war nicht Jay, der es erklärte, es war Gavin. Gavin Monroe stand neben meinem Bruder in meinem Vorzimmer. Und ich hatte meinen rosa Seidenpyjama an, die Haare zu einem losen Knoten hochgebunden und mein

Gesicht war völlig ohne Make-up. Und natürlich war ich barfuß.

Ich brauchte eine Weile, um Worte zu finden.

Jay schaltete sich ein. »Ich dachte mir, dass er sehen sollte, wie du in deiner natürlichen Umgebung aussiehst. Du weißt schon, damit er weiß, worauf er sich einlässt.«

Ich würde meinen Bruder umbringen. Meine Hand ging an mein Haar und ich wusste – ich wusste es einfach –, dass mein Gesicht verdammt nochmal die Farbe eines gekochten Hummers hatte. Sie grinsten mich beide nur an, sodass ich Gavin auch umbringen wollte. Natürlich sah er perfekt aus in seiner Cargohose, seinem saloppen roten T-Shirt und dieser verdammten grünen Baseball-Mütze, mit der er wohl geboren worden war.

»Gratuliere«, war alles, was ich zusammenbrachte.

Keiner der Männer schien im Geringsten verdattert zu sein, und Jay hob eine riesengroße braune Take-Away-Tüte in die Höhe, während sie beide an mir vorbei in die Küche marschierten. »Danke. Willst du was von dem Chinesischen?«

Das war eine ungerechte Frage. Natürlich wollte ich was chinesisches. Ich drehte mich um und sah ihre Rücken böse an, als ich ihnen in die Küche folgte und mir mit den Händen über meinen Pyjama streifte, um sicherzugehen, dass alles abgedeckt war und es keine Garderobefehlfunktionen gab. Es war zu spät, um etwas wegen meines Outfits zu tun, aber zumindest konnte ich mir versichern, dass ich nichts herausblitzen lassen würde. Doch als ob sie genau wüssten, wie nervös und aufgeregt ich durch Gavins plötzliches Auftauchen in meinem Zuhause geworden war, beschlossen meine Nippel gegen meinen Pyjama zu drücken, als wollten sie sagen: »Hallo, Gavin. Falls du es noch nicht bemerkt hast, wir finden dich geil.«

Ich starrte sie an, fluchte in mich hinein, und schaffte es gerade so, sie mit verschränkten Armen zu bedecken, als Gavin bei meiner Insel eine Punktwendung machte, um mich anzusehen. »Wir wussten nicht, was du magst, also haben wir Verschiedenes genommen. Der Junge wusste nur, dass du ein Fan von Gemüse bist.« Er sah Jay zum Spaß finster an und mein Bruder zuckte nur mit den Schultern, allem völlig gleichgültig gegenüber, außer, dass er sich so schnell wie irgend möglich den Mund mit Essen vollstopfen wollte.

Ich näherte mich der Insel und versuchte, mir im Kopf auszurechnen, wie ich einen Teller mit Essen belegen und dabei die Arme verschränkt halten konnte, um meine verräterischen Brustwarzen zu verbergen. Warum hatte ich keinen BH an?! Ach ja, richtig: Weil ich nicht damit gerechnet hatte, dass mein äußerst unpassender Schwarm mit einem Take-Away in meinem Haus erscheinen würde.

Wenigstens hatte Jay die guten Manieren, drei Teller herauszuholen, ehe er sich den seinen volllud und sich ins Wohnzimmer zurückzog. Ich hörte, wie der Fernseher auf einem Sender anging, wo zweifelsohne ein Baseballspiel lief.

»Na? Gute oder schlechte Überraschung?«, fragte Gavin mit einem großspurigen Lächeln im Gesicht. Ich wollte die Augen verdrehen, es gelang mir aber, es nicht zu tun.

»Na ja, wenigstens hast du das Abendessen mitgebracht«, erwiderte ich und starrte ihn ein wenig böse an. »Aber nur als kleinen Hinweis bezüglich Frauen fürs nächste Mal … wir werden gerne vorher informiert.«

Er löffelte etwas Reis auf seinen Teller und gab obendrauf wohl Rindfleisch und Broccoli. »Jaja, aber dann hätte ich deinen rosa Pyjama nicht zu sehen gekriegt.« Er sah mich an und hob diese verdammte Augenbraue.

Dieses Mal verdrehte ich sehr wohl die Augen.

»Soll ich dir einen Teller belegen?« Er zeigte mit dem Löffel.

Ich war noch immer besorgt wegen meiner misslichen Lage und wollte meine Verschränkung nicht lösen. »Ist schon okay. Ich werde mir meines gleich nehmen. Iss deines ruhig fertig.«

Ich deutete mit meinem Kinn und wusste genau, wie unbeholfen das aussehen musste.

Gavin bemerkte es. Na prima. Er legte den Kopf schief und betrachtete meine Position.

»Ist dir kalt?«

O Gott.

Ich biss mir auf die Lippe und sagte nichts. Das war alles viel zu peinlich, also befahl ich meinem Busen, sich zu benehmen, dann öffnete ich die Arme und versuchte lässig zu wirken, was mir wahrscheinlich überhaupt nicht gelang. »Nein.«

Sein Blick ging sofort zu meinen Brüsten und dann wieder zu meinen Augen, und dann bildete sich ein verschmitztes Grinsen auf seinen Lippen.

»Wage es nicht, auch nur ein Wort zu sagen.« Ich ging näher zur Insel hin, um mir einen Teller zu nehmen, doch Gavin schaute mich einfach weiter an und sein Blick trübte sich leicht. Ach herrje. Der Look stand ihm auch sehr gut.

Er ließ seinen Teller stehen und umrundete die Insel, bis er sich sehr weit in meinem persönlichen Raum befand. Seine Hand ging seitlich an meinen Hals und ich konnte das Gras und den Staub vom Spiel an ihm riechen. Er sah mir in die Augen, bis er zu nahe war, und dann küsste er mich auch schon.

Dieser Kuss hatte nichts vom sanften Zögern oder der Frage nach Erlaubnis an sich, die seine früheren Küsse beinhalteten. Sein Mund verlangte nach meiner Zustimmung und seine Zunge erforschte meinen Mund mit Nachdruck, um sich mit meinem in einer feuchten, von Hitze und Verlangen durchzogenen Kollision zu duellieren. Er drehte uns um und ich spürte, wie die Kante der Insel an mein Rückgrat presste, während Gavins Hände über meinen Körper fuhren. Ich erwiderte den Kuss mit allem, was in mir war. Es war mir egal, was ich anhatte oder wie meine Haare aussahen. Es war mir egal, dass

Gavin vierundzwanzig war und einen potenziellen Karriere-selbstmord mit sich brachte. Und es war mir ganz gewiss egal, dass ich am Verhungern war und chinesisches Essen liebte. Das Einzige, was für mich eine Rolle spielte, war Gavins Mund auf meinem, seine über meinen Körper streifenden Hände und das Bedürfnis, ihn überall gleichzeitig zu haben.

Von einem mir so fremden Verlangen überwältigt, habe ich den armen Kerl dann, ich schäme mich es zuzugeben, praktisch missbraucht. Meine Hände gingen direkt zu seinem Hintern und machten dort eine gründliche Bestandsaufnahme, ehe sie wieder nach oben über seinen Rücken und seine Schultern fuhren und meine Finger seine straffen Muskeln und die Wärme seines Körpers in sich aufnahmen. Gavin, der mein ungeniertes Benehmen als Einladung verstand, ließ seine Hände zu meinem Hintern nach unten wandern, packte ihn mit beiden Händen und presste mich näher an sich. Ich spürte seinen Prügel an meinem Bauch und die Klammeraffen schrien sich die Seele aus dem Leib.

Bevor ich mich versah, hatte er mich bei meinen Schenkeln angehoben und mein Hintern befand sich auf der Insel, meine Schenkel um seine Hüfte gespreizt. Diese neue Position brachte uns perfekt auf eine Höhe, sodass ich seine Erregung an meiner Mitte spüren konnte. Er war nicht schüchtern, so viel stand schon mal fest. Von alleine umfassten ihn meine Beine und meine Knöchel überkreuzten sich hinter seinem Rücken, als seine Zunge meinen Hals hinabfuhr. Ich hörte mich in das Haar hinein stöhnen, das unter seiner Lieblingskappe hervorlugte.

Er murmelte unverständliche Worte in meine Haut und ich drückte ihn mit meinen Fersen fester an mich. Mein ganzer Körper fühlte sich dermaßen angespannt an, dass ich besorgt darüber war, was ihm als Nächstes passieren würde. Ich durch-lebte die Empfindungen, die dieser Kerl – dieser Mann – in mir hervorrief. Ich hatte keine Kontrolle mehr über meine Sinne. Ich war ihm völlig ausgeliefert und wäre in diesem Augenblick überallhin mitgegangen, hätte alles getan, was man von mir verlangt hätte.

Ein Schrei aus dem anderen Zimmer durchdrang mein Bewusstsein ohne Vorwarnung. Ich zuckte zusammen und spürte, dass Gavin das ebenfalls tat. »Kommt schon! Das war ein Strike!«, brüllte Jay. Gavin und ich atmeten beide schwer, waren noch immer umschlungen vom anderen. Ich konnte ein leichtes Brennen von seinem Stoppelbart auf meinem Kinn und Hals spüren, und mein Puls trommelte in meinen Ohren. Ich hob eine Hand an den Mund, um meine vom Kuss angeschwollenen Lippen zu berühren, während ich die Beine lockerte und Gavin einen Schritt zurücktrat. Er nahm die Mütze ab und rubbelte sich mit einer Hand durchs Haar, dann setzte er sie wieder auf und half mir von der Insel herunter. Wir waren vollkommen still. Ich wusste, dass mein Schweigen die Folge einer absoluten Ehrfurcht sowie einer ordentlichen Dosis Verlegenheit angesichts des schamlosen Benehmens war, dass ich nur ein paar Fuß entfernt von meinem Bruder im Teenageralter an den Tag gelegt hatte.

Ich brauchte kurz, bevor ich Gavin in die Augen sehen konnte, aber als ich es tat, sah ich nur Hitze. Dieser Mann wollte mich haben. Es stand ihm deutlich ins Gesicht geschrieben, und ich vermutete, dass meines ein Spiegelbild war.

Himmel!

Offiziell durch den Wind

GAVIN

Heilige Mutter der Ständer.

Ihr Erröten und ihre Verschämtheit und diese ganzen konservativen Outfits hatten mich getäuscht, denn Emerson war der Sex auf zwei Beinen. Ich hatte beinahe den Verstand verloren und Trockensex in ihrer Küche mit ihr gehabt, während ihr Bruder fünfzehn Fuß entfernt scheiß chinesisch gegessen hat! Ich war offiziell durch den Wind.

Ich verschnaufte noch und starrte sie an und wünschte mir von ganzem Herzen, dass Jay nicht zu Hause wäre. Das Bild, wie sie für mich ausgebreitet da liegt auf dieser verdammten Insel, und der Gedanke an all das, was ich mit ihr anstellen würde, würden mich die ganze Nacht wachhalten. Eine komplett nackte und erregte Emmy auf diesem Granit – Mensch.

Aber da war nichts zu machen. Jays Zwischenruf hatte uns Gott sei Dank auf seine Anwesenheit aufmerksam gemacht, und wir hatten den Spaß aufschieben müssen. Aber bei dem Blick, den Emmy mir zuwarf, würde das nicht einfach sein.

»Äh, ich glaube, wir sollten was essen?«, machte sie den Versuch, während sie noch immer nach Luft schnappte.

Ich konnte noch nicht sprechen, daher nickte ich nur und zwang meinen Schwanz, sich gefälligst zu beruhigen. Ich würde einen dauerhaften Abdruck meines Reißverschlusses auf der Unterseite von dem verdammten Ding haben, wenn ich noch länger mit dieser Frau abhing. Wir nahmen uns alle unsere Speisen und gesellten uns zu Jay vor dem Fernseher, um uns das Ende des Spiels anzusehen. Also *die* schauten das Spiel – *ich* schaute Emmy an und war mir sicherer denn je, dass wir etwas teilten, was nicht zu ignorieren war.

Als das Spiel vorbei und die Reste weggeräumt waren, ging Jay auf sein Zimmer und Emmy ging mit mir zur Tür.

»Also, wie sieht der Plan für das Turnier dieses Wochenende aus?«

Sie trat etwas nervös von einem Bein aufs andere. »Ach ja, richtig. Äh, es ist im Gibson Park an der Wendover. Wir sollen um 11 dort sein. Ich werde das Shirt für deinen Dress mitbringen.«

»Wie wär's, wenn ich dich abhole?«

»Ach«, sagte sie achselzuckend, »das wäre vermutlich okay.«

»Nicht so enthusiastisch«, neckte ich sie wegen ihres Tonfalls, sodass sie in ein kleines Lächeln ausbrechen und was auch immer sie ablenkte abschütteln musste.

»Tut mir leid. Das wäre nett. Aber ist das nicht eine völlig andere Route für dich?«

Das war es, aber das war mir egal. »Ich möchte dich abholen. 10:30 Uhr ist okay? «

Sie senkte den Kopf ein wenig und das war verdammt niedlich.

»Okay.«

Dann küsste ich sie noch einmal, wobei ich darauf achtete, mich diesmal nicht hineinzusteigern. Ich nahm mir jedoch vor, sobald wie nur irgendwie möglich, Zeit mit ihr zu verbringen. Irgendwo, wo wir allein sein konnten und es vorzugsweise eine horizontale Fläche gab.

IN EINER KOLOSSALEN Fehleinschätzung meinerseits erwähnte ich das Turnier beiläufig vor Nate. Nate, Bailey und Riordan, der Vater der beiden, besaßen *Built by Murphy*, das Familienunternehmen, bei dem ich in Teilzeit beschäftigt war.

Ich arbeitete am Tag nach dem Erlebnis mit dem süßen China-und-Emmy-Mund an einem Umbau, als Nate auftauchte, um bei einem der unabhängigen Subunternehmer vorbeizuschauen. Er nahm mich beiseite auf seinem Weg hinaus – ich nahm an, um mit mir über ein mit der Arbeit in Zusammenhang stehendes Thema zu sprechen. Aber nein.

Ich begleitete ihn zu seinem Truck und er lehnte sich an die Fahrertür. Er nahm seinen Helm ab, kratzte sich an den dunklen Haaren an seinem Hinterkopf und sah ein wenig nervös drein. Ich fing an, mir Sorgen um ihn zu machen, bis er das Schweigen mit einer Bemerkung brach, die ich sofort ungehört machen wollte.

»Ich habe darüber nachgedacht, Laney zu bitten, ein Baby zu kriegen.«

Der Helm in meiner Hand fiel herunter und landete mit einem Knacksen auf dem Asphalt. Ich fuhr mir mit beiden behandschuhten Händen übers Gesicht und um meinen Nacken, wo ich sie behielt. »Warum zur Hölle musst du mit mir darüber reden? Ich will nichts hören über dich und meine Schwester. Erinnerst du dich nicht an die entsetzliche Szene letztes Wochenende?« Ich sah ihn an und schüttelte den Kopf, als wäre er ein Idiot, und ich war kurz davor davonzulaufen.

Er stemmte die Hände in die Hüften und sah mich an. »Ich dachte mir, du hättest was beizusteuern.« Er zuckte mit den Schultern. »Du weißt ja, du hast von Anfang bei Laney und Rocco gewohnt und ich hatte mir gedacht, du würdest, ich weiß nicht, vielleicht eine Idee haben, wie die ganze Sache ankommen wird.«

Ich ließ die Hände sinken und schüttelte wieder den Kopf. Armer, törichter Mann. Wusste er denn nicht, dass es die Lieblingsbeschäftigung meiner Schwester war, mich zu widerlegen? »Kumpel, ich habe keinen Schimmer. Da musst du jemand anderes fragen – und wenn ich vorschlagen dürfte: Kauf dem armen Teufel vorher ein Bier oder zwei. Ich meine, würdest du wollen, dass Jake sich mit dir darüber unterhält, wie er Bailey einen Braten in die Röhre geschoben hat?«

»Ja, danke, Junior. Ich stecke ja gerade mitten drin in der Horrorshow.«

Ich breitete die Arme aus. »Siehst du? Du musst also Mitleid haben mit mir! Ich habe keine Ahnung, ob sie ein Baby will. Glaubst du, sie redet mit mir über so'n Zeug? Frag Fiona, wenn du die Meinung eines Außenstehenden brauchst.«

Er sah mich an, als wäre ich ein totaler Schwachkopf. »Und dann findet Laney womöglich heraus, dass ich zuerst mit jemand anderes gesprochen habe?«

»Du sprichst ja schon mit *mir* in diesem Augenblick!«, gab ich ihm den Hinweis, und ich war mehr als nur ein wenig verärgert, dass ich schon wieder gezwungen wurde an Scheiße teilzunehmen, die mich reif für eine Therapie machte.

»Ja, aber du würdest alles tun, um dieses Thema bei deiner Schwester zu vermeiden. Sie würde es niemals herausfinden.«

Ich sah in den Himmel. »Ich will nur abhängen, meinen Job erledigen und Ball spielen. Ist das zu viel verlangt?«

»Na schön. Vergiss, dass ich etwas gesagt habe.« Er schüttelte den Kopf.

»Als ob ich das könnte. Eines Tages werde ich in dein Haus

schlendern, eine Frau auf deinem Küchentisch vögeln und dich dann nach deiner Meinung zu einem Haufen persönlicher Scheiße fragen. Wie hört sich das an?«

»Hängt vermutlich davon ab, wer die Frau ist.« Er zuckte mit den Schultern.

»Du tickst nicht richtig im Kopf, Mann.«

Sein Mund zuckte. »Ich bin dir blöd gekommen. Ich werde das Baby-Thema fallenlassen, da du so hilfreich gewesen bist. Aber he, hast du noch was von Emerson gehört, nachdem sie letztes Wochenende davongelaufen ist?«

Ich konnte das Grinsen, das sich in meinem Gesicht formte, nicht verhindern. »Natürlich habe ich das. Wofür hältst du das? Amateurarbeit?« Ich deutete auf mich.

»Und es macht ihr nichts aus, dass du ein Teenager bist?« Er zog eine Braue hoch.

»Deine Ehefrau ist nur zwei Jahre älter als ich und du bist über dreißig – das ist dir schon klar, oder?« Was war da los mit meinen sogenannten Freunden?

»Ja, aber sie ist reifer als ich, daher gleicht sich das aus.« Nach dem gegenwärtigen Gespräch zu urteilen, hatte er nicht unrecht.

»Vermutlich. Ich muss gestehen, das mit dem Alter ist ein oder zweimal Thema gewesen, aber ich kompensiere das auf andere Weise.« Ich nickte.

»Kompensieren hört sich an, als hättest du eine andere Art von Problem, mein Freund.« Eingebildeter Bastard.

»Ja, genau. Halt's Maul. Ich habe eigentlich eine kleine Strategie gemeint, die ich gerade anwende. Ich spiele im Softball-Team ihrer Anwaltskanzlei und mache mich lieb Kind bei ihrem Chef. Genial oder was?« Ich nickte und mimte einen Baseballschlag, der nur ins Netz ging.

Er betrachtete mich. »Nicht übel, Junior. Gar nicht übel.«

»Das erste Spiel im Turnier ist morgen und ich habe vor, sie mächtig zu beeindrucken – und mir nachher zur Feier des Tages vielleicht eine kleine Belohnung zu verdienen.«

Er reckte mir das Kinn entgegen. »Weiß Laney, dass du Ball spielen wirst? Ich weiß, dass sie dich sehr gerne sehen würde – Rocco ebenfalls.«

Scheiße. Ich hatte das nicht durchdacht.

»Das ist nichts Besonderes, Mann. Das ist nur Softball mit einem Haufen schlaffer Anwälte.« Ich widerstand dem Drang, mich langsam rückwärts zu entfernen.

»Trotzdem werden sie kommen wollen, das weiß ich. Wo und wann?«

Verdammt. Es gab da kein Entrinnen, oder? Ich nannte ihm die Details, ließ ihn mir aber versprechen, dass es nur sie drei sein würden. Was ich gar nicht gebrauchen konnte, war, dass die ganze Truppe im ‚Olymp‘ auftauchte und einen Radau veranstaltete. Vermutlich würde mir das bei Emmy wenig weiterhelfen.

Er stieg in seinen Truck und ich beschloss, ihm ein Hölzl zu werfen, ehe er die Tür schloss. »He, Mann.« Er wandte sich zu mir um. »Falls du ein Baby möchtest, frag einfach. Man kann nie wissen – vielleicht wartet sie ja nur darauf, dass du es ansprichst.«

Er nickte. »Danke, Junior.«

Als er wegfuhr, fiel mir ein, dass es gar keine schlechte Sache wäre, wenn noch so ein kleiner Rocco herumliefe. Ganz und gar nicht.

»ALSO GUT, Mizz Scott, Sie sind im Left Field. Und Mister Monroe, Sie pitchen natürlich«, sagte Thomas Wheeler mit strahlendem Lächeln. Er schüttelte mir die Hand und klopfte mir auf die Schulter. Dieser Kerl war tatsächlich wahnsinnig begeistert von der Sache.

Emmy und ich trugen identische rote T-Shirts mit Firmenlogo, dazu die passenden Schirmkappen, die unsere Augen vor der Spätnachmittagssonne schützten. Thomas Wheeler und der Rest des Teams waren ähnlich eingekleidet, während das gegnerische Team einen schwarzen Dress trug. Vom Alter her gab es auch auf den Bänken eine Bandbreite, wobei das schwarze Team einen Spieler besaß, der beunruhigend ältlich aussah und den Eindruck erweckte, als könnte sie möglicherweise eine Sauerstoffflasche gut gebrauchen.

»Dann wollen wir mal«, sagte ich, erwiderte sein Lächeln und packte den Softball-Handschuh, den ich am Vorabend tief aus dem Schrankinneren hervorgeholt hatte. Bei Ballspielen war ich immer dabei. Er ging weiter, um ein paar andere Neuankömmlinge zu begrüßen, daher wandte ich mich zu Emmy um, die für mich der perfekten Frau ähnelte, in ihrer Mütze und dem T-Shirt, der schmalen Jeans und mit ihrem Handschuh. Langsam kam mir der Gedanke, dass sie nur für mich gemacht worden sein könnte. Ich zupfte an dem Schild ihrer Mütze und sie drehte sich zu mir um. »Möchtest du dich aufwärmen?«

Einer ihrer Mundwinkel ging nach oben. »Lass mal sehen, was du heute hast, *Slugger*.«

»Ich werde dich schonen. Möchte dir Peinlichkeiten vor deinem Chef ersparen und so weiter.«

»Mensch, danke«, erwiderte sie. Ich holte mir einen Ball aus der Sporttasche und wir warfen ihn eine Weile hin und her, während Thomas und ein paar ältere Männer – von denen ich vermutete, dass sie Emmys andere Chefs waren – das Team organisierten.

Mir fiel auf, dass Emmy zwei weitere Teams am anderen Feld beäugte, und als ich sie danach fragte, erklärte sie mir, dass sie auch Teil des Turniers waren. Ich hatte auch Nate und Laney völlig vergessen, daher war ich kurz überrascht, als ich meinen Namen von den nicht überdachten Plätzen schallen hörte. Emmy und ich drehten uns gleichzeitig um, und ich schwor mir in diesem Augenblick, dass ich meinem ‚Bruder‘ die Fingernägel mit großer Freude methodisch einzeln ausrupfen würde.

Ein großer Teil der verfügbaren Sitzplätze wurde nicht nur von meiner Schwester und ihren Männern, sondern auch von so ziemlich allen, die ich kannte, eingenommen. Da waren Fiona und Mark natürlich – Mark salutierte und Fiona klatschte aufgeregt wegen nichts im Besonderen. Jake und Bailey saßen eine Reihe vor ihnen. Bailey verschlang Essbares aus der Fast-Food-Bude und achtete auf wenig, außer dass sie ihre Pommes vor Jakes Händen abschirmte. Dann waren da noch Riordan Murphy und seine Frau Erin sowie Trey und Court von der Arbeit, Brett und diese Ginger, Kelly, die Mutter von Mark und Jake, und sogar Fionas Chef Jax, verdammt nochmal.

»Fick mich«, murmelte ich leise, aber Emmy winkte nur fröhlich und es wurde ihr mehrfach zurückgewinkt.

»Da hast du aber einen schönen Fanklub, *Slugger*.«

»Du hast ja keine Ahnung.« Ich durchbohrte Nate mit Blicken. Er sah meinen bösen Blick und zeigte bedeutungsvoll auf Laney, die dann auf Fiona zeigte. Das ergab total einen Sinn.

»Ach, schau doch nur!«, sagte Emmy. »Da ist Ari – und sie hat Jay mitgebracht!« Sie winkte ihnen zu, als sie sich in die Nähe von Fiona und Laney setzten.

Nun, wie es aussah, war die ganze Gang da. Es fehlte nur noch, dass Ponch auftauchte und die Nationalhymne gesungen wurde, dann wären wir bereit. Ich schickte ein kurzes Gebet gen Himmel, meine Truppe möge sich benehmen, wohl wissend, dass allein schon der Gedanke sinnlos war.

Und ich bekam meine Bestätigung, als ich den ersten Strike über das Schlagmal warf. Softball-Pitching war etwas ganz anderes als Baseball, aber ich vertraute auf meine Fähigkeiten bei so ziemlich jedem Sport, bei dem ein Handschuh und ein

Ball involviert waren. Der schwarz gekleidete Spieler von Andersen und Mellik, unserer Gegnermannschaft, holte zu spät aus, sodass der Schiri den Strike verkündete. Seine Stimme wurde sofort übertönt von Bailey, die »*Steeeerike*« in voller Lautstärke brüllte, gefolgt von einem Chor weiblicher Stimmen, die verschiedene Formen von »Woot!« und »Woohoo!« riefen. Ich drehte mich nach links, nachdem der Catcher mir den Ball zuwarf, versuchte, mich irgendwie non-verbal zu entschuldigen, aber Emmy lächelte munter weiter. Man mache sich da mal einen Reim draus.

Das Spiel ging das restliche erste Halbinning des ersten Innings so weiter, wobei die Jungs auch ein paar unglaublich hilfreiche Worte der Aufmunterung beisteuerten und »Junior« jedes Mal ein Hauptteil des Kommentars war. Ich pitchte beinahe ein perfektes Inning, aber diese verdammte ältere Dame, die aussah, als würde sie gleich umkippen, erwischte einen Teil des Balles und schaffte es bis zur First Base.

Als unser Team sich auf das Schlagen im zweiten Halbinning des ersten Innings vorbereitete, meldete ich mich kurz bei Emmy. »Das tut mir alles so leid.« Ich zeigte mit gekrümmtem Daumen auf die Bleachers-Sitze. »Ich habe keine Kontrolle über die da.«

Sie lächelte nur. »Mach dir deswegen keine Sorgen. Glaub mir, das macht weitaus mehr Spaß, als letztes Jahr.« Sie blickte vielsagend zur übertrieben konservativen Menge auf der Bank. Sie nahm sich einen Schläger und setzte sich einen Helm auf. »Wünsch mir Glück«, sagte sie, als sie sich als erster Batter des roten Teams dem Home Plate zuwandte.

»Das brauchst du nicht, Ace!«, rief ich ihr nach, sicherlich mit einem breiten Grinsen im Gesicht. Ich drehte mich zurück zur Bank und das Lachen verging mir. Thomas Wheeler unterhielt sich mit der Frau neben ihm, aber die Blicke von drei anderen Männern waren auf mich gerichtet und keiner von ihnen sah auch nur im Geringsten danach aus, als würde er sich amüsieren. Ich konnte zwei von ihnen als die anderen Geschäftsführer identifizieren, Jefferson und Schenk. Aber ich hatte keine Ahnung, wer der dritte war. Ich konnte nur erkennen, dass er mich, Emmy und unsere Freunde und wahrscheinlich die Vorstellung von Spaß im Allgemeinen nicht guthieß. Scheiße. Vielleicht hatte Emmy ja recht gehabt und es war ein riesiger Fehler, dass ich hier mitmachte.

»O mein Gott!« Laney umarmte mich und es schien sie nicht zu stören, dass ich völlig verschwitzt war. »Ich habe dich viel zu lange nicht mehr spielen sehen. Du siehst toll aus da draußen!«

Ich spürte meinen Mund ein wenig zucken. »Es ist nur ein Softball-Spiel, Schwesterchen. Nichts, weswegen du gleich auf die Tränendrüse drücken müsstest.«

Sie ließ mich los und gab mir einen Klaps auf den Arm, als mich Rocco gerade von hinten angriff, um mich zu umarmen. Ich schwang ihn hoch und mir über die Schulter. »Was hast du davon gehalten, Kumpel?«

»Hammer«, erwiderte er. »Aber die brauchen 'ne Imbissbude.«

»Ich werde gucken, was ich für das nächste Mal tun kann.« Ich stellte ihn wieder auf die Beine und er rannte davon.

Wir hatte das gegnerische Team weggefegt, es hatte sogar ein anderer Spieler am Hügel übernommen, als es anfing, peinlich zu werden. Emmy schien zufrieden zu sein, und ich sah, wie sie sich irgendwann mit allen geschäftsführenden Gesellschaftern unterhielt, daher nahm ich an, dass alles in Ordnung war. Sie war überhaupt nicht körperbetont mir gegenüber, und ich verstand den Wink und ließ größtenteils die Pfoten von ihr, versuchte ein wenig Abstand und Anstand zu bewahren – im Unterschied zu meinen bescheuerten Freunden und Familienmitgliedern, die uns weiter anfeuerten, als wäre es Spiel sieben in der World Series. Ich deutete ihnen mehrmals endlich die Klappe zu halten, als ich bemerkte, dass die anderen Anwesenden ihnen Seitenblicke zuwarfen, aber es half wenig. Ich bemerkte allerdings, dass Ari sich weniger hervortat als normalerweise, und ich vermutete, dass das deswegen war, weil sie über Emmys Job-Situation Bescheid wusste. Dadurch fühlte ich mich doppelt schuldig. Emmy sagte jedoch kein Wort.

»He, Junior!«, hörte ich Bailey mir zurufen, und ich verkniff mir, ihr den Mund verbieten zu wollen. Sie watschelte herüber – man konnte es wirklich nicht anders beschreiben. »Möchtet ihr nachher zu uns kommen? Alle werden Baseball gucken, während ich auf der Liege liegen und Dexter hier ausbrüten werde.« Sie tätschelte ihren Bauch. Sie bestand darauf, das Kind Dexter zu nennen, weil er oder sie ständig Baileys Organe trat und sie hätte schwören können, dass sie einen Massenmörder hervorbrachte.

Ich sah zu Emmy hinüber, die sich mit Jay unterhielt. Sie musste meinen Blick gespürt haben, denn sie drehte sich fast sofort um und sah mir in die Augen. »Kann sein, aber rechne nicht damit«, sagte ich zu Bailey, ohne die Augen von Emmys abzuwenden.

Ich hörte, wie Bailey ein Würgegeräusch machte. »Krass. Hast du wenigstens ein Schreiben von deiner Mutter, dass du eine Erwachsene orgeln darfst?«

Damit lenkte sie meinen Blick sofort wieder auf sich. »Hast du Erlaubnis vom Meeresaquarium, dass du dir den Tag freinehmen darfst?«

Sie tat so, als würde sie entsetzt nach Luft schnappen, und schrie dann: »Jake! Junior hat mich gerade als dick bezeichnet! Komm und tritt ihn für mich in den Arsch. Ich möchte nicht, dass die Wehen anfangen, wenn ich es selbst mache!«

Ich war der Ansicht, dass das mein Zeichen zum Aufbruch war.

EMERSON

Ich wusste ehrlich nicht, was ich von dem Spiel insgesamt halten sollte. Alle drei Partner waren froh, dass wir Andersen und Mellik geschlagen hatten, weil sie uns im Vorjahr im Halbfinale vernichtend geschlagen hatten, aber von Mister Schenk empfing ich ein leichtes Missfallen und Mister Jefferson sagte die ganze Zeit über sehr wenig zu Gavin und mir. Mister Wheeler andererseits schwärmte überschwänglich von Gavin, nachdem er im Grunde wie bei einem professionellen Spiel geworfen hatte. Anika, Sozius im zweiten Jahr, löste Gavin ab, nachdem das schwarze Team bis zum siebten Inning immer noch keinen Punkt gemacht hatte. Aber selbst dann beeindruckte er, indem er Runs scorte und die anderen Spieler anfeuerte. Seine Zuneigung zu allem, was mit Baseball zu tun hatte, schien durch, obwohl es sich hier nur um ein Spiel von ein paar Anwälten handelte, die Softball in einem County-Park spielten. Allein schon ihm zuzusehen, erzeugte eine Wärme, die mich durchzog und vor der ich mich hüten sollte, die ich aber einfach genießen musste.

Seine verrückten Freunde und Familienmitglieder machten vielleicht keinen besonders guten Eindruck auf meine Chefs, das muss ich zugeben, aber dagegen konnte ich nichts tun und sie schienen das Spiel für die meisten Teilnehmer unterhaltsamer zu machen, mich eingeschlossen. Ich beschloss gegen Anfang schon, darüber hinwegzusehen und das Spiel zu genießen, und ich hielt die Daumen, dass meine Befürchtungen sich als unnötig herausstellen würden. Ich hatte das Gefühl, dass ich mich sehr Zen-mäßig verhielt. Meine Mutter wäre stolz auf mich gewesen.

Apropos Eltern: Ich hatte beinahe einen Herzinfarkt, als ich die Teams sah, die sich am Nachbarsfeld versammelten. Ich dachte mir schon, dass das Team meines Vaters mit Sicherheit eines davon sein würde, aber glücklicherweise hatte ich mich geirrt. Es war mir in den letzten Tagen erfolgreich gelungen, seinen Anrufen aus dem Weg zu gehen, denn ich war mir noch nicht sicher, was ich über meine »Geheimwaffe« erzählen sollte. Obwohl es nur eine Frage der Zeit war, bis es sich zu ihm durchsprach und ich ihm eine Erklärung schuldig war.

»Ich weiß nicht mal, was ich sagen soll«, überraschte mich Ari und holte mich aus meinen Gedanken mit einem um die Schultern gelegten Arm und großen Augen der Verwunderung. »Dein Mister Baseball ist verdammt heiß. Wenn du nichts tust in der Sache, werde ich Elliot abservieren und ihm selbst nachstellen.«

Es gab mir einen Stich des Neides, ungebeten. Gavin gehörte mir nicht. Ich wollte nicht mal, dass er mir gehört. Ich hatte keinen Platz dafür, dass er mir gehört. Und Ari war äußerst sexy – welcher vernünftige Typ würde sie nicht haben wollen? Und he, wenn ich dabei Elliot loswerden könnte, also …

Ari schnippte mir mit den Fingern vor den Augen herum,

um meine Aufmerksamkeit wiederzuerlangen. »War nur ein Scherz! Aber nicht das mit der Aufforderung, dass du was tun musst. Klemm dich dahinter, Mädel – hol dir diesen Mustang für eine Testfahrt und ruf mich später an und berichte mir alles.« Sie küsste mich auf die Wange, ignorierte mein verärgertes Ächzen und ging in Richtung Parkplatz. »Ach ja, gutes Spiel!«, brüllte sie über die Schulter.

Ich winkte und schüttelte den Kopf. »Danke, Ari!«

Dann drehte ich mich wieder um und entdeckte Gavin, der sich einen dunkelhaarigen kleinen Buben auf die Schulter warf, und ich schwöre, dass ich meine Eierstöcke seufzen hörte. Ich entschied, dass Ari sich doch noch einen anderen Ersatz für Elliot würde suchen müssen.

»Willst du dir was zum Essen mitnehmen auf dem Heimweg?«, fragte Gavin, als wir uns auf der Straße befanden.

»Absolut. Ich bin am Verhungern«, jammerte Jay auf dem Rücksitz. Ari hatte ihn zuvor abgeholt, aber wir brachten ihn zum Haus eines seiner Freunde, und die beiden würden dann zum Spiel für den Saisonstart der Greensboro Grasshoppers am Abend gehen.

Ich drehte mich auf meinem Sitz um. »Weißt du, Mom hat mich nicht vorgewarnt, wie dein Essensplan aussehen würde. Ich könnte schwören, dass du wie ein Kolibri bist.«

»Kolibri?«, fragte Gavin.

»Jetzt pass auf«, antwortete Jay für mich. »Ihr Kopf ist voller nutzloser Details.«

»Ich glaube, du hast *interessante* Details gemeint.«

»Rede dir das nur ruhig ein«, sagte Jay mit einem Grinsen.

Ich sah ihn mit zusammengekniffenen Augen an, ehe ich es Gavin erklärte. »Ein Kolibri frisst täglich das Doppelte seines Körpergewichts an Nektar. Das macht ihn zum hungrigsten

Tier auf der Erde, also vom Verhältnis her betrachtet und abgesehen von einigen Insekten und meinem Bruder.«

Gavin sah geziemend beeindruckt drein und ich lächelte Jay selbstgefällig an. »Siehst du. Interessant. Ich habe noch eine Menge mehr, falls du den Beweis brauchst.«

Gavin räusperte sich. »Also das heißt ja, wir bleiben stehen und holen uns was zu essen, richtig?«

Jay erwiderte mein selbstgefälliges Lächeln.

»Ach ja, tut mir leid«, murmelte ich.

Ich gab bei Hops meine telefonische Bestellung auf und wir holten uns ein paar Burger zum Mitnehmen ab. Obwohl ich mir beim Spiel den Arsch aufgerissen hatte, konnte ich trotzdem nur die Hälfte von meinem essen und gab die übrige Hälfte meinem Bruder, als ich fertig war. Als wir ihn absetzten, hatte er wahrscheinlich genügend Kalorien konsumiert, um eine kleine Nation eine Woche lang zu ernähren.

»Also wer war der Kerl, der dich beim Spiel ständig angestarrt hat?«, fragte Gavin. Als ich ihn fragend ansah, erläuterte er: »Äh, so in deinem Alter wahrscheinlich, braune Haare, meine Größe?«

Ich ging im Geiste die Liste durch und erkannte, dass er wohl von Craig sprach. »Ich glaube, du meinst Craig Pendleton, aber ich bezweifle, dass er mich angestarrt hat.«

»Oh doch, das hat er. Nur hat er es subtil gemacht.«

»Im Ernst?« Ich meine, Craig sah Frauen immer auf eine Weise an, die ich für beängstigend hielt, aber ich hatte gedacht, er würde es in Gegenwart der Geschäftsführer zügeln. Und außerdem sollten er und ich einen Waffenstillstand haben.

»Ich bin mir ziemlich sicher, dass er sich vorgestellt hat, welche Farbe die Unterwäsche hat, die du trägst.«

Ich gab Gavin einen Klaps auf den Arm.

»He! Hände weg vom Fahrer. Also ich meine, nur wenn deine Absichten mit Gewalt zu tun haben.« Ich ignorierte seinen Kommentar und er fuhr fort: »Jedenfalls habe ich mich umgehört, weil er mir ein *Halt-dich-nur-ja-fern*-Signal gegeben hat, und ich nicht wusste, ob ich da was verpasst hatte.«

Ich spürte, wie meine Stirn sich in Falten zog. »Das ist echt seltsam. Du musst den Blick fehlgedeutet haben. Er und ich sind gewissermaßen Rivalen. Ich würde ihn meine Nemesis nennen, aber wir haben einen Waffenstillstand beschlossen für die Zeit, in der wir gemeinsam an diesem riesigen Account arbeiten. Einer von uns wird letztendlich aber eine Partnerschaft in der Kanzlei angeboten bekommen, und der oder die andere ...«, sagte ich und verstummte.

»Aha«, war alles, was Gavin dazu sagte, ehe er links abbog.

»Was soll das denn bedeuten?«

Er dachte kurz darüber nach. »Ich glaube, du müsstest ein Kerl sein, um das zu verstehen.«

Darauf hinauf wollte ich die Augen verdrehen. »Das bezweifle ich doch stark. Wetten, dass?«

Er sah zu mir herüber und musterte mich, bis er endlich sprach: »Er fährt total auf dich ab, aber das will er nicht. Die Tatsache, dass ihr Rivalen seid, macht die Idee nur noch geiler. Dieser Waffenstillstand bedeutet, dass ihr mehr Zeit miteinander verbringt, was zur Folge haben könnte, dass a) dein Reiz nachlässt, wenn deine Krallen nicht ausgefahren sind, und dann kann er über dich hinwegkommen, oder b) er jetzt, wo du nicht auf der Hut bist, versuchen wird, dich zu bezaubern, um dir an die Wäsche zu gehen. Und dann ist da noch: c). Du wirst erkennen, dass er gar nicht so übel ist, und ihm eine Chance geben, oder d) er will dich reinlegen, an deine Ehrenhaftigkeit appellieren, indem er den Waffenstillstand ausruft, in Wirklichkeit hat er aber vor, mit einem Schlag dich unter ihn zu kriegen und gleichzeitig dir die Partnerschaft zu klauen.«

Ich starrte ihn nur an.

Gavin schaute weiter auf die Straße, bis er meinen Blick spürte und er eine Spätzündung hatte. »Was ist?«

»Du hast all das durch einmal Hinsehen erkannt?«

Er zuckte mit den Schultern. »Also es war mehr als einmal, aber ja. Wie gesagt, das ist ein Männerding.«

Ich lehnte mich auf meinem Sitz zurück und dachte kurz nach. »Das ist entweder eine überaus brillante Beurteilung der Situation, wie ich sie noch nie gehört habe, oder du bist erwiesenermaßen irre.«

Er grinste mich kurz an. »Du wolltest es ja erfahren.«

Ich suhlte mich eine Minute in diesem Grinsen, ehe ich antwortete. »Eigentlich glaube ich, dass du da zu viel hineininterpretierst. Er hatte wahrscheinlich was im Auge.«

»Echt jetzt?« Gavin hörte sich sogar ein wenig verärgert an. »Was denn?«

»Du weißt nicht, wie geil du bist, oder?«

Uuuund das Stichwort für ein peinliches Erröten.

Ich spürte, dass er mich ansah, obwohl ich geradeaus vor mich hinstarrte. »Du beweist damit nur, dass ich recht habe.«

»Halt die Klappe und fahr weiter«, murmelte ich, was ihn zum Lachen brachte.

Als wir in die Einfahrt einbogen, hatte mein Gesicht wieder die Farbe angenommen, die den Verkehr nicht zum Stillstand bringen würde. Gavin fragte nicht, ob er reinkommen solle, und ich weigerte mich, zu sehr darüber nachzudenken. Alle, die wir kannten, hatten uns zusammen gesehen und nahmen an, dass wir ein Paar waren. Ganz zu schweigen davon, dass ich mich auf sechzehn Arten zu ihm hingezogen fühlte und wusste, dass er mich mochte. Was könnte es denn schon schaden, wenn ich ein bisschen mehr Zeit mit dem Typen verbrachte?

Ich schloss die Tür auf, er folgte mir hinein und trug das Take-away-Menu direkt in die Küche. Ich ging ihm nach, und allein schon der Anblick Gavins in der Nähe meiner Kücheninsel rief erneut allerlei Gefühle in mir wach … heiße Gefühle. Kribbelnde Gefühle. Gefühle, die ich nicht ungern noch einmal erleben würde, wenn ich ehrlich war.

»Was würde ich nicht dafür geben, die Gedanken zu kennen, die dir gerade durch den Kopf gehen.«

Ich erschrak, denn ich hatte nicht bemerkt, dass er mich angesehen hatte. O Herr. Ich sah wahrscheinlich wie so eine Art läufige Hündin aus. Er lehnte am Tresen neben dem Kühlschrank, nahm mich offensichtlich unter die Lupe und sah dabei verdammt hinreißend und lässig aus, wie er so die Hände in den Taschen seiner Jeans hatte. Ohne nachdenken zu können, sagte ich das erste, was mir in den Sinn kam: »Sandwiches.«

Jetzt war er dran und riss den Kopf überrascht zurück. Das Grinsen schwand aus seinem Gesicht – selbstgefälliger, scharfer Typ, der dachte, er wüsste, woran ich dachte. Nimm das!

»Ja.« Ich hob eine Hand an die Hüfte, als würde ich meine Behauptung untermauern wollen. »Ich habe daran gedacht, Sandwiches zu machen.«

»Hattest du?«

»Ja.« Gar nicht defensiv, Emerson, was?

»Und das ist, weil du im Wagen nicht genug zu essen bekommen hast, ja?« Er krümmte den Daumen in Richtung der Tür, durch die wir eben gekommen waren. »Du weißt schon, ungefähr vor zehn Minuten.«

Gott. Wie um alles in der Welt konnte ich eine gute Anwältin sein, wenn ich so grottenschlecht in puncto Schlagfertigkeit war? Das musste an Gavin liegen. Er verunsicherte mich zu Tode.

»Ich dachte, Anwälte müssten besser lügen können!«, sagte Gavin und gab damit praktisch meine eigenen Gedanken wieder, als er näher herantrat, wieder mit einem Grinsen im Gesicht, die Augen vor Freude praktisch funkelnd. Mist. Wie sollte ich dagegen ankämpfen? Ich konnte sie fast schreien hören, Aris Stimme in meinem Kopf: »Das wirst du nicht tun! Vielmehr wirst du ihn bespringen!«

Ich würde ihn natürlich nicht bespringen, aber ich dachte

mir, dass der Kampf zu Ende war und Mister Baseball soeben gewonnen hatte.

Er stoppte nicht auf seinem Vormarsch und ich hielt meine Stellung und weigerte mich, klein beizugeben. Ich war eine neunundzwanzigjährige Frau, die jedes Recht dazu hatte, mit einem anderen erwachsenen Menschen zu machen, was ich verdammt nochmal wollte. Ich musste mich nicht sorgen oder schämen oder so etwas, aber ich musste die Hitze in meinem Bauch und das Surren meines Pulses in meinem Hals spüren. Und wenn die Küsse, die wir ausgetauscht hatten, ein Indikator waren, dann würde ich mich verdammt gut amüsieren bei was immer Gavin und ich gemeinsam machten.

Als seine Hand zu meinem Nacken fuhr, zwang ich meine Nerven und diese verdammten Affen, sich zu beruhigen und jeglichen Zweifel und jegliche Ängstlichkeit dahinschwinden zu lassen, damit ich einmal in meinem Leben einfach nur für den Augenblick leben und ein Risiko eingehen konnte. Gavins Blick brannte sich in meine Augen und dann verlor ich ihn aus dem Sichtfeld, als sein Mund auf meinen herabstürzte und ich mich dem Gefühl seiner Lippen auf den meinen und dem Gefühl seiner Zunge, wie sie gegen meine drückte, hingab.

Wieso war mir nie bewusst geworden, wie super das Küssen ist? Es war unbeschreiblich. Ich konnte es bis zu meinen Zehen hinunter spüren, als sie sich in meinen Turnschuhen einrollten, und der Impuls mein Rückgrat entlang zischte und mit einem Stoß mitten in meiner Gebärmutter landete. Gavins Küsse erreichten jeden Teil meines Körpers und ließen mich unfreiwillig näher an ihn herantreten – instinktiv. Da war nichts Mechanisches an diesem Zusammentreffen der Münder und Körper, wie es bei meinen Erfahrungen in der Vergangenheit immer gewesen war. Ich hatte angenommen, dass mit mir etwas nicht stimmt, oder dass andere Menschen übertrieben, wenn sie von ihren sexuellen Abenteuern erzählten. Wie sich herausstellte, hatte mir bisher bloß jemand gefehlt, der wusste, was er tat. Entweder das, oder es handelte sich um was auch immer für eine explosive Mischung Gavin und ich entzündeten. Wenn diese Situation etwas bewies, dann dass Gavin Monroe ein *echtes Talent* fürs Knutschen hatte.

Ich bemerkte kaum, dass wir uns bewegten, bis ich die Wand hinter mir spürte und Gavins Hand, die sich zu meinem Schenkel bewegte, den er zu seiner Taille hochzog. Ich befolgte sogleich seinen Hinweis und tat es ihm mit meinem anderen Bein gleich, woraufhin seine Hände meinen Po umfassten und nicht mehr losließen.

»Gott, wie liebe ich deinen Hintern.« Er drückte und murmelte die Worte an meinen Hals. Ich verschränkte meine Fesseln hinter seinem Rücken, während er sich an mich presste.

»Danke. Ich liebe deine Handgelenke«, sagte ich als Antwort darauf, denn mein hormonelles Hoch machte mich zu einer plappernden Idiotin.

Ich spürte, wie er gegen meinen Hals lächelte, und dankte ihm stumm dafür, dass er mich wegen meiner lächerlichen Aussage nicht anprangerte. Stattdessen lehnte ich stöhnend den Kopf zurück und bot ihm einen besseren Zugang.

Bei diesem Geräusch drehte er uns abrupt um und machte sich auf, mich wie ein um ihn gewickeltes Brezel davonzutragen. In diesem Moment war es mir egal, wo er mich hinbrachte. Es hätte von mir aus auch nach draußen auf den Rasen sein können. Ich wollte nur, dass er weitermacht mit dem, was er machte, damit ich weiterhin überall dieses köstliche Kribbeln spüren und es durch meinen Körper fließen lassen konnte. Dieses Sex-Zeugs war beeindruckend, und wir hatten uns noch nicht einmal ausgezogen! Ich hatte das flüchtige Bedürfnis, meinen früheren Sexualpartnern einen Brief zu schreiben, in dem ich sie aufforderte, sich für Gavin Monroes Kurs »Wie man es richtig macht« anzumelden, denn sie hatten es offensichtlich alle völlig falsch gemacht.

Wie sich herausstellte brachte Gavin mich nicht nach draußen, sondern in mein Schlafzimmer. Irgendein innerliches Zielfunkfeuer hatte ihn ohne meine Hilfe direkt dorthin geführt. Nicht, dass ich zu diesem Zeitpunkt noch eine besondere Hilfe gewesen wäre. Seine Latte presste an die ideale Stelle zwischen meinen Beinen und ich bewegte mich rastlos an ihm hin und her, denn ich brauchte mehr. Wovon konnte ich nicht eindeutig sagen, aber ich wusste einfach, dass ich es brauchte. Ich stöhnte seinen Namen und erkannte meine eigene Stimme nicht einmal, als sie als gehauchtes Flehen meinen Rachen hochblubberte.

»Himmel«, hörte ich ihn sagen, als er mich auf das Bett absenkte und dabei fest über mir blieb. Was gut war, denn hätte er versucht, sich zu entfernen, hätte ich ihn wahrscheinlich zu Boden gerungen, um in Kontakt zu bleiben. Was in Gottes Namen war da in mich gefahren?

Ich verknotete meine Finger in seinem Haar, während er mich weiter küsste und meinen Hals hinunter knabberte, bis sein Mund an die Grenze in Form des runden, gestrickten Kragens meines T-Shirts stieß.

»Runter damit«, sagte er und nahm sich keine Zeit für ganze Sätze. Wer braucht schon eine Grammatik, wenn es unglaublichen Sex gibt? Ich meine, ich nahm an, dass er unglaublich sein würde – in diesem Moment nahm ich doch an, dass Gavin *alles* gut konnte.

Er erhob sich von mir für den Sekundenbruchteil, den es dauerte, um mir das Shirt über den Kopf zu ziehen, und dann war sein Mund überall. Ich hatte keine Zeit, mir wegen des Schweißes vom Spiel, der bestimmt überall auf meiner Haut eingetrocknet war, oder wegen der Größe meiner Brüste oder der Sommersprossen, mit denen meine Brust übersät war, Gedanken zu machen. Es gab nur seine Lippen auf mir und den Geruch von Gras und Schweiß aus seinen Haaren, der bei mir wie eine Art Aphrodisiakum wirkte, als ich ihn einatmete und versuchte, ihn mir einzuprägen.

Mein BH verschwand irgendwie, ohne dass ich es mitbekam

– zweifellos aufgrund Gavins geschickter Hände. Doch das störte mich nicht, denn mein Nippel befand sich in seinem Mund und seine Zähne und seine Zunge machten unfassbare Dinge damit – Dinge, die einen bis dato unbekannten Nervenkanal verrieten, der direkt von meiner Brustwarze zu meiner Vagina verlief. Er umging all meine inneren Organe und durchlief mich in gerader Linie, verband all meine erogenen Zonen und brachte meinen Körper zum Glühen.

»O Gott«, stöhnte ich und meine Finger stolperten über die Muskeln auf seinem Rücken und seinen Schultern, als er sich über mir verlagerte und zu meiner anderen Brust wechselte. In einer Bewegung, die für mich vollkommen untypisch war, zog ich an seinem Shirt, bis seine nackte Haut für meine Fingerspitzen freigelegt wurde. Dann zerrte ich es ungeduldig über seinen Kopf und seufzte enttäuscht, als die Bewegung dazu führte, dass er die Lippen von meiner Brust nahm. Glücklicherweise schien er so begierig darauf wie ich, seinen Mund wieder zum Einsatz zu bringen.

Ich spürte, wie eine seiner Hände zwischen unsere Körper glitt und problemlos den Knopf meiner Jeans öffnete, ehe er den Reißverschluss nach unten zog. Erst in diesem Moment gestatte ich mir den Gedanken an die volle Tragweite der ganzen Begegnung. Ich muss mich wohl unfreiwillig angespannt haben, denn seine Hand stoppte die Bewegung.

Ich würde gleich Sex mit Gavin Monroe haben. Ich hatte keinen Sex mit Männern, außer wir befanden uns in einer festen Beziehung. Wie hatte ich es soweit kommen lassen? Was war mit all den Rendezvous geschehen, die mit harmlosen Küssen endeten? Der allmähliche Übergang zu leichtem Petting und dann zu etwas Intensiverem, schließlich zum Schlafzimmer führend, nachdem ein paar Monate vergangen waren? Monate. Nicht Tage.

Das war nicht ich!

Eine leise Stimme in meinem Kopf – eine, die offensichtlich

mit meinen Brüsten gesprochen hatte – meldete sich mit einem widersprüchlichen Standpunkt. *Aber du könntest es sein*, sagte die Stimme.

In der Tat.

Während die Gedanken durch meinen Kopf rasten, hatte Gavin den Kopf gehoben. Seine Augen waren schwer vor Lust, aber es lag auch Besorgnis in seiner Miene. Ich knabberte an meiner Lippe, denn ich wusste, dass dies der Augenblick der Entscheidung war. Würde mich das, wenn ich es tat, zur Schlampe machen? Tat ich es nicht, machte es mich zu jemanden, der zum Spaß aufgeilt und dann abblitzen lässt? Ich wollte weder noch sein – ich wollte nur Emerson sein. O Gott, warum gab es für das Leben keine Bedienungsanleitung? Ich finde wirklich, dass das die Dinge viel einfacher machen würde.

<h1 style="font-family:cursive;font-weight:normal">Nicht die Steppdecke dissen</h1>

GAVIN

EMMYS GEHIRN LIEF AUF HOCHTOUREN, das war deutlich zu erkennen, wenn man sie nur anschaute. Ich sah diese geröteten Wangen und den verschleierten Blick, aber es stand ihr deutlich ins Gesicht geschrieben, dass sie unentschlossen war.

»Emmy, wir müssen das nicht tun. Sprich es einfach aus, dann hören wir hier auf.« Ich deutete mit dem Kinn nach unten. »Ich bin gerne bereit, meine Aufmerksamkeit den Stellen zu widmen, die wir bereits abgedeckt haben, glaub mir.« Ich wählte einen heiteren Ton, damit sie aufhörte, sich Sorgen zu machen. Aber ihre Unterlippe steckte noch immer zwischen ihren Zähnen und ihre Stirn lag in Falten.

Endlich ließ sie ihren Blick zur Seite fallen, die Arme hatte sie noch immer um meinen Rücken gewickelt und ihre festen Titten pressten an meine Brust. Ich hatte noch nie eine Frau gezwungen, die nicht wollte, und das würde ich auch niemals tun. Ich wollte gerade die Position wechseln, damit ich ihr die Jeans wieder zumachen konnte, als sie mich ansah.

»Nein.« Sie deutete auf das Bett und dann auf mich. »Es ist nur so, dass ich das noch nie gemacht habe.«

Du lieber Himmel. Ich spürte, wie mir das Blut aus dem Gesicht wich. Sie war noch Jungfrau? Wie konnte sowas überhaupt sein, in der heutigen Zeit?

Ihr dringlicher Ton drang durch meine Panik hindurch. »Nein! So habe ich das nicht gemeint. Natürlich habe ich … *es* schon getan.«

Ich war nicht überzeugt davon, dass sie das Wort überhaupt aussprechen konnte, daher beäugte ich sie misstrauisch, als sie fortfuhr.

»Ich bin nur immer in einer Dauerbeziehung mit dem Typen gewesen. Dich kenne ich kaum.« Sie gestikulierte wie wild mit der Hand und streifte mich fast am Gesicht.

Ich fühlte mich ein wenig pikiert aufgrund dieser Aussage. »Das würde ich nicht behaupten. Ich habe sogar aufgehört, die Dates zu zählen, die wir schon gehabt haben.«

Sie sah mich mit zusammengekniffenen Augen an. »Gelegentlich uneingeladen vor meinem Haus aufzutauchen und mich in meiner Küche zu küssen ist kein Date, Gavin.«

»Und ob.« Ich zuckte mit den Schultern und rollte dann von ihr herunter, sodass ich neben ihr lag, den Kopf auf der Hand abgestützt. Dadurch hatte ich ihre nackten Brüste perfekt im Blickfeld. Ich widerstand dem Verlangen, die Hand auszustrecken und zu fühlen. Als ich die Augen wieder zu ihrem Gesicht hob, bemerkte ich, dass ihr Blick zu meiner Brust und dann sekündlich weiter nach unten wanderte. Ich grinste und diese Bewegung ließ sie wieder in mein Gesicht sehen. Sie schüttelte den Kopf, als würde sie erneut ihre Gedanken sammeln.

Ihr Protest ging weiter. »Und genauso wenig zählt dazu, mit meinen Chefs und meinem Erzrivalen Softball zu spielen.«

»Also Moment mal.« Ich zog schockiert das Kinn zurück. »Ich bin zur ersten, der zweiten *und* der dritten Base gekommen. Ich hätte einen Homerun schlagen können. Ich wollte nur nicht gierig sein. Das, meine Freundin, ist ein Date.«

Sie gab mir einen Knuff in die Brust, aber die Falten auf ihrer Stirn legten sich und ihre Lippen spitzten sich zu. Ich ließ mich auf den Rücken fallen und tat so, als hätte sie mich umgehauen. »So gewalttätig«, neckte ich sie.

»Ich versuche hier ernst zu sein.«

»Dann hör auf, mich zu schlagen. Das törnt total an, nur damit du's weißt.« Ich stützte mich wieder ab.

Sie knurrte. Ich grinste und ließ meinen Blick schweifen.

»Ich fühle mich offensichtlich zu dir hingezogen«, gestand sie und schien sich dann plötzlich daran zu erinnern, dass sie oben ohne war. Rasch – und tragischerweise – zog sie sich eine Decke über ihre hinreißenden Titten.

Ich seufzte, während sie fortfuhr: »Ich glaube halt einfach, dass diese Beziehung keine Zukunft hat, und ich habe noch nie alle Bedenken in den Wind geschlagen und mich nur nach meinem Urinstinkt gerichtet. Ich bin eher eine … Planerin.«

Ich musste zugeben, dass tat weh. Ich meine, sie erklärte mir, dass sie keine Zeit für eine Beziehung hatte, denn es gab da die Arbeit und die Verpflichtungen, die sie als Jays Vormund hatte. Aber ich dachte noch immer, dass ich sie dazu bringen konnte, ihre Meinung zu ändern. Und *ich* war ja auch vielbeschäftigt. Es war ja nicht so, dass ich sie bat, mich zu heiraten oder so. Aber zumindest war ich für Gelegenheiten offen. Sie hatte sich bereits festgelegt, dass dies zu nichts führen würde.

Ich legte mir gerade mental meine Antwort zurecht, als ich zweimal hinsehen musste auf die Decke, die sie benutzte, um unfairerweise ihre Vorzüge vor mir zu verstecken. Sie war grün und wuschelig und – nein, meine Augen hatten mich nicht getäuscht – mit kleinen rosafarbenen Schweinchen übersät.

»Äh, sind das … Schweine?«

Emmys Augen blitzten ihren Körper nach unten, als sie meine Worte registrierte, und ihr Gesicht, das von unseren

Aktivitäten bereits gerötet war, glühte in einem noch dunkleren Ton. Sie warf die Decke auf den Boden, als würde sie brennen. Dann, als sie bemerkte, dass sie sich wieder entblößt hatte, sah sie sich hektisch nach etwas anderem um und zog schließlich erfolglos an der Bettdecke, auf der ich lag. Durch die Bewegung wurden lediglich jene Artikel geschaukelt, die sie zu verbergen suchte, daher beschloss ich, zu übernehmen.

Ich rollte mich wieder auf sie, hob ihre Arme über ihren Kopf und hielt sie dort mit meinen Händen fest. »Emmy?«, fragte ich langsam und deutlich. »Besitzt du eine Schweinedecke?«

Sie versiegelte die Lippen und schüttelte vehement den Kopf. Ihre wilden rotbraunen Locken hatten sich aus dem Pferdeschwanz gelöst und lagen ausgebreitet um sie herum. Sie sah aus wie jede Traumvorstellung, die ich jemals gehabt hatte.

Ich nickte. »Siehst du? Ich glaube, dass du lügst. Ich habe eine sehr deutliche Erinnerung an eine Schweinedecke.«

Sie zog mit ihren Armen, versuchte sich loszureißen. Ich ließ sie nicht.

»Wenn du das Gefühl hast, dass wir uns nicht sehr gut kennen, dann ist das hier eine gute Gelegenheit, das zu ändern«, schlug ich vor. »Erzähl mir etwas über die Schweinedecke, Emerson. Ich kann dir nicht genau sagen, wie begierig ich bin, das zu hören.«

Sie sah mich finster an und presste weiter die Lippen zusammen.

»Ach ja, du kannst auch gerne erröten, so viel du willst. Du weißt doch, wie sehr ich darauf abfahre.« Ich grinste. Ja, ich war ein bisschen ein Arschloch. Aber das hier war unbezahlbar. Diese Frau hatte vehement betont, wie wichtig es sei, das Image eines ernsten Erwachsenen aufrechtzuerhalten, dabei kuschelte sie sich jede Nacht in eine spezielle Schweinchendecke. Das bedeutete, dass sie einen schwachen Punkt hatte. Das bedeutete, dass sie eine empfindliche Stelle hatte und gar nicht so streng war. Das bedeutete, dass ich eine Chance hatte.

»Na schön!«, schnaufte sie schließlich. »Ich besitze eine *Woobie*!«

Da musste ich den Kopf zurückwerfen und lachen.

»Halt die Klappe und lass mich los!«

Ich sah auf sie hinab und lachte noch immer. »Erst, bis du sagst: Ich heiße Emerson Scott und ich besitze eine flauschige Schweinchen-Steppdecke.«

Sie durchbohrte mich mit ihrem Blick, ihr Mund war zusammengekniffen. Schließlich entkamen ihr die Worte: »Ich heiße Emerson Scott und ich gebe gerne zu, dass ich Gavin Monroe mit einer flauschigen Schweinchen-Steppdecke ermordet habe.«

Ich hatte Tränen in den Augen, so sehr musste ich in diesem Moment lachen, aber ich schwöre, dass ich mir gestattete, mich noch mehr in diese Frau zu verlieben, während ich ihr Gesicht beobachtete und diese Worte aus ihrem Mund kommen hörte.

Was soll ich sagen? Ich bin leichte Beute.

Natürlich hatten wir keinen Sex. Und für mich war das auch völlig okay. Für meinen Schwanz? Nicht so sehr. Aber der Abend wurde zu einem der besten, den ich meiner Erinnerung nach je erlebt hatte. Wir unterhielten uns, wir knutschten, wir kühlten uns ab, wir aßen spät zu Abend und wir knutschten noch ein wenig mehr. Dann schliefen wir beide in unseren Jeans ein, zugedeckt von der Schweinchendecke – die, das muss ich zugeben, verdammt kuschelig war.

Und ich erfuhr die Vorgeschichte von Emmys Kinderdecke. Sie war das einzige Geschenk, an das sie sich erinnern konnte, das sie von ihrem Dad erhalten hatte, das rein albern und vollkommen mädchenhaft war. Ich war mir sicher, dass das viel mehr preisgab, als sie mir verraten wollte, aber dieses Wissen bewahrte ich mir trotzdem auf.

»*SCHEIBENKLEISTER*!«

Dieses eine, seltsame Wort war das, was mich aufweckte. Nicht Emmy, die mich an der Schulter schüttelte, als wollte sie einen Toten zum Leben erwecken. Ich hob die Hand, um sie zu stoppen, ehe sie mir noch etwas ausrenkte. So eine Leidenschaftliche war sie nämlich.

»Pass auf die Schulter auf. Willst du sie mir nochmal brechen?« Sie hatte letzte Nacht meine Narben von dem Motorradunfall entdeckt, als sie meine Haut gründlich abgesucht hatte. Ich erzählte ihr die Kurzversion der Geschichte und spielte es ein wenig herunter, damit es nicht zu heftig wurde. »Was ist denn los?«, fragte ich gähnend.

»Wir sind eingeschlafen!«, sagte sie in dringlichem Flüsterton.

Ich ließ die Augen zu und versuchte mich zur Seite zu drehen. »Das mache ich auch manchmal im Bett. Das ist ganz normal. Das kannst du mir glauben.«

Das Schütteln ging weiter. Ich öffnete die Augen, um sie anzusehen. Sie saß neben mir auf dem Bett, ein weißes Tank-Top bedeckte sie, tat sich aber nicht leicht dabei, ihre Nippel zu verbergen. Dieses Top gehörte nun zu meinen Lieblingen.

Ich winkte sie heran. »Komm her. Ich muss dir was zeigen.«

»Hör auf«, zischte sie. »Wir müssen hier raus, bevor Jay aufwacht.«

Also darum ging es bei diesem fiesen Aufwecken?

»Im Ernst?«

Sie nickte nur und deutete mir, ich solle meinen Hintern in Bewegung setzen.

»Emmy, der Junge ist fünfzehn. Der wird nicht vor Mittag aufstehen. Und apropos fünfzehn. Ich bin mir ziemlich sicher, dass er bereits annimmt, dass wir Sex haben – was wir, wie ich bemerken darf, nicht haben.«

Sie schnappte nach Luft. »Das ist überhaupt nicht wahr.

Fünfzehnjährige denken nicht so.« Sie verzog das Gesicht. »Oder doch?«

Ich nickte. »Ich habe viel mit ihnen zu tun. Vertrau mir.«

Sie schüttelte den Kopf. »Das spielt keine Rolle. Ich bin seine Schwester und sein Vormund. Ich sollte ihm ein gutes Vorbild sein, und dich – einen Mann, den ich erst seit einer Nanosekunde treffe, einen Mann, der noch dazu sein Coach ist – in meinem Bett schlafen zu lassen, ist nicht die Latte, die ich legen möchte!«

Ich ließ die unbeabsichtigte Stichelei schleifen, denn ich wusste, dass ihr nicht gefallen würde, was als nächstes aus meinem Mund kam. »Ich sage dir das nur ungern, Emmy, aber dieser Zug ist in dem Augenblick abgefahren, als sein Freund ihn letzten Abend abgesetzt hat. Korrigiere mich, wenn ich mich irre, aber mein Jeep in deiner Einfahrt ist ein ziemlich eindeutiger Hinweis.«

Sie senkte ihr Gesicht in ihre Hände. »Himmel.«

»Ich dachte, du würdest nicht fluchen.«

Dafür erntete ich einen bösen Blick.

Ich setzte mich auf und zog sie an mich. »Er wird's überleben. Ich bezweifle doch sehr, dass er losziehen und ein Mädchen schwängern wird. Jedenfalls nicht heute.« Sie versuchte, mich wegzustoßen bei dieser letzten Bemerkung, doch ich lachte und hielt sie fest. »Weißt du, Emmy, hätte ich kein gesundes Ego, ich könnte beleidigt sein, weil du ständig versuchst, vor mir davonzurennen?!«

Sie murmelte ihre Antwort in meine Brust. »Wärst du nicht so ein A-r-s-c-h, dann müsste ich das nicht tun.«

Da wich ich zurück. »Hast du gerade das Wort ›Arsch‹ buchstabiert?« Ich konnte mir mein Lächeln wirklich nicht verkneifen, selbst wenn ich es gewollt hätte.

»Ja.« Ihr Blick forderte mich heraus, eine weitere Bemerkung zu riskieren.

»Wollte nur sichergehen«, antwortete ich und küsste sie ordentlich.

»Das ist also nicht irgendwie peinlich oder so«, sagte Jay, während er sich noch mehr Müsli in den Mund schaufelte. Emmy und ich waren nach einem gesunden morgendlichen Geknutsche in die Küche umgezogen und waren dann dort ausgerechnet auf den sich Frühstück zubereitenden Jay getroffen.

»Das habe ich dir doch schon erklärt. Wir haben nichts *getan*!«, sagte Emmy voll Verzweiflung, wobei Jay auf diese Aussage hin einen dezenten Grünton annahm.

Ich warf ein: »Herrgott nochmal, du machst es nur noch schlimmer. Gib auf, Frau, solange du im Vorteil bist!« Wenigstens hatte sie aufgehört, auf und ab zu laufen, wie sie es in den ersten fünf Minuten nach unserer Ankunft in der Küche getan hatte.

Jay überlegte kurz und aß dann weiter.

Ich zog Emmy an eine Stelle hinter Jay, damit er uns nicht sehen konnte, und umarmte sie dann. »Atmen«, flüsterte ich ihr ins Ohr. Ich spürte, wie sie an meiner Brust seufzte.

Es war an der Zeit, das Thema zu wechseln.

»Was hast du für ein Gefühl bei deinem heutigen Spiel?«, fragte ich Jay, während ich seine Schwester losließ.

Er schluckte hinunter, ehe er antwortete. »Ein gutes. Ich glaube, der Coach wird mich heute ein bisschen früher einwechseln. Wes hatte beim Training am Freitag Schulterschmerzen, er wird sich also vielleicht schonen.«

Ich zog einen Stuhl hervor und setzte mich ihm gegenüber. Emmy stellte mir eine Kaffeetasse hin und ich lächelte sie an, ehe ich antwortete. »Das sind tolle Neuigkeiten. Ich meine natürlich nicht das mit Wes' Schulter, aber ich bin froh, dass du mit mehr Zeit am Hügel rechnen kannst.«

Er nickte und wandte sich dann zu Emmy um. »Hey, ich habe vergessen dir zu sagen, dass Mom gestern Abend angerufen hat. Sie kommen am übernächsten Freitag und werden bis Montag bleiben.«

Sie blieb still und sah ihn an. »Soll heißen, in weniger als zwei Wochen?«

»Ja«, erwiderte Jay lächelnd. Dann stand er vom Tisch auf und nahm seine Schüssel zum Spülbecken mit. »Gute Nachrichten, hm?«, fragte er und ging dann in den Flur hinaus.

»Ja«, erwiderte Emmy abwesend und einen Punkt an der Wand anstarrend. Ich hatte keine Ahnung, was das bedeutete, aber ich vermutete, dass die Dinge kompliziert wurden, wenn Naomi in der Nähe war.

»Ach ja«, war Jays Stimme vom Flur zu hören, »ich soll dir auch sagen, dass du Gavin hallo sagen sollst.«

Emmy war nicht dankbar für das Kichern, dass diese Bemerkung bei mir auslöste.

Trotz des nicht ganz so idealen Treffens mit Jay wurde Emmy entspannter und wir aßen gemeinsam unser Frühstück und unterhielten und berührten uns lässig, als ob wir das seit Ewigkeiten taten. Als Frau, die nicht der Meinung war, dass das mit uns was werden würde, schien sie entspannt zu akzeptieren, dass ich mich in ihr Leben einmischte. Ich wertete das als ein gutes Zeichen.

Dann, nach einem ausgedehnten Kuss an der Tür, machte ich mich auf, damit Emmy und ich unsere Arbeit erledigen konnten, bevor wir uns am Nachmittag bei Jays Spiel trafen. Ich kaufte ihr dabei ein Getränk und Popcorn, das wir prompt ausschütteten, als Jay ein Double Play im zweiten Halbinning des neunten vollendete, einen Fly Ball fing und einen gegnerischen Spieler hinauswarf, als dieser versuchte, zur Second Base zurückzukehren. Jay warf ein paar unglaubliche Innings und ich liebte den stolzen Ausdruck, den Emmy im Gesicht hatte, als sie ihrem Bruder dabei zusah, wie er sein Team zu dessen Sieg anführte. Es war auch toll zu sehen, dass sie sich entspannte, obwohl ich sie ein paar Mal dabei erwischte, wie sie E-Mails auf ihrem Handy kontrollierte.

Wir gingen schließlich auf dem Parkplatz der Schule unsere getrennten Wege, aber erst, nachdem ich ein paar letzte Worte einfließen lassen konnte. »Dass dir erst gar nicht in den Sinn kommt, das nicht als Date zu bezeichnen.«

Woraufhin sie ihr strahlendes Lächeln lächelte, das mich voll in der Brust traf und mir für den Rest des Tages gute Laune bereitete. Langsam ging sie mir wirklich unter die Haut, und ich hoffte doch sehr, dass ich das gleiche bei ihr erreichte.

Cocktail-Therapie

EMERSON

ICH SEUFZTE und lehnte mich in meinem Schreibtischstuhl zurück. Es brachte nichts, mich selbst belügen zu wollen. Gavin Monroe fehlte mir. Vor sechsunddreißig Stunden hatte ich den Kerl das letzte Mal zu Gesicht bekommen, und schon *vermisste* ich ihn, verdammt noch mal. Wie lächerlich war das denn?

Es war Dienstagmorgen und ich sollte eigentlich Verträge für einen Zusammenschluss durchgehen, doch da war ich und sehnte mich stattdessen nach einem Mann. Das war so vollkommen untypisch für mich. Es war, als hätte eine außerirdische Lebensform namens Emmy meinen Körper übernommen und ihn mit Krimskrams und Hormonen ausgefüllt. Ich hatte mich praktisch überschlagen, als er am Vorabend angerufen und mich für heute Abend zum Abendessen eingeladen hatte.

Schon bei der geringsten Erinnerung an den Samstagnachmittag und -abend kam mir die Gänsehaut. Gavin hatte haargenau gewusst, wie er mich berühren und streicheln musste, um das herrlichste Gefühl bei mir hervorzurufen, dass ich jemals erfahren hatte. Hätte ich gewusst, dass diese Gefühle möglich sind, dann wäre ich bei ein paar von Aris Ex-Freunden wahrscheinlich viel toleranter gewesen. Es war offenkundig, dass manche Männer magische Fähigkeiten besaßen, und ich sollte die Möglichkeit berücksichtigen, dass sie ein paar von denen im Laufe der Zeit gefunden hatte. Wer war ich denn, dass ich bei einem anderen Mädchen auf die gleiche wonnige Hitze neidisch war, die Gavin bei mir ausgelöst hatte? Und dann war da noch diese sagenhafte Art, wie sich seine Haut unter meinen Fingern anfühlte – der Kontrast von warmer, glatter Haut über angespannten, straffen Muskeln war göttlich. Allein schon bei dem Gedanken rutschte ich auf meinem Stuhl erregt hin und her.

»Störe ich bei irgendwas?«, ertönte eine Stimme von der Türschwelle.

Ich versuchte, meine Gesichtszüge rasch zu bändigen, obwohl ich spürte, dass mein Gesicht zu glühen begann. Verräterische blasse Haut! »Nein«, sagte ich ein wenig zu laut zu Craig in sein fragendes Angesicht. »Hab mir nur gerade überlegt, was ich mir fürs Mittagessen bestellen soll.« *Im Ernst, Emerson? Mehr hast du nicht drauf?*

»Okay«, antwortete er schlicht, und ich dankte ihm innerlich dafür, dass er die offensichtliche Lüge überging. Vielleicht meinte Craig es ja *tatsächlich* ernst mit dem Waffenstillstand. Ich winkte ihn ins Zimmer und er setzte sich auf einen Stuhl gegenüber. Er trug seinen üblichen dunklen Anzug und er war tipptopp frisiert. Craig sah aus wie die Beherrschung in Person, während ich ein aufgelöstes Wrack war.

Ich legte meine Handflächen flach auf meinen Schreibtisch, damit sie mich nicht verrieten. »Was gibt's?« *Was gibt's?* Ich musste mich wirklich mehr zusammenreißen. So redete ich nicht mit Arbeitskollegen.

Glücklicherweise sah Craig auch darüber hinweg. »Ich habe gerade die fertigen Patentanträge durchgesehen, die du mit

Melissa vorbereitet hast, und ich habe eine leichte Diskrepanz entdeckt. Da, sieh dir das an.« Er schob einen kleinen Papierstapel herüber und beugte sich vor, um auf eine Passage zu zeigen, die er hervorgehoben hatte.

Und tatsächlich war das Datum vertauscht worden. Ich sah zu ihm auf und ich versuchte mich an den Abend letzte Woche zu erinnern, als die Anwaltsassistentin und ich den Papierkram ausgefüllt hatten. Ich bin ein wenig müde gewesen, dennoch war es so untypisch für mich, dass ich so etwas nicht entdeckte. Fehler passieren, nehme ich an – nur, sie passierten normalerweise nicht mir. Ich seufzte und nickte und sah, wie mir mein Date mit Gavin durch die Lappen ging. »Ich bin so erleichtert, dass du das entdeckt hast. Das hätte später zu Schwierigkeiten geführt.«

Er lächelte auf eine entschieden nicht widerliche Art. »Ich helfe gerne. Das kann jedem passieren.«

»Das ist nett, dass du das sagst.« Ich erwiderte sein Lächeln. Wer war der Typ und was hatte er mit meiner Nemesis angestellt?

»Wie ich sehe, bist du beschäftigt, daher werde ich dich nicht länger aufhalten.« Er deutete auf die Unterlagen, die auf meinem Tisch verstreut waren.

Ich nickte. »Der Jackson-Pancote-Zusammenschluss.«

»Aha. Da bin ich gerade noch davongekommen«, erwiderte er gutmütig.

Ich dachte zurück an Gavins Beurteilung von Craigs Verhalten beim Spiel und konnte sie einfach nicht in Einklang bringen mit dem Typen, der da in meinem Büro stand. Gavin musste sich irren.

Ich gab Gavin die Patentunterlagen zurück. »Ich werde das sofort ändern lassen und neu einreichen. Danke nochmal.«

Er nickte und sagte dann: »Ich habe es gerade auf meinem Computer offen. Ich kann das leicht erledigen, damit du dich der aufregenden Welt der *Mergers* widmen kannst.« Er zog die

Augenbrauen hoch, was mir ein echtes Lächeln auf mein Gesicht zauberte.

Vor ein paar Wochen noch hätte ich Craig nicht einmal zugetraut, dass er für mich volltankt. Jetzt zögerte ich nur kurz, ehe ich antwortete: »Das wäre schon super. Vielen Dank, Craig.« Ich spürte, wie mein Puls hochschnellte, und mir wurde klar, dass Craig soeben unwissentlich mein Date mit Gavin gerettet hatte. Ich konnte es nicht erwarten, Gavin zu erzählen, wie sehr er sich geirrt hatte – wie sehr *ich* mich geirrt hatte – bei diesem Mann.

Der Rest der Woche verflog, wahrscheinlich, weil ich jeden Abend entweder mit Gavin abhängen oder bis in die frühen Stunden am Telefon reden konnte. Es war genau so, wie man sagt – die Zeit vergeht im Fluge, wenn man sich gut unterhält, und ich hatte noch nie in meinem Leben so viel Spaß gehabt. Ich hatte noch nie so sehr gelacht, mich so leicht gefühlt, oder so *viel* gefühlt, Punkt. Ich fing an, Möglichkeiten zu sehen, wo zuvor keine waren. Und ich bemühte mich sehr, nicht zu viel darüber nachzudenken – eine ziemliche Leistung für eine Frau, die so ziemliche jede Entscheidung, die sie jemals traf, überanalysierte.

Der einzige Hase im Pfeffer war mein Vater. Ich mied ihn immer noch wie ein vollkommener Feigling, aber ich wusste einfach nicht, was ich sagen sollte – insbesondere in Anbetracht meiner neuen Erkenntnisse in allem, was mit Gavin Monroe zusammenhing. Das war alles viel zu kompliziert und ich war noch nicht ganz so weit, mich mit meinem Vater auszutauschen. Daher sammelte ich eine beeindruckende Ansammlung von E-Mails und Sprachnachrichten an, fühlte mich mies deswegen und wusste, dass ich ihm bald gegenübertreten musste.

In der Zwischenzeit blühte Jay richtig auf. Seine Noten waren hervorragend, er bekam mehr Spielzeit und sowohl er als auch Gavin schwärmten von den zusätzlichen Trainingseinheiten. Coach Davidson würde Jay in der nächsten Woche bei einem Spiel anfangen lassen. Diese Aussicht, zusammen mit dem bevorstehenden Besuch von Mom und Aldo, ließ Jay nonstop reden und wieder der sorglose Teenager werden, den ich kannte und liebte.

Sogar in der Arbeit lief alles glatt über die Bühne. Obwohl ich Zeit mit Gavin verbrachte, war ich bei allen meinen Fällen und Konten auf dem Laufenden. Ich musste zur Vorbereitung auf ein Treffen mit dem Team von AgPower am Montag auch am Wochenende arbeiten, doch das war nicht anders zu erwarten gewesen. Und beim Turnier gab es zwei Spiele an diesem Wochenende, die wir hoffentlich gewinnen würden, damit wir es bis zur Meisterschaft schafften. Nichts würde die *Managing Partner* mehr freuen, und wenn Gavin und ich mithelfen konnten, das zuwege zu bringen, umso besser.

»Ich muss schon sagen, so sehe ich dich sehr gerne«, sagte Ari, während sie an ihrem Wodka mit Cranberry nippte und mich von ihrem gegenüberliegenden Platz am Tisch aus musterte. Gavin war mit den Jungs unterwegs, wodurch ich wieder mal mit den Mädels abhängen konnte, was längst fällig war.

Normalerweise traf ich Ari mehrmals die Woche, hauptsächlich aufgrund ihrer grenzenlosen Energie und ihrer Bereitschaft, sich nach meinen Arbeitszeiten zu richten. Ich verdiente eine so wunderbare Freundin überhaupt nicht, aber wir waren seit der Kindheit untrennbar, daher nahm ich an, dass es nicht so überraschend war, dass wir alles taten, was notwendig war, um unser enges Band aufrecht zu erhalten.

Ich war immer bei all ihren schulischen Theateraufführungen und Vorführungen gewesen, und ich hatte ihr die Hand gehalten, als sie sich ihr erstes Piercing hatte machen lassen – und ihr erstes Tattoo. Ich stand auch neben ihr, als ihre Mutter ihr die Leviten las und zu welchem Schutzheiligen auch immer betete, der es war und dessen Pflicht es war, auf wilde Teenager aufzupassen, die sich gerne ihre Haare färbten und die Nasen piercten. Und ich war da gewesen, um diese gefärbten Haare zu halten, als irgendein fürchterliche Junge ihr das Herz brach und sie sich bis zur Besinnungslosigkeit betrunken hatte, um den Scherz abzutöten.

Wir waren einander die Prüfsteine. Ari verstand, wie wichtig mir meine beruflichen Aktivitäten waren, und unterstützte mich voll und ganz bei meinem Streben. Sie ließ nicht zu, dass unsere Freundschaft unter einem vollen Arbeitsalltag litt. Da war sie also nun, saß mir gegenüber nach einem langen Arbeitstag und einem Abend, der noch vor ihr lag und an dem sie Gastgeberin beim Karaoke war– nur damit wir uns das Neueste erzählen und uns sehen konnten. Aber dieses Mal war der Grund für unsere Trennung von einer Woche ein Kerl gewesen. Natürlich hatte es Zeiten gegeben, als Ari sich frisch mit jemandem traf und von dem Kerl mitgerissen worden war und den Kontakt zu mir für eine Woche hin und wieder verlor. Aber es war noch nie anders herum gewesen. Dies war eine Premiere, und Ari war anscheinend Team Gavins größter Fan.

»Ich weiß nicht, wovon du redest.« Ich verscheuchte sie und nahm einen Schluck von meinem Drink, um über meine Lüge hinwegzutäuschen.

»Netter Versuch, *chica*. Du bist verliebt in Mister Baseball«, gurrte sie, sodass ich mich an meinem Pinot Grigio praktisch verschluckte.

»Das soll doch wohl ein Scherz sein«, brachte ich heraus. »Ich kenne den Typen erst seit ein paar Wochen!«

Sie kaute an ihrem Strohhalm und sah mich unschuldig an. »Manchmal genügt das. Also erzähl mir. Schlägt er sich denn?«

»Okay, du kriegst keinen Alkohol mehr.« Ich versuchte, ihr das Glas wegzuziehen, doch sie schnappte es vom Tisch.

»Ach bitte. Das ist mein erster. Ich hätte gedacht, dass der Homerun-König dich mittlerweile lockerer gemacht hat. Ich habe mich seit Tagen nicht mehr mit dir unterhalten – du bist mir ein paar pikante Details schuldig.«

Ich musste zugeben, dass ein Teil von mir dazu geneigt war angesichts meines jüngst entdeckten Sextriebes und Gavins scheinbarer Fähigkeit, jedes Register zu finden und zu ziehen. Aber ich wusste nicht einmal, wie ich anfange sollte, über so eine Sache zu reden. »Immer mir der Ruhe«, sagte ich. »Wir haben nicht … na du weißt schon.«

Ihr Mund ging auf und sie kniff die Augen zusammen. »Das ist doch nicht dein Ernst! Was hat das für einen Sinn, dass du deine ganze Zeit mit diesem knackigen jungen Arsch verbringst, wenn du nicht was draus machst?«

Jetzt war ich dran mit dem offenstehenden Mund. »O mein Gott. Er ist kein Fleischstück, Ari!«

»Na offensichtlich kennst du dich bei Fleisch überhaupt nicht aus, wenn seines noch in seiner Hose steckt. Ich wäre schon längst darüber hergefallen.«

»Das ist mir bewusst.« Ich nahm noch einen Schluck Wein und wollte das Thema wechseln, ehe sie anfing, Stellungen beim Sex vorzuschlagen und mich nach meiner Meinung über Arschverkehr zu befragen. »Was würde Elliot dazu sagen, dass du nach einem anderen Mann gierst? Schande, Schande, Schande.« Ich schüttelte den Kopf.

»Äh«, war alles, was sie erwiderte.

Das ließ mich hellhörig werden. War es möglich, dass eine Trennung in Aussicht stand? Versteht mich nicht falsch – ich würde meiner besten Freundin niemals Liebeskummer wünschen, aber ich war mir ziemlich sicher, dass diese Beziehung zu Elliot dem Egomanen nicht das Wahre war. »Würdest du gerne mehr ins Detail gehen?«

Ari beäugte mich. »Bist du jetzt Therapeutin?«

»Kommt drauf an. Möchtest du, dass ich es bin?«, antwortete ich frech.

»Das kommt auch drauf an. Hast du etwas Brauchbares mit mir zu teilen?«, feuerte sie zurück.

»Wahrscheinlich nicht.« Ich erlaubte mir ein Lächeln und ließ das Schauspiel sein. »Aber du kannst es mir trotzdem erzählen.«

»Würg. Das wird sich wahrscheinlich blöd anhören, aber er hat meine Gefühle verletzt und er weigert sich, sich zu entschuldigen.«

Das war gar nicht überraschend, und ich verspürte Gewissensbisse, dass ich nicht für sie da gewesen bin, gleich nachdem Elliot sich benahm, na ja, wie Elliot eben. »Was hat er getan?« Ich wappnete mich.

»Wie ich schon sagte, es ist wahrscheinlich blöd«, waren ihre einleitenden Worte, dann holte sie aus: »Also in ein paar Wochen hat er Geburtstag und ich habe ihn gefragt, was er sich wünscht. Ich hatte ein paar Ideen und wollte herausfinden, ob ich auf dem richtigen Weg war. Jedenfalls habe ich, nachdem wir das geklärt hatten, gesagt: ›Willst du nicht wissen, was ich mir zu meinem Geburtstag wünsche?‹ Ich meine, es ist noch ein paar Wochen bis dahin, aber du weißt ja, wie sehr ich Geschenke mag.«

Das tat ich. Ari hatte immer eine irre Vorfreude, wenn es um Geschenke ging, egal zu welchem Anlass. »Natürlich. Was hat er gesagt?« Ich war mir nicht sicher, ob ich die Antwort hören wollte.

Sie schürzte die Lippen. »Er hat gesagt: ›Ach, ich weiß schon, was ich dir schenken werde. Eine Halbjahres-Mitgliedschaft in meinem Fitnessstudio.‹«

Du lieber Gott. Es war schlimmer, als ich gedacht hatte.

»Ach, Ari«, sagte ich und griff nach ihrer Hand. »Er ist ein Idiot.« Ich konnte nicht anders. Er musste ein Depp sein, wenn er diese umwerfend schöne Frau nicht sah, mit der er das Glück hatte, ausgehen zu dürfen. Sie sollte für ihn nicht das Geringste an sich ändern müssen.

Sie seufzte. »Ich weiß. Aber er ist mein Idiot.«

»Also was ist danach passiert?«

»Ich versuchte, ruhig zu bleiben und ihm zu erklären, dass das das schlechteste Geschenk in der Geschichte des Universums ist. Er war total beleidigt und hat mich selbstsüchtig genannt.«

Ich war so weit, dass ich Elliot aufgestöbert und dafür gesorgt hätte, dass er niemals an der Vermehrung der menschlichen Spezies teilnehmen konnte. Ich hätte uns allen einen Gefallen getan, wirklich.

»Also hat er mich nicht nur im Grunde genommen als dick bezeichnet, er hat mich obendrein noch selbstsüchtig genannt. Wir weigern uns beide, eine Entschuldigung abzugeben, deswegen reden wir momentan nicht miteinander.«

»Ich bin stolz auf dich, weil du standhaft geblieben bist. Nicht, dass du damit jemals ein Problem hättest.« Ich grinste. »Aber ich bin nichtsdestoweniger stolz.« Ich erhielt ein dezentes Lächeln als Antwort. »Es tut mir leid, dass er dich so behandelt hat, Süße.«

Sie zog die Nase ein wenig kraus. »Ja, mir auch. Aber ich lasse mir dadurch nicht den Abend verderben. *Fuck men!*« Sie hob ihr Glas, um auf niemand im Spezifischen zu trinken.

Ich blickte mich rasch in alle Richtungen um und hoffte, dass niemand ihre Verkündung gehört hatte.

»Aber was Mister Baseball betrifft«, sagte Ari grinsend, »dann meine ich das im wörtlichen Sinn. Du solltest diesen Mann definitiv ficken.« Sie nickte und ich ließ meine Stirn dumpf auf den Tisch klatschen.

GAVIN

»KOMM SCHON, Ace! Du schaffst das!«, brüllte ich mit den Händen trichterförmig am Mund, als Emmy ein paar Testschwünge außerhalb der Batter's Box machte. Trotz der Tatsache, dass das Spiel fast vorbei war und wir am Gewinnen waren, wusste ich, dass Emmy bis dahin nicht mit ihrem Spiel zufrieden gewesen war. Sie hatte vorhin einen Wurf verfehlt, woraufhin das orange Team einen Run scorte, und sie wollte sich unbedingt rehabilitieren. Wenn ihre Chefs einen verfehlten Schlag als Indikator für ihren Grad der Hingabe an die Kanzlei betrachteten, dann würde ich einen neuen Beruf vorschlagen. Aber ich war mir ziemlich sicher, dass Emmys Bedürfnis, sich zu beweisen, sehr wenig mit der Kanzlei und mehr mit ihrer Persönlichkeit im Allgemeinen zu tun hatte. Trotzdem wollte ich erleben, dass sie Erfolg hatte – besonders wenn er dieses Lächeln zur Folge hatte, das jedes Mal direkt in meinen Schwanz fuhr.

Das heutige Spiel war deutlich weniger aufgeregt als das letzte, was mit dem Fehlen meiner völlig bekloppten Fan-Gemeinschaft zu tun hatte. Sogar Ari und Jay hatten dieses eine Mal ausgelassen und versprochen, stattdessen beim Spiel am Sonntag in Erscheinung zu treten – unter der Annahme, dass wir heute gewinnen und in die nächste Runde aufsteigen würden. Meiner Meinung nach stand das natürlich von vornherein fest.

Der Pitcher des orangen Teams richtete sich seine Mütze und umfasste den Ball fest, während er die ganze Zeit Emmy im Auge behielt, während sie sich auf das Schlagmal stellte. Er nahm seine Position ein, verlagerte sich nach vorne und schwang seinen Wurf-Arm herum, einen Fastball aus dem Handgelenk feuernd. Emmys Schwung hätte Jay aufspringen lassen, wäre er dort gewesen. Er war perfekt. Der Ball traf auf ihren Schläger genau auf dem idealen Punkt und flog direkt über den Kopf des Centerfield, sodass dieser ihm nachrennen musste. Unsere Bank drehte durch, brüllte und jubelte, damit Emmy und die anderen Spieler auf den Bases um ihr Leben rannten. Als der Ball dann schließlich wieder ins Infield kam, hatten wir einen Run gescort und Emmy war auf der dritten Base in Sicherheit und hatte ein Lächeln ins Gesicht geschrieben. Ich wollte zu ihr laufen und sie besinnungslos küssen. Stattdessen begnügte ich mich mit einem lauten »So macht man das, Ace!« und meinem eigenen Lächeln. Man konnte mit Sicherheit sagen, dass Emmys Stellenwert bei der Kanzlei – und bei ihr selbst – wieder ein hoher war.

Das Spiel ging kurz darauf zu Ende und die Spieler liefen händeschüttelnd herum und besprachen Strategien für das morgige Halbfinalspiel. Thomas Wheeler meldete sich kurz bei mir, um sicherzustellen, dass ich dort sein würde, aber die restlichen Gesellschafter machten immer noch einen großen Bogen um mich. Das war gelinde gesagt ungewöhnlich, und ich wollte mir nicht eingestehen, dass Emmy vielleicht nicht ganz unrecht gehabt hatte, als sie mir vor einigen Wochen gesagt hatte, dass ihr Ansehen allein dadurch beschmutzt werden würde, dass sie mit jemandem wie mir ausging. Es war schwer zu glauben, dass die Menschen so oberflächlich sein konnten, doch ich wusste, dass das im Leben leider der Wahrheit entsprach.

Ich hatte auch diesen Craig den ganzen Nachmittag hindurch im Auge behalten. Emmy hatte mir erzählt, dass er über den Berg war und sich ihr gegenüber sogar hilfreich und durch und durch professionell verhielt, aber ich vertraute dem Kerl noch immer nicht im Geringsten. Sollte er den Gedanken hegen, meiner Frau in den Rücken zu fallen, oder sie sogar anzumachen, würde ich ihm in null Komma nichts den Kopf zurechtrücken. Ja, Emmy war meine Frau, kein Zweifel diesbezüglich bei mir an dieser Stelle. Und ich war ihr Mann. Na ja, zumindest war das der Plan. Und für den Schwachkopf Craig gab es in dieser Zusammenstellung keinen Platz. Er war heute vorsichtiger gewesen und hatte sie nicht beäugt, trotzdem stimmte etwas nicht mit ihm. Und er machte keinen Hehl daraus, was er von mir hielt, denn er durchbohrte mich ständig mit seinen Blicken, so oft es ging. Bei dem würde ich froh sein, wenn ich ihn nach dem Ende des Turniers nicht mehr sehen musste.

»Bereit?«, fragte Emmy, die sich an mich heranschlich und dabei verdammt niedlich aussah in ihrem Dress. Ich hoffte auf eine Wiederholung der Ereignisse vom vergangenen Wochenende, denn in dieser Woche hatte ich sie nur in der Öffentlichkeit gesehen. Und ich würde lügen, würde ich behaupten, dass ich nicht darauf hoffte, dass sich die Dinge dieses Mal zur nächsten Ebene weiterentwickeln würden. Ich war sehr offen für jegliche und alle nackten Aktivitäten.

Ich nickte und wir winkten noch ein paar Leuten, als wir zu meinem Jeep gingen und einstiegen. Zugegebenermaßen war es nicht das schönste Gefährt, aber ich hatte keine Raten mehr dafür zu zahlen, das genügte mir. Und Emmy schien es nicht zu stören. Sie schien sogar die warme Frühlingsluft zu genießen, die über ihre sonnengeküssten und sommersprossigen Wangen glitt. Ein Hupgeräusch machte mich darauf aufmerksam, dass ich an einer grünen Ampel stillsaß, also trat ich verdammt nochmal rasch aufs Gas. Wenn wir es zu ihr nach Hause in einem Stück schaffen wollten, dann würde ich mich wohl nicht auf sie, sondern auf die Straße konzentrieren müssen.

Ich war am Vorabend mit Brett und ein paar Jungs von der Baufirma ausgegangen, und die hatten mich wegen Emmy ziemlich heftig heruntergemacht. Ich versuchte natürlich mich nicht aufzuregen, aber das kriegte ich nur beschissen hin, woraufhin sie sich provoziert fühlten, den ganzen Abend lang Witze über ältere Frauen mit jüngeren Männern zu machen. Doch waren die ja bloß ein Haufen eifersüchtiger Arschlöcher, und keiner von denen würde heute Abend eine heiße, witzige, liebenswerte Frau nach Hause mitnehmen. Die hatten nur ihre rechten Hände und einen halbwegs anständigen Porno, wenn sie Glück hatten. Obwohl Brett möglicherweise ein Date mit Ginger errungen hatte, in dem Fall konnte ich mir also nicht sicher sein. Er war aber trotzdem ein eifersüchtiges Arschloch, grundsätzlich.

»Hast du eine Idee, was wir zu Abend essen könnten?«, fragte Emmy.

Das entlockte mir ein Lächeln. Ich liebte es, dass wir den Punkt erreicht hatten, wo wir einfach annahmen, dass wir den Abend gemeinsam verbringen würden. Es hatte nicht annähernd so lange gedauert, wie ich erwartet hatte, und ich klopfte mir geistig auf die Schulter, weil ich einen Job gut erledigt hatte. »Warum grillen wir nicht im Freien? Das wird blitzschnell heiß – und wir können noch das schöne Wetter genießen.«

Sie nickte und lächelte. »Ich habe noch Huhn, und wir können ein paar Salate als Beilage zusammenwürfeln.«

»Damit bin ich einverstanden.« Ich drehte das Lenkrad und fuhr die Auffahrt zum Highway hoch. »Wird Jay mit uns essen?«, fragte ich, denn ich wusste, dass die Anwesenheit des Jungen sowohl den Ton des Abends wie auch die Wahrscheinlichkeit vorgeben würde, dass Emmy und ich um unser Essen würden kämpfen müssen.

»Nein. Ponch nimmt ihn heute zu einem Konzert in Raleigh mit. Irgendeine Band, von der ich noch nie was gehört habe, die aber angeblich ›episch‹ ist.« Sie machte Anführungszeichen in der Luft, nicht dass ich nicht angenommen hätte, dass dieses Wort nicht von ihr stammte. »Ich bin die sehr uncoole große Schwester«, sagte sie und lachte bescheiden.

»Mist. Ich hänge für gewöhnlich mit uncoolen Leuten nicht ab.«

Sie schaute mich empört an. »Na, dann bin ich dir aber dankbar, dass du bei mir eine Ausnahme machst.«

»Du bist mir was schuldig. Ich nehme Zahlungen nur in Nacktform an, nur um dich vorzuwarnen.«

Natürlich wurde sie rot.

»Netter Versuch. ›Sagittal‹ ist kein Wort.«

»Willst du das offiziell anfechten? Du weißt, was das bedeutet, wenn du dich irrst, nicht wahr?«, fragte ich.

Emmy musterte mich und ich behielt mein bestes Pokerface bei.

Die Götter hatten sich eingeschaltet und ich hatte sie irgendwie dazu überreden können, Strip-Scrabble mit mir zu spielen. Entweder war sie sich ihrer Scrabble-Fähigkeiten sehr sicher, oder sie hatte plötzlich nichts mehr dagegen, sich vor mir auszuziehen. Ich vermutete, dass Ersteres der Fall war, und sie dachte sich wahrscheinlich, sie könnte leicht einen Blick auf meinen nackten Hintern bekommen. So oder so, ich war dabei.

Die Regeln sind einfach. Jeder Spieler kommt einmal dran. Der, dessen Wort die wenigsten Punkte erzielt, muss ein Kleidungsstück ausziehen. Es wird bis zum Ende des Spiels gespielt. Wenn ein Spieler ein Wort anficht und verliert, muss er oder sie zwei Kleidungsstücke ausziehen. Wer anficht und gewinnt, kann ein Stück wieder anziehen.

Das Ganze fing an, als ich beim Essen einen Witz über Strip-Poker machte und erfuhr, dass sie es noch nie gespielt hatte. Was meiner Meinung nach ausgesprochen unamerikanisch war. Sie behauptete beharrlich, dass sie echt mies beim Poker war, also schlug ich Scrabble vor.

Ich hatte nur noch meine Retroshorts und einen Socken an. Emmy, die sich geduscht und umgezogen hatte, als wir zu ihrem Haus kamen, trug lediglich noch ein Shirt mit Kragen und Jeans. Zu meiner Verteidigung muss ich allerdings sagen, dass sie ihren Haargummi und ihren Schmuck als Kleidungsstücke gewertet hatte, was ich für Bockmist hielt aber zuließ, weil sie mich anlächelte und mich mit Eiscreme ablenkte. Ich weiß, ich bin ein echter Trottel.

Aber gleich würde es interessant werden. Sie hatte nur mehr vier Kleidungsstücke übrig, dann würde sie einen nackten Hintern haben, und sie wollte gerade mein Wort anfechten.

»Hmm.« Sie betrachtete weiter meine Miene, ehe sie Bestand nahm von ihrer übriggebliebenen Bekleidung. »Nö. Ist kein Wort«, erklärte sie zuversichtlich. »Ich fechte es offiziell an.«

Da erlaubte ich mir ein Grinsen, was ihr süffisantes Lächeln verrutschen ließ. Ohne den Blick von ihr abzuwenden, holte ich mein Handy aus meiner abgelegten Jeans und reichte es ihr. »Sieh nach, Ace.«

Sie schnappte sich mein Handy und tippte wie wild, die Augen hingen am Display. Ich stellte den Moment, als sie es fand, genau fest. Es war der gleiche Moment, als sie ihre Unterlippe zwischen ihre Zähne zog und zubiss. Mein Schwanz bemerkte das und zuckte in meinen Retroshorts, was ihre Aufmerksamkeit erlangte. Ihre Augen waren plötzlich nicht mehr so sehr an meinem Handy interessiert – stattdessen war ihr durchdringender Blick auf mein Gehänge konzentriert. Gut, dass ich nicht schüchtern war.

Ihre Zähne ließen ihre Lippe los und die Spitze ihrer rosa Zunge schoss heraus, um die gebissene Stelle abzulecken. Fuck. Jetzt war nichts mehr zu machen – mein Schwanz hatte seinen eigenen Willen. Ich sah, wie ihre Augen sich ein bisschen weiteten, und bemühte mich, nicht zu lächeln. Sie war einfach diese fantastische Kombination von kultiviert und unschuldig. Das war so ein verdammter Antörner.

Ich räusperte mich schließlich und sie sah mich mit ihren immer noch großen Augen plötzlich an. »Ich glaube, du bist mir ein paar Klamotten schuldig.«

Das ließ sie den Kopf nach unten reißen, als hätte sie vergessen, was wir gemacht hatten. Dann versuchte sie es mit einer lächerlich durchschaubaren Hinhaltetaktik. »Wo zum Teufel hast du das Wort ›sagittal‹ überhaupt her?«

Ich beschloss, sie bei Laune zu halten, fürs erste. »Ich studiere Sportwissenschaften, daher kenne ich einen Haufen Begriffe zum menschlichen Körper.«

Ihre Augenbrauen gingen nach oben. »Tust du? Wieso wusste ich das nicht?«

Ich zuckte mit den Schultern. »Brett ist der Einzige, der das weiß, und jetzt du.«

Sie warf mir einen Blick zu, als dächte sie, ich würde spinnen.

Sie wollte das nicht auf sich beruhen lassen, also redete ich weiter. »Erinnerst du dich, als ich dir von dem Unfall erzählt habe, in den ich verwickelt gewesen bin? Nun ja, ich hatte Sportwissenschaften studiert – hauptsächlich, weil meine

Coaches alle studiert hatten und zum Teil, weil ich ein Talent für so etwas habe.« Emmy nickte nur und beobachtete mich. »Jedenfalls wurde mir klar, als ich dann angefangen hatte, an der Academy zu coachen, dass ich, wenn ich meinen Abschluss machte, eine Chance auf eine echte Karriere als Coach hatte.« Ich zuckte wieder mit den Schultern. »Und das mache ich jetzt.«

Sie neigte den Kopf zur Seite. »Aber wie findest du Zeit dafür, wo du doch zwei Jobs hast?«

Ich grinste, denn ich fand, dass sich das aberwitzig anhörte, wenn es von einer Arbeitswütigen wie ihr kam. »Das ist überwiegend online, daher mache ich es in der Nacht und an den Wochenenden. Ich baue es ein, wann immer nötig.«

»Wow«, sagte sie. »Ich bin beeindruckt. Und ein bisschen ängstlich, welche obskuren Begriffe du noch auf das Brett legen wirst.«

Ich streckte die Hand zu einer herbeiwinkenden Geste aus. »Apropos … runter mit den Klamotten.«

Sie stieß meine Hand weg. »Warte. Eine Frage noch.«

Ich seufzte und ließ sie wissen, dass meine Geduld bald am Ende war. Es galt, nackte Haut zu sehen!

»Wieso sind Brett und ich die einzigen, die von deinen Kursen wissen?«

Scheiße. Das war viel zu schwierig zu erklären. Und es würde mich wahrscheinlich nicht gut aussehen lassen. Ich hatte ihr immer noch nicht von den etwas mehr als zwei Jahren erzählt, die ich als jämmerliche Heulsuse verbracht hatte.

Ich reckte einen Finger in die Höhe. »Das ist eine Geschichte für ein andermal.«

Sie verzog das Gesicht.

»Genug hinausgezögert, du kleine Schwindlerin.«

Sie seufzte vor Resignation. Ihre Stirn legte sich in Falten der Unentschlossenheit und ich wusste, dass ich süffisant lächelte. Kurz darauf stand sie auf und öffnete den Knopf ihrer

Jeans, dann zog sie den Reißverschluss hinunter und senkte den Denim, behielt dabei jedoch den Blick von mir abgewandt. Aber ihr Shirt war lang und als sie sich aufrichtete, wurde mir klar, dass es all die Gustostückchen abdeckte. Ich konnte nicht einmal erkennen, welche Farbe ihr Höschen hatte! Dann fiel mir ein, dass sie zwei Kleidungsstücke ausziehen musste. Ha!

Da sah sie mir dann schließlich wieder in die Augen. Ich war bereit für die große Enthüllung, denn ich nahm an, dass sie als nächstes ihr Shirt ausziehen würde. Doch sie griff mit beiden Händen hinter ihren Rücken und ich war einen Augenblick lang verwirrt. Bis ich begriff, was sie da tat.

Sei verdammt, Jennifer Beals! Sei verdammt dafür, dass du Frauen beigebracht hast, wie sie ihre BHs ablegen können, ohne ihre Shirts ausziehen zu müssen!

Als Emmy endlich den weißen Spitzen-BH aus einem der Ärmel ihres Shirts zog, streckte sie die Hand über den Couchtisch aus und ließ ihn genau auf meinen steinharten Schwanz fallen, als dieser den Stoff meiner Retroshorts testete. Sie setzte sich wieder und guckte verdammt selbstgefällig drein. »Ich bin dran.«

Ich kniff die Augen zusammen und widerstand dem Drang, mich anders hinzusetzen. »Die Sache ist noch lange nicht vorbei.«

Sie antwortete, indem sie ihre Steine auf das Brett legte und »quest« über einem Feld mit doppelter Wortpunktezahl platzierte.

Verdammt. Ich schaute auf meine Steine, und das Beste, was ich tun konnte, lag immer noch ungefähr zehn Punkte darunter. Ich brachte meine Steine ins Spiel und verlor meinen Socken.

Beim nächsten Zug schlug ich sie, indem ich ein S an das Ende von »quest« dranhängte, und sie verlor ihr Höschen. Während ich jetzt wusste, dass es aus weißer Spitze, passend zu ihrem BH, war – *heiliger Bimbam*, übrigens – konnte ich noch immer keinen einzigen Teil von ihr sehen, weil dieses verdammte Shirt im Weg war. Mein Schwanz erhob lautstark die Forderung, wir sollten sofort zum Ende kommen, und ich musste ihm absolut zustimmen.

Doch Emmy ließ sich ewig Zeit mit ihrem nächsten Wort. Ich erkannte erst nach einer Minute, dass sie nervös war. Einer von uns würde in ein paar Minuten vollkommen nackt sein, und mir kam der Gedanke, dass sie das vielleicht nicht wollte. Wir hatten gelacht und Witze gemacht, und ich wusste, dass es sie scharf gemacht hatte, nur führte Nacktheit eben zu allerlei Dingen. Dinge, zu denen sie mitunter nicht bereit war.

»He«, sagte ich ruhig. »Wir können jetzt aufhören, wenn du willst.« Ich konnte nicht ganz glauben, welche Worte da aus meinem Mund kamen. Genau so etwas nenne ich Reife. Ich hoffte, sie würde Notiz davon nehmen, wenn sie denn immer noch irgendwie mit dem Altersunterschied beschäftigt war.

»Nein«, sagte sie. »Ich … Ich brauche nur eine Sekunde. Ob du's glaubst oder nicht, ich bin nervös wegen … du weißt schon.«

Du weißt schon konnte verdammt viel Unterschiedliches umfassen, aber ich kapierte, worum es ging. »Wir können machen, was immer du willst, Emmy. Es gibt keinen Zwang hier«, versicherte ich.

»Ich weiß. Ich bin nur eher … die Art von Mädchen, die es dunkel mag.«

Also es passiert jetzt, so viel war schon mal sicher. Sie war verdammt hinreißend und ich würde jeden Zoll von ihr sehen und berühren, auch wenn es nicht heute Nacht sein würde.

»He, wenn du mich nicht ansehen willst, kannst du gerne die Augen zumachen. Ich verspreche dir, dass ich nicht gekränkt sein werde.« Einer ihrer Mundwinkel zuckte. »Aber du kannst Gift drauf nehmen, dass ich mir alles von dir ansehen werde – wenn du bereit bist. Du bist viel zu umwerfend, Emmy, als dass man dich ohne Licht ansehen sollte.«

Sie sah zu mir auf und ihr Blick wurde sanft und warm. Die

Besorgnis verschwand aus ihren Zügen und sie sah mich gefühlt minutenlang einfach nur an. Ich sah sie an und nahm sie in mich auf.

Schließlich öffnete sie den Mund und sprach. »Gavin, würdest du mich küssen?«

EMERSON

D IE W ORTE WAREN aus meinem Mund und nichts hätte sie stoppen können. Es war mir ein Bedürfnis, dass er mich küsst, mich berührt. Ich hatte ihm lange ins Gesicht geschaut, so offen und ohne einen Hauch von Verstellung. Gavin hatte null Hintergedanken oder anderweitige Agenden. Er spielte keine Spielchen. Er war gutmütig und witzig und lieb. Und er war so umgänglich. Ich fühlte mich liebevoll umsorgt, wenn ich in seiner Nähe war, und ich erkannte in diesen Minuten, dass Gavin mir sehr viel bedeutete.

Ich liebte ihn nicht, obwohl ich durch den Umgang mit ihm festgestellt hatte, dass ich noch niemals zuvor verliebt gewesen war. Meine Beziehungen in der Vergangenheit waren eher Arrangements gewesen, die auf Zweckmäßigkeit und gemeinsamen Interessen basiert hatten, als auf einem Gleichklang der Herzen. Bei Gavin war alles so anders. Nach wenigen Wochen fühlte ich mich ihm näher als all meinen festen Freunden in der Vergangenheit – so wenige es auch waren – nach Monaten.

Nein, ich liebte Gavin Monroe nicht, aber ich wusste tief in meinem Innersten, dass es leicht sein würde, sich fallen zu lassen.

Wenn er von meiner Bitte überrascht oder amüsiert war, so ließ er es sich nicht anmerken. Er stand einfach nur auf und umkreiste den Couchtisch, ehe er auf die Knie sank, um mit mir auf einer Höhe zu sein. Ohne ein Wort umfasste er mein Gesicht mit beiden Händen und sah mir für einen Moment in die Augen. Dann beugte er sich vor und platzierte den süßesten aller Küsse auf meine geteilten Lippen. Allein schon die Berührung der Lippen mit meinen ließ meinen Magen krampfen, als die elektrisierenden Empfindungen in meine Gebärmutter hinunterrasten.

Ich hob meine Hände zu seinen Oberarmmuskeln und weiter zu seinen Schultern, spürte die unebene Haut an einem seiner Arme, wo sich die Narbenhaut befand. Ich hatte das plötzliche Verlangen, die Narben mit Küssen zu übersäen, als könnte ich seinen ehemaligen Schmerz ausradieren. Doch die Empfindung seines Mundes auf meinem, seine Zunge, wie sie meine Unterlippe entlangglitt, ließen meine Gedanken unkonzentriert werden und ich neigte meinen Kopf, um ihm besseren Zugang zu bieten. Ich liebte seinen Mund. Er schien meinen auf eine Weise zu kennen, dass ich das Bedürfnis bekam, unsere Lippen und Zungen permanent zu vereinigen. Klar, den Alltag würde das etwas erschweren, doch das wäre es wert, wenn es diese Empfindungen bewahrte, die er bei mir auslöste.

Gavins Hände glitten von meinem Gesicht über meinen Rücken hinab, um mich an ihn zu drücken. Es war mir intensiv bewusst, dass ich nackt war und nur dieses dünne Shirt trug. Er müsste nur den dürftigen Stoff anheben, dann wäre ich für ihn komplett entblößt – ein Gedanke, der mich zuvor eingeschüchtert hatte, sich nun aber wie die beste Idee der Welt anhörte. Ich stöhnte in seinen Mund, als seine Hände weiter nach unten zu meinem Po glitten und seine Finger meine nackte Haut direkt unter meinem Hinterteil berührten. Ich bekam Gänsehaut und ich wich vor dem Kuss zurück, denn ich empfand eine Mischung aus purem Verlangen und uncharakteristischer Kühnheit. Ich ließ Gavin los und griff nach unten, um mein Shirt am Saum zu fassen, dann zog ich es hoch und über meinen Kopf, bis ich da völlig nackt und praktisch keuchend kniete. Es war ein seltsam befreiendes Gefühl und ich hatte das verrückte Verlangen, laut aufzulachen. Das heißt, solange, bis ich Gavins Augen sah.

Sein Blick brannte eine Spur über meinen Körper, nahm jeden Zentimeter meiner nackten Haut auf. Ich konnte das Heben und Senken seiner Brust sehen, als er meine Brüste mit ihren angespannten Nippeln in sich aufnahm und weiter nach unten ging zu der Verbindungsstelle meiner Schenkel. Hätte er in diesem Augenblick losgebrüllt und sich auf die Brust getrommelt, es hätte mich nicht überrascht. Seine Miene war angespannt und lüstern und ich dachte, sein Kiefer könnte brechen, als er die Worte herauspresste: »Fuck, Emmy.« Aus irgendeinem Grund machten mich seine schmutzigen Worte verdammt geil.

Und dann war er auf mir, legte mich auf den Teppich neben dem Couchtisch. Seine Lippen waren überall gleichzeitig, bedeckten so viel Haut, wie sie nur konnten, und brachten kleine Küsse, Bisse und Zungenlecken mit sich. Seine Latte presste an meine nackten Schenkel durch die Baumwolle seiner Retroshorts hindurch, die ich einfach nur heruntergelassen sehen wollte. Ich sehnte mich nach dem Gefühl von all seiner nackten Haut auf meiner.

»Gavin«, sagte ich fast flehend, während ich mit einer Hand unter seinen Bund fuhr. Er schien meine Absicht zu erkennen, denn er erhob sich und warf rasch seine Retroshorts ab und entblößte sich völlig.

Nun bin ich ja, wie wir bereits ermittelt haben, nicht jemand, der Geheimes verrät über … na ihr wisst schon. Aber das nächste Mal, wenn Ari mich fragt, würde ich doch die Dinge klarstellen müssen, was Gavin Monroes schrecklichen Spitznamen »Junior« betraf.

Ehe ich viel mitbekam, war er wieder auf mir, und meine Beine legten sich von alleine um seinen Rücken. Ich hatte meinen Kopf in den Nacken geworfen und er küsste mich am Hals. Ich wiederhole, dass ich es nicht fassen konnte, dass ich so etwas all die Jahre nicht gehabt hatte. Warum hatte ich meine Zeit mit Männern verschwendet, die sich bei sexuellen Aktivitäten verhielten, als befolgten sie eine Bedienungsanleitung?

Gavin stöhnte gegen meinen Hals. »Gott, Emmy. Du bist so weich, so süß.« Ich geriet in Verzückung und krallte mich an seinen Rücken, woraufhin er rumorte und mich ins Ohrläppchen biss. Sein heißer Atem ließ mich erschaudern und ich spürte, wie er auf meinen Bauch drückte. Seine Hüften bewegten sich auf mir und ich wollte ihn in mir drinnen spüren. Aber trotz meines verschwommenen, lüsternen Zustands wusste ich, dass wir einen Schritt übergangen hatten.

»Kondom«, brachte ich noch heraus, bevor ich die Haut an seiner Schulter küsste.

»Scheiße«, erwiderte er und erhob sich erneut. Er drehte sich auf den Knien und fummelte nach seiner Jeans. Das gewährte mir den ersten Blick auf seinen nackten Hintern, und *ach du liebe Zeit*. Am liebsten wollte ich hineinbeißen. Was geschah mit mir? Ich verwandelte mich langsam in eine geile Sexnärrin.

Ehe ich meinen lächerlichen Gedanken in die Tat umsetzen konnte, war Gavin wieder da, Kondom in der Hand. Er legte es auf den Couchtisch und kniete sich hin, um meine Brüste zu küssen und meine Nippel zu reizen, während eine seiner Hände meinen Bauch nach unten und weiter über meinen Schenkel streichelte. Damit teilte er meine Beine und ich konnte mich nur noch an sein Haar klammern, denn ich wusste, wo er hinwollte.

Ich spürte das sanfte Streicheln seiner Finger, die mich teilten, und dann umkreiste er meine Klitoris. Mein Rücken wölbte sich und er biss zeitgleich in meinen Nippel. Ich schrie überrascht auf, zog an seinen Haaren und spürte, wie er an meiner Brust knurrte. Er fuhr fort mit seinen Diensten, sodass ich mich wand und stöhnte und wahrscheinlich allerlei unverständliche Dinge sagte. Als er mit einem Finger in mich hineinfuhr, dachte ich, ich würde auf der Stelle kommen. Aber ich brauchte ihn in mir drinnen. Das Bedürfnis war dringlich. Es war ursprünglich.

Ich fing an, ihn von mir wegzustoßen, aber bevor er meine Absicht missverstehen konnte, murmelte ich: »Gavin, ich brauche dich. Sofort.«

Er sah mir in die Augen; seine glänzten vor Lust und Begierde. Ich wusste, dass meine genauso waren. Er schnappte sich die Kondompackung, öffnete sie rasch und zog es sich selbst über. Ich sah zu, mit einer Mischung aus Faszination und Ungeduld. Und dann war er wieder auf mir. Meine Schenkel teilten sich von selbst und er drückte in mich hinein. Ich stöhnte und ließ meine Hände zu seinem Hintern nach unten gleiten, um ihn anzutreiben. Ich wollte keine Sanftheit oder Zögern. Ich wollte, dass er mich nahm. Es war lächerlich tierisch, mein Verlangen in diesem Augenblick, doch das war mir egal. Es fühlte sich zu gut und richtig an.

»Du lieber Himmel, du bist so eng«, sagte Gavin ächzend. Ich wollte ihm erklären, dass das nur war, weil er so … talentiert war. Aber es war schon lange her bei mir, also hatte er wahrscheinlich sowieso recht. Die herrliche Reibung überblendete jedoch sämtliche klaren Gedanken, und ich gab mich der Bewegung hin, bei der ich seinen Hüftbewegungen mit meinen begegnete.

Es. War. Unglaublich.

Genau wie ich gewusst hatte, dass es sein würde, als er mich das erste Mal in diesem verdammten Lift geküsst hatte.

Unsere Körper vereinigten sich immer wieder, und als er

anfing, stärker zu stoßen, machte ich Geräusche, die ich bestimmt noch nie in meinem Leben gemacht hatte. Dann machte Gavin eine Pause, holte mehrmals tief Luft, der Schweiß stand ihm auf der Stirn. Er überraschte mich, indem er uns rasch umdrehte, damit ich oben auf ihm war, unsere Körper sich dabei aber nie trennten. Ich sah ihn fragend an.

»Ich will nicht, dass du Teppichflechte kriegst«, sagte er.

Daran hatte ich gar nicht gedacht, so vertieft war ich darin, zu fühlen, wie unsere Körper einander entfachten. »Was ist mit dir?«, fragte ich, noch immer außer Atem.

Er grinste. »Das ist es total wert im Gegenzug für den Anblick, der sich mir gerade bietet.«

Ich sah hinunter und realisierte, dass ich rittlings auf seinen Hüften saß, die Hände auf seiner Brust abgestützt und die Brüste entblößt. An jedem anderen Tag, in jedem anderen Augenblick wäre ich schüchtern oder peinlich berührt gewesen, aber bei Gavin war ich es nicht. Das einzige Gefühl, das ich empfand, war schön, als seine Augen mich aufnahmen und seine Hüften in mich hineinpressten. Ich biss mir auf die Lippe. Diese Position passte ihn anders in mich ein.

»Gott, ich könnte dich den ganzen Tag lang nur ansehen«, sagte Gavin, der wieder hineinstieß, diesmal stärker.

Ich stöhnte und fing mit meinen eigenen Bewegungen aus meiner Position obenauf an. Bald schon keuchten wir beide wieder und es waren keine Worte mehr nötig. Ich konnte den Schweiß spüren, wie er zwischen meinen Brüsten zu meinem Bauch hinunterfloss. Haarsträhnen klebten an meinem Gesicht und mich interessierte nichts als dieser Mann in mir drinnen. Unsere Bewegungen legten an Geschwindigkeit zu, bis ich tief in meinem Bauch spürte, wie ich mich dem Höhepunkt näherte. Er raste hinunter zu der Stelle, an der wir verbunden waren, und lief dann mein Rückgrat hoch, sodass ich mich aufwölbte und aufschrie. Durch die überwältigenden Empfindungen konnte ich meinen Rhythmus nicht mehr halten, aber

Gavin stieß weiter in mich hinein, übernahm für uns beide, bis ich ihn ächzen und fluchen hörte, als sein eigener Orgasmus ihn durchfuhr.

Ich sackte schließlich auf seiner Brust zusammen, spürte, wie unser Schweiß sich vermischte, und wollte nichts tun, als bis in alle Ewigkeit so liegen bleiben. Oder wenigstens bis Arbeitsbeginn am Montag.

Ich spürte, wie Gavins Hand mich am Hinterkopf streichelte, aber ich besaß keine Energie, um mich zu revanchieren. »Geht's dir gut?«, fragte er.

Ein erschöpftes Lachen sprudelte aus mir heraus und ertönte an seiner nackten Brust.

»Ich werde das als ein Ja werten«, sagte er leise kichernd, und die Vibration ließ meinen Kopf wackeln. Gavin fuhr mit beiden Händen meinen Rücken entlang und drückte meinen Hintern. »Hab ich dir schon gesagt, wie sehr ich deinen Hintern liebe?«

»Gleichfalls«, murmelte ich in seine Brust.

»Ich weiß.«

Diese großspurige Aussage verlieh mir den Energiekick, den ich brauchte, um den Kopf ein Stück zu heben und ihm in die Augen zu sehen. »Wie ich sehe, hat da jemand ein gesundes Selbstwertgefühl.« Ich versuchte, ihn finster anzuschauen.

Er grinste. »Glaub nicht, dass ich dich und Ari nicht gesehen hätte, als ihr euch bei unserer ersten Begegnung meinen Arsch angeguckt habt.«

Hoppla.

Ich schnaufte nur empört und legte meine Wange wieder auf seine Brust.

Er kicherte abermals und drückte meinen Hintern noch einmal, ehe er zwischen uns griff. »Tut mir leid, aber ich muss ich um das da kümmern«, sagte er. Widerwillig rollte ich von ihm herunter und sah ihm dabei zu, wie er nackt ins Badezimmer ging. Ich seufzte.

Als er sich außer Sichtweite befand, sah ich mich um und betrachtete das Scrabble-Brett und unsere abgestellten Gläser mit den Drinks, die wir miteinander zu uns genommen hatten. Dann sah ich an mir hinab. Ich hatte rosafarbene Streifen auf der Haut, wo sein Stoppelbart mich gekratzt hatte, und ein paar dunklere Stellen auf den Schenkeln, die, wie ich wusste, die Folge meiner Strapazen waren. Ich fragte mich vage, ob mein Gesicht irgendwelche Spuren zeigte. Ich seufzte wieder und genoss das mir fremde Gefühl, gründlich scharf gemacht worden zu sein. Gavins Berührungen lagen noch auf meiner Haut, obwohl er gar nicht mehr im Zimmer war.

Da fiel mir ein, dass ich vielleicht bereuen sollte, dass ich mich vom Augenblick hatte mitreißen lassen. Das war jedenfalls nichts, was ich jemals zuvor getan hatte. Aber ich konnte mich nicht dazu überwinden, etwas anderes als Heiterkeit, Befriedigung und ein gutes Maß an Erschöpfung zu empfinden.

Gavin kehrte zurück, noch immer herrlich nackt, und seine schlanke, muskulöse Gestalt gab mir das Gefühl, nicht ganz so müde zu sein, wie noch vor einem Moment. »Um wieviel Uhr wird Jay nach Hause kommen?«, fragte er.

O Gott! Ich war so beschäftigt gewesen mit dem Hammer-Sex, dass ich nicht auf die Uhrzeit geachtet hatte. Ich schnappte mir mein Shirt und dann mein Handy, und sah auf die Uhr. Mein Puls verlangsamte sich eine Spur. Es war erst zehn Uhr dreißig. »Ich glaube, er wird erst in ein paar Stunden zurückkommen«, sagte ich.

»Gut«, sagte Gavin, dann bückte er sich und zog mich an meinen Händen hoch. Er ging rückwärts zum Flur und zog mich mit.

»Warte!«, wehrte ich mich.

»Nein. Das Spiel können wir später wegräumen.« Er zog praktisch einen Flunsch.

»Na schön, aber ich werde unsere Unterwäsche nicht hier liegen lassen, damit Jay und Ponch sie sehen.«

Er schaute auf den Boden zurück, auf meinen abgelegten BH und die Unterwäsche sowie unsere restliche Kleidung. »Verstanden.«

Er schnappte sich rasch alle unsere Klamotten mit einer Hand und zog mich dann den Flur entlang zu meinem Schlafzimmer.

Ich folgte bereitwillig, ein breites Lächeln im Gesicht. Es sah so aus, als hätte Emerson Scott endlich losgelassen.

Ich und Tom Cruise

GAVIN

ICH SANG den ganzen Heimweg mit Japandroids mit, wie Jerry Maguire, aber echt, und ignorierte die komischen Blicke, die ich bekam, und empfand einfach nur schiere Zufriedenheit nach meiner Nacht mit Emmy.

Die letzte Nacht würde mir als die wahrscheinlich beste Nacht meines Lebens in Erinnerung bleiben. Der Anblick, wie ihr herrlicher Körper rittlings auf mir saß, ihr gerötetes Gesicht und die tiefhängenden Lieder über ihren Augen würden in alle Ewigkeit in mein Gehirn gebrannt sein. Die Tatsache, dass sie sich dreist an jeder neuen Empfindung erfreute und fast überrascht zu sein schien, als ihr Körper darauf reagierte, tat meinem Ego gut, das muss ich gestehen. Und so sehr ich den Gedanken, dass sie mit einem anderen Mann zusammen gewesen war, verabscheute, musste ich mich schon fragen, mit was für Idioten sie ausgegangen war.

Ich mochte ja der jüngere in der Beziehung gewesen sein – ja, Beziehung –, aber ich hatte offensichtlich mehr Erfahrung.

Emerson Scott war ein unentdeckter Schatz, und ich konnte es kaum erwarten, ihr all die unglaublichen Dinge zu zeigen, die wir gemeinsam machen konnten.

Nach unserer zweiten Runde letzte Nacht – diesmal in ihrem Bett – hatte ich dringend eine Dusche nötig. Ich konnte Emmy nicht dazu überreden, sich zu mir zu gesellen, woran ich für das nächste Mal noch arbeiten musste. Stattdessen wusch sie unsere Kleidung, denn wir würden unsere Dresses beim Halbfinalspiel wieder tragen müssen, und ich hatte ohnedies nichts anderes anzuziehen dabei. Wir hörten schließlich Jay hereinspazieren, und Emmy ging hinaus, um mit ihm zu reden. Ich blieb im Schlafzimmer, denn ich dachte mir, dass Jay meinen nackten Hintern genauso gern sehen würde, wie ich wollte, dass er es tat. Ponchs Stimme war ebenfalls zu hören, was ein weiterer Grund für mich war, dort zu bleiben, wo ich war. Schließlich kam Emmy zurück ins Bett und wir schliefen ein, mit ihrem Rücken zu mir gewandt und meinem Arm um sie gelegt, meine Hand Anspruch auf ihre rechte Brust erhebend, so wie es sein sollte.

Als ich heimkam, war Brett nirgends zu finden, daher nahm ich an, dass er am Vorabend eine Einladung erhalten hatte, bei Ginger zu pennen. Ich holte mir eine Limo und machte mich an die Arbeit, denn ich versuchte eine Hausaufgabe zu erledigen, die bis Mitternacht abgegeben werden musste. Das Spiel war erst um drei, ich hatte also noch Zeit.

Ich hörte, wie eine Stunde später die Eingangstür aufging und dann zuflog, dann drangen Flüche die Treppe hoch und ich beschloss, nachzusehen, was los war. Ich fand Brett mit dem Kopf im Kühlschrank, wie er etwas Unverständliches vor sich hin murmelte.

»He, Mann«, sagte ich, was ihn erschreckte, sodass er sich den Kopf an der Unterseite des Eisfaches stieß.

»Scheiße«, sagte er und drehte sich um, eine Hand am Kopf.

»Tut mir leid. Ich dachte, du hast meinen Jeep gesehen.« Ich wollte lachen, doch er sah aus, als hätte man ihn in die Mangel genommen.

»Muss ihn übersehen haben«, murrte er, zog sich ein Bier aus dem Kühlschrank und schloss die Tür.

Ich sah absichtlich auf meine Armbanduhr. »Äh, bisschen früh, oder nicht?« Meine Brauen waren fragend nach oben gezogen.

Er schraubte den Deckel auf und warf ihn in Richtung des Mülleimers, den er wie immer verfehlte. »Nicht nach der Nacht, die ich hatte.«

Ich lehnte mich an den Tresen zurück und sah ihm dabei zu, wie er die Hälfte des Bieres hinunterkippte. »Was zum Teufel ist denn passiert? Ich dachte, du wärst bei Ginger.«

Er lachte freudlos. »Ja, Ginger«, erwiderte er, die Stimme triefend vor Verachtung. Er wischte sich den Mund mit dem Handrücken ab und ich sah davon ab, ihn auf die Tropfen hinzuweisen, die er in seinen Möchtegern-Bart vergossen hatte.

Das hörte sich nicht gut an. »Was ist passiert?«, fragte ich abermals.

Brett nahm noch einen großen Schluck. »Sie hat mich letzte Nacht raus ins Limelight gezerrt, mit ein paar ihrer Freunde. Ich bin natürlich gefahren, daher war ich total nüchtern.«

Als ich das hörte, schauderte ich. Ein nüchterner Brett in einem Tanzclub kam einer Nonne in einem Striplokal gleich.

»Es stellte sich heraus, dass ein paar ihrer anderen Freunde – männlichen Freunde – uns dort treffen würden. Sie hat sich volllaufen lassen und ich hab sie auf der Tanzfläche erwischt, wie sie die Zunge von so einem Arschloch bis im Schlund hatte. Ich versuchte dann, von dort abzuhauen, aber sie ist mir nach draußen gefolgt und hat gesagt, dass doch nichts dabei sei. Dass sie und der Typ nur Fickfreunde wären.«

»Aua.«

»Ja. Ich versuchte wegzugehen, aber sie hat angefangen, zu

weinen und so 'nen Scheiß. Du weißt ja, dass ich damit nicht klarkomme.«

Ich nickte. Mädchentränen sind Bretts Kryptonit. »Du hast sie nach Hause gebracht, oder?« Ich musste fragen.

»Natürlich habe ich das. Kennst mich doch, oder?!«

Ich unterdrückte mein Schmunzeln, so gut ich konnte.

»Aber das ist noch nicht mal das Schlimmste.«

Langsam hatte ich das Gefühl, ich würde selbst ein Bier benötigen, wenn da noch mehr war bei dieser unabwendbaren Katastrophe.

»Sie hat mir ins Auto gekotzt, verdammt nochmal!«

Ach, Scheiße.

»Und dann musste ich ihr nach oben in ihre Wohnung helfen und ihr die verdammten Haare halten, während die Dämonen entflohen. Ihre Zimmergenossin war nicht zu Hause, und ich wollte sie nicht alleine lassen, falls sie erstickt oder sowas, und dann bin ich im Flur auf dem verdammten Boden eingeschlafen.«

»Mensch, das ist beschissen.« Es gab wirklich nicht viel, was ich sonst hätte sagen können. »Also wo warst du den ganzen Morgen lang?«

Er leerte den Rest seines Bieres und knallte die Flasche auf den Tresen. »Irgend so ein Arschloch hat mich zugeparkt, also musste ich warten, bis er seinen Wagen wegschiebt. Dann bin ich los und hab eine Unsumme dafür bezahlt, um das verdammte Auto gründlich reinigen zu lassen. Ich musste mit offenen Fenstern und der Hand überm Mund fahren.« Er sah mich an. »Ich bin durch mit den Frauen, verdammt noch mal. Zumindest den jungen. Hat Emmy irgendwelche Freundinnen?«, fragte er.

Ich lachte. »Na ja, Ari hast du ja kennengelernt, aber ich glaube nicht, dass sie dir das Leben leichter machen würde.«

Er schüttelte den Kopf. »Sie ist geil, aber nein danke, Mann.

Die Art von Verrücktheit kann ich in meinem Leben nicht gebrauchen.« Ich musste ihm recht geben.

»Vielleicht solltest du eine Weile alleine bleiben«, schlug ich vor.

Er kratzte sich am Bart. »Ja, du hast wohl recht.« Dann schob er das Kinn vor. »Was ist mit dir? Hast du bei Emmy mehr Glück gehabt?«

Ich konnte nichts tun gegen das überhebliche Grinsen in meinem Gesicht.

Brett nickte und erwiderte das Lächeln. »Gut gemacht, mein Freund. Ich mag sie.«

»Ich auch«, war alles, was ich erwiderte, doch ich dachte mir, dass meine Gefühle tiefer gingen als sie nur zu mögen. Um wie viel tiefer, wusste ich noch nicht mit Sicherheit, aber ich freute mich darauf, es herauszufinden.

Und es bestand kein Grund, weshalb ich dabei nicht Ausschau halten konnte nach einem netten Mädchen für Brett. Er könnte ein wenig Nettigkeit in seinem Leben vertragen. Mensch, was fühlte ich mich doch wie ein glücklicher Saukerl.

»Los! Los! Los!«, schrie ich unentwegt, als Emmy die zweite Base umrundete. Ich stand bei der dritten und winkte sie vorwärts, denn ich war mir sicher, dass sie es schaffen würde. Ihr Fuß traf nur Sekunden, bevor der Third Baseman in Blau den Ball fing, auf die Base. Der Schiri machte den Safe Call und ich grinste breit. »So macht man das, Ace!« Sie lächelte mich mit diesem hinreißenden Lächeln an und beugte sich vor, um Luft zu holen, die Hände auf die Knie abgestützt. Wir führten mit nur einem, und Emmys fest geschlagener Grounder, durch den sie bis zur Third Base kam, war genau was wir brauchten.

»Los, Rot!«, hört ich Ari auf der Tribüne kreischen. Ich warf einen Blick hin und musste beinah lachen über Bretts Gesichtsausdruck, als Ari auf dem Sitz stand und jubelte. Er schüttelte den Kopf und hielt ihn sich dann mit den Händen. Ich hatte ihn überredet, mich zum Spiel zu begleiten, denn ich hatte mir gedacht, dass es seine miese Stimmung vertreiben würde, allerdings befürchtete ich, dass Ari ein klein wenig zu sehr in Richtung verrückt tendierte, als dass es ihn aufheitern würde. Glücklicherweise hatten er und Jay sich während des Spiels die meiste Zeit unterhalten, also war er wenigstens abgelenkt.

Ich begab mich zum Backstop und sah unserem nächsten Schläger dabei zu, wie er sich auf das Schlagmal stellte. Es war dieser verdammte Craig. Er schwang nach einem Drop Pitch und verfehlte den Ball, ehe er ein Stück von einem Fastball erwischte und sich zur ersten aufmachte. Alle auf unserer Bank und auf der Tribüne brüllten, als Emmy sich nach Hause aufmachte, wie ein geölter Blitz und über den Plate hinauslaufend. Sie drehte sich zu mir und machte kaum Halt, bevor sie sich auf mich warf, die Beine um meine Taille und die Arme um meinen Hals gewickelt, als ich sie auffing.

»Verdammt, Weib!« Ich lächelte sie an und sie neigte den Kopf, um mir einen Kuss auf den Mund zu geben. Ich drückte sie noch ein letztes Mal und sie sprang herunter. Ich war mega überrascht, dass sie ihre Zuneigung so öffentlich gezeigt hatte, aber ich würde mich nicht beschweren. Ich sah hinüber, um zu sehen, ob Craig auf der ersten in Sicherheit war und wir jetzt um zwei Runs vorne lagen. Wir kämpften um den Einzug ins Finale. Das blaue Team hatte noch eine Gelegenheit zum Angreifen, aber ich war zuversichtlich, dass wir unsere Führung halten konnten.

»Weiter so, Emerson!«, hörte ich Jay seine Schwester anfeuern. Sie winkte ihm und ging zu ihrem Platz auf der Bank. Ich blieb, wo ich war und genoss den Anblick von hinten.

Eine winzige Assistentin namens Tracy war als nächste dran, und ich erinnerte sie daran, den Ellbogen oben zu halten und einen guten Stand einzunehmen. Sie konnte im Leben nicht schlagen, aber ihre Größe machte ihre Strike Zone enger als eine Apfelschale, daher bekam sie jedes verdammte Mal Freiläufe. Diesmal war es nicht anders und sie trippelte lässig zur ersten, woraufhin alle lachen mussten, während Craig zur zweiten weiterlief. Leider schlug unser nächster Batter out, und drehte so das Inning um. Ich schnappte mir meinen Handschuh und ging hinaus zum Mound.

Als ich mich wieder umdrehte, bemerkte ich, dass mehr Menschen aufgetaucht waren, und die meisten sahen uns von der Rückseite aus zu. Manche trugen graue Shirts, der Rest gelbe. Thomas Wheeler und die anderen Managing Partner begrüßten ein paar der Neuankömmlinge, und mir fiel ein, dass das andere Halbfinalspiel direkt nach unserem gespielt wurde. Wer auch immer dieses Spiel gewann, würde am nächsten Wochenende gegen uns um die Meisterschaft antreten. Das heißt, wenn ich meinen Job richtig machte.

Ich dachte nicht weiter darüber nach, während ich zum Aufwärmen ein paar Pitches zu unserem Catcher warf, einem witzigen Kerl namens Pete. Aber als ich mich zufällig umdrehte und Emmy auf ihrer Position links sah, war es mir unmöglich, nicht zu bemerken, dass sie fast komplett die Farbe aus ihrem Gesicht verloren hatte. Sie stand nur da und starrte in die Richtung der gegnerischen Bank. Ich warf einen Blick in die Richtung und sah einen der Neuankömmlinge – einen älteren Mann, der ein graues Team-Shirt trug –, der ihr deutete, sie solle rüberkommen. Als ich wieder zu Emmy sah, konnte ich erkennen, dass sie etwas mit Lippensprache zu ihm sagte, aber ich konnte es nicht verstehen. Wer zum Teufel war der Typ? Emmys Gesicht nach zu urteilen, war es nicht einfach nur irgendein Verrückter, das war schon mal sicher. Ich wollte sie fragend ansehen, aber sie sah nicht zu mir her und das zweite Halbinning des neunten würde gleich beginnen. Ich musste mich auf den Sieg konzentrieren, und dann konnte ich herausfinden, was zum Teufel vor sich ging.

»GUT GEMACHT, Mister Monroe!« Thomas Wheeler klopfte mir auf die Schulter und schüttelte meine Hand. »Ohne Sie hätten wir das bestimmt nicht geschafft.«

Ich schüttelte seine Hand und lächelte ebenfalls. »Danke, aber Sie müssen aufhören, mich mit Mister Monroe anzureden. Ich sehe mich immer nach meinem Vater um, wenn Sie das sagen.«

Er lachte leise, nannte mich aber nicht Gavin. Stattdessen ging er weiter, um noch mehr Hände zu schütteln. Ein paar andere Teamkollegen kamen herüber, um mit mir abzuklatschen oder Hände zu schütteln, und Brett spazierte ebenfalls herüber. Ich hatte Emmy seit Spielende nicht mehr gesehen, und ich freute mich schon auf mindestens einen Kuss zur Feier des Tages. »He, Mann, hast du Emmy gesehen?«

Er schüttelte den Kopf. »Nein, tut mir leid. Ich habe mich mit Jay unterhalten. Dieser Junge hat was.«

Ich nickte. »Wem sagst du das? Jetzt weißt du, wieso ich nicht aufhören kann, über ihn zu reden.« Ich streckte den Hals in die Höhe und suchte nach meinem Mädchen.

»Jedenfalls: gutes Spiel. Ich mach mich jetzt auf den Weg, wir sehen uns also dann später«, sagte Brett.

»Danke, dass du gekommen bist«, erwiderte ich, während ich meine Sachen einsammelte. »Ich werde wahrscheinlich spät zurückkommen, wenn überhaupt.«

Er grinste, schüttelte den Kopf und winkte, ehe er zum Parkplatz ging.

Wohin zum Teufel war Emmy verschwunden? Dann fiel mir dieser Typ ein. Scheiße. Ich zwängte mich durch die herumstehende Menge und entdeckte sie schließlich, als ich unsere Sachen auf den Rücksitz unseres Jeeps fallen ließ. Sie stand auf dem Parkplatz neben einem silberfarbenen BMW und unterhielt sich ernsthaft mit dem älteren Mann in dem grauen Shirt.

Ich steuerte in ihre Richtung, blieb dann aber stehen. Sie schienen sich zu streiten. Er hatte die Hände an den Hüften und Emmys Arme waren vor ihrer Brust verschränkt. Er beugte sich hinab, um etwas zu sagen, und sie machte eine ausladende Bewegung mit den Armen, ehe sie sich von ihm abwandte und zurück zum Feld stakste. Sie wischte mit einer Hand unter einem Auge und dann dem anderen. Ich spürte, wie mein Blut zu kochen anfing. Wer auch immer dieses Arschloch war, er hatte sie soeben zum Weinen gebracht. Ich war noch gute vierzig Fuß entfernt und sie hatte mich noch nicht gesehen. Mein Blick ging an ihr vorbei zu dem Mann, den ich am liebsten einen in die Gurgel verpassen wollte. Aber er sah nicht Emmy nach. Er durchbohrte mich mit seinen Blicken. Ich kannte den Kerl nicht mal. Was hatte ich bloß angestellt, dass er dermaßen verärgert war? Ich erwiderte den bösen Blick aus Prinzip, und nach einigen Sekunden schüttelte er nur den Kopf und drehte sich zu seinem Wagen um.

Ich schaute wieder zu Emmy, als sie mich gerade entdeckte. Ihre Schritte wurden zögerlicher, dann beschleunigte sie wieder und versuchte, ihre Miene zu bändigen, was ihr nicht gelang. Als sie sich näherte, konnte ich erkennen, dass Tränen in ihren Augen funkelten und ihre Wangen gerötet waren. Ich ging auf sie zu und umarmte sie. »He«, sagte ich.

»He«, antwortete sie schwach, die Stimme durch den Stoff meines Shirts gedämpft.

Wir würden uns auf dem Heimweg unterhalten müssen, kein Zweifel.

EMERSON

ICH KLAMMERTE mich an die Rückseite von Gavins Shirt, als er mich festhielt. Ich hatte keine Ahnung, woher er wusste, dass ich seine Umarmung brauchte, aber ich war so dankbar dafür, dass er es tat. Tränen brannten in meinen Augen und drohten wieder zu fließen, aber ich bemühte mich, sie zurückzuhalten. Gavin setzte seine Lippen auf meine Haare und küsste meinen Kopf sachte, was mich in seine Brust seufzen ließ.

»Lass uns abhauen«, sagte er in meine Haare.

Ich hatte kein Vertrauen, dass meine Stimme halten würde bei einer Antwort, also nickte ich bloß und ließ zu, dass er mich noch eine Minute festhielt, ehe er mich an der Hand zu seinem Jeep führte. Ich stieg ein und legte den Sitzgurt an, während er das Gleiche tat, und dann fuhren wir auch schon vom Parkplatz. Ich hatte nicht einmal meinen Handschuh oder meinen Hut und keine Ahnung, ob Gavin sich die Sachen geschnappt hatte, die wir mitgebracht hatten, doch es war mir egal. Ich musste nur den Wind auf meiner Haut spüren und die beruhigende Anwesenheit des Mannes neben mir. Alles würde gut werden, sagte ich mir. Musste es.

Für eine Neunundzwanzigjährige war es vermutlich ungewöhnlich, dass ich noch nie mit meinem Vater gestritten hatte. Noch nie. Ich war immer sein leuchtender Stern gewesen. Von jenem Augenblick an, als ich im Alter von sechs Jahren Tennisstunden den Vorzug vor Ballettunterricht gegeben hatte, war sein zustimmendes Lächeln zur Sucht geworden – eine, der ich hinterherlief. Was ich anscheinend niemals aufhörte zu tun. Als ich in der Schule, in der Unterstufe, bei der Naturwissenschaftsmesse den dritten Platz erzielte, klopfte man mir auf die Schulter, aber als ich im nächsten Jahr mit einer Horizontalachsenwindmühle und einer Studie über ihren Energie-Output wiederkam, nahm ich die blaue Schleife und Dads strahlendes Lächeln mit nach Hause.

Mir war immer zum Teil bewusst gewesen, dass alles mit meinem Vater in meiner Jugend einfacher gewesen wäre, wäre ich ein Junge gewesen. Aber ich bekam von meiner Mutter in ihrer Rolle als Elternteil so viel Unterstützung und Ermutigung, »einfach ich selbst zu sein«, dass es sich niemals als Belastung anfühlte. Ich verstand es eher als Herausforderung, die man annehmen sollte – eine, die ihre eigene Belohnung mit sich brachte. Liebe und Akzeptanz wurden mir von meiner Mutter so freimütig geschenkt, dass ich keine Erwartungen zu erfüllen hatte. Es wurde keine Latte gelegt, kein Druck aufgebaut. Doch in meinen Adern floss auch das Blut meines Vaters, und ich brauchte die Herausforderung, mir Ziele setzen zu müssen und hart zu arbeiten, um sie zu erreichen.

Jedes Mal, wenn mein Vater vor einem Freund oder Kollegen mit meinen Leistungen prahlte, kam noch ein Häkchen auf der innerlichen Strichliste hinzu. Als ich in seine Fußstapfen trat und mich an der juridischen Fakultät für einen Studienplatz bewarb, dachte ich, dass er vor Stolz platzen würde. Und ich genoss das, sog das Lob in mich hinein und verbuchte die Punkte auf meinem Konto.

Die Tatsache, dass so viele meiner Lebensentscheidungen gemacht worden waren, um seine Zustimmung zu sammeln oder ihn zu erfreuen, hätte mir als problematisch ins Auge stechen sollen, doch ich hatte ehrlich nicht viel darüber nachgedacht. Ich hatte zwei Familien, und sie unterschieden sich so stark, dass ich eine Persönlichkeit – einen Lebensplan – entwickeln und dabei bleiben musste, sonst wäre ich durchgedreht. Nur ergab es sich eben so, dass es den Erwartungen meines Vaters eher entsprach. Das hätte mir ein deutliches, blauwalgroßes Warnsignal sein sollen, war es aber nicht.

Bis heute.

Bis ich einem Blick trotzen musste, den ich noch nie in meinem Leben von meinem Vater bekommen hatte.

Missbilligung.

Verachtung.

Das traf mich völlig unerwartet und stach mich wie eine giftige Wespe.

Ich wusste, dass ich meinem Vater nicht ewig aus dem Weg gehen konnte, und meine Konfrontation mit ihm wäre wahrscheinlich viel weniger dramatisch und schmerzvoll verlaufen, wenn ich einfach meine Frau gestanden hätte und auf seinen ersten Anruf nach unserem Treffen am Golfplatz geantwortet hätte. Wieso ich geglaubt hatte, fort sein zu können, ehe sein Team heute auftauchte, war mir ein Rätsel. Ich muss noch an einer Benommenheit nach heißem Sex gelitten haben, die mich vorübergehend verblödet hatte.

Da war ich dann am Outfield, als ich meinen Dad mit einem strengen in meine Richtung gerichteten Blick hinter der Bank des blauen Teams stehen sah. Es war zwecklos gewesen, so zu tun, als würde ich ihn nicht sehen, also winkte ich schlapp. In Reaktion darauf winkte er mich zu sich. Es war nicht meine Art, meinem Vater nicht zu gehorchen, aber das Inning fing

gleich an und es würde sowieso keiner von uns jemals irgendeine Art öffentlicher Szene tolerieren. Ich sagte in Lippensprache, dass ich ihn später sprechen würde, und bemühte mich,
das Spiel zu beenden, während ich mir den Kopf zerbrach, um
mir eine gute Erklärung einfallen zu lassen.

Also wirklich, was war es denn schon für eine große Sache?
Na gut, ich hatte ihm also nicht gesagt, dass ich mit einem Kerl
ausging – na und? Aber ich wusste, warum ich es ihm nicht
erzählt hatte. Das hatte ich gleich gewusst. Es würden Fragen
gestellt werden, es würden Erwartungen herrschen, und die
Antworten würden ihn nicht erfreuen, egal wie ich versuchte,
es zu drehen.

Mein Vater ist mit einem Wort ein Snob. Ich wusste das und
ich akzeptierte das, so wie ich auch akzeptierte, dass meine
Mom ein leicht bescheuerter Hippie ist. Ich musste es nicht
gutheißen oder nachahmen, wenn ich das nicht wollte, aber ich
musste es akzeptieren. Sie waren meine Eltern. Aber einen Snob
zum Vater zu haben macht die Dinge etwas schwieriger, wenn
man andere Menschen in die Mischung miteinbezieht. Mir
machte es ja vielleicht nichts aus, mein Verhalten und meine
Entscheidungen anzupassen, um seinen Gefallen zu finden,
aber ich konnte wohl kaum von anderen Leuten erwarten, dass
sie dasselbe taten.

Glücklicherweise hatte ich das nie tun müssen. Klar war Ari
ein bisschen wild, und mein Vater würde sie niemals für sein
eigenes Kind ausgeben wollen, aber er kannte sie vom Klein-
kindesalter an und sie wurde sozusagen großväterlich aufgenommen. Und meine ehemaligen Partner, die lange genug
blieben, um meinem Vater vorgestellt zu werden, waren allesamt langweilige Anwälte oder Buchhalter gewesen – von
genau dem Typ, mit dem er auf täglicher Basis verkehrte.

Ich wusste, dass er sich für mich eine Zukunft vorstellte, in
der ich eine Partnerschaft in einer renommierten Anwaltskanzlei erreichte, dann heiratete und vielleicht ein oder zwei

Kinder bekam, während mein Mann in seinem eigenen bedeutenden Job (oder wenn nicht bedeutenden, dann zumindest gut bezahlten) arbeitete und unser Kindermädchen sich um die Kinder kümmerte, während wir mit meinem Vater Golf in *unserem* Klub spielten und in den Ferien Ski fuhren und wohltätige Spenden an ausgewählte philanthropische Vereine schickten.

Das wusste ich, weil das auch die Zukunft war, die ich mir selber immer ausgemalt hatte.

»Ich werde es zu deinen Gunsten auslegen und annehmen, dass du zu sehr mit Arbeit überhäuft warst, um auf meine Anrufe und E-Mails zu antworten«, eröffnete mein Vater, als wir nach meinem Spiel bei seinem Wagen standen. Wir waren weit weg von der Menge, konnten also ungestört reden.

»Es tut mir leid«, sagte ich. »Das war unhöflich von mir. Und es tut mir leid, dass du von Thomas Wheeler erfahren musstest, dass ich mit jemandem ausgehe. Das hat dich in Verlegenheit gebracht, und ich entschuldige mich dafür.« Ich hoffte, dass es damit erledigt war und er nicht nachbohren würde. Ich hoffte auch, dass Triple-Fudge-Brownies ein gesundes Grundnahrungsmittel werden würden, doch keines von beiden hatte auch nur den Hauch einer Chance, jemals einzutreffen.

Plötzlich sah er drein, als würde er einen Regelverstoß wittern. »Ja, ausgehen.« Er sah mir tief in die Augen. »Ich habe deine kleine Show gesehen, Emerson. Ich muss sagen, ich verstehe nicht, was in dich gefahren ist.«

Ich spürte, wie meine Stirn sich in Falten legte.

Seine Hände gingen an seine Hüften und sein Mund verspannte sich. »Ich mag ja älter werden, aber ich sehe immer noch gut. Also wirklich, Emerson, du bist diesen … Jungen angesprungen, als wärst du so eine Art Rodeo-Königin, keine Rechtsvertreterin. Ich kann mir vorstellen, was die Partner sich gedacht haben.«

Das ließ meine Wangen erglühen. Diesen Ton hatte er bei mir noch nie benutzt. Ich dachte zurück an mein Rennen zum Home Plate und die natürliche Weise, auf die meine Füße mich direkt zu Gavin geführt hatten. Ich hatte eine solche Freude empfunden in diesem Augenblick, und jetzt wurde er von Schande überschattet. Er hatte natürlich recht. Das war höchst unpassend gewesen. Wieso war mir das nicht zu dem damaligen Zeitpunkt eingefallen?

»Es … Es tut mir leid. Natürlich hast du recht. Ich weiß nicht, was über mich gekommen ist.«

Mein Vater seufzte und zum Teil wich die Verachtung aus seiner Miene. »Na ja, wenigstens wird diese ganze Sache mit dem Turnier bald vorüber sein. Ich verstehe, dass du dich besonders anstrengen wolltest, um Thomas zu beeindrucken, aber dich mit irgendeinem zweitklassigen Athleten einzulassen, nur um Wheeler seine heißbegehrte Trophäe zu sichern, geht meiner Meinung nach zu weit. Beeindrucke ihn damit, wie hart du arbeitest und mit deiner Intelligenz. Ich würde ungern erleben müssen, dass du dir deinen Ruf ruinierst.«

»Oh«, war alles, was ich in diesem Augenblick sagen konnte. Er hatte den Eindruck, dass ich mit Gavin zum Schein ging, des Turniers willen. Ein Gedanke, der mich nicht überraschen sollte, angesichts dessen, dass es mein ursprünglicher Plan gewesen war. Und sichtlich missbilligte er auch Gavin, was mich keineswegs wunderte.

Ich räusperte mich schließlich und äußerte mich. »Er heißt Gavin Monroe. Er ist eigentlich ein ganz toller Kerl.«

Die Brauen meines Vaters schossen nach oben. »Glaubst du, dass ich nicht weiß, wer er ist? Sofort nachdem ich damals den Klub verließ, habe ich mich ans Telefon gehängt, um herauszufinden, wen meine Tochter da angeblich *datet*.« Er sprach das letzte Wort in einem so bissigen Ton, dass ich fast zusammenzuckte. Die Unterhaltung lief nicht gut. Überhaupt nicht. »Weißt du, dass er nicht einmal einen Vollzeit-Job hat?«

Ich atmete scharf ein. »Doch, hat er! Er arbeitet mehr als Vollzeit. Mit ihm würde ich nicht mithalten können, so viele Stunden wie der arbeitet!«

Mein Vater sah drein, als hätte ihn mein Ausbruch schockiert. »Wieso trittst du für diesen jungen Mann ein? Erzähl mir nicht, dass du an ihm hängst.« Er sagte es so abschätzig, als wäre das eine groteske Vorstellung.

Ich spürte, wie mein Gesicht wieder zu glühen anfing.

»Das kann doch wohl nicht dein Ernst sein!« Vor Wut sprach er lauter. Dann hustete er ein freudloses Lachen hervor. »Ach, deiner Mutter wird das sicher gefallen. Dass ihr ›Baby‹ sich mit einem untergegangenen Stern verbindet und mit den Zurückgeblieben verkehrt, damit sie sie hochhieven kann.«

Ich war entsetzt. »Das ist nicht fair!« Ich konnte nicht sagen, wen es mehr beleidigte – Gavin, meine Mom oder mich.

»Wer hat denn behauptet, dass das Leben fair ist?!«, sagte er mit Donnerstimme zu mir.

Ich spürte den Drang mich zurückzuziehen, doch ich stand meine Frau. »Du weißt gar nichts über Gavin. Er ist clever und liebenswert und fleißig. Und er ist gut zu mir.«

Er beugte sich über mich herunter. »Sei nicht naiv, Emerson. Sicher ist er ein klasse Bursche im traditionellen Sinn. Aber er ist nicht annähernd in deiner Liga! Du musst auf deine Zukunft schauen. Dieser Junge mag ja Thomas' bester Freund sein, aber er wird niemals gemeinsam an einem feinen Tisch sitzen mit dem Mann. Was bedeutet, dass auch du, wenn du weiter mit diesem Gavin verkehrst, es nicht tun wirst.«

Ich hasste seine Worte. Ich hasste es, dass er so empfand, und mehr noch hasste ich, dass er wahrscheinlich nicht falsch lag.

Er richtete sich auf und senkte seine Stimme um eine Stufe. »Hast du gewusst, dass dein Baseballspieler das Studium am College abgebrochen und zwei Jahre lange praktisch als Penner gelebt hat?« Da schoss mein Kopf hoch und ich sah ihm in die

Augen. Mein Vater fuhr fort. »Wie ich sehe, hat er dir dieses kleine Detail nicht mitgeteilt. Er ist seiner Familie und Freunden auf der Tasche gelegen, hat diese Zeit nur mit Trinken verbracht und Gott weiß was getan, und mehr als zwei Jahre lang keinen einzigen Tag gearbeitet. Hört sich das nach jemandem an, dem du dich anschließen solltest?«

Ich war sprachlos. Ich wusste, dass Gavin die Schule wegen seines Unfalls und des Stipendiums abgebrochen hatte, aber den Rest kannte ich nicht. Ich schüttelte den Kopf, versuchte meine Gedanken zu ordnen. Ich konnte nicht einfach nur meinem Vater glauben. Bestimmt konnte Gavin Licht in die Angelegenheit bringen. Ich sah meinen Dad an, dessen Gesicht jetzt beruhigt war, denn er vermutete, dass er mich zur Vernunft gebracht hatte. Doch jetzt wurde ich wütend. Auch wenn all die Dinge, die er gesagt hatte, stimmten, war das nicht der Gavin, den ich kannte. Er hatte sich geändert. Er ist erwachsen geworden.

Ich verschränkte die Arme vor der Brust. »Würdest du ihn kennen, wüsstest du, dass du dich irrst.«

»Fakten lügen nicht, Emerson. Wir sind Anwälte. Das ist eine Grundwahrheit.«

Ich machte eine ausladende Bewegung mit den Armen und spürte, wie Tränen des Frustes und der Trauer sich in meinen Augen bildeten. Ich zwang sie zurück. Ich konnte nicht zulassen, dass er sah, wie ich weinte, wie schwach ich war.

»Vielleicht vor Gericht, aber nicht im Leben. Ich glaube, wir werden dieses Gespräch zurückstellen müssen, bis wir beide die Gelegenheit gehabt haben, uns zu beruhigen. Wir sprechen uns später, Dad.« Und ich drehte mich um und ging. Ein paar Tränen strömten aus meinen Augen. Ich wischte sie rasch weg und stapfte zurück zum Feld, denn ich bemerkte nicht, dass Gavin dort stand und auf mich wartete.

»Also wirst du mir jetzt sagen, wer der Typ war?«

Gavin hatte mir gestattet, die erste Hälfte der Fahrt stumm

dazusitzen, doch meine Gnadenfrist war anscheinend abgelaufen. Wir standen vor einer roten Ampel auf der Wendover Avenue und er drehte sich zu mir und sah mich an. Ich schluckte.

»Das war mein Vater«, sagte ich ruhig.

»Dein Vater?« Er hätte nicht überraschter klingen können, hätte er sich bemüht.

Ich reagierte nur mit einem Nicken.

»Aber ihr beide habt euch doch offensichtlich gestritten. Ich dachte, dass du dich mit seiner Frau nicht verstehst.«

Ich seufzte. »Na ja, heute war's wohl er.«

»Worüber habt ihr euch denn gestritten?«, fragte Gavin und klang nun ernster.

Auf keinen Fall würde ich ihm erzählen, dass mein Vater ihn für nicht gut genug für mich hielt und dass ich mich zum Narren machte und meine Karriere gefährdete, weil ich mit ihm ausging. Das ist nicht unbedingt das, was ein Kerl hören will, vermutete ich. Also entschied ich mich für das stets lahme: »Es ist kompliziert.«

Ich sah, dass Gavin das Lenkrad umkrallte, aber er sagte nichts. Wir fuhren noch ein paar Minuten, dann brach ich das Schweigen. »Und? Hast du diese Aufgabe für den Kurs fertiggekriegt?«

»Ja«, sagte er. »Was ist mit dir? Bereit für dein AgPower-Meeting am Morgen?«

Ich ächzte. »Nicht ganz. Ich muss heute Abend noch was machen.«

»Das heißt vermutlich, dass ich dich absetzen soll, ja?«, fragte Gavin und hörte sich dabei teils resigniert und teils hoffnungsfroh an.

»Ja. Wahrscheinlich.« Aber ich wollte, dass Gavin vorbeischaute, wenn auch nur, um mir in Erinnerung zu rufen, wie recht ich hatte, was ihn betraf, und wie sehr mein Dad sich irrte.

Ich hasste mich zum Teil, weil ich wusste, was ich als nächstes fragen würde. Ich hatte seinen Kurs nicht aus purer Neugierde erwähnt. »Übrigens wollte ich dich fragen, was du nach deinem Unfall gemacht hast. Ich meine, nachdem du das College verlassen hast. Weil du gesagt hast, dass du deine jetzigen Jobs erst seit ein paar Jahren hast …« Ich behielt den Blick nach vorne gerichtet, aber ich sah, wie sein Kopf sich drehte und er mich ansah.

»Äh, wie kommst du jetzt darauf?« Er klang misstrauisch – was auch sein gutes Recht war. Gott, war ich schlecht in sowas.

»Es ist nur, weil du nie darüber sprichst.« So macht man das, Emerson. Dreh den Spieß um, wie man das als brave Anwältin so macht.

Er seufzte. »Deswegen, weil ich nicht gern daran denke.«

Ich spürte das wie einen Pfeil ins Herz. Was tat ich bloß?

»Tut mir leid.« Ich sah ihn schließlich an, aber sein Blick war jetzt auf die Straße gerichtet. »Du musst nicht darüber sprechen.«

Wir schwiegen beide den Rest der Fahrt zurück zu meiner Wohnung. Gavin fuhr den Jeep in meine Einfahrt und stellte ihn auf Parken, den Motor ließ er laufen.

»Ich denke nicht gerne daran und spreche nicht gerne darüber, weil mir peinlich ist, was ich für ein Kerl war«, sagte er leise.

»Gavin«, unterbrach ich ihn. »Bitte. Du musst es mir nicht erzählen. Es war nicht richtig von mir, dich so auszufragen.«

»Nein«, erwiderte er, nahm seine Mütze ab und strich sich mit der Hand durch die Haare. »Du verdienst es zu wissen, wen du datest.«

»Ich date einen umwerfenden Baseball-Coach.« Ich probierte ein Lächeln, aber es traf nicht ins Schwarze.

Er lachte wenig überzeugend. »Wenn du es sagst. Aber du datest auch genau den Typen, den dein Dad dir gerade beschrieben hat.«

Miley Cyrus ruiniert alles

GAVIN

Ich bin kein Idiot, auch wenn Emmys Dad das glaubt. Wahrscheinlich hatte er in puncto vielem recht, was er von mir dachte, doch das gehörte nicht dazu. Sobald Emmy mir erzählt hatte, dass der Typ vom Spiel ihr Vater war, ergab die Sache langsam einen Sinn. Als sie dann noch mein Studium erwähnte, wusste ich ganz genau, wo das hinführte – und ganz genau, woher es kam.

Aber echt, wie konnte ich es ihm denn verübeln? Hätte ich eine clevere, zielstrebige, erfolgreiche Tochter wie er, würde ich mir auch etwas Besseres als mich für sie wünschen. Sie könnte jeden haben, und ich war echt begeistert davon, dass sie mit mir ausging. Aber ich würde ihr niemals einen BMW oder so eine Riesenvilla in einer schicken Gegend kaufen können. Ich würde kein Diplom von einer Ivy-League-Uni an meine Wand hängen können, und ich würde wahrscheinlich nie einen Job haben, bei dem ich nicht schweißgebadet und schmutzig nach Hause komme. Und ich würde nie die Notwendigkeit erkennen, mehr als drei Besteckteile am Tisch liegen zu haben. Ich meine, warum zum Teufel braucht man eine Gabel für den Salat, eine für den Hauptgang und eine für die Nachspeise? Das ist nur eine saumäßige Verschwendung von Geschirrspülmittel, wenn ihr mich fragt.

Und ich hatte zwar geschwiegen, was meine Jahre als Schmarotzer-Arschloch betraf, aber sie hatte das Recht zu erfahren, mit wem sie sich einließ. Also erzählte ich es ihr. Ich erzählte ihr alles über den Unfall und das Danach. Und wie ich die ganze verdammte Angelegenheit überhaupt erst durch meine Arroganz und Nichtbeachtung des gesunden Menschenverstandes verursacht hatte. Und wie ich in ein Selbstmitleidstief versunken war und gejammert hatte wie ein Vierjähriger, der seinen Kopf nicht hatte durchsetzen können. Wie ich die Liebenswürdigkeit und das Mitgefühl meiner Eltern ausgenutzt hatte. Und wie ich allen auf der Tasche gelegen und Bier getrunken hatte, als wäre das meine neue Karriere gewesen. Sie ließ mich einfach reden, als wir in ihrer Einfahrt saßen, während der Motor meines Jeeps noch lief.

Erst als ich fertig war, sprach sie. »Gavin, das würde jeder so machen. Ich weiß jedenfalls, dass ich, hätte man mir meinen Traum geraubt, in Bedauern und Was-wäre-Wenns geschwelgt hätte. Würdest du das nicht tun?« Sie streckte die Hand aus und packte mich am Arm.

Ich zog eine Augenbraue hoch und sah sie an. »Ich glaube, wenn man die Zwei-Monats-Linie überschritten hat, hat man die Zeit aufgebraucht, die man für Selbstmitleid zugeteilt bekommt. Ich habe das mehr als zwei *Jahre* lang ausgenutzt, Emmy. Und das sind zwei Jahre, die ich nie wieder zurückbekommen werde.« So hatte ich es noch nie laut ausgesprochen, und mich überkam eine Welle der Schuldgefühle und des Bedauerns. Aber ich schüttelte sie ab, so gut ich konnte. Diesen Scheiß machte ich nicht mehr mit.

Sie lächelte mich traurig an. »Na ja, so oder so, zurückgehen und es ändern kannst du nicht mehr. Du musst weiterziehen. Und das hast du getan.«

»Das versuche ich«, erwiderte ich. »Das ist wahrscheinlich nicht das, was du dir erwartet hast, als du diesem ersten Date mit mir zugestimmt hast, oder?« Ich versuchte, die Stimmung aufzulockern. Es funktionierte.

Verächtlich bemerkte sie: »Da hat man mich ausgetrickst!«

»Ich bin ziemlich gerissen, das muss ich schon sagen.«

»Ja, und ungefähr so subtil wie eine Abrissbirne.« Sie zog eine Schnute.

»Also jetzt hast du es geschafft. Ich werde die Vorstellung von dir, wie du nackt auf einer Abrissbirne schwingst, die ganze verdammte Nacht lang in meinem Kopf behalten. Du solltest mich lieber rasch küssen und aussteigen, wenn du heute noch Arbeit erledigen willst.«

Sie eilte aus dem Wagen, ohne mich zu küssen, die Wangen rosa und etwas murmelnd über Miley Cyrus und dass diese alles ruiniert hätte.

Ich lachte und sah ihr nach und fühlte mich plötzlich ein wenig erleichtert, dass ich diesen Teil meiner Vergangenheit mit ihr geteilt hatte. Ich hoffte nur, dass sich das nicht bitter rächen würde.

»He, Junior!«, brüllte Mark, als er die Baustelle querte und auf mich zukam. Ich spürte, wie mir der Schweiß den Rücken hinunterlief, als ich mich aufrichtete. Von wegen mildes Frühlingswetter. Es war brütend heiß und wir hatten erst Mitte April.

»Was gibt's Mann? Brauchst du mich auf einer Baustelle mit Airconditioner? Raus damit. Na schön. Wenn's sein muss.«

»Immer der Klugscheißer«, sagte er, schüttelte den Kopf und schürzte die Lippen. Vor mir blieb er stehen.

»Ich betrachte das gern als ein Art Stimmungsaufheller«, erklärte ich ihm.

Er ignorierte mich. »Fiona wird einen Schmorbraten zubereiten. Du sollst Emerson mitbringen«

Bei dem Gedanken knurrte mein Magen sofort. Fionas Schmorbraten war heilig. Auf keinen Fall würde ich den verpassen. »Bei dir oder bei ihr?«, fragte ich.

»Bei *uns*«, sagte er selbstzufrieden grinsend.

»Erzähl mir bloß nicht, dass sie die Eigentumswohnung verkauft hat.«

»Sehe ich etwa doof aus?« Er sah mich böse an.

»Willst du wirklich, dass ich darauf antworte?«

»Mach, dass du wieder an die Arbeit kommst.« Er schlug mir auf den Arm und ich fiel beinahe um.

»Aua!«, rief ich ihm von hinten nach.

»Geschieht dir recht. Hör auf zu heulen.« Er besaß nicht einmal die Anständigkeit sich umzudrehen, als er mit mir redete.

»Allein dafür werde ich mir einen Nachschlag nehmen!«

»Probier's ruhig. Sieben Uhr!«

Ich rieb mich am Arm und holte mein Handy heraus, um Emmy anzusimsen. Ich wusste, dass sie viel zu tun hatte und auch das Meeting, aber ich hoffte, dass sie sich rechtzeitig freinehmen konnte für den Schmorbraten. Ich öffnete unseren Text-Thread.

Gavin: *Fiona kocht heute um 7. Ich garantiere dir, das willst du nicht versäumen.*

Ich wartete eine Minute, aber es kam keine Antwort. Nicht allzu überraschend. Ich würde später nachsehen müssen. Ich scrollte hoch, damit ich unsere Nachrichten vom Vorabend lesen konnte. Ich spürte den Zug in meinem Gesicht.

Gavin: *Hab mir grad Miley Cyrus angehört, musste mich also melden. Bist du angezogen?*

Emmy: *Haha. Du hörst dir doch niemals Miley Cyrus an.*

Gavin: Das ist ziemlich voreingenommen. Woher weißt du das? Vielleicht besitze ich ja ihre ganze verdammte Sammlung.

Emmy: Das ist so wahrscheinlich, wie wenn ich die ganze Run-DMC-Sammlung hätte.

Emmy: Bist du noch da?

Gavin: Sorry. Ich kann nicht gleichzeitig tippen und lachen. Run-DMC? Echt jetzt? Wie alt bist du?

Emmy: Alt genug, um zu wissen, dass du dir mit Fragen in diese Richtung Schwierigkeiten einhandeln wirst, wenn du nicht aufpasst.

Gavin: Bin schon still. Fertig mit der Arbeit?

Emmy: Schön wär's.

Gavin: Dann lass ich dich mal weitermachen.

Emmy: Okay. Danke für die Ablenkung. Bis morgen, ja?

Gavin: Jederzeit gerne. Träum was Schönes, Emmy.

Ich sah mich rasch um, weil ich mir sicher war, dass ich blöd lächelte, und weil ich nicht wollte, dass sie mir Feuer unterm Arsch machten. Dann machte ich mich wieder an die Arbeit.

Als es gegen Feierabend ging und ich immer noch nichts von Emmy gehört hatte, stand ich in gewisser Weise vor einer schwierigen Frage. Ich wollte den Schmorbraten, aber ich wollte auch Emmy sehen. Ich erlebte ein uraltes menschliches Dilemma. Unsere drei Grundbedürfnisse Nahrung, Schlaf und Sex standen manchmal in Konflikt miteinander und man musste sich entscheiden. Mein sehr männliches Gehirn entschied sich für den Sex. Also fuhr ich nach Hause und duschte. Dann machte ich noch einen allerletzten Versuch, sie zu erreichen, und als immer noch keine Antwort kam, beschloss ich spontan einfach zu ihr ins Büro zu fahren. Es lag ohnedies nicht allzu weit von Fionas Wohnung entfernt, also vielleicht würde ich doch noch zwei Fliegen mit einer Klappe schlagen können.

Ich parkte und begab mich in die zweite Etage, wobei ich auf mein T-Shirt und meine Jeans hinunterschaute und zu spät erkannte, dass ich mich wahrscheinlich etwas schöner hätte anziehen sollen. Ich hatte in Erinnerung, wo ihr Büro lag, daher machte ich einen Bogen um den Empfang und ging ein paar Flure entlang, bis ich ihre Tür erreichte. Sie war zu und die Lichter aus.

Ich nahm an, dass ich sie wahrscheinlich gerade versäumt hatte, griff nach meinem Handy und sah nach, ob eine Nachricht angekommen war. Es war seltsam, dass sie nicht nur früh Arbeitsschluss gemacht hatte, sondern auch auf meine SMS oder Anrufe nicht geantwortet hatte. Ich drückte gerade die Taste, die mein Handy einschaltete, als dieser Craig aus einem anderen Büro herauskam. Er sah zweimal zu mir her, und als er mich erkannte, verbogen sich seine Lippen zu einem selbstzufriedenen Lächeln. In dem Augenblick wusste ich, dass etwas gar nicht stimmte.

»Suchen Sie Ihre Freundin?«, fragte er.

Ich gab keine Antwort. Ich erwiderte nur starr seinen Blick.

Er seufzte, als würde ich ein Spiel spielen, das ihn langweilte. »Ich würde mal beim Arbeitsamt nachsehen. Man hat sich vor einer halben Stunde von ihr getrennt. Sie haben sie gerade verpasst.«

Von ihr getrennt? Wie konnte das sein?

Dieser schleimige Hurensohn. Er steckte dahinter, soviel wusste ich mit Sicherheit. Und was wusste ich noch? Dass ich ihn irgendwann zerlegen würde und ihm seinen Arsch auf dem Tablett reichen würde auf die eine oder andere Art. Man vergreift sich nicht an meiner Freundin und kommt dann ungeschoren davon.

Ich drehte mich um, ging ihm nach und holte ihn beim Aufzug ein. »Was zum Teufel ist denn passiert?«, wollte ich wissen, als er auf den Knopf mit dem Pfeil nach unten und die geschlossene Tür starrte.

»Ich bin mir eigentlich nicht sicher«, sagte er und tat so, als wäre er unschuldig. »Aber unsere Kanzlei toleriert keine

Faulenzer.« Und da drehte er sich dann um und ließ seine Augen meine Kleidung in sich aufnehmen.

Wäre ich nicht so angefressen gewesen, hätte ich ihn wahrscheinlich angesehen und die Augen verdreht. Ich wich zurück und zeigte auf ihn. »Das ist noch nicht vorbei, Arschkriecher.«

Er setzte eine gelangweilte Miene auf und ich rannte die Treppe hinunter. Ich hatte vor, Emmy aufzustöbern und herauszufinden, was zum Teufel da vor sich ging. Ich sah sie nirgends, also sprang ich in meinen Jeep und fuhr davon, wobei ich ihren Kontakt auf meinem Handy antippte. Mein Anruf ging direkt zu ihrer Mailbox, daher wusste ich, dass sie ihr Handy ausgeschaltet hatte. Ich lenkte meinen Jeep in die Richtung ihres Hauses, aber ich wusste, noch bevor ich an der Tür klingelte, dass niemand zu Hause war. Verdammt! Ich hätte Jays Nummer wählenkönnen, aber er hatte sowieso Training, er würde sein Handy also nicht bei sich haben. Und Aris Nummer oder Adresse kannte ich nicht, also hatte ich echt beschissenes Pech. Der Name von Ponchos Laden wollte mir absolut nicht einfallen, obwohl ich mir den Kopf zerbrach. Das Einzige, woran ich mich erinnern konnte, war, dass er sich irgendwie unanständig anhörte. Ich suchte rasch mit Google und fand ihn. *Stroke*. Das war's. Herrgott, dieser Kerl. Ich drückte auf Anrufen und wartete, während es einmal, zweimal, dreimal läutete.

»Stroke, wer stört?«, platze eine weibliche Stimme aus der Leitung.

»Ja, hallo. Ist Ponch da?«

»Kommt drauf an, wer das wissen will.«

Ich hatte keine Zeit für diesen Quatsch.

»Sag ihm, Gavin Monroe ist dran, und Emerson ist in Schwierigkeiten.«

»Sekunde.« Am anderen Ende war ein Scheppern zu hören, als wäre das Telefon soeben fallen gelassen worden. Dann hörte ich gedämpfte Stimmen und den Schluss von dem, was Ponch zu derjenigen Person sagte, die abgehoben hatte. »… sonst lasse ich dich nie wieder das gottverdammte Telefon abheben!« Dann sprach seine Stimme deutlich ins Telefon. »Gavin. Was zur Hölle ist denn los? Geht es Emerson gut?«

Ich dachte kurz nach, wie ich das beantworten sollte. Dann breitete ich es einfach aus. »Ich werde wahrscheinlich einen Tritt in den Arsch kriegen, weil ich dir das erzähle, aber sie ist heute gefeuert worden. Ich kann sie nicht finden – sie ist nicht zu Hause und ihr Handy ist ausgeschaltet. Ich dachte, sie wäre vielleicht bei Ari, aber ich habe ihre Nummer und ihre Adresse nicht.«

»Scheiße. Wie zur Hölle ist das denn passiert?«

»Ich habe keine verdammte Ahnung. Deswegen muss ich ja Ari anrufen. Könnte ich die Nummer haben, Mann?« Sollte er mir das Leben schwer machen, würde ich durch das Handy greifen und ihm einen Puff in die Eier verpassen.

»Ja.« Er sagte die Nummer auf und ich schrieb sie auf die Rückseite eines Kassenbons vom Take-away.

»Ich wäre dir dankbar, wenn du nicht verrätst, was du über den Job weißt.«

»Kein Problem. Ich werde Ari später anrufen. Viel Glück, Junge.«

Ich ächzte gereizt.

Er hustete ein kurzes Lachen. »Du lässt dich viel zu leicht irritieren. Bis später.« Dann legte er auf.

Rasch wählte ich Aris Nummer. Es läutete ein paarmal und ging dann auf die Mailbox. »Ari, Gavin hier. Ich suche Emerson. Ich weiß, was auf der Arbeit passiert ist. Bitte ruf mich an, wenn du das hörst.«

Ungefähr eine Minute später bekam ich eine SMS.

Ari: Ich hab mich im Badezimmer versteckt. Sie will nicht, dass ich mit jemandem spreche.

Gavin: Sie ist also bei dir? Geht es ihr gut?

Ari: Sie war hier, als ich nach Hause kam. Sie benimmt sich echt komisch.

Gavin: Wie meinst du das?

Ari: Sie weint nicht. Sie verschickte Lebensläufe und geht auf und ab. Sie will mir nicht erzählen, was passiert ist – nur, dass sie gefeuert worden ist, und sie sagt dauernd »blöd!« immer und immer wieder. Wie hast du es rausgekriegt?

Gavin: Ich bin zu ihr ins Büro gefahren und mit diesem Arschloch Craig zusammengestoßen.

Ari: Wusst ich's doch, dass dieser hinterlistige Trottel was damit zu tun hat. Dieser Kerl ist ein Idiot!

Gavin: Kein Einwand. Kann ich rüberkommen?

Ari: Scheiße. Ich glaube nicht, dass sie schon jemanden sehen kann. Ich werde sie bearbeiten und vielleicht kann ich sie überreden, dass sie dich anruft.

Gavin: Okay. Danke.

Ari: Wir werden das schon hinkriegen. Mach dir keine Sorgen.

Ari: Muss los. Wir sprechen uns später.

Ich senkte das Handy und schaute in beide Richtungen von Emmys Straße, war mir aber nicht sicher, was ich zu sehen erwartete. Aris Neuigkeiten hatten sich nicht gut angehört und es traf mich irgendwie in der Magengrube, dass Emmy mich nicht sehen wollte. Ich hatte keine Ahnung, was ich anfangen sollte, also tat ich das Einzige, was mir einfiel. Ich ging zu den Schlagkäfigen.

Blödmänner sind die Schlimmsten

EMERSON

»Sampson und Dornet! Die mögen mich! Ach so, Dornet habe ich bei unserer letzten Golfrunde geschlagen. Wahrscheinlich nicht toll, aber dagegen kann ich jetzt auch nichts tun«, murmelte ich vor mich hin. Ich suchte mir eine E-Mail-Adresse heraus und fing an, ein weiteres persönliches Anschreiben zu formulieren.

Sechs fertig und … ungefähr noch dreihundert zu erledigen.

»Was war das?«, fragte Ari, die ins Zimmer zurückkam.

»Nichts. Mir ist nur grad noch eine eingefallen.«

»Das ist gut«, antwortete Ari und kam näher, bis sie die Hand auf den Esstischsessel legen konnte, den ich als meinen Schreibtischstuhl benutzte. Ihr Küchentisch war zu meinem Behelfsbüro geworden. »Kann ich irgendwie behilflich sein? Soll ich ›Gesellschaftsrecht in Greensboro‹ googeln?«

Ich nickte. »Aber besser die ganze Gegend im Dreieck. Danke.« Ich tippte weiter.

Ich konnte Ari hinter mir spüren, wie sie nur dastand. Ich

wusste, dass sie etwas sagen würde, noch bevor sie den Mund aufmachte.

»Also bist du jetzt schon bereit, darüber zu sprechen?« Sie hörte sich an, als würde sie mit einer Verrückten reden, die eine Schusswaffe in der Hand hielt.

»Nö.« Meine Finger flogen über mein Keyboard. Ich werde erst aufhören, wenn ich alle Möglichkeiten ausgeschöpft habe.

»Okay. Ich werde jetzt Abendessen machen. Willst du auch was?«

»Nein, aber danke«, antwortete ich abgelenkt. »Findest du es unverschämt, wenn man ein Empfehlungsschreiben seines Jura-Professors beilegt, obwohl die Uni vier Jahre zurückliegt?«

»Ähhh …«, war alles, was sie sagte, und ich wandte mich schließlich zu ihr um. Sie sah angeschlagen aus, weil sie keine Antwort für mich hatte. Mist. Ich benahm mich im Moment so gar nicht wie eine gute Freundin.

»Ist schon gut, Ari. Ich bin dir wirklich sehr dankbar, dass du mir hilfst.«

Sie kriegte den rührseligen Blick und kam auf mich zu, um mich zu umarmen. Ich hielt eine Hand in die Höhe, um sie zu stoppen. »Ich kann dich jetzt im Moment nicht umarmen. Sonst muss ich nämlich weinen. Ich darf erst weinen, wenn ich einen neuen Job habe.«

Daraufhin sah sie noch trauriger aus.

»Es tut mir leid. Ich wollte nur …«

Sie lächelte mich halbherzig an. »Ist schon okay. Wir werden das schon lösen. Mach dich wieder an deinen Brief und ich werde diese Google-Suche für dich machen. Und ich werde etwas mehr Abendessen zubereiten, damit du deines später essen kannst.«

»Danke, Ari. Du bist die Beste.« Ich versuchte zu lächeln.

»Na klar«, sagte sie, um gute Laune bemüht. Dann ging sie in die Küche davon und ließ mich weitermachen.

Glücklicherweise bin ich ein Organisationsfanatiker, mein

Lebenslauf war daher bereits aktuell. Wie ich jedoch einen neuen Job ohne gutes Arbeitszeugnis von meinem alten bekommen würde, war mir völlig unklar. Und die Tatsache, dass Jefferson, Wheeler und Schenk – außer einigen Praktika, die ich gemacht hatte – der *einzige* professionelle Job war, den ich gehabt hatte, war ein riesiges Problem.

Mist! Hätte ich nur nicht diesen Streit mit meinem Dad gehabt, denn dann hätte ich ihn um Rat fragen können. Natürlich konnte ich jederzeit kriechen und zugeben, dass er von Anfang an recht gehabt hatte. Denn das hatte er. Ich bin so blöd gewesen! Ich hatte doch glatt versucht den Moralapostel zu spielen, während die Voreingenommenheit aus ihm sprudelte, und vergaß dabei völlig, dass ich für Leute arbeitete, die genauso dachten wie er! Ich war so wütend auf mich selbst, dass ich kaum atmen konnte, als ich mir gestattete, darüber nachzudenken.

Dann hör auf, darüber nachzudenken, Emerson! Mach dich wieder an die Arbeit. Such dir einen Job, damit du die Miete bezahlen kannst und die Rate für deinen Wagen und dich um deinen Bruder kümmern kannst!

Stimmt. Zurück an die Arbeit. Um Empfehlungsschreiben würde ich mich später kümmern.

Ach ja! Travis. Ich fragte mich, wo er jetzt arbeitete. Vielleicht hatten die eine freie Stelle. Ich schickte rasch eine SMS an ihn raus und ignorierte die unbeantworteten Nachrichten von Gavin. An Gavin konnte ich jetzt definitiv nicht denken.

Ich suchte, tippte und verschickte E-Mails, machte nur Pause, um Kaffee und einen kleinen Happen zu mir zu nehmen, die Ari mir aufzwang, ehe ich dann schließlich um zwei Uhr am Morgen der Erschöpfung erlag. Ari hatte versucht, gleichzeitig mit mir wach zu bleiben, schlief aber um Mitternacht herum auf der Couch ein. Ich deckte sie mit einer Decke zu und stolperte in ihr Gästezimmer, wo ich das T-Shirt anzog, dass sie mir herausgelegt hatte und ins Bett stieg.

Trotz meiner Müdigkeit wollte sich kein Schlaf einstellen. Stattdessen prasselten Erinnerungen an den schlimmsten Tag meines Berufslebens auf mich ein.

Ich hätte schon in dem Augenblick stutzig werden sollen, als mein neuer »Verbündeter« mir nicht in die Augen sehen wollte. Unser Team traf sich im östlichen Konferenzraum vor dem offiziellen AgPower-Meeting. Deren leitende Angestellte wurden erst in einer Stunde erwartet, wir nutzten also die Gelegenheit, um alles organisiert und vorbereitet zu haben, damit das Meeting so reibungslos wie möglich vonstattengehen konnte. Weil dieser Fall für unsere gesamte Kanzlei so wichtig war, war das Erscheinen von Mister Schenk und Mister Jefferson vorgesehen.

Alles war vorbereitet. Das wusste ich, denn ich hatte den Vorabend damit verbracht, jedes Stück zu checken und nochmals zu checken. Den Gesellschaftsvertrag, die Vereinbarung über gewerbliche Schutzrechte, die Satzung, den Gründungsvertrag, die Geheimhaltungsabkommen, die Arbeitsverträge … alles. Ich kontrollierte sogar Punkte, die nicht Teil des Projektumfangs unserer Kanzlei waren. Es ging vor allem darum, dem Klienten zu helfen, erfolgreich zu sein, und da taten wir, was immer dazu nötig war. Das Einzige, was ich nicht in Händen hielt, war die korrigierte Patentanmeldung, aber ich hatte am Vorabend mit Craig gesprochen und er mailte mir die Empfangsbestätigung, die er vom Patentamt erhalten hatte.

Ich hatte meinen Laptop und die Akten vor mir ausgebreitet, wie auch die anderen Associates im Raum, einschließlich Craig, es getan hatten. Wir warteten nur noch auf die Managing Partner. Shelly, ein Associate im zweiten Jahr, fragte mich etwas über Fusionen, als Mister Wheeler den Raum betrat und sich ohne ein Wort setzte. Das war ungewöhnlich. Er machte eine finstere Miene und seine Augen waren auf den Konferenztisch gerichtet.

Ich ahnte Schlimmes. Ich sah zu Craig hinüber, doch sein Blick war stur auf seinen Laptop gerichtet. Da wusste ich es.

Mister Wheeler räusperte sich und sah mich dann direkt an.

»Vor dreißig Minuten hat Dietrich mich angerufen. Eines ihrer Patente ist nicht eingereicht worden und ein Konkurrent hat am Freitag angemeldet. EnerGro.«

»Das ist nicht möglich«, sagte ich, wobei ich zu ignorieren versuchte, was ich bereits wusste. »Welches denn?«

Er legte eine Mappe auf den Tisch und schoss sie über die Tischplatte, bis meine Hand sie stoppte. Meine Finger zitterten, als ich die Aktenmappe öffnete und die Spezifikationen jenes Patents sah, in dem Craig den Fehler gefunden und das er für mich erneut eingereicht hatte.

Ich öffnete rasch mein E-Mail-Programm und versuchte, die weitergeleitete Bestätigung zu öffnen, doch sie war fort. Verschwunden, als wäre sie niemals dagewesen. Ich sah wieder zu Craig, doch der tippte wie wild auf seinem Laptop.

Dieser schleimige, falsche, hinterlistige Saftsack. Wieso hatte ich ihm vertraut? Er war nie an dem Wohle der Kanzlei interessiert gewesen – ihn interessierte nur das Wohlergehen von Craig Pendleton. Willkürlich dachte ich mir, dass er und Elliot sich zusammentun sollten, aber mir wurde klar, dass ich offensichtlich den Verstand verlor.

Denk nach, Emerson!

Melissa, die Assistentin, hatte die ursprüngliche Anmeldung verschickt. Ich musste mir diese also nur von ihr per Mail zuschicken lassen. Aber die hatte das falsche Datum drauf! Mist. Doch das war besser als gar nichts.

»Mizz Scott«, unterbrach Mister Wheeler meinen Gedankenstrom mit ernster Stimme. »Wie konnte das passieren?«

»Es tut mir leid, Mister Wheeler. Ich versuche gerade, eine Bestätigungsmail zu bekommen. Einen Augenblick, bitte.«

Ich beendete meine E-Mail an Melissa und betete, sie möge an ihrem Schreibtisch sitzen. Ich holte mein Handy heraus, um sie anzurufen, als ihre Antwort gerade per E-Mail ankam. »*Ich bin bis 24. April nicht im Büro. E-Mails werde ich bei meiner Rückkehr beantworten. Wenn Sie sofort Hilfe benötigen, kontaktieren Sie bitte Isaac Garcia unter igarcis@jwslaw.com.*«

Mir drehte es den Magen um und ich hob den Blick langsam zu Craig. Erst da sah er mir in die Augen. Sein Gesichtsausdruck lässt sich mit diesem einen Wort beschreiben: Gewonnen.

Ich musste schlucken und wandte mich zu Mister Wheeler, als gerade die anderen Managing Partner den Raum betraten. Ich hatte nur einen Entwurf der Patentanmeldung. Ich besaß keine Aufzeichnung darüber, dass sie jemals eingereicht worden war. Ich war praktisch geliefert. »Es tut mir so leid, Sir. Ich weiß nicht, was geschehen ist. Ich glaube, Melissa Yates besitzt eine Aufzeichnung über die Patentanmeldung, aber sie ist nicht im Büro. Es gab jedoch eine Datumsdiskrepanz, und wir mussten erneut einreichen.« Auf keinen Fall würde ich Melissa den Wölfen zum Fraß vorwerfen, und auf jeglichen Versuch, es Craig anzulasten, würde dieser mit Leugnen reagieren. Ich besaß keine Aufzeichnung über unsere Interaktion zum Patent. Das würde mich verzweifelt und noch unprofessioneller aussehen lassen, als ich es ohnehin schon tat. Ich schluckte schwer und presste die Worte heraus. »Ich fürchte, das habe ich verabsäumt.«

Schlussendlich war das die Wahrheit. Es war *meine* Verpflichtung gewesen. Ich hatte mich von Craig reinlegen lassen, weil meine Konzentration gefehlt hatte. Und ich hatte ihm gestattet, mir den »Gefallen« mit der neuerlichen Einreichung zu tun, weil ich meine Verabredung zum Abendessen mit Gavin nicht hatte versäumen wollen. Idiotisch! Wieso hatte ich nicht auf meinen Instinkt gehört?

Ich wusste ganz genau, wieso nicht. Ich hatte mich durch die sexuelle Anziehungskraft und ein hübsches Lächeln von den wirklich wichtigen Dingen ablenken lassen. Ich hatte mir den Arsch aufgerissen für diese Partnerschaft und nun entglitt sie mir, weil ich plötzlich herausfand, dass Sex toll sein konnte. Ich konnte die Stimme meines Vaters im Geiste schon hören und ich wollte schreien.

Mister Jefferson und Mister Schenk warfen mir angewiderte Blicke zu, während Mister Wheeler sich einfach an den Rest des Tisches wandte und sagte: »Schadensminimierung. Was können wir tun?«

Natürlich war Craig lächerlich gut vorbereitet. »Ich habe mir gerade EnerGro angesehen, und wir werden so viele Information wie möglich über AgPower einholen müssen, um beweisen zu können, dass sie, und nicht die neue Kanzlei, die Rechte zu dem Patent besitzen. Hoffentlich werfen die Neuen nur Spitballs, um herauszufinden, ob sie damit durchkommen. Ich werde Ihnen die Informationen zuschicken, die ich bereits gesammelt habe.« Seine Finger flogen über das Keyboard seines Laptops und ich konnte nur dämlich dreinschauen.

»Exzellent«, war Mister Wheelers Antwort.

»Emerson«, sprach Mister Schenk mich an, »ich glaube, Sie können jetzt gehen.«

In einem allerletzten verzweifelten Versuch schaute ich Mister Wheeler an, um die Sache doch noch zu retten. Er nickte lediglich abwesend und las die neue Nachricht von Craig auf seinem Laptop. Ich sammelte ruhig meine Sachen ein, vermied es dabei, jemandem im Raum in die Augen zu sehen, und begab mich auf den Flur und zurück zu meinem Büro.

Es war nicht überraschend, dass Mister Schenk dreißig Minuten später an meine Tür klopfte, begleitet von einem Mitarbeiter des Sicherheitsdienstes, und mir mein Entlassungsschreiben übergab.

AM NÄCHSTEN MORGEN wachte ich mit dem Gefühl auf, von einem Bus überfahren worden zu sein. Mein Körper bettelte um

Kaffee und ich betete darum, dass ich genügend Zeit haben würde, mir welchen zu schnappen, ehe ich zur Arbeit musste. Und dann fiel es mir wieder ein. Ach. Meine Glieder fühlten sich schwer an, als ich mich zwang, aus dem Bett zu steigen und mich auf die Suche nach Kaffein zu begeben. Ari war in der Küche, Kaffeetasse in der Hand und das Handy am Ohr.

Sie entdeckte mich und lächelte mich zaghaft an. »Ich muss los, aber wir reden später«, sagte sie zu der Person am anderen Ende. Dann steckte sie sich das Handy in die hintere Hosentasche und befüllte einen zweiten Kaffeebecher aus der Kanne auf dem Tresen. Sie kam zu mir, wo ich zusammengesackt auf der Couch saß und reichte mir die Tasse herüber.

»Danke.«

»Also«, sagte sie und setzte sich neben mich, »ich weiß, dass du letzten Abend noch nicht bereit dazu warst, aber jetzt musst du mir erzählen, was passiert ist. Ich mache mir Sorgen um dich.«

Ich strich mir über die Haare und stellte fest, dass sie zerzaust waren. »Du wirst zu spät zur Arbeit kommen.« Meine lächerliche Hinhaltetaktik schlug fehl.

Sie winkte ab. »Pscht! Ich habe Zeit, und außerdem ist Amara mir was schuldig. Sie kann ruhig ein paar Anrufe entgegennehmen.«

»Ich muss nachsehen, ob irgendwelche Antworten auf meine E-Mails gekommen sind«, versuchte ich es noch einmal.

»Nachdem du mit mir geredet hast. Und wenn du den Mund nicht aufmachst und es ausspuckst, werde ich Mamá anrufen, damit sie ihren Hinter rüberschwingt. Du hast die Wahl.«

Ich warf ihr den Blick einer Verratenen zu. Ihre Mom würde sich auf mich stürzen und mich erst wieder loslassen, wenn ich jedes Geheimnis, das ich jemals hatte, geteilt und einen Job bei einem von zwanzig Leuten angenommen hatte, die sie anrief und von denen sie verlangte, dass sie mich anstellten. Es würde nicht einmal eine Rolle spielen, in welchem Gebiet der Job war.

Doch Ari starrte mich nur an und nippte an ihrem Kaffee, während ihre Miene verriet, dass sie nicht nachgeben würde.

Ich seufzte schließlich. »Na schön. Es war Craig.«

Ari stand abrupt auf, ihr Kaffee schwappte über den Rand und spritze auf ihren Schuh. Sie bemerkte es nicht einmal. »Ich wusste es! Dieser Arschficker. Ich werde ihm so fest in seinen Sack treten, dass er seine Eier zum Frühstück essen kann. Dann werde ich ihn zu deinem Chef ins Büro zerren und gestehen lassen.«

Ich streckte eine Hand aus, um sie zu beruhigen. »Du kannst nichts tun. Er war viel zu raffiniert. Ari, ich hätte es kommen sehen müssen. Ich habe mich ablenken lassen.«

Sie unterbrach mich. »Oh nein, das wirst du nicht tun. Tu nicht so, als hätte das was mit Gavin zu tun. Du hast ein Leben jenseits der Arbeit verdient.«

»Darüber können wir später debattieren, aber die Wahrheit ist doch, dass ich Gavin direkt mit in die Arbeit gebracht habe, als ich der ganzen Turnier-Sache zugestimmt habe. Ich habe vor allen meinen Kollegen mit ihm geprotzt und aus dem Blick verloren, was man von mir erwartet hat.«

Sie schüttelte den Kopf. »Nur weil er kein Anwalt oder Senator oder sowas ist? Das ist doch verrückt! Andere Leute hatten ihre Ehepartner und Partner dort, und du kannst mir nicht erzählen, dass die alle Mitglieder der richtigen Klubs und Vereine waren. Warum sollten sie von dir etwas anderes erwarten?«

»Weil sie das tun! Taten. Ich habe vergessen, welches Spiel ich spielte.«

»Tut mir leid, aber das ist ein Haufen von mit zweierlei Maß gemessenem Bockmist.« Endlich setzte sie sich wieder und stellte ihren Kaffee auf den Beistelltisch.

»Ja. Und ich habe dem zugestimmt, in dem Moment, als ich in die Kanzlei eingetreten bin.«

»Das muss doch illegal sein.«

Ich sah sie ernst an – meine kämpferische Freundin, die sich für mich mit der Welt anlegen würde. »Sie haben mich nicht gefeuert, weil ich einen vierundzwanzigjährigen Bauarbeiter date. Sie haben mich gefeuert, weil ich eine Patentanmeldung nicht eingereicht habe, Ari. Sie haben das Recht absolut auf ihrer Seite. Ich habe es versäumt, den Job zu machen, für den ich angestellt wurde, und sie haben sich von mir getrennt.«

»Emerson, du würdest nie im Leben etwas versäumen zu tun, wofür du angestellt wurdest.«

»Aber das habe ich. Craig hat die Brotkrumen ausgelegt, aber ich bin der Spur gefolgt.«

Ich erklärte ihr, wie ich die ursprüngliche Einreichung falsch ausgefüllt hatte und dass Craig angeboten hatte, eine neue einzureichen. Wie er mich überlistet hatte, sodass ich dachte, er hätte es tatsächlich getan, und wie er es getimt hatte, sodass die Bombe explodierte, als Melissa nicht da war, um mich zu unterstützen. Nicht, dass das viel geholfen hätte, da ich ja diejenige war, die ursprünglich das Datum verwechselt hatte. Ich wusste immer noch nicht, woher EnerGro die Spezifikationen für die Patentanmeldung bekommen hatten, aber ich würde es Craig glatt zutrauen, dass er einen Klienten betrog, solange er nur ja als der Superheld dastand.

»Scheiße«, sagte Ari, als ich fertig war.

»Jawohl. Das ist es in etwa in einem Wort zusammengefasst.«

»Also was machen wir jetzt?«, fragte sie. Ich konnte ein wenig lächeln bei ihrem Gebrauch von »wir«. Ich wusste das mehr zu schätzen, als ich ausdrücken konnte.

»Ich werde mir einen neuen Job suchen und wieder von vorne anfangen. Ich werde mich reinknien und doppelt so hart arbeiten, um mich zu beweisen, und ich werde nicht mehr aus dem Blick verlieren, was wichtig ist.«

Sie sah mich missbilligend an. »Du servierst Gavin ab, nicht wahr?«

»Ich habe keine andere Wahl, Ari. Ich wusste von Anfang an, dass es keine gute Idee war, und ich habe es trotzdem geschehen lassen.«

»Aber er macht dich glücklich. Ich habe dich noch nie so glücklich gesehen.«

»Glücklich zahlt mir nicht die Raten aufs Haus und sichert mir nicht die Zukunft.«

»Ach, Em.«

»Ich schaffe das schon, Ari. Geh zur Arbeit. Ich werde nach Hause gehen und mit der Arbeitssuche weitermachen.«

»Du kannst gerne hierbleiben. Das weißt du.«

»Das tue ich, und danke. Aber ich muss wegen Jay nach Hause. Ich lasse ihn nicht gerne alleine – schon gar nicht über Nacht. Noch etwas, das ich neu priorisieren muss. Mein Bruder verdient etwas Besseres, als das, was ich ihm gegeben habe.«

»Emerson Scott, hör sofort auf. Du bist eine unglaubliche Schwester.«

Ich lächelte und umarmte sie. »Verbessern kann man sich immer.«

Erwachsenwerden mit einem Hacker und dem Pabst

GAVIN

»Danke, Ari.« Nach dem kurzen Gruß legte ich auf. Emmy war wohl aufgewacht. Emmy hatte sich noch immer nicht bei mir gemeldet, und Ari hörte sich nicht allzu aufmunternd an. Allem Anschein nach hatte Emmy zehn lange Stunden an ihrem Computer verbracht und Lebensläufe verschickt und sich an ihre Kontakte in der Welt des Gesellschaftsrechts gewandt. Sie hatte Ari nichts davon erzählt, was geschehen war, aber wir waren uns beide sicher, dass Craig entscheidend mit der Sache zu tun hatte.

Ich seufzte, setzte mir meinen Helm auf und zog mir meine Handschuhe an, dann ging ich Trey suchen und startete in meinen Tag. Ich erkannte, dass es ein langer werden würde.

Als ich dann schließlich Schluss machen konnte, fuhr ich zur Academy hinüber, in der Hoffnung, Jay würde wie vereinbart erscheinen. Obwohl ich ihn nicht wirklich zu Emmy und ihrem Job befragen konnte. Ihm hatte sie sicher nichts erzählt, nahm ich an, damit er sich keine Sorgen machte. Aber allein in

Jays Gegenwart zu sein, würde mir hoffentlich das Gefühl in meinem Magen nehmen, dass sie sich mit jeder verfliegenden Sekunde weiter von mir löste.

Mein Wunsch wurde mir erfüllt. Nachdem ich geduscht und meinen Dress angezogen hatte, fand ich Jay und ein paar andere Spieler, wie sie Pitches auf Leinwände in der Halle warfen. Sie waren alle energiegeladen, da die reguläre Saison zu Ende ging und die Playoffs in nicht allzu weiter Ferne lagen. Jays Laune entsprach jener der anderen Spieler, daher nahm ich an, dass ich recht gehabt hatte und Emmy ihm kein Wort gesagt hatte. Wir machten uns an die Arbeit und ich versuchte, meine Befürchtungen beiseite zu schieben.

Angesichts der Tatsache, dass Emmy mich neuerdingsgemieden hatte, war ich mehr als nur ein wenig überrascht, als mein Handy klingelte und ihr Name erschien, als ich nach dem Training zu meinem Wagen ging.

»Mensch, Emmy. Ich bin so froh, dass du anrufst. Wie geht es dir?« Ich ließ sie nicht einmal hallo sagen.

»Hallo, Gavin.« Sie hörte sich niedergeschlagen an.

»He«, antwortete ich sanft.

»Also ich wurde gefeuert«, sagte sie mit einem Lachen, das keinerlei Humor aufwies.

»Ich weiß, Ace. Ich habe bei deinem Büro vorbeigeschaut und bin diesem Arschloch Craig in die Arme gelaufen. Was ist passiert?«

Sie seufzte. »Das ist eine wirklich lange Geschichte, aber wollen mir mal so sagen, dass eine deiner Theorien bezüglich Craig genau ins Schwarze getroffen hat.«

Ich schlug mit der Faust auf den Überrollbügel meines Jeeps. »Verdammt. Ich wünschte, ich hätte mich geirrt.«

Sie holte tief Luft. »Na ja, ich kann es nicht nur ihm zuschieben. Ich habe auch einen Fehler gemacht, Gavin.« Ihre Stimme wurde brüchig und ich wollte sie in meine Arme nehmen und es alles irgendwie gut machen.

»Bist du zu Hause? Lass mich zu dir rüberkommen.«

»Nein.« Ich hörte ein leises Schniefen. »Ich kann nicht. Ich kann das nicht mehr tun, Gavin. Wir können uns nicht mehr sehen.«

»Was? Wieso?« Gab sie mir die Schuld dafür, dass sie gefeuert worden war? Na ja, vielleicht war ich ja wirklich schuld daran. Ich hatte sie wie mit dem Bulldozer unter Druck gesetzt, damit sie mich an ihrem Leben teilhaben lässt. Ich hatte ihrem Chef erzählt, dass wir miteinander gingen. Ich hatte mich diesem verdammten Team angeschlossen. Scheiße.

»Ich muss mich darauf konzentrieren, einen neuen Job zu finden und mich um Jay kümmern. Egal, welchen Job ich kriege, er wird mich noch mehr Zeit kosten als mein letzter. Ich werde wieder von vorne anfangen und ich werde meine gesamte Freizeit dem Aufholen widmen müssen. Ich habe in den letzten vier Jahren nicht so hart gearbeitet, nur um jetzt aufzugeben.«

Ich konnte nicht antworten. Es war, als wäre ich vom Blitz getroffen worden. Es war unheimlich, wie ähnlich unsere Lage war. Ich hatte jahrelang darauf hin gearbeitet, mir meinen Traum zu erfüllen, und als er mir genommen wurde – ob durch meine eigenen schlechten Entscheidungen oder das Schicksal –, hatte ich die Route des Feiglings gewählt. Ich hatte in Selbstmitleid geschwelgt und die Welt verflucht. Ich hatte mich geschlagen gegeben.

Emmy tat das nicht. Sie würde das niemals tun. Ihr Traum war ihr soeben unter den Füßen weggezogen worden und anstatt aufzugeben, kämpfte sie. Sie würde nicht das Opfer geben und sich selbst leidtun. Sie stieg wieder auf dieses Pferd und drängte nach vorne, obwohl sie wusste, dass der neue Weg noch schwieriger sein würde, als der alte.

In diesem Augenblick wusste ich, dass ich diese Frau liebte. Und ich wusste auch, dass ich sie gehen lassen musste. Fürs Erste zumindest. Aber ich würde ein paar Missstände korrigieren, ob sie mich jetzt in ihrem Leben haben wollte oder nicht.

Mann, dieses Erwachsenwerden war kein Scherz.

Als erstes rief ich Ari an. Ich hatte viel über Emmy gelernt in unserer gemeinsamen Zeit, aber ich brauchte Antworten auf ein paar Fragen, und Ari kannte diese Antworten. Glücklicherweise war sie nur allzu gerne bereit, mir den Gefallen zu tun. Möglicherweise hat sie sogar den Girl-Code missachtet, als sie mir alles über Emmys Kündigung erzählt hat, aber sie versicherte mir, dass sie immer außerhalb der Linien gemalt hatte. Es fiel einem nicht schwer, das zu glauben.

Als nächstes rief ich – ihr habt es erraten – meine gute Fee an.

»He, Gav. Du hast uns gefehlt beim Abendessen gestern. Ist alles wieder okay?«

Ich hatte Fiona am Vorabend angerufen, um ihr zu sagen, dass sich etwas Beunruhigendes ergeben hatte bei Emmy in der Arbeit und wir das Abendessen würden ausfallen lassen müssen.

»Nein, leider nicht«, erwiderte ich. »Also sag mir, wen du kennst, der sich beim *Hacken* auskennt und das Allgemeinwohl über das, sagen wir mal, Gesetz stellt.« Es schien aussichtslos, aber wir sprachen hier von Fiona.

»Ooohhh, hört sich pikant an. Vielleicht kenne ich da genau den Richtigen.«

»Also wir reden hier nicht von einer Top-Firewall, also seid nicht zu sehr beeindruckt«, sagte Ollie und schob sich die Brille höher auf die Nase, ehe er sich wieder an das schnellste Tippen machte, das ich jemals in meinem Leben gesehen hatte.

Es war der nächste Tag und wir befanden uns in Fionas Büro bei *Precision Lawns and Landscaping*, wo sie sich ihren

Lebensunterhalt verdiente. Jax, ihr Chef, saß an seinem Tisch, sprach in sein Telefon und beäugte uns. Fiona und ich beugten uns über Ollies Schreibtisch und sahen zu, wie er sich ins System von Jefferson, Wheeler und Schenk einhackte. Ollie machte die Buchhaltung für Jax, aber in seiner Freizeit war er unter anderem so eine Art Computergenie und Comics-Fanatiker. Der Typ war dürr und trug eine schwarze Hipster-Brille, die fast genau seiner Haarfarbe entsprach.

»Okay«, sagte Ollie. »Kennen wir den Nachnamen dieser Melissa?«

Ich kratzte mich am Nacken. »Nein, aber sie ist Assistentin. Es kann nicht allzu viele von denen mit dem Namen geben, oder?«

»Eine Sekunde.« Ollie tippte weiter. Ich hörte das Knarren eines Stuhles, und als Fiona und ich uns beide rechtzeitig umdrehten, sahen wir Jax aus seinem Büro kommen.

»Ich mach das«, flüsterte Fiona und stolzierte auf Jax zu, um ihm den Weg zu versperren. Wir nahmen an, dass er unsere Aktivitäten nicht gerade gutheißen würde. »Jax, kann ich dich kurz sprechen?«, hörte ich sie mit ihrer lieblichsten Stimme fragen.

»Melissa Yates. hab sie«, sagte Ollie leise. »Lass mich in ihre E-Mail reingehen. Du hast gesagt, wir suchen alles, was mit dem Patentamt zu tun hat, richtig?«

»Richtig«, sagte ich und versuchte, sowohl Fiona als auch Ollies Computerbildschirm im Auge zu behalten.

Jax verschränkte die Arme und grinste Fiona an. Scheiße. »Schätzchen, du scheinst den Eindruck zu haben, dass ich von gestern bin. Und jetzt musst du mit deinen High Heels beiseitetreten.« Jax kam mit großen Schritten zu unserem Sitzplatz herüber.

»Jax«, konnte ich Ollie zuflüstern. Er klappte seinen Laptop zu und wir saßen beide da, unübersehbar schuldbewusst. Wir würden die absolut beschissensten Schauspieler abgeben.

»Wollt ihr Jungs mir erzählen, was ihr da treibt?«

Ich dachte darüber nach. »Nicht wirklich.« Ich entschied mich für die partielle Ehrlichkeit.

Fiona holte Jax ein. »Ach, komm schon. Das ist zum Wohle der Menschheit«, bettelte sie.

Wir sahen sie alle an. Sie zuckte mit den Schultern. »Na ja, gewissermaßen. Es ist für Gavins Freundin.« Sie fasste die Ereignisse kurz zusammen.

Jax rubbelte sich die wilden blonden Haare mit beiden Händen und schnaufte, eher er uns der Reihe nach ansah. »Ich vertraue darauf, dass sich das nicht eines Tages bei mir rächen wird, ja?«

Ollie sah fast beleidigt drein. »Ich bitte dich. Mit wem glaubst du, dass du es hier zu tun hast?«

»Na gut, dann macht weiter, wenn es sein muss«, sagte Jax, woraufhin Fiona ihn umarmte.

In diesem Augenblick schwang die Tür des Gebäudes auf und Ari stürmte herein. »Bin schon da! Bin schon da! Tut mir leid, dass ich zu spät komme«, keuchte sie. Ihre Brust bebte und ich bin zwar kein Perversling, aber das hätte sogar der Pabst bemerkt. Es stellte sich heraus, dass auch Ollie und Jax sich nicht besonders päpstlich fühlten. Fiona brachte ihr Missfallen uns gegenüber zum Ausdruck und winkte Ari zu sich, um sie zu umarmen. Ari umarmte sie ebenfalls und sagte dann: »Ich habe es wirklich versucht, aber ich konnte Emersons Computer nicht bekommen. Der klebt an ihr wie eine Klette. Ich habe sogar Jay als Hilfe eingebunden, aber er hat zu viele Fragen gestellt.«

»Das passt schon. Wir kommen ohne ihn aus. Ich kann ihn auch aus der Ferne erreichen, falls nötig«, sagte Ollie, als würde er eine alternative Getränkewahl besprechen, anstatt sich illegal in verschiedene Computer zu hacken.

Sein Laptop war wieder offen und er suchte weiter nach dem Konto der Assistentin, während Fiona Ari auf den neuesten Stand brachte. Er schüttelte den Kopf. »Ich sehe gar nichts.«

»Das ist unmöglich«, wandte Ari ein. »Emerson hat gesagt, sie und Melissa hätten ihn zusammen ausgearbeitet, und dann hat Melissa ihn beim Patentamt eingereicht. Sie müsste zumindest eine Bestätigungs-E-Mail bekommen haben. Gibt es keine Aufzeichnungen über die Websites, auf die sie gegangen ist?«

Ollie tippte weiter und setzte sich dann plötzlich auf. »Das ist interessant.«

»Was?«, fragten wir alle gleichzeitig. Sogar Jax war zurückgekehrt, um es sich genauer anzusehen.

»Sieht so aus, als wäre ich nicht der erste, der sich ungebeten hier drinnen aufhält.«

Ari und ich sahen uns an. »Craig«, sagten wir beide.

»Also wer auch immer es war, er hat mega-schlampig gearbeitet. Und ich glaube, ich habe gerade gefunden, wonach wir gesucht haben«, verkündete Ollie und lehnte sich auf seinem Stuhl zurück, um uns allen eine gute Sicht zu ermöglichen.

»Ach du heilige Scheiße«, war alles was mir dazu einfiel.

Ich klingelte an der Tür und hörte etwas, das sich wie hunderte gleichzeitig angestoßene Windspiele anhörte. Unfreiwillig trat ich einen Schritt zurück. Herrgott, dieses Haus war praktisch ein Palast.

Die verzierte Eingangstür öffnete sich und eine Frau ungefähr im Alter von Emmy, die perfekt gestyltes blondes Haar und ein übertrieben geschminktes Gesicht hatte, begrüßte mich mit einem Lächeln. »Hallo.«

»Hallo«, sagte ich, »Sie müssen Mandy sein.«

Sie neigte den Kopf zur Seite, zeigte mir aber trotzdem eine freundliche Miene. »Ja. Kenne ich Sie?«

Ich schüttelte den Kopf. »Nein. Nein. Ich bin ein Freund von

Emerson Scott. Gavin Monroe.« Ich reichte ihr meine Hand und sie nahm sie und reagierte mit einem schlaffen Schütteln.

»Also es freut mich sehr, Sie kennenzulernen, Gavin. Bitte kommen Sie doch herein.« Dann hielt sie inne. »Sie wissen schon, dass Emerson nicht hier wohnt, oder?«

Ich lächelte. »Ja. Natürlich. Ich hatte eigentlich gehofft, ihren Vater sprechen zu können.«

»Ach so!« Plötzlich sah sie viel zu interessiert drein, ihre glänzenden Fingernägel gingen an ihren Mund. Ich erkannte meinen Fehler einen Augenblick zu spät.

»Nein! Herrje. Es ist nichts dergleichen.« Wir stießen beide einen Lacher aus.

»Tut mir leid«, sagte sie. »Ich hätte keine voreiligen Schlüsse ziehen dürfen. Es ist nur so, dass wir nicht allzu viele von Emersons Freunden kennenlernen. Ich hatte gedacht, dass Sie jemand … Besonderer sein müssten.« Sie taxierte mich. Ich hatte mich für etwas formellere Kleidung als sonst entschieden. Und damit meine ich, dass mein Hemd Knöpfe hatte.

Ich hatte keine gute Antwort darauf parat, also machte ich ein unverbindliches Geräusch.

»Egal, kommen Sie doch bitte herein. Ich werde nachsehen, ob es mir gelingt, Robert von seinem Computer wegzuzerren.«

»Wie der Vater, so die Tochter«, sagte ich.

Sie reagierte darauf mit einem steifen Lächeln und ließ mich im Eingangsbereich zurück, während sie fortging, um ihren Ehemann zu holen. Verärgerung machte sich in mir breit wegen Robert Scotts offensichtlicher Scheinheiligkeit.

Ich drehte mich im Kreis und sah mir das Haus an. Gebohnerter Massivholzboden erstreckte sich über die erste Etage und ein riesiger offener Kamin aus Stein stand im Blickpunkt des Großen Raumes hinter dem Eingangsbereich. Zwei breite Flure gabelten sich beidseits und eine hohe Decke gaben dem Raum Höhe, sodass er sich riesig anfühlte. Ich wollte gar nicht daran denken, wie viel dieses Haus wert war.

Oder an die Tatsache, dass das die Welt war, aus der Emmy stammte.

»Sie konnten sich also nicht damit begnügen, die Karriere meiner Tochter zu ruinieren. Sie mussten auch noch mein Haus besudeln.« Ich drehte mich um und entdeckte den Mann vom Spiel, außer dass er diesmal eine Anzughose und ein an den Ärmeln aufgerolltes weißes Hemd trug.

Wow. Was für ein ausgesprochenes Arschloch.

Ich beschloss, seine Bemerkung zu ignorieren. Ich war nicht hergekommen, um die Stereotype zu bestätigen, die er mir offensichtlich angeheftet hatte. Und da es unwahrscheinlich war, dass wir uns die Hände schütteln würden angesichts seiner Eröffnungsbemerkung, machte ich einfach weiter.

»Hallo, Mister Scott. Ich nehme an, dass ich mich nicht vorstellen muss.« Er schnaubte kurz, aber ich machte unermüdlich weiter. »Ich bin nicht hier, um meinen Fall vorzubringen, also keine Angst. Ich möchte Sie nur wegen Emerson sprechen.«

Seine Augenbrauen wanderten fast bis zu seinem Haaransatz hoch. »Und Sie glauben, dass Sie Dinge über meine Tochter wissen, die ich nicht weiß? Sie sind gerade erst einmal seit ein paar Wochen Teil ihres Lebens.«

Ich brauchte eine Sekunde, um mich zu ermahnen, ruhig zu bleiben. »Ich verstehe. Ich wollte nur, dass Sie wissen, dass es ein Kollege war, der für ihren Rauswurf gesorgt hat, und nicht etwas, das Emerson getan oder nicht getan hat. Sie kennt das gesamte Ausmaß noch nicht, aber selbst wenn sie es täte, würde sie es Ihnen, wie ich weiß, nicht erzählen. Sie ist nicht jemand, der die Schuld abschiebt.«

»Das will ich doch hoffen.«

»Aber ich versichere Ihnen, dass es nicht ihre Schuld war.« Ich unterließ es, hinzuzufügen, dass es auch nicht meine Schuld war. Ich kapierte diesen Typen einfach nicht. Sollten Eltern nicht bedingungslos lieben und unterstützen? Nach all dem, was ich vermutet und Ari bestätigt hatte, war die Liebe dieses Kerls nicht billig zu haben.

»Warum erzählen Sie mir das?« Er schien sich zu langweilen, aber sein Kiefer war angespannt.

»Weil, wie ich schon sagte, ich wusste, dass sie es nicht tun würde. Und sie reißt sich den Arsch auf, um einen neuen Job zu bekommen, um ihre Karriere zu retten. Ich dachte mir, dass es die Mühe wert wäre, an Sie zu appellieren, ihr zu helfen. Auch wenn es nur seelische Unterstützung ist.«

»Ach, ich bin mir sicher, dass Sie sich um die seelische Unterstützung auf ihre eigene spezielle Art schon kümmern.« Er höhnte mich praktisch an. Dieser Kerl hob ,Wichser' auf eine ganz neue Ebene.

»Um genau zu sein, wie Sie mit Freude hören werden, haben wir uns getrennt, damit sie sich auf ihren Beruf und ihren Bruder konzentrieren kann.«

Er schnaufte abschätzig. »Sie würde sich nicht um Jay sorgen müssen, wenn ihre Mutter sich nicht vor ihren Verpflichtungen gedrückt hätte. Ich bin froh zu hören, dass Emerson sich nicht mehr gestattet, Naomis Weg zur Mittelmäßigkeit zu folgen.« Dann schien ihm etwas einzufallen. »Wenn ihr euch getrennt habt, wieso sind Sie dann hier und treten für sie ein?«

Diesen Mann verstand ich nicht einmal im Ansatz. »Nur weil wir uns getrennt haben, bedeutet das nicht, dass sie mir nichts bedeutet. So funktionieren Beziehungen nun mal.«

Er schniefte. »Wenn das alles ist … Ich muss zurück an die Arbeit. Sie finden sicher alleine hinaus.« Er drehte sich um und wollte gehen.

Die nächsten Worte konnte ich nicht am Herauskommen hindern. »Emmy sollte sich Ihre Liebe nicht verdienen müssen. Sie ist Ihre Tochter.«

Er blieb augenblicklich stehen. »Es ist nicht meine Liebe, die *Emerson* sich verdienen muss. Es ist mein Respekt.« Er ging weiter den Flur entlang.

Herrgott. Dieser Kerl.

»Wenn Sie so denken, vielleicht sollte das dann für beide gelten.«

Ich sah nicht nach, ob er mich überhaupt gehört hatte. Ich ging nur zur Tür hinaus und schloss sie hinter mir.

Dann machte ich mir eine geistige Notiz, meine Eltern anzurufen.

Mit einiger Unterstützung hatte ich alles getan, was ich konnte, um die Dinge für Emmy leichter zu machen. Jetzt musste ich nur noch warten und hoffen, dass es reichte.

Manchmal sind Brownies die beste Medizin

EMERSON

TAG drei ohne Job und ich drehte durch.

Und das Schlimmste daran war, dass ich, jetzt wo ich bei den Bewerbungen für die unterste Kategorie Jobs angekommen war, mehr Zeit zum Denken hatte. Natürlich wanderten meine Gedanken immer wieder gerne zu allem, was mit Gavin zusammenhing. Ich war so hin- und hergerissen. Ich wusste, dass ich die richtige Entscheidung getroffen hatte, als ich es beendet hatte, aber ich wusste auch, dass man ihm für die Situation, in der ich mich momentan befand, nicht die Schuld geben konnte. Und er fehlte mir.

Der Timer am Ofen piepste und ich holte das Blech mit den Brownies heraus. Egal wie oft ich versucht hatte, Brownies selbst anzurühren – okay, die zweimal, die ich es versucht hatte –, hatten die aus der Fertigmischung immer besser geschmeckt. Das war wohl ein Gebiet, auf dem ich niemals die Überfliegerin sein würde.

»Oh, wow«, ertönte Jays Stimme aus dem Eingang zur

Küche. »Entschuldigung, wenn das total gefühllos ist, aber ich hoffe, dass du nie wieder einen Job kriegst.«

Ich verengte die Augen zu Schlitzen und sah ihn an. Ich hatte Jay schließlich doch von meinem Job erzählen müssen, aber ich redete es schön, indem ich sagte, dass ich mit mehreren Angeboten rechnete. Ich konnte mich nicht erinnern, meinen Bruder jemals belogen zu haben, ausgenommen als es um die Existenz von Santa und vielleicht Bigfoots gegangen war, aber ich wollte nicht, dass er sich Sorgen macht. Wie ich ihn kannte, würde er den nächsten Bus zu Mom und Aldo nehmen, wenn er dachte, dass ich immer noch in Schwierigkeiten war.

Was ich nicht war, strenggenommen. Wie jeder verantwortungsbewusste Erwachsene mit einem gut bezahlten Job hatte ich jeden Monat Geld aufs Sparkonto und für die Rente zurückgelegt. Und ich besaß ein Investmentportfolio. Mit einem Wort, wir wären nicht so schnell verhungert, ich brauchte aber trotzdem einen Job. Nicht nur wegen des Einkommens, auch für meine mentale Gesundheit.

»Na schön, aber lass ihn kurz liegen, sonst brennst du dir noch ein Loch in die Speiseröhre. Ich sah mich am Tresen um und schaute auf die Hühner-Tortilla-Suppe, die im Schmortopf vor sich hin blubberte sowie den Berg Kekse, den ich zuvor gebacken hatte, das mit Backpulver gebackene Brot, das sich als etwas trocken herausgestellt hatte und das Bananenbrot mit Schokoflocken, das ich vorhatte Ari zu schenken. Hmmm, vielleicht hatte ich ein wenig übertrieben.

Aber es hagelte keine Angebote und ich brauchte eine Ablenkung. Wie sich herausstellte, ist es so gut wie unmöglich, einen Job bei einer angesehenen Kanzlei zu bekommen, wenn man bei einer anderen rausgeworfen worden ist. Ich brauchte jemanden mit Einfluss, der mich weiterempfahl, und der eine Brief, den ich von Travis bekommen hatte, würde es nicht bringen. Seine Kanzlei suchte niemanden, aber er hatte mir freundlicherweise ein Empfehlungsschreiben geschrieben und mir

Glück gewünscht. Ich versuchte, nicht allzu viel über den Abstieg nachzudenken, den er hatte durchleben müssen, als er die Kanzlei gewechselt hat, nachdem man ihn so wie mich entlassen hatte.

Jay hing um das Brownie-Blech herum und atmete den Duft ein. »Bitte versuche, nicht zu sabbern«, sagte ich ohne große Hoffnung.

»Ich kann nichts garantieren«, erwiderte er.

Ich sah mich noch einmal um. »Hast du vielleicht hungrige Freunde, die du einladen könntest? Ich brauche den Platz am Tresen.«

Er sah mich an, als wäre er verraten worden. »Auf keinen Fall. Die gehören mir.« Ein Arm griff nach dem Cookie-Teller und holte ihn zum Schutz näher an ihn heran. »Also gut, du kannst auch ein paar haben.«

»Ach wie nett.« Doch ich war nicht hungrig. Ich brauchte nur etwas, um meine Hände zu beschäftigen, damit sie nicht Gavins Nummer wählten. Ich wartete noch auf seinen Anruf, aber so hatte ich es ja gewollt, nicht wahr?

Als hätten es meine Gedanken ausgelöst, klingelte mein Handy auf seinem Platz am Tresen. Ich erstarrte. »Es ist dein Vater«, sagte er.

Ich stöhnte. Meinen Vater hatte ich noch nicht angerufen, aber ich bezweifelte nicht, dass er bereits alles über meine missliche Lage wusste. Er besaß zu viele Freunde in der juristischen Gemeinde, als dass er nicht über jegliches Kommen und Gehen genau informiert gewesen wäre. Sollte das so ein »Ich-hab's-dir-ja-gesagt-Anruf« werden, hätte ich es nicht ertragen können, aber als ich ihn das letzte Mal ignoriert hatte, war die Sache auch nicht allzu gut gelaufen. Daher seufzte ich und ging hin und nahm das Handy in die Hand, ehe es auf Mailbox umschaltete.

»Hallo, Dad.« Ich versuchte gut gelaunt zu klingen. Gott weiß, warum.

»Emerson. Wie machst du dich?«

Ha, vielleicht würde das doch nicht so schrecklich werden. Ich ging ins Wohnzimmer und auf den Flur zu, Jay ließ ich die Backwaren bewachen.

»Na ja, es könnte klarerweise besser laufen, aber ich bemühe mich, eine neue Position zu finden.«

»Ja, na ja. Das ist eigentlich der Grund, wieso ich anrufe. Ich hatte ein interessantes Gespräch mit Larry Henderson, und er hat gesagt, er wäre offen für ein Bewerbungsgespräch.«

Ich hielt abrupt an vor meiner Schlafzimmertür. Larry Henderson? Ich hatte bereits eine »Danke-aber-nein-danke-Antwort« von seiner Kanzlei erhalten. »Tatsächlich?«

Das war der Dad, den ich liebte – der, der mich bei meinen Unternehmungen unterstützte und mir nicht Urteile ins Gesicht warf.

»Ja, aber es wäre unter der Voraussetzung, dass du bereit bist, dich umzuorientieren.«

Ach so.

Das brannte ein wenig, aber ich schluckte es hinunter. »Natürlich.«

»Dann stünde nicht dein Ruf auf dem Spiel, sondern meiner. Ich kann dieses nachlässige Verhalten oder dieses Flirten und Herumziehen mit hiesigen Niemanden nicht länger tolerieren. Wenn du einen Freund haben willst, dann habe ich jede Menge passende Vorschläge für dich. Solche, die dich nicht den Kopf verlieren lassen und dich deinen Job kosten.«

Ich hatte definitiv zu früh gesprochen. Mein Dad warf mit Urteilen um sich wie mit Konfetti. Ich biss mir fest auf die Zunge und mein Blut fing an zu brodeln. Ja, ich bin nachlässig gewesen, doch das ging zu weit. Wer war er, dass er mich dermaßen hart verurteilte, nur weil ich die Hälfte seiner DNS in mir trug?! Das war demütigend.

Aber ich konnte es mir nicht leisten, große Reden zu

schwingen, oder? Nicht, wenn ich einen Job wollte. Nicht, wenn ich wollte, dass Jay bei mir blieb.

Ich fing an, mich wieder wie ein Kind zu fühlen, und das ging nicht. Ich besaß noch einen Rest von meinem Stolz. »Das hört sich ein wenig unerbittlich an, um ehrlich zu sein. Ich arbeite immer sehr hart, wie du weißt, und ich habe nur einen einzigen Fehler gemacht. Das ist wohl kaum ein Grund, mich zu verurteilen. Allerdings bin ich dir für dein Hilfsangebot dankbar, und ich werde mich bemühen, dich nicht zu enttäuschen.« Na bitte. Ich hatte genug gesagt, aber nicht zu viel.

»Das werde ich wohl akzeptieren müssen. Es ist wahr, dass du mir immer stärker geähnelt hast als deiner Mutter, Gott sei Dank. Vermutlich hatte ich Angst, du würdest mehr in die andere Richtung abdriften. Ich freue mich zu hören, dass ich mich geirrt habe.«

Das musste er einfach ansprechen, nicht wahr?

Ich lehnte mich an meinen Türrahmen. »Dad, kann ich dich was fragen?«

»Gewiss.«

»Wenn du alles an Mom so verabscheust, warum hast du sie dann geheiratet?« Ich war es nicht gewohnt, meinem Vater gegenüber so mutig zu sein. Er anscheinend auch nicht.

Er schnalzte abschätzig in mein Ohr, antwortete aber schließlich. »Weil es sich so gehört hat natürlich. Das weißt du.« Ich wusste es. Meine Mutter war mit mir schwanger gewesen, als sie geheiratet hatten.

»Vielleicht war das die falsche Frage. Warum warst du überhaupt mit ihr zusammen? Ich meine, du musst doch ein paar ihrer Eigenschaften ansprechend gefunden haben.«

Er hielt eine Weile inne und dann hörte ich ein Seufzen, bevor er antwortete. »Weil ich jung war und nicht verstand, wie die Welt funktioniert.«

Man konnte sich kaum vorstellen, dass mein Dad einmal so unvoreingenommen gewesen ist, dass er mit meiner Mom liiert war, geschweige denn sie dazu überreden konnte, mit ihm zu gehen. Aber das musste er wohl gewesen sein, irgendwann einmal, das wurde mir klar, sonst hätte sie ihm nicht einmal die Uhrzeit mitgeteilt.

Die andere Sache, die mir klar wurde, war, dass vielleicht mehr von meiner Mom in mir steckte, als ich mir eingestanden hatte.

»Also soll ich dem Assistenten von Henderson sagen, dass er dich anrufen soll?« Wieder voll beim Geschäftlichen.

»Bitte«, antwortete ich. Ich konnte es mir nicht leisten, Hilfe, welcher Art auch immer, abzulehnen. »Danke.«

»Und ich werde einen geeigneten Mann zu uns einladen, wenn du das nächste Mal zum Essen vorbeikommst.«

Ich wollte keinen Streit anfangen, also verabschiedete ich mich nur und legte auf. Ich kannte die Version von Eignung, die mein Vater im Kopf hatte, und die war das genaue Gegenteil von Gavin Monroe. Leider.

Ein Brownie hörte sich plötzlich immer besser an. Ich ging zurück in die Küche und fand Jay am Tisch vor, das Brownie-Blech vor sich und eine Gabel in der Hand.

Ich entriss sie ihm.

»He!«, protestierte er.

»Du könntest wenigstens wie ein Mensch essen«, sagte ich zu ihm und kehrte mit einem Messer und ein paar Tellern zum Tisch zurück. »Und schon allein deswegen werde ich jetzt Ari simsen, dass sie zum Nachtisch zu uns kommen soll.«

»LASS MICH DICH ANSEHEN!«, sagte meine Mom, als sie Jays Hände hielt und von Kopf bis Fuß musterte. Er verdrehte die Augen, gestattete ihr jedoch, sich sattzusehen. »Du siehst noch besser aus als je zuvor.«

»Hallo, Aldo«, sagte ich, als ich meinen Stiefvater umarmte und wir beide über meine Mom grinsten.

Jawohl, als ob das Universum einen großen Plan hatte, den ich niemals zu verstehen hoffen durfte, waren meine Mom und Aldo am nächsten Nachmittag auf meiner Schwelle gelandet. Ich hatte ihnen das mit meinem Job noch nicht erzählt, aber es war mir gelungen, dieses Vorstellungsgespräch bei Larry Henderson für den kommenden Dienstag zu vereinbaren. Ich wünschte mir, es wäre bereits vorüber gewesen, denn dann hätte ich eine bessere Vorstellung vom Ergebnis gehabt, ob so oder so.

»Und Emmy!« Meine Mom drehte sich mit ihrem strahlenden Lächeln zu mir und wollte auf mich zukommen, zweifellos, um mir dieselbe Behandlung zukommen zu lassen, wie Jay. Doch ihr Lächeln verrutschte nach unten, so wie ihre Arme. »Du siehst schrecklich aus.«

»Wow. Überhäufe mich nicht mit so vielen Komplimenten, Mom. Sonst bilde ich mir noch was ein.«

»Naomi«, sagte Aldo, doch sie ignorierte ihn.

»Was ist denn los? Hast du nicht genug geschlafen? Du arbeitest zu viel! Ich wusste es! Du brauchst eine Pause, Süßes.«

Die Ironie davon ließ ein leicht manisches Lachen aus meinem Rachen emporsteigen. Alle wurden still. Mist. Ich drehte durch. Mom und Aldo beäugten mich beide misstrauisch und besorgt.

Jay suchte nach etwas, das er sagen konnte, und entschied sich dann für: »Also Asheville, ich liebe diese Stadt.«

Sie drehten sich beide zu ihm um. Er hatte die Hände in den Taschen und er wippte auf den Fersen. Das lief hier gar nicht gut.

»Irgendjemand sollte mir jetzt mal erklären, was hier los ist«, sagte unsere Mom schmallippig und mit stechendem Blick.

Ich streckte eine Hand aus. »Alles in Ordnung. Ich habe meinen Job verloren.« Meine Mom und Aldo atmeten beide scharf ein. Ich seufzte und wappnete mich, um fortfahren zu können. »*Aber* ich bekomme einen neuen, sodass wir uns nicht darüber unterhalten müssen. Oder Sorgen machen müssen. Okay? – Okay.« Ich antwortete für alle und beendete damit im Prinzip das Thema.

Nichts hätte meine Mom davon abhalten können, mich daraufhin zu umarmen, also nahm ich es an und drückte sie ebenfalls. »Mein armes Baby! Was ist passiert?«

Oh nein. Ich würde mich jetzt nicht darauf einlassen.

Aldo, Gott möge es ihm vergelten, hatte Mitleid mit mir. »Hast du vielleicht was zu trinken da?« Er klatschte in die Hände und ich befreite mich aus der festen Umarmung meiner Mom. Ich würde nicht weinen.

»Selbstverständlich! Lass uns in die Küche gehen.«

Meine Mom warf mir einen Blick zu, der ankündigte, dass diese Unterhaltung noch nicht zu Ende war, und folgte uns dann in die Küche, wo der gesegnete Alkohol zu Hause war.

Wir aßen die Reste der Hühner-Tortilla-Suppe zum Abendessen, dazu Brot, das ich gebacken hatte. Und einen Tiefkühl-Burrito gab's für den menschlichen Müllschlucker, den ich Jay nannte. Mom und Aldo berichteten uns von einigen ihrer bis dahin erlebten Abenteuer und unterhielten uns mit Geschichten über neue Freunde, die sie gefunden hatten, und ein paar Pannen, die sie auf ihrer Handwerksmarkt-Reise gehabt hatten. Beide glühten praktisch. Unsere Mutter, mit ihren langen rotblonden Haaren und ihren goldbraunen Augen, war immer schön. Ihre Haut strahlte und sie schaffte es irgendwie, viele der typischen Alterserscheinungen abzuwehren. Aldo war so locker und entspannt wie immer, und er war die Zufriedenheit in Person, als er dort in meiner Küche saß und sich in der Gegenwart der Familie sonnte.

»Ach ja, Emmy, ich habe mit dem Saftpressen angefangen«, sagte meine Mutter und nickte, als wäre das etwas, das ich sofort notieren müsste.

»Okay«, sagte ich, denn ich war mir nicht sicher, worauf sie aus war.

»Es ist klasse für deinen Körper. Es reinigt und belebt dich. Wir werden dich ans Saftpressen heranführen, bevor wir wieder aufbrechen.« Sie tätschelte meine Hand. Ich sah hilfesuchend zu Aldo, doch er schüttelte nur den Kopf.

»Eigentlich«, sagte ich, »presse ich schon Saft, ich bin also schon vorbereitet.« Totale Lüge. Ich konnte nur einfach im Augenblick nichts Grauenhaftes vertragen.

»Weintrinken ist nicht Saftpressen«, murmelte Jay.

Ich warf ihm einen tödlichen Blick zu.

»Obwohl er genaugenommen Traubensaft ist, also …«, versuchte er, sich zu rehabilitieren. Zu spät.

»Du kriegst keine Brownies mehr«, sagte ich streng zu ihm.

Er antwortete mit einem lächerlichen Flunsch. »He, das ist einfach nur gemein.«

»Ich habe Brownies mitgebracht«, meldete sich Aldo.

»Nein!«, schrien meine Mom und ich uni sono.

DREI STUNDEN später hatte ich die Sachen von Mom und Aldo in Jays Zimmer gebracht und für Jay die Klappcouch in dem Büro, das ich eigentlich nie benutzte, hergerichtet. Er war mit Aldo weggegangen, um sich eine Zombie-Serie anzusehen, und meine Mom und ich saßen eingerollt auf der Couch mit Kissen und Weingläsern.

»Es ist so schön, dass wir alle wieder in einem Haus sind, nicht wahr?« Sie seufzte und ich musste wahrscheinlich das erste Mal in dieser Woche wieder wahrhaft lächeln.

»Das ist es. Definitiv.«

»Also, da du nicht über dich reden willst, erzähl mir doch mal: Wie ist es Jupiter wirklich ergangen? Am Telefon hört er sich toll an, aber wir wissen alle, wie gut er das kann, die Dinge unter den Teppich kehren.«

Ich dachte darüber nach, bevor ich antwortete. »Ich glaube schon, dass er glücklich ist. Zuerst habe ich mir Sorgen gemacht. Er ist hier herumgeschlichen, als wäre allein schon seine Anwesenheit eine Belastung, aber er ist definitiv lockerer geworden. Und du solltest ihn Ball spielen sehen!« Ich tat so, als würde ich in Ohnmacht fallen. »Er ist richtig gut geworden, und er amüsiert sich herrlich da draußen.«

»Also hat sich dieses Training bei Gavin als Segen herausgestellt – in verschiedener Hinsicht.« Sie wackelte mit den Augenbrauen.

Auweia, da war ich jetzt geradewegs hineingestolpert.

»Jay liebt es. Er sagt, dass er Techniken erlernt, von denen er zuvor noch nicht einmal etwas gehört hatte. Es scheint ziemlich bemerkenswert zu sein, und sein Chef-Trainer hat früher in der Major League gespielt.« Ich nahm einen Schluck von meinem Wein und hoffte, dass das Thema damit beendet war.

»Und was ist mit dir? Ein kleines Vögelchen hat mir gezwitschert, dass du dich mit Gavin zu eigenen Freizeitaktivitäten triffst.«

Ich schnappte erschrocken nach Luft. »Mom!«

»Was denn? Wir sind beide erwachsen.«

»Ich werde mich mir dir nicht darüber unterhalten.« Ich schüttelte den Kopf.

»Emmy, das ist völlig normal. Frauen haben Bedürfnisse so wie—«

Ich streckte eine Hand aus, um sie zu unterbrechen. »Bitte. Genug.«

Sie schniefte. »Na schön.«

In Wahrheit wusste ich nicht einmal, was ich hätte sagen sollen. Letzte Nacht hatte Gavin wieder angefangen, mir SMS zu schicken – nur ein paar Einzeiler in den letzten vierundzwanzig Stunden, doch diese hatten die Wirkung, die er bestimmt beabsichtigt hatte. Zweifel machte sich breit und versuchte, meinen Entschluss ins Wanken zu bringen. Ungeachtet dessen war das Letzte, was ich gebrauchen konnte, meiner Mom von Gavin und mir zu erzählen. Es würde sie zu einem unvermeidlichen Befragungsverfahren ermuntern, aus dem ich nie wieder einen Ausweg finden würde.

»Ich hatte gehofft, dass du in der Lage sein würdest, umso offener mit mir über diese Dinge zu reden, je älter du wirst. Aber du darfst so sein, wie auch immer du bist, auch wenn das heißt, dass wir niemals ein Gespräch über Orgasmen führen werden.«

Ich trank den Rest meines Weines auf Ex. »Brauchst du noch einen?«, fragte ich, stand auf und hielt mein Glas fest.

»Nein, ich habe noch«, antwortete sie und schien sich der Tatsache nicht bewusst zu sein, dass ich zusehends den Verstand verlor.

Ich kehrte mit einem wieder aufgefüllten Glas zurück, setzte mich wieder und zog mir ein Kissen über den Schoß. Es würde mich vermutlich nicht umbringen, wenn ich mich ein wenig öffnete. Nur nicht, was Gavin betraf. Und ganz bestimmt nicht zum Thema Sex. Gütiger Gott.

»Also ich habe viel nachgedacht in dieser Woche – weil ich viel Freizeit hatte, weißt du?« Ich zeigte ihr ein bescheidenes Lächeln. »Wir haben uns eigentlich nie darüber unterhalten, wie du und Dad euch nähergekommen seid. Ich meine, ich weiß, dass ihr geheiratet habt, weil du mit mir schwanger warst und er … Dad war. Aber ich kapiere nicht, wie ihr überhaupt miteinander ausgekommen seid.«

Sie bewegte ruckartig den Kopf vor und zurück, als würde sie abwägen, was sie sagen sollte. »Um ehrlich zu sein kann ich mich kaum daran erinnern, so lange ist das her. Und die Erinnerung wird mit der Zeit sowieso verzerrt. Aber er war ein anderer Mann in vielerlei Hinsicht damals. Er legte nicht so viel Wert auf Aussehen.«

Ich konnte gegen das verächtliche Geräusch, das ich machte, nichts tun. Sie lächelte verständnisvoll.

»Ich war vermutlich was Neues.« Sie zuckte mit den Schultern. »Und du kennst mich ja. Wenn ich einen Blick erhasche auf die Unbefangenheit einer Person, die versucht herauszukommen, dann halte ich mich daran fest und ziehe. Es stellte sich heraus, dass seine sich nicht bewegen ließ, egal was ich tat. Und als mir das dann endlich klar wurde, waren wir bereits verheiratet und unsere teure Emmy war unterwegs.« Sie lächelte.

»Er war also nicht immer so steif? So unnachgiebig?«, fragte ich leise.

Da sah sie mich besorgt an. Ich hatte zu viel gesagt.

Ich seufzte. »Tut mir leid. Er und ich hatten eine Auseinandersetzung.«

Sie sah schockiert drein.

»Ich weiß. Die erste überhaupt, und die war der Hammer, das kann ich dir sagen.« Ich versuchte, es mit einem Lachen abzutun, doch sie kaufte es mir nicht ab. »Ich habe ihn enttäuscht.«

»Wie ist so etwas überhaupt möglich?« Sie stellte ihr Weinglas auf den Couchtisch und sah mich verwirrt an.

»Glaub mir, es ist definitiv möglich.«

»Emmy.« Sie schüttelte den Kopf und ihre Stirn runzelte sich. »Bitte verinnerliche seine Kritik nicht. Er hat seine eigenen Regeln und Standards, und es obliegt dir nicht, sie zu erfüllen. Du musst dich nur um deine eigenen Standards kümmern, von denen ich weiß, dass sie ohnedies sehr hoch sind.«

»Aber das habe ich nicht getan.«

»Du hast was nicht getan?« Erneut machte sie ein verdutztes Gesicht.

»Ich habe meine eigenen Standards nicht eingehalten. Ich habe einen Fehler gemacht.« Ich zupfte an einem losen Faden an dem Kissen auf meinem Schoß.

»Sag bloß, du bist menschlich.« Sie hielt sich auf übertrieben theatralische Weise die Hand an die Brust. Ich verdrehte die Augen, wie sie es beabsichtigt und von mir erwartet hatte. »Jeder macht Fehler. Selbst dein Vater. Du musst dir vergeben und weiterleben. Lass nur ja nicht andere Menschen entscheiden, wie dein Versagen aussieht. Das, was der eine als einen Fehler betrachtet, kann für einen anderen eine Gabe sein.«

In diesem Augenblick wünschte ich mir mehr als alles andere, dass ich mehr wie meine Mom wäre. Aber vielleicht war ich das ja auch und ich musste mein wahres Ich, das komplexer war, als mir bewusst gewesen war, erst akzeptieren lernen – so, wie sie es mir immer erklärt hatte.

Gavin's Team

GAVIN

»Ich glaube, du hast sie gebrochen«, sagte Laney.

»Sicher nicht, kleiner Mann. Das ist nichts«, sagte ich zu Rocco mit kaum verständlicher Stimme, während ich den Kopf nach hinten geneigt hielt und mir einen Packen Taschentücher an die Nase hielt.

»Tut mir leid, Onkel Gavin.«

»Dich trifft keine Schuld. Ich war derjenige, der nicht auf den Ball geachtet hat.« Ich nahm die Taschentücher weg, um nachzusehen, ob das Bluten aufgehört hatte, und lächelte Rocco an, damit er wusste, dass es mir gutging. »Was fütterst du diesem Kind, Laney? Seine Muskeln werden riesig!«

Diese Bemerkung hatte die erwünschte Wirkung, denn ich sah, wie Rocco ein Lächeln überkam.

»Nur das Übliche – andere kleine Kinder plus hin und wieder Chicken Nuggets.« Sie zog Rocco an sich und bedeckte seinen Kopf mit Küssen. »Möchtest du eine Tüte Tiefkühlerbsen?«, fragte sie mich.

»Nein. Geht schon.«

Ich hatte während meiner Pause zwischen der Baustelle und dem Training am Donnerstagabend bei ihnen vorbeigeschaut, um mit dem Jungen Neuigkeiten auszutauschen und meine Gedanken von Emmy abzulenken. Es stellte sich aber heraus, dass dieser Plan beschissen war, und mit einem Baseball in meinem Gesicht endete. Der Junge wurde größer, so viel war sicher, wenn man aufgrund des pulsierenden Schmerzes in meiner Nase urteilte. Möglicherweise handelte ich mir ein paar blaue Augen ein. Nichts, womit ich allerdings nicht schon ein Dutzend Male zuvor fertiggeworden wäre.

»He, Kumpel«, sagte Laney und ließ Rocco los. »Gib doch mal deinem Onkel ein paar Minuten zum Erholen und geh und füttere Pickels, in Ordnung?«

Pickels war sein Gecko, zu dessen Kauf er letztes Jahr mit Hilfe eines Tricks seine Tante Bailey bewegt hatte. Das musste ich dem Jungen lassen: Er war gut. Oder Bailey war eine Trotteline. Gut möglich, dass beides stimmte. Rocco ging auf sein Zimmer, um das Biest zu füttern.

»Runde zwei fängt in zehn Minuten an, Kumpel!«, rief ich ihm nach.

Laney schüttelte nur den Kopf über mich. »Du bist ein Masochist.«

»Was? Ich muss mich doch rehabilitieren.«

»Na ja, wenn du aber darauf achten könntest, *seine* Nase nicht zu brechen, dann wäre ich dir dankbar«, fügte sie hinzu und stellte eine neue Schachtel Taschentücher auf den Küchentisch.

Ich verzog das Gesicht und zuckte dann bei den dadurch entstehenden Schmerzen zusammen. »Ich bitte dich. Er hat mir die Nase nicht gebrochen. Ich bin aus Stahl.« Ich wischte mir nochmals die Nase mit einem Taschentuch ab und setzte mich an den Tisch.

»Aaalso«, setzte sie an, als sie sich ebenfalls setzte. Das hätte mein Zeichen sein sollen, aufzustehen und zu gehen. »Was ist mit Emerson los? Fiona hat mir das Neueste erzählt, und das hört sich nach viel Drama an.«

»Ja, dieser Arsch, mit dem sie zusammenarbeitet, hat sie glatt um ihren Job betrogen – und um eine bevorstehende Partnerschaft.«

»Und um einen Freund ebenfalls, wie es sich anhört«, sagte Laney, dem Ton nach übellaunig.

»Das hast du also gehört, ja?«

»Aber du wirst das doch nicht tatenlos hinnehmen, oder?« Sie pickte an einer rauen Stelle der Tischplatte herum.

Das brachte mich ein wenig in Harnisch. Zwar hatte ich Emmy fürs Erste gehen lassen, aber ich beabsichtigte keinesfalls, mich völlig zurückzuziehen. Wir würden uns schon etwas überlegen, wie wir es uns bequem machen konnten, und sowohl einen Job als auch eine Beziehung auf die Reihe zu kriegen.

»Glaubst du, dass ich einfach so aufgebe?« Ich fühlte mich in der Defensive.

»Auf keinen Fall! Das hast du hinter dir gelassen.« Sie sah mir blitzschnell in die Augen und beinahe beleidigt drein.

Ach. Na ja. Schon viel besser. Wie es schien, hatte sie meine Sünden aus der Vergangenheit etwas mehr vergessen, als ich vermutet hatte. Vielleicht lag es an meiner eigenen Paranoia, dass ich annahm, dass alle nur darauf warteten, dass ich wieder versagte.

Ich sah sie an und bemerkte ihren wilden Blick. Sie stand hinter mir. Das fühlte sich verdammt gut an. »Danke für das Vertrauensvotum«, sagte ich mit vollkommener Ehrlichkeit zu ihr.

»Also wie sieht dein Plan aus?« Mist, da war ich ja in etwas Schönes hineingeraten, nicht wahr? Sie sah viel zu interessiert aus für meinen Geschmack.

»Na ja, die Details über das illegale Verhalten ihres Kollegen wurden anonym ihrem Chef geschickt – ihrem ehemaligen Chef –, aber er wird nicht direkt mit hineingezogen, leider. Es sollte aber dafür reichen, dass sie ihren alten Job wiederbekommt, falls sie ihn will.«

»Gott sei Dank dafür«, sagte Laney.

»Ja, aber ich bin jetzt irgendwie sauer auf sie.«

Sie warf den Kopf zurück. »Was soll denn das dann für eine Unterstützung sein?«

»Nein, ich meine, sie hat sich wegen eines Fehlers feuern lassen, den sie ursprünglich gar nicht gemacht hat. Dieser Craig hat das Ganze orchestriert. Emmy hat nur gedacht, sie hätte einen Fehler gemacht und hat es ihnen durchgehen lassen, dass sie sie feuern.«

»Bestimmt ist es nicht ganz so simpel«, sagte meine Schwester und stützte ihr Kinn auf ihre Hand, den Ellbogen auf dem Tisch abgestützt.

»Ja, vermutlich. Ich meine, mich haut's um, dass sie nur das eine Ziel vor Augen hat, nämlich einen neuen Job zu finden, aber jetzt denke ich mir, sie hätte härter um ihren alten Job kämpfen müssen.«

»Also ich denke, dass es anders aussieht, wenn man die Sache von außen betrachtet«, gab Laney zu bedenken.

Ich seufzte und wischte mir wieder meine Nase. »Ja. Vielleicht ziehe ich ja falsche Rückschlüsse. So oder so möchte ich, dass sie die Wiedergutmachung erfährt, die sie verdient. Sie hat für alles hart gearbeitet, was sie bekommen hat.«

»Das macht euch in gewisser Weise zu einem tollen Paar, oder nicht?« Meine Schwester zog eine Augenbraue hoch und grinste.

Da bekam ich ein wenig ein beklemmendes Gefühl in der Brust. Vor achtzehn Monaten hätte Laney nicht einmal unabsichtlich angedeutet, dass ich für irgendwas hart gearbeitet hätte. Sie hatte meine zweijährige Selbstmitleidsorgie hautnah erlebt. Es bedeutete mir mehr, als ich ausdrücken konnte, dass sie jetzt für mich eintrat.

Verflucht. Da kann ich doch wohl gleich alles riskieren.

»Also ich nehme jetzt Online-Unterricht, um meinen Abschluss in Sportwissenschaften nachzuholen.«

Laney hielt erschrocken die Luft an. »Ist. Nicht. Wahr. Du verarschst mich doch!«

»Würde ich dich anlügen?« Ich konnte nicht verhindern, dass meine Mundwinkel nach oben gingen.

»Absolut.« Sie zögerte nicht einmal.

»Also ich lüge nicht, was das betrifft.«

Sie stand auf und umarmte mich, während ich sitzenblieb. Ich tat so, als würde ich ihre Umarmung widerwillig tolerieren, während sie bei meiner Reaktion die Augen verdrehte. So ziemlich wie zu erwarten.

»Ich bin so verdammt stolz auf dich«, sagte sie.

»Reiß dir keinen Eierstock aus deswegen.«

Sie gab mir einen Klaps seitlich an meinen Kopf.

»Aua! Zertrümmertes Gesicht!«

»Und wenn schon.«

Sie lehnte sich zurück und lächelte mich nur an. Um Gottes willen.

»Aaalso«, warf ich ihr ihre eigene Einleitung entgegen. »Was ist bei dir los?«

Sie streckte mir die Zunge entgegen und sah dann auf den Tisch hinab. Oje. Ich hatte keine Ahnung, was das bedeutete.

»Äh, Nate und ich versuchen, ein Baby zu bekommen.«

Ein spektakulär doofes Lächeln machte sich in meinem Gesicht breit. Ich konnte nicht anders. »Da legst du dich hin!«

»Ja, im Hinlegen.« Sie sah auf und ihr Gesicht strahlte pures Glück aus. Ich war sehr froh für sie.

»Na ja, wollen wir nur hoffen, dass das neue besser zielen kann.«

Sie warf den Kopf in den Nacken und lachte.

Iᴄʜ ʜᴀᴛᴛᴇ seit zwei Tagen nicht mehr mit Emmy gesprochen, und das war Scheiße. Ihr Telefonanruf am Dienstag war damit zu Ende gegangen, dass sie den Eindruck hatte, ich würde mich nicht wehren gegen unsere Trennung. Es war an der Zeit, dass ich anfing, mich wieder in ihr Leben zu drängen. Ich musste sie nur daran erinnern, weshalb sie mich brauchte, auch wenn es nur darum ging, ein wenig Heiterkeit in ihre stressige Situation zu bringen.

Gavin: Hast du eigentlich gewusst, dass jedes Jahr über 10.000 Bäume von vergesslichen Eichhörnchen gepflanzt werden?

Ich wusste, dass sie wahrscheinlich nicht antworten würde, aber wenigstens würde sie an mich denken. Und hoffentlich lächeln. Es überraschte mich dann der Benachrichtigungston, als eine SMS ankam. Vorübergehend enttäuschte mich der Name, bis ich die Nachricht las.

Ari: Prima. Das erste Lächeln seit einer Woche ;-)

Vermutlich war es kein Wunder, dass Ari bei Emmy war. Die beiden kamen im Doppelpack.

Ari: Ach und übrigens: Du bist als »Nicht nachgeben« auf ihrem Handy gelistet. Ich denke, sie wird vielleicht eine Woche durchhalten.

Nicht nachgeben? Na ja, es könnte schlimmer sein.

Ari: Ich glaube, sie hat ihren Lebenslauf an jede Kanzlei im Land geschickt, und jetzt wird sie langsam verrückt durch die Warterei.

Gavin: Hat Wheeler schon angerufen?

Ich hätte mir erwartet, dass er sich mittlerweile bei ihr gemeldet hätte. Er hatte die Beweise in der Hand, worauf wartete er also noch?

Ari: Nein! Ich versteh's nicht. Vielleicht hat er Probleme, die anderen Arschlöcher von Partnern zu überzeugen.

Das klang durchaus möglich. Verdammt.

Ich wollte fragen, ob Emmy über mich gesprochen hatte, doch bis dahin hatte ich nicht den Mut dazu.

Ari: Jedenfalls kommt morgen ihre Mutter zu Besuch, das wird sie also hoffentlich ablenken.

Gavin: Ich werde am Sonntag bei Jays Playoff-Spiel sein. Ich setze voraus, dass ihr kommen werdet, ja?

Ari: Ja. Wie hältst du dich? Du wirst doch nicht anfangen, bescheuerte Gedichte zu schreiben, oder?

Gavin: Auf wessen Seite bist du eigentlich?

Ari: Kein Kommentar.

Ari: He, was anderes: Was weißt du über Fionas Chef?

Gavin: Jax? Toller Typ. Wieso?

Ich würde mal die Vermutung wagen, dass so manch eine Frau im Laufe der Zeit sich über Jax erkundigt hat. Er hatte dieses Südstaaten-Charme-Ding wirklich gut drauf.

Gavin: Ich dachte, du hast einen Freund.

Ari: Vielleicht. Egal. Ollie hat gesagt, dass Jax möchte, dass ich eine neue Website für sein Unternehmen entwerfe. Sicher kriegt Ollie das mit links hin, aber aus irgendeinem Grund hat Jax nach mir gefragt.

Ich könnte diesen Grund in ein Wort fassen: Körbchengröße.

Gavin: Er ist verlässlich. Pass nur auf, dass du nicht durch seinen Charme … na, du weißt schon.

Ari: Das wird sich zeigen. Ich hasse Elliot im Moment. Egal. Emerson wird misstrauisch. Muss los. Wir sehen uns am Sonntag!

Gavin: Bis dann.

Scheiße. Wenn Jax es auf Ari abgesehen hatte, würde er eine Überraschung erleben. Ich war mir ziemlich sicher, dass sie eine Tätowierung mit der Aufschrift »Eine Handvoll« besaß, und wenn nicht, dann sollte sie die auf jeden Fall haben.

Wo sind die Priester, wenn man sie braucht?

EMERSON

Da ich die meisten Lebensmittel, die ich zu Hause hatte, im Zuge meines Koch- und Backmarathons aufgebraucht hatte, war am Samstagmorgen ein Besuch im Lebensmittelladen zwecks Wiederaufstockung angesagt.

Ich wollte mich auch beschäftigen, denn ich wusste, dass heute das Meisterschaftsspiel im Softball stattfand und weder Gavin noch ich spielen würden. Allerdings würden meine ehemaligen Kollegen gegen das Team meines Vaters antreten, was mich fast zum Lachen reizte, denn das Universum stellte wieder einmal unter Beweis, dass es einen lausigen Humor hatte.

Mom und Aldo waren bei Jay geblieben und holten zweifellos Versäumtes nach, indem sie ihn erdrückten. Wodurch ich dazu kam, durch die Gänge von Haris Teeter zu schlendern mit einer Einkaufsliste, die die ganze Palette von Chia-Samen bis Pizza Rolls enthielt. Ich befand mich bei den Frischwaren und wählte ein paar Honeycrisp-Äpfel aus, als ich Mandy aus dem

Augenwinkel entdeckte. Ich erstarrte, als würde mich die fehlende Bewegung für sie irgendwie unsichtbar machen. Ehe ich mich entscheiden konnte, was ich als nächstes tun sollte, entdeckte sie mich, sah zweimal herüber und kam dann auf mich zu.

»Hallo, Mandy. Wie geht es dir?« Mein Blick fiel auf ihren Einkaufswagen, der eine halbe Gallone Eiscreme, eine Tube Keksfertigteig und eine Flasche Moscato enthielt. Sie hatte offensichtlich mit einer prämenstruellen Studentin getauscht, die sich gerade mit ihrem Freund gestritten hatte. Mandy »kannte« Zucker nicht. Oder Kohlenhydrate. Oder irgendwas, das gut schmeckte. Mein Blick schoss zu ihrem Gesicht und entdeckte, dass sie geknickt dreinsah. Ihr Make-up fehlte zur Hälfte und sie hatte Mascara-Flecken unter ihren roten, verschwollenen Augen.

Na prima.

Mein Vater hatte schlussendlich eine Grenze bei Ehen erreicht und um eine Scheidung gebeten.

Ich hatte es nicht in mir, deswegen auf sie herab zu sehen, aber ich blieb argwöhnisch, um nicht unachtsam zu werden. Mandy neigte zum Angriff, wenn sie verletzt war. Ich entschied mich schließlich für: »Geht es dir gut?«

Sie schniefte und zog ein Taschentuch aus ihrer Gucci-Handtasche. Sie putzte sich die Nase und seufzte niederge-schlagen. »Nein.« Eine Träne lief ihr über die Wange und sie wischte sie mit dem Taschentuch weg. »Mir geht es definitiv nicht gut.«

Ich sah mich um und hoffte, dass vielleicht eine ihrer Freun-dinnen oder ein Priester auftauchte. Aber ich war die einzige Anwesende. Ich räusperte mich. »Weißt du«, fing ich an und machte dann eine Pause, um die richtigen Worte zu finden. »Es liegt nicht an dir. Es liegt an ihm. So macht er das eben.« Aller-dings fragt man sich, ob das wirklich dermaßen überraschend sein kann, wenn derjenige, mit dem man verheiratet ist, bereits zwei Ehen mit Doppelgängerinnen von einem selber hinter sich hat. Wie dem auch sein, sie hatte offensichtlich Kummer, also setzte ich meinen Mitgefühlshut auf, drückte sie am Arm und lächelte traurig.

Doch dann merkte ich, dass sie mich verdutzt ansah. »Was soll das heißen?« Sie putzte sich erneut die Nase.

»Mein Vater«, gab ich ihr den Anstoß.

»Was ist mit Robert?«, fragte sie und hörte sich langsam ungeduldig an.

Hä?

Dann kam mir der Gedanke, dass ich vielleicht meilenweit danebenlag. »Moment. Warum weinst du und warum kaufst du Junkfood?«

Sie wurde rot, als ich das Essen erwähnte. Sie schniefte abermals. »Ich will doch eigentlich zu meinem Buchklub gehen, kann aber nicht.«

Du lieber Himmel. »Was?« Mehr brachte ich nicht raus. Hätte ich mir denken sollen, dass es hierbei um etwas Lächerliches ging.

»Ich habe das Buch gerade zu Ende gelesen, von dem ich dir erzählt habe, und ich kann nicht aufhören zu weinen. Es ist so traurig. Ich meine, ich habe nur … ich habe noch nie in meinem Leben so etwas Trauriges gelesen.« Tränen quollen erneut und ergossen sich über ihre Wangen. »Die haben diese Frau getötet und dann …« Sie konnte nicht fortfahren.

Ich öffnete den Mund, es kam aber nichts heraus.

Schließlich sprach sie mit sehr hoher Stimme weiter, als Schluchzen drohte. »Ich kann so nicht zu meinem Buchklub gehen. Emerson, ich habe nicht gewusst, dass die Dinge so sind. Ich meine, ich weiß, dass das Buch nicht die Wahrheit erzählt, aber es heißt, dass es auf Dingen basiert, die wirklich geschehen sind. *Täglich.* Wie kann das sein?«

Ach du liebe Zeit. Wie es schien, war Barbie herzlos die rosafarbene Brille von den Augen gerissen worden.

»Es ist einfach ... so traurig.« Noch ein Schniefen.

Ich nickte und tätschelte ihren Arm. »Ja, es ist sehr traurig. Die Welt ist ein sehr ungerechter Ort für den Großteil der Menschheit.«

Ihre Augen wurden groß und ich korrigierte rasch meine Aussage. »Für *einen Teil* der Menschheit.«

Sie schnappte sich noch ein Taschentuch. »Na ja, das weiß ich vermutlich bereits. Nur habe ich an andere Menschen noch nie auf so persönliche Weise gedacht, weißt du?«

Das überraschte mich keineswegs. »Ja. He, vielleicht solltest du zu einem anderen Buchklub gehen. Es gibt jede Menge echt erbauende Bücher da draußen«, schlug ich vor.

Sie stieß einen Atemzug aus. »Der Sinn der Sache war es ja, dass ich Dinge lesen würde, die meinen Horizont erweitern. Du weißt schon, damit ich etwas habe, worüber ich mich mit Robert unterhalten kann.«

Ach so. Ich hielt mich nun zurück und verzog die Miene nicht.

»Aber das ist wahrscheinlich sowieso verlorene Liebesmüh.« Mandy seufzte und sah in ihren Wagen.

»Was meinst du damit?« Ich war mir ziemlich sicher, dass ich es wusste, aber ich fühlte mich gezwungen, trotzdem nachzufragen.

Sie verdrehte ihre angeschwollenen Augen. »Ich bitte dich. Als ob du das nicht wüsstest. Du bist mir doch selbst vor ein paar Minuten quasi mit der Trennungs-Mitleidsfloskel gekommen.«

»Oh.«

»Er hat noch nichts gesagt, aber ich weiß, dass es so kommen wird. Du bist bestimmt hoch erfreut.« Da waren sie, die Krallen.

»Soweit würde ich nicht gehen.« *Was? Ich konnte so viel Enttäuschung doch nicht vortäuschen.*

»Na ja, ich werde wohl nie die Heilige Emerson sein, soviel

steht fest. Ich weiß wirklich nicht, wieso er nicht gleich jemanden wie dich geheiratet hat.«

Das ewige Rätsel. Wer wusste schon, wieso mein Vater sich immer nur für Frauen entschied, die halb so alt und halb so klug waren wie er?

»Glaub mir, meine Beziehung zu ihm ist momentan auch nicht besonders gut«, erzählte ich ihr.

»Vielleicht für die nächsten fünf Minuten, aber du wirst schon bald wieder auf dem Podest stehen. Es ist nicht fair, weißt du. Du kriegst drei Elternteile und einen Bruder, die dich vergöttern, du kriegst diese schicke Karriere und diesen ganzen Respekt, und obendrauf kriegst du auch noch einen scharfen Typen, der dich liebt.«

Da hob ich den Kopf und die Augenbrauen.

Sie schürzte andeutungsweise die Lippen. »Ich habe ihn kennengelernt, als er zum Haus gekommen ist. Mannomann. Ich verstehe nicht, wie du einen Kerl wie den abbekommen hast, wenn du doch so … unscheinbar bist.«

Ich ignorierte die Stichelei, denn ich war zu sehr abgelenkt von dem, was sie soeben gesagt hatte. »Von wem redest du bloß?«

»Als ob du das nicht wüsstest. Von diesem Gavin«, spuckte sie praktisch aus.

»Moment. Gavin ist zum Haus meines Vaters gekommen?« Ich ignorierte vorerst den Teil mit dem L-Wort. Ich konnte nur mit einem Schock auf einmal klarkommen.

»Ja, er ist zu *unserem* Haus gekommen. Die arme perfekte Emerson saß ein wenig in der Klemme und ihr Freund ist gekommen, um ihre Ehre zu retten.«

Heiliger. Bimbam.

Gavin war für mich zu meinem Vater gegangen? Dieser süße, nette, *dumme* Kerl. Ich hätte ihm die Mühe wirklich ersparen können. Mein Dad hört auf niemanden. Doch Gavin hatte es versucht. Er wusste, dass mein Dad ihn praktisch hasste, bestimmt mit völliger Verachtung strafte, und dennoch war er hingegangen und hatte es versucht.

Meine Brust krampfte gewaltig und ich dachte, ich müsste weinen. Da waren wir, zwei jämmerlich verkorkste Gestalten, die am Samstagmorgen im Harris Teeter bei den Bananen abhingen.

Es gab eigentlich nichts mehr, dass ich noch zu Mandy hätte sagen können. Sie befand sich im Angriffsmodus, somit würde in dem Moment nichts durchdringen. »Also ich hoffe, dass sich die Dinge für dich bessern, Mandy. Wir sehen uns später.« Ich drehte meinen Wagen um und steuerte die Feinkosttheke an, in Gedanken ganz bei Gavin und was er für mich getan hatte.

Ihre Stimme hallte mir nach, jegliches Feuer entwichen. »Wie ist es, wenn man so vielen Menschen etwas bedeutet? Wie … ruft man das hervor?«

Ich blieb abrupt stehen.

Verdammt.

Ich drehte meinen Kopf, als sie wieder sprach. »Ich bin immer nur die Begleitung von jemandem gewesen.« Sie zuckte mit den Schultern. »Ich glaube, dass es sich viel besser anfühlen würde, wenn jemand in mir einen Lichtblick im Leben sehen würde. Du weißt schon, anstatt nur etwas Hübsches, das man festhält.«

Was sollte ich darauf antworten?

War ich ein Lichtblick für irgendjemanden?

Etwas in meiner Brust sagte mir, dass ich möglicherweise Gavins Lichtblick gewesen war. Und er möglicherweise meiner. Genau.

Ich sah zu Mandy hoch, deren Make-up nun völlig verschmiert war und deren Mundwinkel verdrossen nach unten zeigten. Und verdammt noch mal, sie war noch immer hübsch. »Du spielst doch eine Rolle. Und wenn dir jemand das Gefühl gibt, das du es nicht tust, dann verdient der nicht, dass du ihm deine Zeit opferst.«

Sie lächelte dezent und verdrehte die Augen. »Danke, *Mom*.« Dann drehte sie sich um und fuhr davon, wahrscheinlich um sich eine Tüte Twizzlers zu holen. Ich zumindest hätte das getan, das weiß ich.

Erst an der Kasse fiel mir dann auf, dass Mandy trotz ihres giftigen Tons keine Unze von ihrem Honig eingesetzt hatte, als sie mit mir sprach. Das war noch nie dagewesen. Und ich hatte sie wahrscheinlich auch zum ersten Mal einfach als Mandy betrachtet, als eine Frau, die zufälligerweise mit meinem Vater verheiratet war. Vielleicht war er nicht der Einzige in der Familie, der sich gern als Richter gerierte.

ICH SASS in meinem Wagen auf dem Parkplatz von Harris Teeter und starrte auf mein Handy hinunter. Als wüsste er, dass wir von ihm gesprochen hatten, hatte Gavin eine SMS geschickt, die mir wie immer ein Lächeln ins Gesicht zauberte. Ich schüttelte den Kopf und lachte laut auf in der Stille meines Autos.

Nicht nachgeben: Wusstest du, dass 43 % aller Statistiken frei erfunden sind? Ich bin mir zu 85 % sicher, dass das wahr ist.

Ich scrollte nach oben, um eine vom Vorabend zu lesen.

Nicht nachgeben: Wusstest du, dass der Gründer von Rolls Royce auf seinem Sterbebett tatsächlich gesagt hat: »Ich wünschte, ich hätte mehr Zeit im Büro verbracht«?

Ich wollte zurücksimsen, aber ich war noch nicht soweit. Ich hatte das Gefühl, dass ich am Sprung war ... zu etwas. Ich wusste nur nicht genau was. Aber eine weitere Veränderung seines Kontaktnamens war durchaus möglich. Für jemanden, der sich vor ein paar Wochen noch in allem sicher war, war ich jetzt ganz schön verkorkst.

Ich seufzte und legte mein Handy weg, dann fuhr ich nach Hause, damit die Tiefkühlprodukte in meinem Kofferraum nicht auftauten. Aldo braute eine Ladung Iced Tea und meine

Mom befand sich auf der rückwärtigen Holzterrasse zusammen mit Jay, und beide lachten. Sie griff hinüber und strich ihm die Haare aus den Augen, und er ließ es geschehen. Als ich zu Aldo nach hinten schaute, bemerkte ich, dass seine Aufmerksamkeit abgelenkt worden war so wie meine. Er spürte meinen Blick und kam daraufhin zu mir. Er lächelte und atmete tief durch, die Luft langsam und mit einem Nicken ausatmend.

»Es ist ihr schwerer gefallen, als sie gedacht hatte.«

Ich sah ihn fragend an.

»Von Jay getrennt zu sein«, erklärte er.

»Aha.« Nicht völlig überraschend.

»Wir haben beschlossen, den Sommer über noch die Tour zu machen, und dann werden wir uns wieder niederlassen, bis er die Schule abgeschlossen hat.«

»Tatsächlich?«, fragte ich und war sowohl erfreut als auch enttäuscht zugleich. Ich hatte Jay sehr gerne bei mir wohnen. Sollten sie wieder in die Stadt ziehen, würde ich jedoch weiter mit ihm abhängen können. Und es wäre gut, meine Mom und Aldo wieder in der Nähe zu haben. Ich umarmte Aldo und spürte, wie mein Herz sich vor Stolz und Freude weitete.

»Es wird noch jede Menge Zeit für Roadtrips in Zukunft geben. Es ist wichtiger, dass man bei seinen Kindern ist, wenn man die Gelegenheit dazu hat.« Er zwinkerte mir zu und ich erwiderte mit einem Grinsen.

Dann nahmen wir den Iced Tea und Gläser mit auf die Veranda hinaus und setzten uns als Familie hin und genossen den Frühlingstag.

Ari und Ponch kamen später am Nachmittag vorbei, um mit Mom und Aldo zu schwatzen, und Ari brachte ihre Mamá mit. Die zwei älteren Frauen teilten sich eine Flasche Wein auf dem Holzdeck und brachen ab und zu in gackerndes Gelächter aus, sodass Ari und ich uns ansahen und die Köpfe schüttelten. Ponch verkündete, dass er Jay das Motorradfahren beibringen würde, was Aldo für eine tolle Idee hielt, und ich musste alle daran erinnern, dass Jay erst in ein paar Wochen sechzehn werden würde. Herrgott. Daraufhin betrachtete man mich als diejenige, die Träume zunichtemachte.

Ich erzählte Ari von meiner Begegnung mit Mandy im Lebensmittelladen, wobei ich darauf achtete, dass wir uns weit außerhalb der Hördistanz meiner Mom befanden. Ausnahmsweise lachte Ari einmal nicht, und ich ebenso wenig. Was die Geschichte meines Dads mit seinen Frauen betraf, war es ein kleines Wunder.

Kurz vor dem Abendessen klingelte es an der Tür und ich ging hin, um aufzumachen. Ich hatte keine Ahnung, wer es sein könnte, aber ich hörte eine leise Stimme in meinem Kopf singen: »Bitte lass es Gavin sein. Bitte lass es Gavin sein.« Noch nie zuvor hatte ich mir erhofft, dass jemand meine Wünsche missachtet und meine Zäune glatt niederreißt. Die Äffchen in meinem Bauch legten wieder los, als ich den Knauf drehte und die Tür aufriss.

Doch es war nicht Gavin.

Es war Thomas Wheeler, ausgerechnet. Und er hatte sein Team-Dress an, einschließlich der roten Baseballmütze und staubiger Jeans.

»Mister Wheeler«, sagte ich überrascht.

»Mizz Scott. Bitte entschuldigen Sie, dass ich unangemeldet hier so hereinschneie, aber ich … es war eine seltsame Woche«, sagte er zum Schluss und fuhr sich mit dem Daumen am Kinn entlang. Er sah ein wenig mitgenommen aus. Das war neu.

»Kommen Sie herein.« Ich öffnete die Tür noch ein Stück, um ihn hereinzulassen. Egal, was mit der Kanzlei geschehen war, er war immer gerecht zu mir gewesen, auch wenn seine Partner es nicht unbedingt waren.

Lachen ertönte aus der Küche hinter mir und Mister Wheeler deutete auf meine Eingangsveranda. »Macht es Ihnen etwas aus, wenn wir uns hier draußen unterhalten? Das Thema ist ein bisschen heikel.«

»Kein Problem«, antwortete ich und war noch neugieriger als zuvor. Ich trat hinaus, schloss die Tür hinter mir und bot ihm einen meiner Adirondack-Stühle an. Ich setzte mich auf den anderen und wartete darauf zu hören, weshalb er hergekommen war und was er mir sagen wollte.

Er räusperte sich. »Ich nehme an, Sie haben mittlerweile erfahren, dass die Kanzlei Ihres Vaters die Trophäe mit nach Hause genommen hat.«

Sein Mund zuckte schief. »Wir waren eigentlich selber schuld.« Er atmete tief durch. »Jedenfalls bin ich vorbeigekommen, weil ich Sie um Verzeihung bitte möchte«, sagte er und gab mir einen Mordsschock. Er fuhr fort: »An dem Tag, an dem man sich von Ihnen getrennt hat, war mein Fokus auf dem Klienten, und ich habe es versäumt, um Sie zu kämpfen. Ich hielt es für meine Verpflichtung, beides zu tun, aber das habe ich nicht getan.«

»Mister Wheeler, bitte. Der Klient geht vor. Und ich habe einen Fehler gemacht, der ... also ich weiß nicht mal, was daraus geworden ist, und sie dürfen es mir auch nicht sagen, nicht wahr?«

Er zuckte verdrießlich mit dem Mund und schüttelte den Kopf. »Ich werde Ihnen erzählen, was ich erzählen darf, und das Erste, was Sie wissen müssen, ist, dass Sie keinen Fehler gemacht haben.« Ich wollte widersprechen, aber er hob eine Hand, um mich abzustellen. »Und selbst wenn Ihnen einer unterlaufen wäre, ruiniert ein Tippfehler noch kein Unternehmen, schon gar nicht eines, das es ursprünglich selbst verabsäumt hat, die eigenen verdammten Patentanträge einzureichen.«

Da musste ich kurz lachen, und er fuhr fort. »Es ist unser Job, Übersehenes aufzuspüren und zu reparieren, aber kein Anwalt, nicht einmal einer mit so viel Hingabe und Talent wie Sie, bringt ein ganzes Unternehmen zu Fall.« Er zeigte mir ein dezentes Lächeln. »Ich sage Ihnen das nur ungern.« Es bedeutete mir sehr viel, dass er mich immer noch für eine gute Anwältin hielt, auch wenn ich nicht mehr für ihn arbeitete.

»Aber was meinen Sie damit, ich hätte keinen Fehler gemacht? Das habe ich. Auch wenn es zu Beginn nur ein Tippfehler war, im Endeffekt wurde aber das Patent nicht angemeldet, obwohl Sie mich darum gebeten hatten.«

Er neigte den Kopf zur Seite und betrachtete mich. Dann sah er nur verwirrt drein, ehe seine Miene sich abermals verwandelte und er amüsiert dreinschaute. »Sie haben keine Ahnung, was vorgefallen ist, oder?«

Jetzt war ich an der Reihe, perplex zu sein. Ich öffnete den Mund, um eine Frage zu stellen, begriff dann aber, dass ich keine Ahnung hatte, welche ich stellen sollte.

»Wussten Sie, dass wir diese Woche eine neu IT-Kanzlei holen mussten, damit sie unsere Firewall und das Sicherheitssystem verbessern?«

Ich antwortete erst gar nicht, denn woher um alles in der Welt hätte ich das wissen sollen, und warum unterhielt er sich eigentlich über Firewalls mit mir? Hatte ihn ein Softball am Kopf getroffen?

»Anfang der Woche erhielt ich einen anonymen Hinweis, der sehr interessant war, sowohl vom Inhalt her, als auch bezüglich seiner Implikationen, dass unser Netzwerk nicht annähernd so sicher sei, wie wir dachten. Hacker«, erklärte er mir. »Mehr als einer. Wollen wir mal so sagen, dass der erste ein Interesse daran hatte, dass Sie das AgPower-Konto vermasseln, und der zweite ein ganz anderes Interesse an Ihnen hatte – nämlich, wie ich es verstanden habe, dass Sie wieder eingestellt werden in der Kanzlei.«

Die Kinnlade fiel mir herunter. Er sprach recht vage, aber ich kapierte schon. Ich meine, ich hatte gewusst, dass Craig irgendwelche IT-Tricks angewendet hatte, um eine E-Mail verschwinden zu lassen, aber es hörte sich an, als reichte die Sache noch weiter – viel weiter.

»Leider konnten wir in keinem der Fälle den Hacker ausfindig machen, aber ich habe da ein paar sehr spezifische Vermutungen.«

Ich schüttelte den Kopf. Er konnte mich doch nicht für eine Hackerin halten, oder? Ich wusste bloß, wie man ganze vier Programme verwendete, und eines davon war Solitaire.

»Nicht Sie, Miss Scott. Keine Bange.« Das brachte meinen Blutdruck zurück in Richtung normal. Dann machte er ein ernstes Gesicht. »Nun, ich habe nicht die Macht, Sie wieder anzustellen. Sicher überrascht es Sie nicht zu hören, dass die Entscheidung, Sie gehen zu lassen, zwei gegen einen getroffen wurde, und ich bezweifle, dass sich das zu Ihren Gunsten ändern wird. Außerdem haben Sie recht, dass es genaugenommen Ihre Aufgabe war, das Patent einzureichen, es aber nicht eingereicht worden ist – ganz gleich, wessen Schuld das tatsächlich war. Die illegalen Methoden, mit denen die entlastenden Beweise aufgedeckt wurden, machen die Sache besonders heikel, wie Sie sich sicherlich vorstellen können.«

Ich nickte. Er hatte recht. Sollte ich versuchen, Klage einzureichen, um meinen Job zurückzubekommen, würde ich nur pleitegehen und ohne Job dastehen, unabhängig davon, wie ungerecht das war. Und die Alternative war fast noch schlimmer – bei einem Urteil zu meinen Gunsten müsste ich weiter für Jefferson und Schenk arbeiten, nur würden sie mich diesmal absolut verachten. Das klang nach richtig Spaß. »Selbstverständlich. Also ich bin Ihnen dankbar dafür, dass Sie mir gesagt haben, was Sie mir sagen konnten. Das wirft schon ein anderes Licht auf die Sache.« Ich stand auf, in der Annahme, dass wir fertig waren. Aber ich hatte noch eine Frage, und zwar eine, die er wahrscheinlich gar nicht beantworten durfte. »Darf ich fragen, wie es AgPower geht? Hat EnerGro das Patent?«

Seine Lippen zuckten erneut. »Würde ich denn zulassen, dass das passiert?« Ich kicherte und er stand auf. »Ich werde

Ihnen selbstverständlich gerne ein Empfehlungsschreiben geben. Jede Kanzlei wäre froh, Sie zu haben. Ich werde auch die Ohren offenhalten, wenn sich irgendwo eine gute Gelegenheit bietet.« Er streckte die Hand aus.

Ich schüttelte sie. »Vielen Dank, Sir.«

»Sehr gerne. Passen Sie auf sich auf, Mizz Scott.«

»Sie auch, Mister Wheeler.«

Er verließ die vordere Veranda und ich musste mir aufgrund des tiefen Standes der Sonne im Himmel die Hand vor die Augen halten. Auf halbem Weg entlang des Eingangspfades blieb er stehen und drehte sich um. »Sagen Sie Mister Monroe danke dafür, dass er junges Blut ins Turnier gebracht hat.« Er lächelte und schüttelte den Kopf. »Verdammt. Beinahe hatten wie sie.«

Ich erwiderte das Lächeln und wartete, bis sein Wagen weggefahren war, ehe ich meine Eingangstür öffnete und rief: »Ari Amante! Was hast du jetzt wieder angestellt?!«

Erdnüsse und Cracker Jack

GAVIN

DER TAG WAR PERFEKT für ein Ballspiel. Die Luft war still und die Luftfeuchtigkeit niedrig, die Temperatur bewegte sich in den Siebzigern. An einem Tag wie diesem fehlte mir das Spiel mehr denn je. Aber ich hatte ja einen Spieler, der als Starting Pitcher am ersten Playoff-Spiel der Saison teilnahm, und der hatte Feuer in den Augen und wahrscheinlich einen Blitz irgendwo in seinem Arm. Das freute mich. Es freute mich für ihn.

Ich war auch verdammt nervös – wegen des Spiels, aber auch, weil ich Emmy zum ersten Mal seit einer Woche sehen würde. Gestern Abend hatte ich eine kryptische Botschaft von Ari erhalten, in der nur stand: »SIE WEISS ES!« Ich war mir nicht ganz sicher, was ich davon halten sollte, dachte mir aber, dass ich es sicherlich bald erfahren würde.

»He, Slugger, was ist mit deinem Auge passiert?«, erklang eine sehr vertraute Stimme neben mir.

Ich drehte mich um, und da war sie. Das Herz rutschte mir

in die Hose und ich nahm den Anblick Emmys in mir auf, wie sie so dastand, in einem roten Sommerkleid und einem dünnen, weißen, kurzärmeligen Pullover. Ihr feuriges Haar war sauber hochgesteckt zu diesem Pferdeschwanz und ihr Blick war sanft und direkt auf mich gerichtet. Ich wollte hingehen und sie küssen, aber ich war ja nicht verblödet in der vergangenen Woche. Verzweifelt vielleicht, aber nicht verblödet.

»Carjacking. Du solltest den anderen Kerl sehen. Der hieß Rocco oder so ähnlich.« Ich spürte, wie mein Mund sich verzog und ihre Lippen als Reaktion darauf. Verdammt, sie war echt perfekt. »Hallo, Emmy.«

»Du solltest besser aufpassen. Ich habe gehört, dass Sechsjährige gemein sein können.« Sie sah mich weiter mit diesem Lächeln an, und dann senkte sie den Blick zu ihren Sandalen. »Ich habe gehört, was du für mich getan hast. Thomas Wheeler hat gestern vorbeigeschaut.« Sie sah wieder auf und schürzte die Lippen. »Und den Rest habe ich Ari entlockt. Ihr Leute seid raffiniert, das muss ich euch lassen.«

»Wir haben darüber nachgedacht, unsere eigene Superhelden-Allianz zu gründen. Fiona will Kostüme entwerfen. Du kannst gerne beitreten.« Ich zog eine Augenbraue hoch.

Daraufhin musste sie laut auflachen. »Du bist auch wundervoll – ihr alle. Ich fasse es nicht, dass ihr das gemeinsam für mich getan habt.«

Ich zuckte mit den Schultern. »Hat es funktioniert?«

Sie blieb, wo sie stand, also tat ich das auch, obwohl ich sie an mich ziehen und dieses Gespräch mit meinen Händen auf ihrem Hintern beenden wollte. Oder in jener Gegend irgendwo.

Sie schaukelte den Kopf von Seite zu Seite. »In gewisser Weise. Ich habe meinen Job nicht zurückbekommen, aber Mister Wheeler wird mir ein Zeugnis geben. Mein Dad hat mir auch ein Vorstellungsgespräch am Dienstag bei einer anderen Kanzlei verschafft, das ist also gut.« Sie pausierte. »Apropos Dad, das habe ich auch erfahren.«

Ich zog meine Nase kraus und richtete mir die Mütze. »Ja, ich weiß nicht, ob ich so bald zum Essen eingeladen werde, aber ich bin froh, dass ich dir helfen konnte. Du hast das nicht verdient, was dir zugestoßen ist.«

Sie öffnete den Mund und es sah so aus, als wollte sie mir widersprechen oder ein wichtiges Argument vorbringen, doch dann schloss sie ihn wieder und knabberte stattdessen an ihrer Lippe. Was natürlich meinen Schwanz aufweckte. Diese Frau war diejenige mit den Superkräften – sie musste mich nur ansehen, schon war ich so gut wie bereit loszulegen.

»Also«, fuhr ich fort, als sie weiter schwieg, »meinst du, du—«

Ich konnte meine Frage nicht beenden, denn eine andere weibliche Stimme unterbrach mich. »Endlich habe ich ein Gesicht zu dem Namen und der Stimme! Komm in meine Arme, mein lieber Junge!« Eine Frau, die nur Naomi Miller sein konnte, zog mich an sich und umarmte mich kurz, dann hielt sie mich auf Armeslänge, um mich mustern zu können. Sie sah ihrer Tochter ein wenig ähnlich, aber ihre Haare waren länger und verrückter und sie kleidete sich, als wartete sie auf die Wiederkunft von Jerry Garcia.

Naomi hob die Augenbrauen und warf Emmy einen Seitenblick zu. »Ich wusste es sofort, als ich seine Stimme am Telefon hörte. Ich erkenne so etwas, musst du wissen.«

Was diese Dinge sein sollten, war mir schleierhaft, aber basierend auf dem freundlichen Kopfschütteln, mit dem Emmy diese Bemerkung würdigte, schloss ich, dass das nicht ungewöhnlich war. So war Naomi eben.

»Komm und setze dich zu uns, Gavin. Wir sind zeitig hergekommen, damit wir uns die besten Sitze sichern können.« Dass alle Sitze, wie in der Highschool üblich, nicht überdacht waren, hatte keine große Auswirkung, und ich nickte und ließ mich von ihr am Arm zur Tribüne führen, während sie mich mit Fragen über Sämtliches, angefangen bei meinem Veilchen bis hin zu meinem Sternzeichen, löcherte. Ich dachte mir, wir würden uns eine Weile unterhalten und dann würde ich zu meinem Gespräch mit Emmy zurückkehren, aber zu meiner Enttäuschung ließ Emmy den freien Sitzplatz neben mir aus und setzte sich neben ihren Stiefvater, dem sie mich dann vorstellte.

Vielleicht hatte ich unsere Interaktion am Zaun völlig falsch interpretiert. Es hatte sich eben angefühlt, als würde sie zu etwas führen – uns zwar nicht unbedingt dorthin bringen, wo wir letzte Woche aufgehört hatten, aber ungefähr in dieses Gebiet. Wenn Naomi die Veränderung in meiner Stimmung bemerkt hatte, hat sie es nicht erwähnt. Sie plapperte einfach weiter, bis die Teams zum Aufwärmen aufs Feld kamen.

Ari erschien ein paar Minuten vor dem ersten Pitch und setzte sich neben Emmy auf die andere Seite, sodass ich im Grunde eingekesselt war. Ich versuchte, Aris Aufmerksamkeit zu bekommen, doch sie lächelte nur und sagte Hi. Was war hier los? Emmy sah mich zwar ein paarmal an, doch sie schien dabei fast dem Lachen nahe. Vermutlich amüsierte sie, dass ich im Netz ihrer Mutter gefangen war.

Meine persönliche Scheiße würde jedoch warten müssen, denn das Spiel fing gleich an und ein gewisser Jay Miller kam auf den Hügel. Wir standen alle gleichzeitig auf und brüllten so laut wir konnten. Aris Stimme war natürlich am weitesten zu hören, und Naomi sah aus, als würde sie gleich weinen. Jay gelang es, uns alle zu ignorieren, was er auch sollte. Er warf noch ein paar Pitches zur Übung, dann rief der Schiri den Start des Spiels aus. Naomi packte meine Hand und ich musste lachen.

Der erste Batter von East Forsyth betrat den Plate. Ich kannte den Jungen und er war ungewöhnlich gut bei einem hart geschlagenen Grounder oder einem Line Drive. Jay nickte dem Catcher zu und warf einen Fastball, auf den der Batter verzichtete. Pitch Nummer zwei war genauso, aber der Batter holte aus und traf knapp daneben, sodass Naomi mir ein paar Fingerknöchel quetschte. Aldo gab ihr einen Stoß, damit sie mich losließ und ich bekam schließlich meine Hand zurück, als Jay gerade ausholte und einen wunderschönen Slider warf, den zu treffen der Batter chancenlos war. Das Out wurde ausgerufen, und unserer Reihe drehte völlig durch. Verdammt, das würde ein tolles Spiel werden.

Doch beim zweiten Halbinning des vierten fühlte ich mich ein wenig verärgert – und nicht wegen des Spiels. Ich fragte Emmy, ob sie mich begleiten wollte, um Popcorn zu holen, und sie nahm Ari mit. Dann, als wir zu den Sitzen zurückkehrten und ich versuchte, mit Ari die Plätze zu tauschen, protestierte Naomi und bestand darauf, dass ich meinen vorherigen Platz wieder einnahm. Ein paarmal hätte ich schwören können, dass ich gesehen hatte, wie die drei Frauen einander angrinsten, was sich anfühlte, als ginge es irgendwie auf meine Kosten. Wenn ich gedacht hatte, dass Aldo einem Bruder zur Seite stehen würde, dann hatte ich mich gehörig getäuscht. Seine Aufmerksamkeit war vollkommen auf jedes Play des Spiels konzentriert.

Und es war nicht schwer zu erkennen, wieso. Sein Sohn warf ein phänomenales Spiel. Beim Wechsel im sechsten Inning, als klarwurde, dass ein Relief Pitcher im siebten übernehmen würde, war jeder Hintern auf der Tribüne von North in der Luft und aus dem Sessel und die Menge feierte Jays Leistung. Er hatte keinen einzigen Run zugelassen.

Im zweiten Halbinning des siebten, als der Relief Pitcher übernahm, entschuldigte ich mich und gab an, dass ich zur Toilette musste. Stattdessen nahm ich einen Platz am Zaun ein. Als ich hinüber zur Spielerbank von North schaute, konnte ich Jays Zähne aufblitzen sehen, als dieser lächelte und Faustchecks mit seinen Teamkollegen machte, während sie sich aufs Feld begaben. Für einen Bruchteil einer Sekunde gestattete ich mir zu fühlen, was hätte sein können, dann verdrängte ich es und empfand nur noch Freude für diesen bemerkenswerten Jungen und die Zukunft, die vor ihm lag.

Ich jubelte und feuerte das Team von der North an, als der Relief Pitcher einen tapferen Versuch machte, aber einen Punkt vergab. Sie führten noch immer mit fünf, daher hatte ich ein gutes Gefühl zu Beginn des siebten Innings. Mir wurde bewusst, dass ich schon eine Weile abgängig war und Naomi möglicherweise jemanden losschicken würde, um nach mir zu suchen, daher drehte ich den Kopf zurück in Richtung der Tribünen. Das Maskottchen der North sprach über den Lautsprecher und stimmte die Menge ein auf »*Take Me out to the Ball Game*«. Die meisten Zuschauer standen gerade auf und bereiteten sich darauf vor, mitzusingen, als ich mich zurück zu meiner Reihe aufmachte. Als ich mich näherte, bedachten Naomi und Ari mich mit einem Blick, den ich zuvor erst bei zwei Menschen gesehen hatte: Laney und Fiona. Das konnte nichts Gutes bedeuten. Als ich gerade den Hals reckte, um Emmy zu suchen, hörte ich eine neue Stimme über den Lautsprecher.

»Äh, hallo. Danke, dass ich hier weitermachen darf, und ich entschuldige mich im Voraus.« Diese Stimme kannte ich doch. Ich brauchte eine Weile, bis ich sie entdeckt hatte, doch da war Emmy. Sie stand neben dem Home Plate und hielt ein Mikrofon in der Hand. Was zum Teufel machte sie da? Ich sah Naomi und Ari an – und sogar Aldo, verflucht noch mal –, und hoffte auf eine Erklärung, doch was Emmy als nächstes sagte, ließ meinen Blick zu ihr schnellen, ehe ich eine Erklärung bekommen konnte. »Der ist für Gavin!« Sie streckte eine Faust verlegen in die Höhe und ich spürte, wie mein Mund sich zu einem mega-breiten Grinsen dehnte, als sie die Anfangsworte des ikonischen Songs zu singen anfing – *fürchterlich falsch*. Es war grottenschlecht und umwerfend zugleich. Aber eins muss ich ihr lassen: Wenn diese Frau sich etwas in den Kopf setzt, dann macht sie keine halben Sachen. Sie sang und wiegte sich und deutete der Menge, mitzusingen. Und das taten wir. Obwohl wir vor Lachen weinten, taten wir es. Ich würde diesen Song nie wieder hören können, ohne dabei Emmy vor mir zu sehen, in ihrem roten Sommerkleid, wie sie das Lied nur für mich vergewaltigte.

Und da wusste ich ohne den geringsten Zweifel, dass alles gut werden würde.

»FESTESSEN IM HOPS!«, brüllte Ari.

Das erste Spiel der Playoffs war zu Ende und die North war in die nächste Runde aufgestiegen.

»Jay wird vielleicht mit dem Team abhängen wollen, setze ihm also nicht zu hart zu, falls er sich entschuldigt«, sagte Aldo. Danach zu urteilen, was ich heute gesehen hatte, hatte Jay den idealen Spieler-Vater – jemanden, mit dem er über Baseball reden und Fangen-Üben konnte, der einen aber auch verstand, wenn man die Team-Dynamik miterleben wollte. Er erinnerte mich ein wenig an meinen Vater, mit der zusätzlichen Geschmackskomponente der illegalen Substanzen allerdings.

»Ari, sag deinen Leuten, sie sollen sich zu uns gesellen«, schlug Naomi vor, woraufhin Ari ihr Handy hervorholte, um die Gruppe soweit anwachsen zu lassen, dass keine Hoffnung mehr für sie bestand, einen Tisch zu kriegen. Nicht, dass ich ein eigennütziges Interesse gehabt hätte. Emmy und ich wollten die Party für unser eigenes kleines Beisammensein verlassen, selbst wenn wir uns wie die Ninjas einen Weg dort heraus erkämpfen mussten.

Nach dem schlechtesten Vortrag von »*Take Me Out to the Ball Game*« in der Geschichte der Welt, hatte Emmy das Mikro höflich dem Maskottchen zurückgegeben, der sich, wenngleich ich das nicht bestätigen kann wegen seines Kostüms, gerade vor Lachen angepinkelt hatte. Dann hatte sie sich sehr anmutig vom Platz gemacht und hatte die Tribüne bestiegen, direkt zu mir, und mir einen Kuss auf meine lächelnden Lippen gegeben. Sie zitterte buchstäblich und ich zog sie auf meinen Schoß, nahm meine Schirmmütze ab und setzte sie ihr auf den Kopf. Dafür bekam ich ein strahlendes Lächeln, während sie tief Luft holte, um sich zu beruhigen. Ich konnte mir nicht einmal vorstellen, was es sie gekostet haben musste, dermaßen aus sich heraus zu gehen und das Feld zu betreten, um diesen Song zu schmettern. Ich war von Ehrfurcht ergriffen. Sie hatte soeben die Latte für die weitere Entwicklung unserer Beziehung gelegt. Ich würde mindestens einen öffentlichen Strip oder eine Nierenspende aufbieten müssen, um sie beeindrucken zu können. Nicht, dass ich mir Gedanken deswegen machte, denn Emerson Scott war nicht nur absolut unzurechnungsfähig, sie gehörte auch mir.

»Ich glaube, Gavin und ich werden später zu euch stoßen«, sagte Emmy, die offensichtlich der gleichen Meinung war wie ich.

Naomi umarmte uns beide. »Viel Spaß, Kinder.«

»Ja, viel *Spaß*!«, wiederholte Ari und ließ keinen Zweifel bestehen, welche Art von Spaß sie andeutete.

Emmy wurde natürlich rot, und ich packte sie an der Hand und zog sie in Richtung des Parkplatzes.

Ich drehte mich um und rief zurück: »He, Naomi! Frag Ari wegen Jax!«

Ich sah flüchtig Aris tödlichen Blick, während Naomis Gesicht gerade strahlte und sie sich die Hände rieb wie bei der Vorbereitung zu einer Inquisition. Gavin, ein Punkt. Ari, na ja, wahrscheinlich mehr als einer.

»Worum ging es da?«, fragte Emmy.

»Wahrscheinlich nichts, aber es hat trotzdem Spaß gemacht.« Wir gingen weiter zum Jeep.

»Da werde ich später noch nachhaken müssen.« Sie warf mir einen Seitenblick zu.

»Definitiv später. Jetzt nehme ich dich zuerst mit zu mir nach Hause und du wirst mir erzählen, wie Emerson Scott auf die brillante Idee gekommen ist, ein paar hundert Leuten ein Ständchen zu singen.«

Sie hielt sich ihre freie Hand vors Gesicht. »Waren es wirklich so viele?«

»Leider ja.« Ich schüttelte den Kopf und grinste. »Aber das war definitiv krass.«

»Ja, irgendwas sagt mir, dass du das Wort in mehr als einem Sinn verwendest.«

Ich lachte und zog an ihrer Hand, sodass sie keine Wahl hatte, als in mich hineinzustolpern. Sie machte einen kurzen Aufschrei und ich senkte den Kopf, denn ich konnte es nicht mehr erwarten, sie zu schmecken. Sie erwiderte den Kuss und seufzte in meinen Mund. Mann, hatte ich das vermisst.

Sie öffnete den Mund und ich nahm die Einladung an, meine Zunge hineinzuschieben, um ihrer zu begegnen. Ich spürte, wie ihre Arme meinen Hals umkreisten, und ich wickelte die meinen um ihre Taille, verringerte den Abstand zwischen uns und schmiegte ihren Körper an meinen. Ich änderte den Winkel, um sie besser auskosten zu können, und mein Schwanz erhob die lautstarke Forderung mitspielen zu dürfen.

Dann fiel mir wieder ein, wo wir uns befanden und ächzte – diesmal aus Enttäuschung. Ich riss meinen Mund von ihrem los und sie atmete tief ein und schaute ein wenig benommen. »Lass uns zusehen, dass wir hier wegkommen«, knurrte ich praktisch. Sie nickte nur mit dem Kopf und wir rannten den Rest des Weges zu meinem Jeep.

Sandwiches

EMERSON

ICH LACHTE LAUT AUF, als wir den Highway hinunterrasten, der
Wind meine Haare herumwirbelte und das Geräusch meines
Lachens sich im Wind verlor. Gavin sah mit einem neugierigen
Blick, begleitet von einem hinreißenden Lächeln, zu mir
herüber. Es war zu laut, um sich unterhalten zu können, aber
ich brüllte trotzdem.

»Ich kann es nicht fassen, dass ich das getan habe!«

Er hustete einen kurzen Lacher, dann setzte er den Blinker
für die Abfahrt und fuhr uns nach High Point zu sich nach
Hause. Ich war noch nie dort gewesen und war neugierig
darauf herauszufinden, wo er wohnte.

Am Vorabend, als Ari mir erzählte hatte, was sie alle für
mich getan hatten, hatte es mir komplett die Sprache
verschlagen und ich war nicht wenig überwältigt gewesen. Als
ich ihr zuhörte, wie sie das mit Fiona und diesem Ollie erklärte,
und wie er und Gavin die ganze Woche über miteinander
kommuniziert hatten, um sicherzugehen, dass mein Privatleben

und meine Karriere nicht unter die Räder kamen, wollte ich heulen – auf eine gute Weise.

Ich hatte das, was Mandy im Lebensmittelladen gesagt hatte, noch im Kopf und ich dachte darüber nach, dass ich ein so unglaubliches Glück hatte, dass ich so viele Leute um mich hatte, die sich für mich einsetzten – auf seine Weise sogar Thomas Wheeler und Gavins Freunde, die mich kaum kannten! Und dann war da noch Gavin selbst. Ich bedeutete vielen Menschen etwas, und das war ein Geschenk, das ich niemals vergeuden wollte.

Wenn ich keinen Weg finden konnte, meine Karriereziele mit meinem Privatleben in Einklang zu bringen, dann waren meine Prioritäten nicht in Ordnung. Ich wollte nicht wie mein Vater enden, bei dem Partnerschaften nur ins Berufs- und nicht in sein Privatleben gehörten. In Wahrheit hatte ich jetzt ein wenig Mitleid mit meinem Vater, was ich ihm gegenüber noch nie im Leben empfunden hatte.

Meine Mutter und Missiz Amante hatten sich natürlich in das Gespräch eingemischt und Ari gab bereitwillig Auskunft über meine Saga. Ich musste mir eine kleine Ermahnung seitens meiner Mutter anhören, weil ich ihr nicht von Anfang an alles erzählt hatte, doch das machte mir nicht viel aus – nicht, nachdem sich diese neuen Erkenntnisse in meinem Herzen und Verstand festgesetzt hatten. Dann nahmen sich alle drei Frauen vor, einen Plan auszuhecken – einen Plan, wie sie mir mein Leben und meinen Freund zurückgewinnen konnten. Und nicht unbedingt in dieser Reihenfolge.

Gemeinsam entschieden wir, dass die Situation nach einer großen Geste verlangte. Und für mich ist nichts größer, als vor einer Menge aufzutreten und mich zum Narren zu machen. Gavin hatte mir meine Narretei gestattet, als ich meinen Job verloren hatte, und er hatte mich unterstützt, als ich meinen Freiraum gebraucht hatte. Dann hatte er sich aufgemacht und hinter den Kulissen als mein engster Verbündeter gewirkt, es sogar mit meinem Vater aufgenommen und einen illegalen Hacking-Versuch angeführt. Alles mir zuliebe. Er musste erfahren, dass seine Güte mir alles bedeutete. Ich musste also entweder aufs Ganze oder nach Hause gehen. Und ich war Emerson Scott. Ich würde nicht so schnell nach Hause gehen.

Das siebte Inning war die Idee meiner Mutter gewesen. Aris Vorschlag war es gewesen, Gavin zum Karaoke zu locken und ein unglaublich schnulziges Liebeslied zu singen, was aber viele Leute tun. Ich brauchte etwas Beängstigendes und Bedeutsameres, und wenn man nach Gavins Lächeln ging, dann hatte ich voll ins Schwarze getroffen. Das Überraschende daran war allerdings, dass es auch, obwohl ich die ganze Zeit über, in der ich dieses Mikrofon in der Hand hielt, vor Angst gezittert habe, in gewissem Sinne befreiend gewesen ist. Konnte ich das überleben, dann konnte ich nahezu alles überleben.

Bei einer Reihenhausanlage bogen wir ab und Gavin stellte den Wagen auf einen Parkplatz ein paar Gebäude weiter unten in der Straße. Außen war das Haus adrett und es war auch relativ neu.

»Und? Bist du bereit für die große Tour?«

Ich fand irgendwie, dass er mir das Schlafzimmer zuerst zeigen sollte, und allein schon dieser Gedanke schockierte mich.

»Moment mal. Warum wirst du rot?«, fragte Gavin und drehte sich auf meinem Sitz soweit, dass er mich ansehen konnte, als er seinen Sitzgurt entfernte.

»Das hat keinen Grund«, brachte ich heraus, während ich mich damit beschäftigte, mich selbst rauszulassen.

Gavin stieß auf dem Gehweg zu mir und stoppte mich mit einer Hand auf meinem Arm. »Denkst du schon wieder an Sandwiches?« Sein Grinsen war frech.

»Klappe. Zeig mir einfach deine Wohnung.«

Er lachte leise, als ich auf dem Gehweg zu seiner Haustür

voranging. Er holte mich ein, sperrte die Eingangstür auf und drückte sie auf, damit ich vor ihm eintreten konnte. »Nur um das klarzustellen: Ich mag Sandwiches *sehr*.«

Ich verzog das Gesicht, was ihn abermals zum Lachen brachte.

Er zeigte mir das Hauptgeschoss, das eine Küche, ein Esszimmer und ein Wohnzimmer umfasste, alle als überraschend aufgeräumt zu bezeichnen, wenn man bedenkt, dass er nicht mit Besuch gerechnet hatte. Aber ich weiß nicht, wieso mich das wunderte. Gavin widerlegte immer schon meine vorgefassten Meinungen bezüglich Männer, besonders Männer seines Alters. Wenn ich in den letzten Monaten etwas gelernt hatte, dann die Tatsache, dass das Bewerten von Menschen einem im Leben einschränkte. Als ich ihn kennengelernt hatte, war ich der Ansicht gewesen, weitaus mehr vom Leben zu wissen als er, doch alles deutete nun darauf hin, dass Gavin Monroe mir doch noch die eine oder andere Sache beibringen konnte. Oder auch zehn.

»Also wirst du mir jetzt erzählen, wie es dazu gekommen ist, dass du am Home Plate gelandet bist und dir vor all deinen Fans die Seele aus dem Leib gesungen hast?« Er zog mich an sich und unsere Körper trafen sich frontal und perfekt ineinander eingepasst.

»Äh, sagen wir mal, dass ich einen Perspektivenwechsel nötig hatte, und es gibt ein paar sehr penetrante Frauen in meinem Leben.«

»Ich mag die penetranten Frauen in deinem Leben. Aber dich mag ich am meisten.«

»So ein Zufall. Ich hab dich auch sehr gern.« Ich spürte, wie meine Mundwinkel nach oben gingen, als sein Kopf sich senkte, damit er meinen Mund in Besitz nehmen konnte. Das war genau das, was ich wollte – und was ich brauchte. Seinen Mund auf meinem, seinen Körper auf meinem, unsere Trennung der letzten Wochen ausgelöscht.

Er schien das Gleiche zu empfinden, denn er nahm sich meinen Mund, während seine Hände mein Hinterteil für sich beanspruchten und mich an ihn zogen, damit ich seine Erregung spüren konnte. Er war hart und ich genoss das Gefühl, das dieser Beweis an meinem Bauch erzeugte. Ich konnte nicht fassen, dass ich einst gedacht hatte, ich könnte in meinem Leben ohne all dies – ohne ihn –auskommen. Und es ging um weitaus mehr als nur das Körperliche. Die Spannung, die er meinem Körper brachte, bestätigte nur alles andere, was ich über uns beide wusste, und die Art, wie wir beide zusammengehörten.

Ich reagierte auf die Eroberung durch seine Hände mit meiner eigenen. Ich packte seine Oberarmmuskel und fuhr dann mit den Händen weiter nach oben, bis sie sich durch seine Haare fädelten. Ich verspürte den plötzlichen und unbekannten Drang, an den Haarbüscheln zu ziehen, die ich festhielt – also tat ich es. Er reagierte mit einem Knurren, und ich lächelte in seinen Mund. Was hatte ich mein ganzes Erwachsenenleben bloß gemacht? Sex und Lust und Liebe – na bitte, jetzt ist es raus – sollten befreiend sein und Spaß machen. Wieso hatte ich das bisher nicht mitbekommen?

Nicht, dass mir viel Zeit blieb, darüber nachzudenken, denn Gavin hievte mich plötzlich hoch. Mir blieb keine andere Wahl, als seine Taille mit meinen Beinen zu umschlingen, während er zu der Treppe ging. Gott, noch nie hatte ich etwas derartig begehrt in meinem Leben, wie ich diesen Mann begehrte. Mein Mund übernahm und ich setzte feurige Küsse auf seinen Hals, bis zu seinem Ohr, wo meine Zähne an seinem Läppchen knabberten und bei Gavin ein Fluchen hervorriefen.

Ehe ich wusste, was geschah, spürte ich eine Matratze unter meinem Rücken und einen harten männlichen Körper, der sich über meine Vorderseite legte und mich von Kopf bis Fuß bedeckte. Er küsste mich auf den Hals und ich warf den Kopf in den Nacken, damit er besser hinkonnte, während sein Streicheln meiner Brust meinen Rücken dazu brachte, sich zu wölben.

»Wir müssen diesen Pullover ausziehen. Sofort«, murmelte er in die Haut meines Halses und fuhr dann mit der Zunge über meinen Puls. Das erzeugte eine Schockwelle, die bis zur tiefsten Stelle meines Bauches vordrang, woraufhin ich mich blitzschnell auf die Ellbogen stützte und versuchte, meinen Pullover auszuziehen. Gavin zog die Träger meines Sommerkleides herunter und dann das Oberteil, sodass meine nackten Brüste für ihn freigelegt wurden. Jawohl, Ari hatte mich endlich dazu überredet, den Mädels ihre Freiheit zu lassen, und in diesem Moment war ich ihr dafür mehr als dankbar. Gavin nahm einen meiner Nippel in den Mund, während seine Hand mit dem anderen spielte. Ich konnte nur meine Beine um ihn wickeln und mit den Fingern durch sein Haar fahren, während er meine Brüste verehrte – ein anderes Wort dafür gab es nicht.

Als er mit dem Mund zu meiner anderen Brust wechselte, ließ er seine Hand zu meinem Schenkel nach unten wandern, wo mein Kleid sich hochgeschoben hatte. Seine Finger zeichneten einen Pfad zum Rand meines Höschens und glitten dann unter das seidige Material. Ich stöhnte erwartungsvoll und er hob den Kopf von meiner Brust, um mir ins Gesicht sehen zu können. Ich war mir nicht sicher, was er darin suchte, aber er musste es gefunden haben, denn er erhob sich auf die Knie, zog mir mein Kleid bis zur Hüfte hoch und mein Höschen komplett herunter – noch bevor ich überhaupt wusste, was vor sich ging.

Doch mir blieb keine Zeit, um peinlich berührt zu sein oder zu protestieren – nicht, dass irgendeine Frau, die bei Verstand war, das in dieser Situation tun würde. Er senkte den Kopf hinunter zu der Schnittstelle meiner Schenkel und fuhr damit fort, dass er seine Finger und seine Zunge in einer Kombination aus Streicheln und Reizen einsetzte, die mich keuchen und stöhnen und wahrscheinlich wirres Zeug reden ließ. Mein

Höhepunkt erfasste mich, aber seine Dienste gingen weiter, bis das letzte Schaudern meinen Körper verließ.

Er wischte sich den Mund am Laken ab, doch ich war zu schockiert und haltlos, um verlegen zu sein. Dann kam er erneut über mich, noch immer komplett bekleidet wohlgemerkt, und lächelte. »Hast du gerade ›*Heavens to Mergatroyd*‹ gesagt?« Er sah aus, als würde er gleich lachen.

»Gut möglich«, keuchte ich zurück, und es war mir auch egal, dass er mich auslachte.

»Wollt's nur wissen.« Er drückte mir fest einen Kuss auf den Mund und erhob sich dann wieder auf die Knie, zog dabei sein Shirt aus und ging weiter zum Knopf seiner Jeans.

Endlich!

Ich saugte den Anblick seines nackten Oberkörpers in mir auf, schlank und voller Muskeln, nur die Narben an seinem rechten Arm und der Schulter durchtrennten die glatte Oberfläche der Haut und der versprengten Haare. Meine Hände streichelten wie von alleine seinen Bauch und ich freute mich, als ich spürte, wie seine Muskeln sich in Reaktion darauf anspannten. Ich war ungewohnt mutig und ich stieß seine Hände weg, um ihm den Reißverschluss nach unten ziehen und die Jeans herunterreißen zu können – und dann die Retroshorts, bis ich ihn in seiner ganzen Blöße vor mir hatte.

Rasch zog er das Kleidungsstück bis ganz hinunter, und ich legte mein Kleid ab. Dann waren wir aufeinander, ganz nackt, und unsere Haut saugte die Empfindungen auf, die jeder von uns im anderen hervorrief. Ich überlegte mir schon, nie wieder Kleidung zu tragen, so richtig fühlte sich das an. Wir erkundeten und streichelten mit Händen und Mündern, unsere Finger zogen Pfade über die Haut des anderen, bis ich dachte, durch den Adrenalinschwall und die Anspannung in meinem Bauch und den Geschlechtsteilen in Ohnmacht fallen zu müssen.

Als würde er meine Gedanken lesen, erhob sich Gavin und

öffnete die Lade seines Nachttisches. Er holte ein Kondom heraus, riss rasch die Verpackung auf und stülpte sich das Kondom über sein Glied. Dann legte er sich auf mich und nahm mein Gesicht in seine Hände.

»Du hast mir gefehlt«, sagte er, was meine Nase ein wenig brennen ließ, als meine Augen feucht wurden.

»Du hast mir auch gefehlt. Es tut mir leid.«

»Das muss dir doch nicht leidtun, Emmy. Ich bin nur froh, dich wiederzuhaben.«

»Und ich bin froh, wieder da zu sein«, sagte ich leise, während ich meine Beine um seine Taille legte und ihn stumm drängte, endlich anzufangen.

Was er tat – eindrucksvoll.

Als wir beide verausgabt und befriedigt waren, kuschelten wir uns verschwitzt auf einen Haufen zusammen, tauschten nur hier und da kleine Küsse aus und aalten uns stumm in der Gesellschaft und Nähe des anderen.

Schließlich seufzte Gavin und sagte: »Also das war nicht übel.«

Ich lachte laut auf.

Er zog mich noch näher an sich und setzte mir einen Kuss auf den Kopf. »Das Einzige, was es noch besser gemacht hätte, wäre deine Steppdecke gewesen.«

Ich gab ihm einen Klaps auf die Brust und er lachte über seinen eigenen Witz. Dann drehte er mich um und bedeckte mich erneut mit seinem Körper, jeglichen Einwand meinerseits im Grunde auslöschend. Als er sich näherte, um mich zu küssen, hatte er noch immer dieses Lächeln, das ich so liebte, im Gesicht. Ich musste einfach meinerseits mit einem Lächeln reagieren, dann waren auch schon seine Lippen auf meinen und unsere Körper erwachten. Es sah so aus, als wäre unser Time-out zu Ende und wir bereit, das Spiel wiederaufzunehmen.

Epilog

EMERSON

Einen Monat später

»Da sind sie!« Ari zeigte zu einem blauen Zelt in der Mitte einer langen Reihe. Meine Mutter und Aldo befanden sich im Zelt und unterhielten sich mit ein paar potenziellen Kunden. Ari und Jay gingen hin und Gavin zog mich an der Hand mit.

Die School of Visual Arts in Winston-Salem veranstaltete an diesem Wochenende eine Kunsthandwerksmesse, bei der es Vorführungen und allerlei Verkaufsstände gab. Natürlich hatten Mom und Aldo die Gelegenheit ergriffen, bei einer so großen Veranstaltung in der Nähe mitzumachen.

Das Gelände war voller Menschen, die sich die verschiedenen Kojen und die zum Verkauf angebotenen Waren ansahen. Fiona hatte bereits ein Paar Ohrringe, einen Ledergürtel und eine Tüte Kettle Corn gekauft, obwohl wir gerade mal zehn Minuten dort waren. Die ganze Gang war mitgekommen, nur um zu dem Chaos der Veranstaltung beizutragen. Ich hatte Gavins Freunde in den letzten Wochen viel besser kennengelernt, und sie hatten sowohl Ari als auch mich mit offenen Armen aufgenommen. Es fühlte sich toll an, mein Privatleben um weitere Freunde zu erweitern und mehr von dem, was das Leben zu bieten hatte, zu erleben. Ich war so dankbar dafür, dass ich mir endlich gestattet hatte, es anzunehmen.

Und apropos Veränderung: Viele unerwartete Veränderungen hatte sich im vergangenen Monat ereignet – nicht nur in meinem Leben. Mandy entdeckte ihren längst vergessenen Mut und Hausverstand und verließ meinen Vater, der davon ein wenig überrumpelt wurde, obwohl ich mir nicht vorstellen kann, wieso. Und ich erhoffte mir, dass ihn die Erfahrung dazu bringen würde, ein paar von seinen eingefahrenen Verhaltensmustern und Ansichten zu überdenken. Ich hatte genug davon, mich abzurackern, um ihm zu gefallen oder seine Entscheidungen gutzuheißen, indem ich schwieg. Wir sprachen noch miteinander, aber wenn wir das taten, brachte ich meine Meinung zum Ausdruck, so wie die Situation es zuließ. Das brachte ein wenig Anspannung in unsere Beziehung, aber ich war hoffnungsfroh, dass wir zukünftig einen angenehmen Mittelweg für uns finden würden.

Eine Sache, deretwegen mein Vater besonders schlecht auf mich zu sprechen war, war meine Entscheidung gewesen, das Jobangebot Larry Hendersons auszuschlagen. Das Vorstellungsgespräch war gut gelaufen, doch hatte ich im gesamten Verlauf das ungute Gefühl gehabt, dass ich von der Pfanne ins Feuer springen würde. Es gab in dieser Kanzlei keinen Thomas Wheeler, und es war von Anfang an ziemlich klar, dass ich das Angebot nur wegen der Beziehung meines Vaters zu Mister Henderson bekam – nicht, weil ich eine gute Anwältin war. Wie das Schicksal es so wollte, erhielt ich am Tag nach dem Gespräch einen Anruf von Mister Wheeler. Es stellte sich heraus, dass Brent Weston beschlossen hatte, doch keine

Kanzlei für Gesellschaftsrecht zu beauftragen, da er erkannt hatte, dass es aus wirtschaftlicher Sicht klüger war, einen firmeneigenen Anwalt anzustellen. Ironischerweise hatte mein Golfspiel doch einen Nutzen gehabt. Als Mister Wheeler vor Brent meinen Namen und mich als potenzielle Kandidatin erwähnte, hat dieser die Gelegenheit rasch ergriffen, sich mich unter den Nagel zu reißen. Fünf Minuten nach Beginn des Bewerbungsgespräches für die Position des General Counsel bei Weston Enterprises wusste ich, dass es der richtige Job für mich war. Die Bezahlung war großartig, die Arbeitszeiten geregelt und meine Kollegen waren nicht darauf aus, für meine Entlassung zu sorgen.

Was mich zum letzten Teil der Neuigkeiten bringt – eine echte Bestätigung dafür, dass das Karma in der Tat eine Bitch ist. Einer der neuen ITler bei Jefferson, Wheeler und Schenk hatte beschlossen, bei dem AgPower-Debakel ein wenig tiefer zu buddeln, und hatte Beweise dafür entdeckt, dass Craig Pendleton Patent-Spezifikationen an EnerGro weitergegeben hatte. Craig wurde nicht nur sofort entlassen, es wurde ihm auch die Anwaltslizenz entzogen und er musste mit einer Strafanzeige rechnen. Ungefähr einen halben Tag lang hatte ich deshalb ein schlechtes Gewissen, dann kam ich darüber hinweg. In meinem Leben gab es andere Dinge, die meine Gedanken und Aufmerksamkeit erforderten.

Von denen eines mich körperlich zu einem Stand zog, wo wir alle aus den Tarot-Karten gelesen bekommen würden, ob wir es wollten oder nicht. Gavin tat meinen Widerwillen ab und sagte mir, ich solle mich am Riemen reißen und es klaglos durchstehen. Ich versprach ihm ein paar recht gute Dinge, wenn wir bloß meiner Mom für ein paar Minuten länger aus dem Weg gehen konnten, doch er lachte nur und sagte, dass er *diese Dinge* ohnedies bekommen würde. Was stimmte.

Im Laufe des letzten Monats in etwa, hatte ich nämlich herausgefunden, dass ich eine kleine Sexfanatikerin bin. Das muss wohl daran liegen, dass ich so viele Jahre unterdurchschnittlichen Sex erdulden musste. Doch ich wusste es besser – es lag vor allem an Gavin. Na ja, an ihm und an der Tatsache, dass wir, um es mit Aris Worten zu sagen, ineinander *verschossen* waren.

Nach einer Reihe peinlicher Einlagen, die dazu führten, dass Gavins Vermieter die Glastür der Duschkabine tauschen musste, war nun alles möglich, und das L-Wort wurde in den Mund genommen. Allein die Tatsache, dass er mich schuldfrei gehalten und behauptet hatte, er hätte nur beim Duschen nach der Arbeit das Gleichgewicht verloren, brachte ihm wahrscheinlich mehr als nur Liebe ein – von Rechts wegen hätte ich ihm Geld dafür geben müssen oder … ihr wisst schon. Er war jedoch mit meinem Gefühlsausbruch mehr als zufrieden und erwiderte ihn auf der Stelle.

Ich hatte Leute einmal sagen hören: »Wenn man sich sicher ist, dann ist man sich sicher«, was ich immer zugunsten eines gut durchdachten Plans abgetan hatte. Wie sich herausstellte, hatte ich wieder unrecht gehabt. Und glücklicherweise Gavin ebenfalls. Noch nie hatte es mich glücklicher gemacht, unrecht zu haben.

GAVIN

Emmy tat so, als wollte sie ihre Mutter noch nicht sehen, doch ich wusste es besser. Sie vermisste ihre Mom und es freute sie, dass Naomi und Aldo wieder nach Greensboro zogen. Es würde ihr abgehen, dass Jay bei ihnen wohnte, obwohl ich mir sicher war, dass ich ihr ausreichend Ablenkung bieten konnte.

Die Baseball-Saison der Highschools ging dem Ende zu und North hatte einen Platz im Halbfinale, das in der folgenden Woche stattfand. Jay warf besser denn je und ich hatte so ein

Gefühl im Magen, dass er eine echte Chance auf eine riesige Spielerkarriere hatte. Ihm beim Erreichen seiner Ziele behilflich sein zu können, fühlte sich wie ein außergewöhnliches Geschenk an.

Ari umarmte gerade Naomi, als wir uns dem Zelt näherten, und dann waren wir auch schon dran, wurden umarmt und mit Kommentaren, wie »süß« Emmy und ich doch aussahen, bedacht. Ich war froh, dass wenigstens Mark, Jake und Nate sich außer Hörweite befanden, da sie von ihren besseren Hälften abgefangen worden waren, um sich mit ihnen einen Kunsthandwerkstand anzusehen. Trotz ihrer fortgeschrittenen Schwangerschaft war Bailey bei der Idee, uns zum Kunsthandwerksmarkt zu begleiten, sofort Feuer und Flamme gewesen. Sie war ja selbst Künstlerin, verschlang daher diese Art von Veranstaltung. Was die Jungs betraf, wich Jake so knapp vor ihrem errechneten Termin nicht von Baileys Seite, Mark war skeptisch, ob Fiona es schaffen würde, keinen Tand für ein ganzes Appartement mit nach Hause zu nehmen, und Nate ging mit Vorliebe hinter meiner Schwester und starrte auf ihren Arsch, wobei es mir ein wenig den Magen umdrehte. Ich besuchte die Ausstellung nur, weil ich immer jede sich bietende Gelegenheit ergreifen würde, mit meiner Freundin abzuhängen.

Den berüchtigten Elliot hatte ich noch nicht kennengelernt, doch der hatte mit der Begründung, dass so ein »Kitsch nicht seine Sache ist«, darauf verzichtet. Der Kerl hörte sich nach einem echten Vollpfosten an, Ari musste ihn aber erst aus dem Bild werfen. Bald würde sie jedoch mit Jax' Website anfangen, ich rieb mir daher im Geiste jetzt schon die Hände in Vorfreude auf das zu erwartende Theater.

Der Rest der Gang holte uns schließlich ein und Laney und Fiona machten Geld für ein Tarot-Karten-Legen locker. Jake und Bailey sprachen mit Aldo über Baileys Malerei, und die anderen unterhielten sich mit Ari und Jay.

Ich spürte, wie Emmy sich an mich lehnte, also legte ich meinen Arm um sie und zog sie näher an mich heran.

»Hast du gewusst ...«, setzte sie an, ich unterbrach sie jedoch.

»Moment mal, willst du mir nutzlose Trivia verklickern?«

Sie verengte ihre Augen zu Schlitzen und sah mich an. »*Interessante* Trivia.«

Meine Lippen zogen nach oben und sie fuhr fort.

»Hast du gewusst, dass Tarot-Karten ursprünglich Trumpfkarten hießen?«

»Das habe ich nicht gewusst.« Ich schüttelte den Kopf und behielt mein Grinsen bei. Viel zu viele Dinge gab es, die ich an dieser Frau mochte.

»Hast du außerdem gewusst, dass sie den Namen wegen des Triumpfgefühls trugen, dass die Kartenlegerin hatte, wenn sie jemanden um dessen schwerverdientes Geld betrog?« Sie lächelte ihr umwerfendes Lächeln und ich war fast geneigt, ihr früheres Angebot anzunehmen.

»Da werde ich Quatsch rufen müssen.«

»Okay, der Teil war total frei erfunden«, gab sie zu, woraufhin ich mich hinabbeugte, um sie zu küssen.

»He, später wird's hier Karaoke geben«, unterbrach Ari unseren Kuss und zeigte uns den Zeitplan der Veranstaltung.

»He, Ari«, sagte ich. »Wusstest du, dass Karaoke auf Japanisch ›betrunken‹ bedeutet?«

Sie neigte den Kopf. »Ach ja?«

Emmy lachte in meine Brust und dann bekam ich von Ari einen Klaps auf den Arm.

»Lügner«, sagte Ari und wandte sich wieder dem Zeitplan zu. »Naomi hat gesagt, wir sollen uns die Glasbläser-Vorführung anschauen. Angeblich ist das echt toll.«

»Hört sich wirklich cool an«, stimmte Emmy ihr zu.

Ich war zu allem bereit, also schlenderten wir, als das Kartenlesen vorbei war, zum Schulgebäude und folgten den

Richtungspfeilen zur Glashütte. Jay hatte es vorgezogen, bei seinen Eltern zu bleiben. Ich vermutete, dass Glasblasen sich für einen sechzehnjährigen Schüler so interessant wie Sockenkaufen anhörte. Der Saal war ziemlich gut mit Schaulustigen gefüllt. Es fühlte sich auch an, als stünde man direkt neben der Sonne.

»Himmel, hier drinnen ist es ja so heiß wie in der Hölle«, sagte Jake. »Bist du sicher, dass es für dich sicher ist hier drinnen, Irin?«

Als ich von Bailey keine Antwort hörte, sah ich hinüber und bemerkte, dass alle fünf Frauen uns Jungs absolut keine Aufmerksamkeit schenkten. Das heißt, ganz stimmt das nicht. Einem Kerl schenkten sie jede Menge Aufmerksamkeit, und dieser Kerl war zufällig derjenige, der in einem Muskelshirt dastand und so eine lange Metallstange in etwas drehte, das wie ein riesiger Ofen aussah und Funken in alle Richtungen sprühte. Ich sah mich noch einmal im Saal um und erkannte, dass außer Mark, Jake, Nate und mir alle im Raum nur Frauen waren. Und alle hatten den Blick in eine Richtung gerichtet.

Himmel Herrgott.

Die Situation wurde jetzt auch den anderen Jungs bewusst und es war eine Reihe von gemurmelten Flüchen zu hören. Okay, also der Glasbläser-Heini hatte wahrscheinlich dieses ganze Ding mit den Muskelpaketen, dem verschwitzt und erdverbunden sein an sich, - ich kapierte trotzdem nicht ganz, was das Besondere daran war. Er war ja nur irgendein Typ.

Er führte das Ende des Stabes an den Mund und blies hinein, sodass ich nun verstand, dass es ein hohles Rohr war.

»Du liebe Zeit, Shortcake. Schau bitte weg!«, knurrte Mark Fiona an.

Sie reagierte darauf, indem sie ihm ihre Einkaufstüten gab und keine Sekunde ihren Blick von dem Glasbläser-Heini abwandte. »Ach, halt mal, ja?« Sie machte sich nicht die Mühe nachzusehen, ob er sie in der Hand hatte, ehe sie losließ.

Was zu einem Murren führte.

»Liebe Mutter der Geilheit«, murmelte Ari zu Emmy, den Blick gleichfalls auf einen Punkt fixiert. »Hörst du das?«

»Was denn?«, erwiderte Emmy und hörte sich für meinen Geschmack ein wenig zu sehr abgelenkt an.

»Das ist das Geräusch, wenn hunderte Eierstöcke gleichzeitig explodieren.«

Alle Frauen in unserer Gruppe mussten darüber lachen.

Dann warf der doofe Kerl seinem Publikum einen weiteren Blick zu, und dieser Wichser hatte die Frechheit, auch noch zu zwinkern.

»Wir sind hier fertig!«, rief Nate und zog an Laneys Arm, um sie in Bewegung zu setzen.

»Noch fünf Minuten!«, protestierte Fiona, doch Mark hob sie an der Taille hoch.

»Noch fünf Stunden!«, erwiderte Ari und fing an, sich krumm zu lachen.

Ich sah zu Emmy, die ebenfalls lachte und jetzt meinen Neandertaler-Freunden zusah, wie sie ihre Frauen herumschleppten.

»Äh, ich bin soweit«, sagte Bailey, deren Stimme sich seltsam anhörte. Sie hatte nicht mal einen der Jungs beleidigt, was vollkommen ungewöhnlich für sie war.

»Ach du heilige Scheiße!« In Jakes Stimme lag Panik.

Da schauten wir alle Bailey an und sahen, wie sich eine kleine Pfütze um ihre Füße bildete.

»O mein Gott!«, riefen Fiona und Laney zugleich.

»Lass los, du Biest!« Fiona schlug Mark auf den Arm, woraufhin er sie losließ, damit sie sich zu Laney gesellen konnte, die an Baileys Seite war.

Bailey lächelte zaghaft. »Scharfes Essen und lange Spaziergänge könnt ihr vergessen – wieso sagen einem die Bücher nicht, dass halbnackte Glasbläser die Wehen einleiten können?«

Die Frauen kicherten, aber wir Jungs fühlten uns zu sehr

fehl am Platz, als dass wir irgendetwas anderes hätten tun können, als herumzustehen und Panik zu kriegen.

»Okay, dann wollen wir dich mal hier rausbringen«, meldete sich schließlich Emmy als Stimme der Vernunft und Zuversicht zu Wort.

Das schien Laney aus ihrer Überraschung zu rütteln, und als die einzige sonstige Mutter der Gruppe fing sie an, Bailey Fragen zu stellen und sie zum Ausgang zu führen.

Vier Stunden später aßen Emmy und ich Eiscreme auf ihrer Couch und warteten auf eine Nachricht aus dem Krankenhaus. Der Großteil der Gruppe hatte Jake und Bailey begleitet, aber Ari, Jay, Emmy und ich hatten das Paar nicht mit zu vielen Menschen gleichzeitig überwältigen wollen. Und außerdem hatte Laney gesagt, dass so etwas Stunden dauern konnte, was mein weiteres gedankliches Interesse nicht weckte.

Emmy stellte ihre leere Schüssel auf den Couchtisch und stand auf. Sie stellte sich vor mich, beugte sich herunter und setzte einen lange nachwirkenden Kuss auf meine Lippen. Er schmeckte nach Schokolade und Emmy.

»Ich werde mal nachfragen, ob Jay Eiscreme möchte. Bin gleich wieder da.« Ich sah ihr zu, wie sie in den Flur ging, und genoss den Anblick immens.

Mein Handy klingelte, ich zog es rasch aus meiner Tasche. »He.«

»Es ist ein Mädchen!«, brüllte Laney mir ins Ohr, sodass ich instinktiv das Handy weit weg vom Ohr hielt, bis die Lage wieder sicher war. »Sie ist perfekt. Ich kann nicht fassen, wie hübsch sie ist, Gavin. Du musst herkommen und sie dir ansehen.«

»Wie geht es Bailey?«

»Sie ist erschöpft aber glücklich«, antwortete sie und lachte. »Um Jake musst du dir aber Sorgen machen. Er sieht aus, als wäre er gerade aus dem Krieg gekommen.«

Darüber musste ich leise lachen.

Laney seufzte. »Ich kann es kaum erwarten, auch ein Baby zu bekommen.«

»Dann würde ich vorschlagen, dass du Nate im Moment nicht mit Jake reden lässt«, riet ich ihr und lachte abermals.

»Ja, da hast du recht«, erwiderte sie. »Ist Emerson da? Ich möchte ihr die ganzen Frauendinge erzählen. Ich traue dir nicht zu, dass du sie dir merkst.«

Da war allerdings was dran. »Ja, Sekunde.« Ich bedeckte das Mikrofon und brüllte nach Emmy. Sie antwortete nicht, also öffnete ich rasch meine SMS-App.

Gavin: Baby geboren. Laney möchte Frauenzeugs quatschen.

Ich tippte auf Senden und hörte dann den Ton einer eintreffenden SMS zwischen den Couchkissen. Ich fischte Emmys Telefon heraus und sah meine Nachricht auf dem Display. Und da bemerkte ich, dass meine Kontaktdaten geändert worden waren.

Ich war jetzt »Gavin«, neben dem ein mega-großes Emoji stand.

Meine Lippen verzogen sich zum Lächeln eines Mannes, der sehr genau wusste, was er besaß, und der eine Beziehung niemals als selbstverständlich betrachten würde. Ich setzte mein Handy wieder ans Ohr und bat Laney, kurz zu warten. Dann machte ich mich auf, um mein Mädchen zu holen.

Die Geschichte von Brett und Liv ist die nächste in *So wie du bist!* Lesen Sie für einen Auszug.

E-Book und Taschenbuch (Bei Kindle Unlimited Mitgliedschaft kostenlos)

Bezüglich meiner neuen Übersetzungen bleibt ihr auf dem

Laufenden, wenn ihr euch für meinen deutschen Newsletter anmeldet.
https://bit.ly/deutschen_nl

Und vergesst nicht umzublättern und »Sylvie sagt« zu lesen, wo ich über *Das Spiel* spreche.

Über den Autor

Die Erfolgsautorin Sylvie Stewart, bei *USA Today* auf der Bestsellerliste, liebt schlechte Witze, geile Happy-End-Geschichten, Country-Musik und Stinktierbabys – nur vielleicht nicht alles auf einmal. Die meisten ihrer heißen Liebeskomödien spielen in North Carolina, auch bekannt als der beste Bundesstaat überhaupt, und sie hat eine Schwäche für die Umarmungen ihrer Kinder und richtig amüsante Gespräche mit ihrem Göttergatten. Sie flucht auch wie ein Seemann, scheint sich deswegen aber nicht zu einem schlechten Gewissen durchringen zu können. Wenn ihr kluge Südstaatenmädchen und scharfe Arbeitertypen mögt und gerne prustend mitlacht mit Figuren, die sich wie eure besten Freunde anfühlen, dann ist Sylvie die Richtige für euch.

sylvie@sylviestewartauthor.com
www.sylviestewartauthor.com

facebook.com/SylvieStewartAuthor
twitter.com/sylvie_stewart_
instagram.com/sylvie.stewart.romance
bookbub.com/authors/sylvie-stewart

Danke, und lasst mal von euch hören!

Vielen herzlichen Dank, dass ihr *Das Spiel* gelesen habt. Ich hoffe, Gavin und Emersons Geschichte hat euch gefallen! Wenn ja, dann würde ich mich über eine Bewertung sehr freuen!

- Bezüglich meiner neuen Übersetzungen bleibt ihr auf dem Laufenden, wenn ihr euch für meinen deutschen Newsletter anmeldet: https://bit.ly/deutschen_nl
- Treten Sie meiner deutschen Facebook-Gruppe bei und erhalten Sie Vorabinformationen und Updates: https://www.facebook.com/groups/351129636474303
- Oder ihr besucht meine Website unter: https://www.sylviestewartauthor.com/deutschen-ubersetzungen

Nochmals vielen Dank!
XOXO,
Sylvie

Bücher von Sylvie Stewart

Werke von Sylvie Stewart (mit deutschen Übersetzungen)

E-Book und Taschenbuch (Bei Kindle Unlimited Mitgliedschaft kostenlos)

2022

The Fix / **Die Baustelle** (Carolina Connections #1)

The Spark / **Der Funke** (Carolina Connections #2)

The Lucky One / **Das Glückskind** (Carolina Connections #3)

The Way You Are / **So wie du bist** (Carolina Connections #5)

The Runaround / **Ausflüchte** (Carolina Connections #6)

The Nerd Next Door / TBD (Carolina Kisses, Book 1)

New Jerk in Town / TBD (Carolina Kisses, Book 2)

The Last Good Liar / TBD (Carolina Kisses, Book 3)

2023

Between a Rock and a Royal / TBD (Kings of Carolina #1)

Blue Bloods and Backroads / TBD (Kings of Carolina #2)

Stealing Kisses With a King / TBD (Kings of Carolina #3)

Game Changer / TBD

Then Again / TBD

About That / TBD

Full-On Clinger / TBD

Booby Trapped / TBD

Nuts About You / TBD

Zurück am Boden mit *The Game (Das Spiel)*

Hallo, meine lieben Leser! Hier ist der Teil, wo ich weiterplappern darf, ohne dass es redigiert oder gefiltert wird, also schnappt euch euren Wein oder Kaffee und lasst uns plaudern…

Alle koffeingestärkt? Hervorragend!

Es muss gesagt werden. Ich LIEBE Gavin ÜBER ALLES. Ich habe ihn einfach zum Fressen gern. Er ist so dermaßen süß, trotzdem aber cool, und er besitzt meiner Meinung nach den besten Humor unter den Jungs der Carolina Connections. Und natürlich ist er *hot*, also super, oder? Mir egal, dass ich alt genug bin, um seine Mutter zu sein. Ich liebe ihn trotzdem.

Emerson verkörpert viele junge Frauen, die ich kenne. Beflissen, es dir recht zu machen, und fest entschlossen, Ziele zu erreichen, die sie sich selbst gesetzt haben. Oder solche, die zu erreichen sie sich verpflichtet fühlen. Clever, liebenswert und immer bemüht, perfekt zu sein. Aber etwas muss sich bewegen. Man muss das tun, was für einen selbst und jene Menschen das Beste ist, die wirklich eine Rolle im eigenen

Leben spielen – und es ist nicht immer zu erkennen, was das ist. Ich liebe Emersons Reise.

Das andere Thema, das mich anspricht, ist Freundschaft und Schwesternschaft. Das war von Anfang an ein zentrales Thema der Serie, und die Freundschaft zwischen Ari und Emerson führt dieses Thema weiter. Freundinnen sind die BESTEN!

Ich habe mehrere unterschiedliche Gruppen von Freundinnen aus verschiedenen Abschnitten meines Lebens – Collegefreundinnen, Junge-Eltern-Freundinnen und die Frauen in meiner Familie. Die eine Gruppe fährt jährlich zu einem Treffen (das machen wir schon im 25. Jahr, wenn ihr's glauben wollt). Egal, ob die Freundin oder Schwester in der gleichen Stadt oder am anderen Ende des Erdballs wohnt, nichts gleicht dieser Bindung. Manchmal sind deine Freundinnen die einzigen, die dich verstehen, und als Mädchen muss man doch jemanden haben, vor dem man sich über den Gespons auslassen kann, wenn er wieder was Dummes gemacht hat, oder nicht? Daher haben alle Frauen in meinen Büchern auch diese engen Beziehungen. Jede verdient außerdem eine Ari in ihrem Leben!

Baseball! Wie viele von euch da draußen gehe ich eigentlich nur wegen des Bieres und der Atmosphäre zu Baseball-Spielen. Und ich sehe sie mir selten im Fernsehen an, denn Stadium-Bier passt besser zu einem Game als eine Dose Miller Lite aus dem Kühlschrank in der Garage. Und es besteht nicht dieses Quäntchen einer Chance, einen Ball vom Couchsitz aus zu fangen. Ich habe meine ganze Kindheit hindurch Baseball und Softball gespielt. Ich bekam nicht genug davon. Daher fand ich es passend, dass es der Sport ist, den Gavin liebt. Jetzt als reine Zuseherin ist mir Football lieber. Haltet in Zukunft also die Augen offen nach einem Buch, in dem dieser Sport vorkommt… nur so als Hinweis.

Kunsthandwerklich angehauchte Hippies. Ein Teil von mir will Naomi sein und zu Kunsthandwerksmessen reisen, mit den Verrückten auf Tour Bande knüpfen und in einem Camper wohnen. Aber nur ein Teil von mir. Dem anderen Teil gefällt mein Haus und mein grüner Schreibstuhl und Badezimmer, die nicht auf Rädern liegen. Und meine Kinder müssen in die Schule, also bitte. Aber ich unterhalte mich gerne mit Fremden – ja, ich zähle zu der Sorte – und ich bin mega-*crafty*, bei mir ist also immer irgendein cooles Projekt in Planung. Das mit dem Gras bin nicht ich, sollte es in NC aber jemals zugelassen werden, dann wäre es schon möglich… ich habe euch gewarnt. Ach ja, und wenn ihr mich auf Facebook abonniert und mich bittet, eine Anekdote über meinen Hang, Bande mit Fremden zu knüpfen, mit euch zu teilen, würde ich mich vielleicht dazu überreden lassen, die eine oder andere Geschichte zu erzählen.

Strip-Scrabble. Wenn ihr das noch nie gespielt habt, dann solltet ihr es ausprobieren. Immerhin sind SMART und SEXY perfekte Kombinationen!

Die *Woobie* (= Steppdecke, Poncho-Innenfutter). Ja, dieser Teil ist rein autobiografisch. Ich, Sylvie Stewart, besitze so eine Steppdecke. Ich habe sie mit sechzehn bekommen und ich schlafe jede Nacht damit. Sie ist blau und kuschelig und es sind Kühe, Enten, Schweine und Schafe darauf abgebildet. Alle in meiner Familie wollen sie mir stehlen, so toll ist die. Bitte versucht, eure Eifersucht zu zügeln. Das sieht nicht gut aus.

Fluchen. Ich habe ein fürchterlich schmutziges Mundwerk, was meinen Mann verrückt macht. Ich versuche, mich vor den Kindern nicht zu vertun, aber das kostet echt Kraft. Die Sache ist die, dass ich keine Ahnung habe, woher das kommt. Mein Mann flucht nicht besonders viel, und meine Eltern haben während meiner Kindheit auch nicht viel geflucht. Meine Geschwister fluchen nicht, meine Freunde und Freundinnen eigentlich auch nicht, abgesehen von einem Scheiße oder Verdammt ab und zu. Ich hingegen fahre gerne die großen Geschütze auf, wie ihr mittlerweile bemerkt haben werdet. Ich versuche, mich ein wenig zurückzuhalten, weil ich weiß, dass viele Leser kein übertriebenes Fluchen mögen. Aber zur Hölle. Ich bin, wer ich bin. LOL. Abgesehen davon wollte ich aber zumindest eine Hauptfigur dabeihaben, dessen Mundwerk keine Kloake der schmutzigen Wörter ist. Hiermit widme ich Emerson all den wunderbaren Damen in meinem Leben, die das Wort *Fuck* nicht verwenden. Na bitte.

Schlimme Kerle. Darf ich nur kurz sagen, wie sehr ich es liebe, dass ihr Jungs dermaßen aus der Fassung geratet wegen böser Menschen in meinen Büchern, die den Hauptfiguren Unrecht tun?! Es wärmt mir das Herz, wenn ihr euch darüber auslasst, wie ihr einer meiner Figuren eine in die Fressen hauen wollt. Ich liebe euch Jungs!

Und jetzt zu dem, was als Nächstes kommt. Erstens, falls ihr die anderen drei bereits übersetzten Bücher der Serie *Carolina Connections* noch nicht gelesen habt, dann müsst ihr das sofort tun! Und seid versichert: Es kommen noch mehr. Aber bei mir stehen auch noch eine Menge andere Dinge an, ihr solltet euch vielleicht wirklich zu meinem Newsletter anmelden und/oder meiner Facebook-Gruppe beitreten. Ich mache ständig neue Pläne in meiner kleinen Autorenwelt, und ihr wollt bestimmt nichts verpassen.

Ihr Leute seid sagenhaft, und ich bin so unglaublich dankbar dafür, euch meine LESER nennen zu dürfen! Ohne euch gäbe es keine Bücher, daher danke ich euch von ganzem Herzen.

Umarmungen und Küsse XOXO,
Sylvie

Ein Auszug aus So wie du bist

»Es heißt ja, die netten Kerle kommen immer als Letzte ins Ziel. Ich behaupte, das sollte nur im Schlafzimmer gelten – dort gehört es schließlich zum guten Ton.« – Brett MacKinnon, *netter Kerl und Stammgast in die Friendzone.*

LIV:

Ich brauche im Leben eigentlich nur drei Dinge: Sex, Baseball und Siege. Mein geiler Freund und Saisonkarten sorgen für die ersten beiden Dinge, und ich gebe immer mein Bestes, wenn es um Letzteres geht. Deshalb war es mehr als nur ungünstig, dass ich mich unerwartet in einen neuen Freund verschossen habe. Ich kann Brett nur meine Freundschaft anbieten, aber wenn er mich ansieht, wünsche ich mir immer, es wäre mehr.

BRETT:

Ich war schon so oft in die Friendzone, dass man sogar ein belegtes Brot nach mir benannt hat. Man könnte meinen, ich sollte mich mittlerweile daran gewöhnt haben. Aber wenn es um die reizende Liv geht, bin ich fest entschlossen, die Friendzone hinter mir zu lassen und ihr zu zeigen, dass ich zum festen Freund tauge. Ein Pech, dass diese Position bereits von einem ballspielenden Neandertaler besetzt wird, der mich mit seinem kleinen Finger plattmachen könnte.

Was wird nötig sein, um Liv zu beweisen, dass nette Jungs mehr als nur Freunde sein können, und dass jenes Spiel, bei dem es sich wirklich lohnt zu gewinnen, die Liebe ist?

LIV

Ich streckte die Zunge heraus, um die Bratensoße aufzufangen, die mit übers Kinn lief. Brett hörte mit dem Kauen auf und starrte herüber.

Gütiger Himmel.

Ich wollte lachen, weil Männer so durchschaubar waren. Ein kurzer Blick auf unsere Zunge, schon stellten sie sich vor, was man damit anfangen könnte. Nicht, dass ich solche Gedanken bei meinem neuen Freund fördern wollte. Freund. Das war's. Troys Eifersucht stieg mir langsam zu Kopf.

Ich nahm meine Serviette und wischte mir den Rest der Soße ab, hoffentlich so, dass jede ungute Situation vermieden wurde. Brett machte sich wieder ans Kauen und grinste.

Es war Donnerstag und wir hatten beschlossen, uns zum Mittagessen im Smith Street Diner zu treffen, bevor ich ins Stadion der Guardians ging, um mir noch ein letztes Spiel anzusehen, ehe ich am Wochenende nach Wilmington fuhr. Troy und Joey würden zur Tour aufbrechen, bevor ich zurückkam, es war daher meine letzte Chance, sie in den nächsten Wochen spielen zu sehen.

Das Team reiste ständig und war auch ganz schön beschäftigt, wenn es in der Stadt war. Das bedeutete also, dass Troy und ich nicht viel Zeit für einander hatten, obwohl er bei einer Lokalmannschaft war. Die Saisonpause war toll gewesen, die

Jungs hatten reguläre Arbeitszeiten gehabt, doch dann kam das Frühlingstraining und jetzt die Saison. Und obwohl die Baseball-Saison unser aller Lieblingsjahreszeit war, gehörte es zu den besonderen Geschenken, wenn das Team ein paar Heimspiele hintereinander hatte, so wie in der letzten Zeit. Troy und ich hatten in den vergangenen Tagen ein paar dringend benötigte schöne Stunden miteinander einschieben können.

Okay, also Xbox, Trinken und Sex zählen nicht alle zu den schönen Stunden, aber eine Sache von dreien ist nicht schlecht. Ich hätte Joey niemals gestatten sollen, dass er diese verdammte Xbox in meine Wohnung mitbringt. Mein Cousin weiß, dass ich nicht nein sagen kann, wenn der Fehdehandschuh gefallen ist.

Aber es war eine unterhaltsame Woche gewesen und ich war traurig, dass ich die Jungs verabschieden musste.

Das stimmte, größtenteils. Versteht mich nicht falsch – ich liebe es, Zeit mit den Jungs zu verbringen. Aber ein Mädchen braucht ein wenig Raum zum Atmen nach all dem Testosteron. Obwohl Joey und Troy sich während der Saison eine Wohnung mit ein paar anderen Spielern teilten, hingen sie vorzugsweise in meiner Wohnung ab, nach einer Woche bildete sich darin deshalb dieser Kraftsack-Mief. Und, ehrlich, wäre ich gezwungen gewesen, auch nur einen »epischen« Pizza-Rülpser auszuhalten, hätte ich mich vor einen Bus geworfen.

Weil ich nicht so eine Ziege sein wollte, bei der »das Gras auf der anderen Seite immer grüner ist«, konzentrierte ich mich stattdessen auf meinen Lunch-Partner. Brett trug ein blaues Button-down-Hemd, das perfekt zu seinen Augen passte, und eine dunkelgraue Hose. Das Ensemble wurde von eingetragenen Chukka-Stiefletten abgerundet, die ich ihm am liebsten geklaut hätte. Seine Hemdsärmel waren hochgerollt und zeigten eines der Tattoos, das ich an dem Tag entdeckte hatte, als wir uns kennenlernten.

Ich griff mit einer Hand über den Tisch und tippte auf die getuschte Haut. »Erzähl mir was darüber.«

Brett hielt einen Finger in die Höhe, während er fertigkaute, und wischte sich dann den Mund mit einer Serviette ab.

Danke! Niemand musste diesem Kerl beibringen, dass man sein halbverdautes Essen nicht herzeigt.

Als er schließlich sprach, verschluckte ich mich an meinem Getränk.

»Ich hab's mir in einem Bordell in Thailand machen lassen.«

Ich klopfte mir auf die Brust und bewarf ihn mit meiner Serviette.

»Okay, na schön. Ich hab mich mit meinem Freund Gavin volllaufen lassen und konnte den Tätowierer irgendwie davon überzeugen, ich sei nüchtern genug, um mich stechen zu lassen. Ich habe geblutet wie ein Schwein und der Kerl hat mich gezwungen wiederzukommen, um es beenden zu können.«

Ich verdrehte die Augen über den Idioten. »Warum hast du dieses Design gewählt?« Es war eine bunte Darstellung eines Löwen, die mich an C. S. Lewis erinnerte. Vielleicht bestand ja ein Zusammenhang.

»Ehrlich?«

Ich nickte und nahm einen kleinen Schluck von meiner Limo.

»Ich habe keinen blassen Schimmer. Ich war stockbesoffen.« Er schüttelte den Kopf und lächelte. Er hatte ein tolles Lächeln – gerade weiße Zähne, und ein Mundwinkel ging immer weiter nach oben als der andere. Und dann war da noch der Bart.

Ich kicherte über ihn. »Warum hast du es nicht zu etwas anderem umändern lassen, als du wieder hingegangen bist? Am ersten Abend ist er doch sicher nicht allzu weit gekommen.«

»Ich hatte fast den ganzen verdammten Umriss! Was hätte ich denn tun sollen?«

Ich machte *tsss* und antwortete dann: »Na ja, wenigstens ist es hübsch.«

Brett sah mich mit zusammengekniffenen Augen an. »Sag

niemals, dass die Tätowierung eines Kerls hübsch ist. Was ist bloß los mit dir, Frau?«

Ich kicherte und sein Lächeln kehrte zurück.

»Was zum Teufel ist das denn?«

Ich drehte abrupt den Kopf und entdeckte Joey und Troy, die neben unserem Tisch standen. Scheiße. Ich hatte Troy wohl nicht erzählt, dass ich mit Brett zu Mittag essen wollte.

Es war nämlich so, dass Troy, als ich neulich von der Behandlung des Wallachs im Red Maple heimkam, vor meiner Wohnung auf mich gewartet hatte. Er hatte wegen irgendwas, das beim Training passiert war, bereits eine beschissene Laune, und deshalb war er nicht erfreut gewesen. Wir stritten uns und er stieß wieder abschätzige Bemerkungen über Brett aus, woraufhin ich ihm sagte, dass er mich mal könne. Wir haben uns dann schließlich wieder versöhnt und hatten ziemlich herausragenden Wiedergutmachungssex, aber mir hatte das Ganze das Gefühl gegeben, dass ich meine Freundschaft zu Brett vorerst lieber geheim halten sollte. Ich würde mit keiner Information über die Zeit, die ich mit meinem neuen Freund verbringen wollte, freiwillig rausrücken, außer Troy fragte danach. Außerdem musste Troy sich keine Sorgen machen. Brett und ich waren ja nur befreundet. Wie ich schon sagte.

Ungeachtet aller Entscheidungen, die ich getroffen hatte, schien es so, als würde Troy sich seine eigene Meinung über die Situation bilden. Ich musste zugeben, es sah nicht sehr gut aus. Nach der puterroten Färbung von Troys Gesicht zu urteilen, hatte ich mich wohl verrechnet, mutmaßte ich.

Ich setzte ein Lächeln auf und begrüßte die Jungs. »Hallo Jungs! Was macht ihr denn hier? Solltet ihr nicht im Stadion sein?«

Joey rieb sich den Nacken und sah zwischen mir und Troy hin und her. »Äh, hast du schon rausgeschaut?«

Ich schielte an ihnen und den anderen Anwesenden im vollbelegten Diner vorbei und bemerkte zum ersten Mal, seit ich mich Brett gegenüber hingesetzt hatte, dass es draußen aus Eimern schüttete. Wieso war mir das nicht aufgefallen?

»Ach so«, war alles, was ich sagen konnte. Weil ich aber fest entschlossen war, mich wieder zu fangen, zeigte ich auf die freien Sitzplätze an unserem Tisch. »Setzt euch zu uns.« Mein Lächeln war so verkrampft, dass ich damit Glas hätte schneiden können.

Troy verschränkte die Arme, starrte Brett böse an und weigerte sich, in meine Richtung zu schauen. »Nein danke. Wir holen was zum Mitnehmen für die Jungs vor unserem Team-Meeting.«

Ich warf einen Blick auf Brett und bemerkte, dass er sich seinerseits weigerte, den Blick von Troy abzulassen. Warum mussten die das tun? Ich hatte ein Maßband in meinem Wagen – gerne hätte ich es für sie geholt, damit sie Dinge ein für alle Mal regeln konnten.

Ich hörte, dass Troys Name aufgerufen wurde, woraufhin er sich ohne ein weiteres Wort umdrehte und zum Tresen ging, um die Tüten mit dem Take-away zu holen. Joey warf mir einen mitleidsvollen Blick zu und erübrigte ein beklommenes Lächeln für Brett. »Schön dich zu sehen, Mann.«

Brett hob sein Kinn in Erwiderung. »Gleichfalls.«

Joey machte kehrt, um meinem launischen Freund zu folgen, als ich ihm nachrief: »Könntest du ihn bitte zur Vernunft bringen?« Er zeigte ein Friedenszeichen über seine Schulter. Vielleicht konnte Joey ja eine Delle in Troys harten Schädel machen.

Da mir der Appetit gründlich vergangen war, schob ich meinen Teller zur Seite und stützte mein Kinn auf meine Hand. Brett, der sich offensichtlich nicht derart belastet fühlte, nahm sein Sandwich wieder in die Hand und biss anständig hinein. Er kaute langsam, den Blick unentwegt auf mein Gesicht gerichtet. Ich konnte bei bestem Willen nicht sagen, was er für eine Miene machte.

»Was ist?«, fragte ich schließlich, als er hinuntergeschluckt hatte.

Er ließ sich Zeit mit der Antwort. »Ich habe in letzter Zeit nicht nachgesehen, aber ich denke, dass dein Name wahrscheinlich angeführt ist als einer der fünf Hauptgründe für Gewaltverbrechen. Entweder das oder Geisteskrankheiten. Ich kann mich nicht entscheiden.«

Mein Aufschrei der Entrüstung wurde übertönt von dem Geräusch einer laut zufallenden Restauranttür.

Lesen Sie *So wie du bist jetzt!*
E-Book und Taschenbuch